ENTRE SOMBRAS

GREGG DUNNETT

Traducido por

M. L. CHACON

Old Map Books

DEDICATORIA

A mi hija mayor Alba, a quien se le ocurrió la idea de este libro mientras desayunaba, y a mi hijo pequeño Rafa, porque no se le puede excluir.

PARTE 1

CAPÍTULO UNO

—GALE, vamos a llegar tarde —Rachel oyó cómo su voz subía de tono e intentó calmarse tal y como le había enseñado su terapeuta. Pero se rindió tras la primera exhalación. Se apartó de su hijo y se giró hacia su marido que merodeaba en la puerta de la cocina—. Tenemos cita con la directora a las nueve y media, te acuerdas ¿no?

Su marido se quedó inmóvil, con un triángulo de pan tostado a medio camino entre su mano y la boca. Siempre se tomaba la molestia de cortar la tostada en triángulos, era una de las cosas que más le habían gustado a Rachel de él, cuando eran felices. No como ahora.

—Te dije que tenía una reunión —contestó sin mirarla a los ojos.

—Sí, y yo te dije que hoy teníamos que hablar con la directora. —Su voz sonaba impaciente con una nota de incredulidad—. Mañana es el aniversario de Layla —continuó con las manos en las caderas, pero mientras hablaba tuvo el vago recuerdo de que él le había dicho algo de una reunión que no podía cambiar y que si le importaba ir a la cita ella sola.

—Rachel, soy el director financiero. No puedo faltar a

una reunión de finanzas. Y tenemos que ir a ver al inspector Clarke esta semana... —Dejó la tostada en la encimera y se frotó la cara.

Mientras tanto, el pobre Gale seguía sentado en el banco del pasillo intentando atarse los cordones de los zapatos. Rachel dejó caer la cabeza entre las manos. Diez años y el niño seguía sin poder atarse los cordones. ¿Qué habían hecho mal? ¿En qué se habían equivocado tanto?

Agarró el zapato de Gale de mala manera. Él la miró mientras se le escapaba de las manos. Su rostro era la tristeza personificada, y sin embargo le recordaba tanto a Layla. Rachel se obligó a detenerse durante un instante para mirar al techo, un lugar neutro. Un espacio sin emociones. Dejó pasar unos segundos en la fantasía de que todo esto ocurría en realidad hacía dos años. En la versión tecnicolor de su vida, cuando eran dos hermanos los que se apresuraban a prepararse para ir al colegio. Discutiendo y riñendo, pero en el fondo todo bien con su vida.

Rachel le ató los cordones a Gale y lo metió en el coche. Le había dicho que podía sentarse delante, si quería, pero él prefería ir en la parte de atrás, en el mismo lado en el que se había sentado cuando Layla estaba aún viva. Como si ella fuera a subirse al coche y sentarse a su lado en cualquier momento.

Ni Rachel ni Gale hablaron durante el trayecto de kilómetro y medio hasta el colegio. El aparcamiento era limitado, pero desde la muerte de Layla, a Rachel le habían dado acceso al aparcamiento de profesores. Un gesto de comprensión por parte del colegio reservado únicamente a los más desgraciados.

—Te dejo en clase y me voy a ver a la señorita Townsend, ¿vale?

Gale asintió y abrió la puerta del coche. Era pequeño

para su edad. Tan pequeño que necesitaba las dos manos para empujar la pesada puerta.

Mientras caminaban hacia el aula, Gale parecía estar en un lugar distinto al de los demás niños, que gritaban y charlaban con sus padres. Estaba flácido cuando aceptó el abrazo de su madre y desapareció en el interior. La profesora de su clase, una joven que se llamaba señorita Evans, ofreció a Rachel su ya característica torpe sonrisa.

Rachel había aprendido que el mundo, después de lo de Layla, se dividía en dos grupos: los que eran capaces de expresar verdadera compasión por la situación de la familia, estos eran la minoría, y aquellos que se sentían tan incómodos que reducían sus interacciones a una serie de expresiones que supuestamente pretendían transmitir comprensión. La señorita Evans pertenecía al segundo grupo. Sin embargo, no todo era malo. A Gale le habían asignado una profesora de apoyo especializada. La señora Gibbons era mayor y con mucha experiencia, y era capaz de mirar a Rachel a los ojos y comprender que había algo más en su vida que una hija muerta, pero que a su vez, aquel hecho lo afectaba a todo.

Rachel miró más allá de la señorita Evans en el aula ahora ya llena de niños, en busca de la ayudante de su hijo. Aquella mañana sentía la necesidad de ver una cara amiga, pero no la encontró.

—Me temo que la señora Gibbons no está aquí hoy.

De repente Rachel se dio cuenta de que la profesora se dirigía a ella.

—¿Perdón?

—La señora Gibbons está enferma. —La bonita boca de la señorita Evans se arrugó en un gesto de falsa tristeza, como si fuera una verdadera pena y algo que no se pudiera evitar—. ¿No se lo han comentado en la oficina?

—No. —En algún lugar dentro de Rachel un cóctel familiar de pánico y rabia comenzó a mezclarse—. No, no me han dicho nada.

Durante unos segundos, Rachel vio un posible futuro. Podía exigir saber quién ocuparía el lugar de la señora Gibbons, quién apoyaría a Gale hasta su regreso. Pero sabía que la respuesta era que nadie lo haría. El colegio no disponía de personal ilimitado, se lo habían recordado muchas veces en las reuniones y sesiones de apoyo desde que Layla había muerto. Así que, en lugar de quejarse, Rachel dejó que su alma se marchitara un poco más y se dio la vuelta.

Esperó en la recepción a la directora, intentando no acordarse de la primera vez que había estado en aquel espacio. Los tres, Rachel, su marido Jon y la precoz, brillante y maravillosa Layla con cuatro años, se habían sentado en aquellas mismas sillas, esperando a que la misma señorita Townsend los llevara a visitar el colegio.

Era una locura, había estado allí docenas de veces desde entonces, antes de que Layla muriera también, pero siempre le venía esa imagen. Tenía algo que ver con la esperanza que había sentido entonces, la sensación de que aquel colegio era el definitivo. El lugar donde Layla crecería y conocería a sus amigos, construiría los cimientos de su educación, actuaría en las obras de Navidad. Este sería el espacio que moldearía a Layla para convertirla en la adolescente que llegaría a ser, en la hermosa joven adulta que vendría después... y más allá, ¿quién sabía?

Rachel y Jon tenían la sensación de que su hija había sido seleccionada de algún modo para un futuro muy especial, aunque no sabían cuál sería. Había habido algo único en ella desde el principio, y no era irracional pensar que tal vez tuviera algo parecido a un destino.

Y ahora, esta mañana, la mente de Rachel se llenaba de recuerdos de cómo su hija le había agarrado su mano aquel día.

Antes de que se diera cuenta, Rachel estaba llorando; no el llanto a lágrima viva que todavía seguía produciéndose, incluso en público, de vez en cuando, sino las lágrimas silenciosas que bastaban para estropearle el maquillaje. Maldijo en voz baja mientras recuperaba el control y se secaba los ojos con un pañuelo. Entonces se abrieron las puertas automáticas del colegio y entró su marido.

—¿Jon? Dijiste que tenías una reunión.

—Sí. Le pedí a Charlie que me sustituyera. Si tienen alguna pregunta llamarán por teléfono, pero les dije que era importante que estuviera aquí.

Rachel sonrió y sintió un remolino de emociones que le resultaba ya familiar, pero que aún la confundía. Una oleada de amor por aquel hombre, tan apuesto con su traje de chaqueta azul oscuro, pero también un peculiar vacío, como si aquello no fuera suficiente, ya no, y tal vez nunca volviera a serlo. El pensamiento permaneció, sin resolverse, hasta que la señorita Townsend atravesó la puerta de recepción un momento después y los invitó a pasar a su despacho.

—Rachel, Jon —la señorita Townsend hizo una pausa para mostrar lo que se suponía que era una mirada reconfortante, pero enseguida fue al grano—, ¿queríais verme?

Rachel no recordaba el momento en que la directora había empezado a tutearlos. Ella había ofrecido a cambio que el matrimonio la llamara por su nombre de pila, Emma, pero ellos no habían aceptado. Tal vez fuera por el bien de Gale, que tenía que seguir refiriéndose a ella por su título.

Rachel tomó aire para ordenar sus pensamientos. —Sí.

Había un tono combativo en el lenguaje corporal de la

señorita Townsend que hizo que Rachel frunciera el ceño. Presintió la discusión que se avecinaba.

—Como sin duda sabe, mañana es un día muy importante para Gale, es el día en que cumple la misma edad que Layla, y queríamos preguntarle si lo celebraría diciendo algo a los niños —hizo una pausa—, como ya sabe, él todavía no está... recuperado del todo. Y podría ayudarle saber que el colegio aún considera que Layla forma parte de su pequeña comunidad.

La directora había comenzado dando la apariencia de escuchar con atención, pero ahora parecía un poco confundida.

—Perdona, ¿estás diciendo que mañana es el cumpleaños de Gale? —Se le arrugó la frente al preguntar.

—No. —Ahora era Rachel la que se sentía confusa. Había sido muy clara, ¿no?

—Porque creía que el cumpleaños de Gale era en agosto —continuó la directora—. Y no es el de Layla, porque celebramos su cumpleaños en marzo.

—No. —Rachel miró a su marido con frustración. «Ayúdame». —Ya sé que celebramos el cumpleaños de Layla. Lo que quiero decir es... —se detuvo. «Respira»—, es que mañana es el día en que Gale cumple la misma edad que Layla... el día que... ya sabe.

La directora frunció el ceño, seguía sin entender.

—Layla desapareció cuando tenía diez años y tres meses exactamente. Mañana Gale tendrá esa misma edad.

El ceño de la directora dejó de estar fruncido y dio paso a levantar las cejas.

—Ya veo. Sí, ahora lo entiendo.

Hubo otra pausa, mientras la señorita Townsend mostraba una gama de expresiones, como si estuviera considerando con cuál quedarse. Al final optó por una rápida sonrisa.

—Por supuesto. Puedo decir algo en la asamblea —

luego, como si recordara conversaciones similares, prosiguió—. ¿Hay algo en particular que te gustaría que dijera? —Rachel rebuscó en su bolso y sacó una hoja de papel doblada.

—Sí, he escrito unas reflexiones y encontré una oración... —La familia Martin no era ni había sido nunca religiosa, pero la escuela sí lo era—. Pensé que sería bueno que los amigos de Layla la escucharan mientras piensan en ella. — Le tendió un papel a la señorita Townsend, escrito con una letra pequeña y pulcra, para que lo cogiera.

La directora dudó. Se quedó con la boca abierta mientras parecía refinar su respuesta. Cuando llegó, sus palabras fueron cuidadosas, mesuradas.

—Por supuesto. —Sus ojos estudiaron el papel y era evidente que estaba asimilando todo lo que había escrito. Le dio la vuelta y encontró más texto. Se llevó un dedo a los labios y dio unos golpecitos—. Claro, es importante recordar que la mayoría de los amigos más íntimos de Layla ya no están aquí, en este edificio... —Aquí hizo una pausa durante la cual Rachel se puso tensa—. ¿Tal vez podría preguntarle al director de secundaria si podría leer estas palabras en su campus? —Aquí hizo una pausa, luego debió de notar la cara de Rachel, porque añadió rápidamente—: Al igual que yo aquí, por supuesto.

La directora sonrió como para asegurar que la sugerencia no era en modo alguno un intento de eludir la petición en su escuela. Pero entonces pareció armarse de valor y continuar.

—También debo decir que... —aquí empezó a ir más despacio, eligiendo las palabras como si pisara un campo minado— llega un momento en el que es importante dejar que los niños... no que sigan adelante exactamente, pero que no se detengan demasiado en una tragedia tan terrible.

Rachel sintió que en su cabeza empezaban a bajarse las persianas y la oscuridad la invadía.

—Tenemos el Jardín de Layla, los dos bancos arcoíris, y dedicamos la asamblea de marzo a su memoria, en el que habría sido su cumpleaños. —La señorita Townsend abrió las manos—. Como digo, la mayoría de los niños que están aquí ahora no la conocían tan bien.

—Pero conocen a Gale —interrumpió Rachel con lágrimas brotando de nuevo—. Es su hermano. Y saben lo que pasó. Todo el mundo sabe lo que pasó.

En ese momento Jon intervino. Tenía el don de saber hasta dónde dejar que Rachel insistiera y cuándo intervenir. Le tendió un pañuelo y se volvió hacia la directora.

—¿Cómo va Gale? Dijo que todavía había ciertas preocupaciones.

Por un momento pareció que la directora iba a estirar la mano y tocar a Rachel, pero se conformó con dejar que su gesto se torciera de nuevo, esta vez en una mirada que claramente quería indicar compasión. Luego se volvió hacia Jon.

—Todavía va un poco por detrás de los otros niños, pero académicamente está empezando a ponerse al día —contestó la señorita Townsend, y Rachel volvió a la conversación con un destello de ira. Gale llevaba meses «empezando a ponerse al día»—. Todavía nos preocupa un poco el aspecto social. Está claro que ha pasado por una experiencia terrible, y le llevará un tiempo superarlo. Pero sigue estando muy aislado, muy callado. No quiere participar. Parece querer pasar el mayor tiempo posible solo.

—¿Hay...? —Jon se pasó una mano por la barbilla. No se había afeitado esa mañana y, aunque no se le veía la barba ya que su pelo era aún más rubio que el de Layla, produjo un sonido áspero en el pequeño despacho—. ¿Hay alguien junto a quien puedas intentar sentarlo?

A Rachel la pregunta le olía a desesperación. La misma táctica que la escuela había sugerido en los primeros días, cuando Gale había vuelto unas semanas después del asesinato de Layla.

El colegio, la policía, la especialista en familias con la que habían trabajado al principio, todos habían asegurado a Rachel que los demás niños serían capaces de compartimentar. Podían comprender que, aunque la hermana mayor de Gale había sido secuestrada por un desconocido y su maltrecho y desnudo cuerpo había sido descubierto tres semanas después, el pequeño Gale podía seguir jugando al escondite y participando en las clases.

Sin embargo, era el propio Gale quien no quería tener nada que ver con los demás niños. Iba a la escuela con bastante obediencia, pero cuando estaba allí permanecía todo el día casi en completo silencio. En los recreos y a la hora de comer se iba hasta el otro extremo del recreo. Y si alguien se acercaba demasiado se alejaba aún más.

La conversación pasó a un terreno conocido. Las medidas que la escuela estaba tomando para apoyarle, las técnicas que aún podían intentar. Cómo iban las sesiones de Gale en la terapia de duelo. Pero no había nada nuevo que decir, y al final se hizo un breve silencio en el despacho. Entonces la directora preguntó lo que de verdad ocupaba su mente.

—¿Hay novedades de la policía? ¿Ha habido algún avance?

Jon se mordió el labio. Miró a Rachel, que hizo un leve movimiento con la cabeza, lo bastante pequeño como para que la señorita Townsend lo pasara por alto.

—¿Siguen investigando? —insistió la directora, intuyendo algo, pero sin entender—. Quiero decir, ¿están haciendo algo?

—Por supuesto —asintió Jon, y Rachel supo qué iba a lanzar su explicación estándar. Su guía fácil de entender la vida como padre de un niño asesinado. Lo hacía tan bien que pensó, no sin cierta crueldad, que debería escribir un libro sobre ello: «Muerte de un hijo: guía para *Dummies*».

Pero entonces, tras la carta que habían recibido la semana pasada, parecía que tendrían que añadir un capítulo nuevo.

—No es para nada como se ve en la televisión —comenzó—. No hay un equipo de inspectores en una gran sala llena de pizarras blancas... A ver, los hay... pero no trabajan solo en el caso de Layla. —Jon suspiró, sacudió la cabeza, y en un instante Rachel vio lo cansado que estaba, lo mucho que esto lo estaba afectando a él también—. Lo que no te enseñan en las películas es lo sobrecargada de trabajo que está la policía... Tienen presupuestos, como cualquier organización. —Se encogió de hombros, derrotado.

—¿Pero todavía hay alguien trabajando en ello? —insistió la señorita Townsend. Como si ella estuviera más indignada que ellos, los padres de Layla.

—Sí... —asintió Jon con lo que parecía requerir un gran esfuerzo—. Hay un inspector, Kieran Clarke. Es el responsable del caso, y está haciendo mucho. Está intentando centrarse en el caso, pero... —Rachel le lanzó una mirada, advirtiéndole que no le contara a la directora el último capítulo de sus horrores. Él se frenó.

—Kieran está haciendo un trabajo fantástico. Toda la policía de hecho —intervino Rachel, la mentira le sonaba mejor que la verdad—. De hecho, tenemos una reunión con él esta semana, para hablar del caso.

Compartió una mirada con Jon que se vio interrumpida por el sonido de un teléfono móvil. El tono de llamada era el estribillo de una canción de Ed Sheeran; Layla lo había seleccionado y Jon aún no lo había cambiado por algo más moderno. Rachel sabía por qué no. Jon se disculpó, indicando tanto a Rachel como a la directora que era un asunto de trabajo y que tenía que atender la llamada.

Mientras salía de la oficina contestó, explicando dónde encontrar un archivo.

Cuando Rachel se quedó a solas con la directora, el ambiente cambió de repente. Hubo un silencio, hasta que la señorita Townsend volvió a hablar.

—Bueno, Rachel —dio un gran suspiro—, siento mucho, muchísimo que te haya pasado todo esto. —Miró el papel sobre el escritorio—. Y me aseguraré de mencionarlo en la asamblea. Muchas gracias por traerlo.

Pero cuando Rachel miró a la directora, asintiendo firmemente con la cabeza, se dio cuenta de que ya no le importaba.

CAPÍTULO DOS

AL FINAL de la jornada escolar, Gale Martin esperó a que su profesora dijera su nombre. Cuando lo hizo, se levantó y fue a recoger su mochila, para luego dirigirse al exterior, donde lo esperaba su madre, un poco apartada de los demás padres. Evitó su mirada mientras ella lo apretaba contra sí.

—¿Qué tal el día?

—Bien. —Gale dio la misma respuesta que la mayoría de sus compañeros daban a sus padres, pero con bastante menos emoción. Jamás se le ocurriría decirle a su madre cómo le había ido el día en realidad, sin ni siquiera con la señora Gibbons para ofrecerle unos instantes de calidez.

A continuación, su madre le puso la mano en la espalda y lo impulsó a atravesar las puertas del colegio hacia el coche, eran ambos una pequeña burbuja de infelicidad en medio de la sensación de libertad y la emoción del final del día de sus compañeros y sus padres.

—Tenemos pizza para cenar —anunció su madre mientras cruzaban el umbral de su casa.

Gale no había dicho nada en todo el trayecto de vuelta.

—Vale.

—¿Tienes deberes?

—No.

—Muy bien, ¿te apetece ver la tele? ¿O jugar al Minecraft?

—No, quiero ir a mi habitación.

Era la frase más larga que Gale había dicho en horas, posiblemente en todo el día, y las palabras se sintieron forzadas en su boca. Tragó saliva, mientras su madre asentía con tristeza, y subió las escaleras. Cerró la puerta de su dormitorio y se sentó en la cama. Respiró hondo una vez, luego otra.

—Hola —dijo.

La habitación permaneció en silencio. Gale miró a su alrededor, primero a la izquierda, donde estaba su armario junto a la puerta, y luego a la derecha, hacia la ventana.

—¿Hola? —llamó de nuevo. Esta vez hubo una especie de respuesta.

En el aire junto al armario se produjo una especie de perturbación. Si Gale lo hubiera observado de cerca, lo habría descrito como un resplandor plateado que se intensificaba y oscurecía, y luego se agrupaba con lentitud en una forma casi humana. Pero no estaba observando de cerca, solo esperaba, hasta que la perturbación en el aire se convirtió en algo reconocible, una imagen flotante semitransparente de su hermana Layla. Estuvo flotando un rato delante de él y luego se sentó a su lado.

Permanecieron así un buen rato, quizá media hora, sin moverse ni hablar. Entonces Gale, que ya se sentía un poco mejor, se tumbó boca abajo en la alfombra y empezó a jugar con sus bloques de Lego. Layla se movió y se tumbó frente a él. La habitación no era lo bastante grande como para que le cupieran las piernas, pero aquello no era un problema ya que desaparecían en la pared.

Gale se concentró un rato, construyendo y desmontando una grúa que le habían regalado en su último cumpleaños, y luego quitando las ruedas para hacer un coche. De vez en cuando levantaba la vista para comprobar que Layla seguía en la habitación. Y allí estaba, en silencio, observándole. Era tal y como la conoció en vida, salvo que ahora sus ojos estaban llenos de tristeza.

Llevaba así meses, y había llegado a parecerle bastante normal. La primera vez que Gale se dio cuenta de la presencia de Layla, no sabía qué palabra utilizar, pero quizá presencia fuera la más adecuada, fue unas semanas después de que encontraran su cuerpo. Al principio, apenas se había dado cuenta, entre el dolor y el desconcierto de todo lo que estaba ocurriendo. Primero vio su reflejo en el espejo del baño, pero cuando se volvió para comprobar, allí no vio nada. También creyó verla por el rabillo del ojo cuando iba por el pasillo de su casa, pero cuando se giró, Layla no estaba allí. Estaba convencido de que veía algo que solo él podía ver. Un destello de color que le recordaba a uno de sus vestidos o las gomas de colores que solía llevar en el pelo. Una mancha tambaleante en el aire que, de algún modo, parecía desdibujar lo que hubiera detrás.

Al principio ocurría con poca frecuencia, y era fácil ignorarlo o achacarlo a que estaba cansado y triste. Pero poco a poco los destellos se hicieron más comunes, más nítidos. Y también más duraderos. Si a veces Gale se giraba para ver lo que le había llamado la atención allí estaba ella, su silueta en el aire, suspendida por un momento antes de disolverse. Cada vez la visión duraba más, se hacía más fuerte, y se asentaba en lo que era sin lugar a dudas su forma.

Al final, fue capaz de fijar su mirada en ella, de ver a través de ella. Podía mirarla a la cara y sentir cómo su hermana le devolvía la mirada. Al cabo de unos meses la visión se había estabilizado, y era una aparición casi viviente que podía evocar casi a voluntad, cuando estaba en casa. Y así lo hacía; siempre que estaba solo la buscaba, y la mayoría de las veces ella acudía. Sin embargo, por muy realista que pareciera esta versión transparente de su hermana muerta, había una cosa que ella nunca había hecho. Nunca había dicho una sola palabra.

Simplemente lo había observado. Había estado con él. Esperando.

Cuando comenzaron las apariciones se lo había contado a su madre, aunque temía que se enfadara, pues su dolor era impredecible. Pero su madre fue comprensiva y lo animó a contárselo también a su terapeuta, Karen, a quien veía todos los sábados. Karen le había explicado que era algo natural, normal en estos casos, y que no tenía por qué preocuparse. En realidad no estaba viendo a Layla, le explicó, sino que una parte de su cerebro llamada subconsciente la había creado. Le puso un ejemplo. «Imagínate que te sientas en el cine y ves a Evil Knievel saltando con su moto por el Gran Cañón. Sería muy dramático y emocionante, pero en realidad no lo estaría haciendo en el cine: sería tan solo una imagen creada por un proyector, oculto en la oscuridad».

La analogía estuvo a punto de fracasar, ya que la terapeuta tuvo que explicarle quién era Evil Knievel, y durante un rato se sentaron a ver vídeos de YouTube de ese americano loco saltando por encima de todo tipo de cosas en su moto. Pero Gale captó la idea.

Según le explicó Karen, ver a Layla era algo que ocurriría durante un tiempo y que dejaría de ocurrir gradualmente a medida que él empezara a sentirse menos triste y menos solo, y que sería buena señal. A medida que se curase del trauma de la muerte de su hermana, ella dejaría de aparecer. Pero esa parte nunca tuvo mucho sentido para Gale, porque en realidad él se sentía menos triste y menos solo cuando Layla estaba allí con él.

Y así, a pesar de que las visiones de su hermana

siguieron aumentando en fuerza y frecuencia, dejó de informar de ellas a Karen y a su madre. Cuando le preguntaban si seguían ocurriendo, mentía y les decía que ya no. Pasó un año sin que la mencionara, y parecía como si Karen y su madre se hubieran olvidado de lo que había visto Gale. Pero, en secreto, la silenciosa visión de Layla que tenía casi cada vez que iba a su dormitorio era casi tan clara como la de una persona real.

Y nadie excepto Gale sabía que estaba allí.

Desde el piso de abajo, Gale oyó la voz de su madre diciendo que la cena estaba lista. Con cuidado, y un poco a regañadientes, dejó el Lego en el que había estado trabajando.

—Tengo que bajar a cenar —anunció de manera automática al tiempo que se levantaba del suelo.

Pero entonces ocurrió algo que no había sucedido antes.

—Vale —respondió Layla.

CAPÍTULO TRES

EL INSPECTOR KIERAN CLARKE consultó su reloj y luego estiró los brazos. Giró la cabeza alrededor del cuello varias veces y se le escapó una mueca de dolor al crujirle unas vértebras de forma alarmante. Luego echó un vistazo al desorden de su pequeño despacho, situado junto a la sala de investigaciones. Había una pila de expedientes y papeles en una de las sillas que guardaba para las visitas, así que se levantó y los colocó sobre un maltrecho archivador gris. Quitó las migas del asiento de la segunda silla, recogió media docena de vasos de cartón vacíos y los tiró a la papelera. Echó un vistazo al resto de la oficina. Tendría que bastar.

Llegó a la zona de recepción de la comisaría justo cuando sus visitas entraban desde el exterior. Rachel y Jon Martin se abrían paso a través de las puertas dobles de cristal, con gestos torcidos y ojos abatidos. Él se acercó y puso la mano en el brazo de Rachel a modo de saludo. Ella asintió y él hizo lo mismo con Jon.

—Me alegro de veros. —Había compasión en sus ojos y se produjo un momento en el que los tres parecieron conectar. Dejó que durara—. Entremos.

Le indicó al sargento de guardia que abriera la puerta y luego los permitió subir por delante de él. No era como si no conocieran el camino.

—¿Cómo está Gale? —preguntó mientras caminaban, dirigiendo la pregunta a Jon. Percibió que Rachel estaba de un humor más frágil.

—Está... —Jon pareció considerar la posibilidad de pasar por alto el asunto, pero optó por la sinceridad—, no está muy bien la verdad. No ha cambiado nada.

—Ya lo hará —dijo Clarke, lo creía de verdad y quería que el matrimonio lo creyera también—. Yo lo he visto. No es que nunca se supere, pero aprenderá a vivir con su pérdida. Os lo prometo.

Llegaron a su despacho, en el extremo opuesto de la sala de investigación, y llamó a uno de sus colegas para que trajera unos cafés. El compañero ya sabía cómo lo tomaba la pareja.

De vuelta en la oficina, Clarke cerró la puerta.

—Siento el desorden, he hecho una limpieza básica. —Sonrió con pesar y señaló las sillas—. Por favor, sentaos.

—¿De qué se trata? —preguntó Clarke cuando se hubieron sentado y les entregaron las bebidas. Aunque él ya sabía la respuesta.

—Hemos recibido una carta —comenzó Jon— del inspector jefe.

Clarke mantuvo el rostro inexpresivo, pero asintió. —¿Una carta?

—Sí. —Rachel la sacó de su bolso y se la entregó por encima del escritorio. Tenía el escudo del cuerpo de policía en la parte superior y la extravagante firma del inspector jefe ocupaba la mayor parte de la parte inferior. Clarke reconoció el garabato, casi podía ver a su jefe firmándolo con un gesto de importancia. Clarke la leyó despacio. Aun así, no tardó mucho.

—¿Quiere cerrar la investigación? —preguntó Rachel.

Clarke leyó las líneas por segunda vez, pero no dijo nada.

—¿Quiere cerrarla?

—No...

—Bueno, eso es lo que parece. —Rachel se inclinó hacia delante y clavó un dedo en la carta, justo en el punto donde decía más o menos exactamente eso.

—No vamos a detener la investigación —respondió Clarke, echando un vistazo a la carta de nuevo, y haciendo una mueca de dolor por las palabras que su jefe había utilizado—. Se va a reclasificar, pero... —Clarke hizo una pausa—, yo no voy a dejarlo.

Llamaron a la puerta; se abrió enseguida y apareció la cabeza de un hombre. Clarke lanzó una mirada de disculpa y levantó la vista. El hombre hizo una pregunta, claramente sobre otro caso. Clarke respondió de manera breve y rápida y el hombre se retiró. Se hizo un breve silencio.

—Con todos mis respetos, Kieran —continuó Rachel—, no parece que sea tu decisión.

La pareja no había tocado sus bebidas, y a Clarke le había parecido una falta de respeto que él fuera el primero en hacerlo, pero ahora se dio por vencido. Necesitaba cafeína. Bebió un trago del amargo líquido negro y volvió a posar el vaso de cartón en la mesa.

—Mirad, siento mucho que hayáis recibido la noticia de esta manera. Quería decíroslo, pero el inspector jefe pensó que debía venir de él. No sé... Creí que iba a hablar con vosotros en persona pero... —Sus ojos volvieron a posarse en la carta—. Pero a pesar de todo, deberías ver esto más como una formalidad que otra cosa. Es solo una cuestión de cómo estructurar los casos que llevamos desde esta comisaría.

—Suenas igual que él —soltó Rachel en voz baja. Lo hizo sonar como un insulto.

Clarke se quitó unas gafas de montura negra con cristales lo bastante gruesos como para agrandar ligeramente sus ojos marrones y se las limpió en la camisa. Volvió a ponérselas.

—El inspector jefe no es un mal tipo, lo sabéis ¿verdad? —imploró a Rachel con su mirada y se contuvo de recurrir a su marido en busca de apoyo. Él era el más sensato de la pareja—. Tiene que adoptar un enfoque presupuestario, es su trabajo. Igual que el mío es atrapar al hombre que hizo esto. Yo soy el que os ha fallado hasta ahora...

—No te culpamos —interrumpió Rachel—. Nos has ayudado incansablemente. Has presionado para conseguir más recursos desde el comienzo.

Clarke guardó silencio, pero cuando Rachel no continuó sintió que tenía que contestar.

—Han pasado dos años desde la muerte de Layla, y la investigación ha sido una de las mayores que ha llevado a cabo este cuerpo. En algún momento habrá que reducirla. En algún momento, el caso tiene que reclasificarse a un... estado menos activo. —Clarke hizo una pausa y se dio cuenta de que casi no podía soportar su mirada. Ambos volvieron a mirar la carta que había sobre la mesa.

—Parece que el inspector jefe ha decidido que ese es el punto en el que nos encontramos.

Hubo un silencio.

—Pero en realidad no me importa lo que diga la carta —continuó Clarke—. Debéis creerme. De verdad, yo voy a seguir investigando y mi equipo también lo hará, tanto durante las horas de trabajo como fuera de ellas. No vamos a rendirnos. Vosotros tampoco deberíais hacerlo.

Rachel cerró los ojos y desvió la mirada. Su marido la observó y luego se volvió hacia Clarke.

—¿Cómo afecta esto exactamente en cuanto al número de agentes que tendrás trabajando en el caso?

A Clarke se le pasó por la cabeza mentirle, pero conocía a Jon demasiado bien. Se merecía algo mejor—. Oficialmente, significa que dispondré de menos recursos. Pero eso cambiará, a medida que tengamos nueva información que seguir. —Quería continuar. Contarles su idea. Pero aún no podía.

—¿Cuántos agentes en total?

Clarke tamborileó con los dedos sobre el escritorio—: Si pudiera daros una cifra, lo haría, pero no funciona así. La realidad es que ha sido un caso tan grande que ya hemos seguido todas las pistas que teníamos. Pero te prometo, Jon, que si encontramos nueva información, tendremos suficientes agentes investigando. Tantos como necesitemos. —Quería decirlo ahora. Pero tenía que estar seguro de que no haría más mal que bien.

—Pero eso es lo que no entiendo —interrumpió Rachel de nuevo—. No habéis encontrado a ningún sospechoso, no habéis hecho ninguna detención... ¿no significa eso que deberíais estar buscando de manera más intensa, con más agentes, en lugar de esperar a que os caiga alguna prueba del cielo?

Clarke guardó silencio. Recordó la reunión que había tenido con Starling. En ella había expuesto prácticamente el mismo argumento que la pareja estaba exponiendo ahora. Ahora fue cuidadoso con su respuesta.

—Es solo un nombre. «Inactivo» se refiere a cómo está clasificado el caso en la hoja de cálculo del inspector jefe. No va a cambiar nada de mi forma de trabajar. Te lo prometo, te doy mi palabra.

—Pero tu superior es el inspector jefe. Él va a querer que trabajes en otros casos. ¿Tendrá expectativas que tengas que cumplir? — presionó Jon.

Al final Clarke tuvo que ceder. Asintió con la cabeza.

—Y tendrás otros crímenes que resolver ¿no? Me imagino que habrá habido otros asesinatos desde el de Layla.

De nuevo, Clarke no tuvo elección. —Sí.

—Entonces, ¿cómo puedes prometernos que seguirás investigando el caso de Layla? ¿Por qué darías prioridad a este caso?

Clarke no contestó en voz alta, pero mientras tomaba otro trago de café consideró la pregunta. ¿Por qué era este caso tan especial para él? Había muchas respuestas. Casi todos los asesinatos eran brutales y tristes. Pero había detalles de este caso que no había podido quitarse de la cabeza.

Aunque habían encontrado el cuerpo de la chica unas semanas después de su secuestro, la autopsia no había podido identificar la causa real de su muerte. Tenía marcas de estrangulamiento alrededor del cuello, pero eran leves. Le habían arrancado parte de la oreja y otra parte de la piel de la cintura, al parecer con una cuchilla, pero ninguna de esas heridas había sido suficiente para matarla. Sin embargo, su corazón se había parado. Al final, la mejor suposición del patólogo fue que la chica había sufrido una parada respiratoria. Se había muerto de miedo.

Clarke sintió que el malestar de haber tomado demasiada cafeína se hacía más fuerte.

—Porque os di mi palabra.

La pareja parecía rota, derrotada, y Clarke los observó con tristeza durante unos instantes. Consideró sus próximas palabras con mucho cuidado. Lo último que quería era darles falsas esperanzas. Y sin embargo, en su mente esto no había terminado.

—Mirad... hay una cosa.

—¿El qué? —Los ojos de Rachel habían vuelto a posarse en su rostro, brillantes y cubiertos por una fina película de lágrimas.

Clarke se movió un poco incómodo en su silla. —Es... mirad, no quiero vender esto como algo seguro, pero es una posibilidad.

—¿Posibilidad de qué? —Rachel frunció el ceño entre lágrimas.

Clarke consideró la reacción poco entusiasta de Starling ante la idea. Pero siguió adelante.

—A ver, la semana pasada el inspector jefe me llamó para comunicarme el cambio de estatus, y no... no me hizo mucha gracia la verdad. Discutimos pero básicamente me dijo que el cambio se llevaría a cabo a no ser que surgieran más pistas que seguir. Entonces, tuve una idea. Pero es una posibilidad muy remota.

—¿De qué se trata?

—Estoy seguro de que habéis visto el programa de televisión *Crimebusters*.

Se hizo el silencio. Clarke no estaba seguro de cómo interpretarlo.

—Sé que hemos hecho algo de televisión antes. Hemos hecho varios llamamientos al público, pero creo que podríamos hacer más. Estoy seguro de que existe la posibilidad real de que alguien tenga información que pueda ayudarnos. Y si pudiéramos animarlos a dar un paso adelante... —Sin pensarlo, su mano volvió a la carta—. Si eso ocurriese, el caso volvería a estar activo. —Clarke esperó unos instantes antes de continuar—: Diga lo que diga el inspector jefe.

Vio la gama de emociones que fluían por el rostro de Rachel y entendió exactamente lo que les estaba pidiendo. Las apariciones en televisión eran duras para todos, en especial para los padres. Al revivir el horror del crimen con tanto detalle, echaba por tierra cualquier mejora que hubieran logrado por superar el duelo y los forzaba a empezar de nuevo.

—¿Qué dice el inspector jefe? —preguntó Rachel con cautela—. ¿Te dejará hacerlo?

Clarke dudó.

—Tengo que admitir que al principio no le encantó la idea. El departamento tendría que cubrir la mitad del coste, lo que no es muy bueno para sus presupuestos. Pero, por otro lado —Clarke se permitió una media sonrisa—, le recordé que a *Crimebusters* le gusta traer a un oficial superior del caso al programa, y en este caso ese oficial sería él. —Se encogió de hombros—. Es una buena forma de darse a conocer, y más ahora que el jefe anda buscando oportunidad de ascender. Resumiendo, si estáis de acuerdo en presentar una solicitud y nos la aceptan, el inspector jefe dijo que lo pensaría.

Se hizo un silencio y se inclinó hacia delante.

—Mirad, funciona de la siguiente manera. *Crimebusters* hará una reconstrucción del crimen y la emitirá en horario de máxima audiencia. Tal vez doce, quince minutos de duración. Con todo detalle. Con el trabajo que ya hemos hecho y lo que ya sabemos acerca de lo que sucedió ese día, vamos a ser capaces de presentar un caso muy preciso. Creo que podría refrescar la memoria de alguien. Sé que hay alguien ahí fuera con información que puede ayudarnos a atrapar a este tipo.

Rachel negó con la cabeza. —No debería ser el inspector jefe quien acuda al programa, deberías ser tú. Tú eres quien ha mantenido este caso vivo.

Clarke indicó con la mano que ese detalle no tenía importancia.

—No pasa nada. Aquí lo que importa es lo que queráis hacer vosotros. Puedo presentar un argumento excelente para que escojan el caso de Layla, por eso lo planteo. Creo que merece la pena intentarlo.

Clarke dudó. Ahí estaba. La pelota en su terreno. Ese era el momento de la verdad.

Clarke los miró por encima de las gafas. Vio la expresión sombría que había aparecido en el rostro de Jon. Era difícil de leer, pero parecía entre ira y una forma de temor. Clarke se volvió hacia él, tratando de entender cómo se vería la propuesta desde su perspectiva.

—Mirad, va a ser duro, no digo que no —explicó Clarke—. En cierto modo será como revivir aquel día, y será muy doloroso. —Por un instante no pudo mirar a Rachel a los ojos, pero se obligó a hacerlo. Luego sacudió la cabeza—. Pero alguien debió de ver algo. A Layla se la llevaron de una playa muy concurrida a plena luz del día, y era una chica lista, muy astuta. No hay duda de que sabía que no debía subirse al coche de nadie. Así que debió haber ocurrido algo fuera de lo normal. Y alguien tuvo que verlo. Conseguir un reportaje en *Crimebusters* nos daría una verdadera oportunidad de dar con nueva información.

Clarke se dio cuenta de que había estado implorando, exactamente lo que se había dicho a sí mismo que no debía hacer. Acalló la voz y bajó los ojos. Levantó una mano a modo de disculpa.

—De verdad creo que podría ayudar.

—¿Y puedes meternos en el programa? —preguntó Jon, siempre pragmático—. Nos acabas de decir que primero tienen que aceptar el caso. ¿Qué posibilidades tenemos de que lo hagan?

Clarke dudó.

—No puedo garantizarlo. Tendríamos que presentar una solicitud. Y hay ciertos criterios que tendríamos que cumplir en cuanto al aspecto que tendría la reconstrucción y la probabilidad de que aporte información nueva y útil. Pero sé que cumplimos los requisitos, de sobra. Creo que tendríamos muchas posibilidades. —Quizá aquí estaba exagerando un poco, pero sí que tenían ciertas posibilidades. Clarke guardó silencio. Les dio la oportunidad de responder.

Jon miró a su mujer. Ella miraba al frente. Jon se volvió hacia él.

—¿Y hay alguna posibilidad de que no salga adelante? Que esto solo sirva para aumentar nuestras esperanzas en vano. Que lo único que consiga sea alargar la agonía. Incluso si nos aceptaran sería un gran paso atrás en nuestra recuperación. Revivir aquel día nos llevaría de nuevo al principio de todo.

Clarke se quedó callado un momento. —No hay garantías, tienes razón. Pero si nos aceptan, os lo pondremos lo más fácil posible a los dos.

Jon se volvió hacia la pared. Suspiró con fuerza. —¿Y para qué? ¿Para qué? Todo el mundo conoce ya el caso de Layla. Cualquiera que tuviera información ya se habría presentado.

La voz de Clarke era tranquila. —Quizá —concedió—. Pero quizá no. —Esperó unos segundos antes de continuar —. Ahora tenemos mucha más información sobre lo que ocurrió que cuando el caso salió por primera vez en las noticias. Creo que podría ayudar.

—No. —Jon negó con la cabeza—. La respuesta es no.

Clarke sintió la decepción que surgió de inmediato en su mente. Pero la ocultó. No quería demostrar a la pareja lo mucho que había esperado que les gustara la idea.

—De acuerdo. Bueno, ya encontraremos otra manera —empezó—. Habrá otras oportunidades.

—Lo haremos —dijo de repente Rachel.

El pequeño despacho se quedó en silencio.

Clarke levantó los ojos de la mesa que había estado mirando. Se encontró con los suyos.

—¿Estás segura?

Rachel asintió. —Claro que estoy segura. Tenemos que encontrar a quien se llevó a Layla. Tenemos que hacerlo. No podremos seguir adelante con nuestras vidas hasta que lo hagamos, así que, ¿qué otra opción tengo? —Empezó a llorar, gordas lágrimas que no se molestó en secar hasta que le llegaron a la barbilla.

Clarke asintió lentamente. Pero sabía que no podía aceptar lo que ella decía, sobre todo después de la reacción de Jon.

—Gracias, Rachel. Lo digo de verdad. Y creo que podría ayudar. Pero... —Miró a Jon, y suspiró—. Es evidente que estoy de acuerdo contigo, pero esto no es un caso de dos contra uno. Voy a tener que pediros que lo penséis, lo habléis durante unos días y me contactéis cuando hayáis llegado a un acuerdo. —Hizo una mueca, como anticipando lo difícil que podría ser—. Lo siento.

Hizo una pausa mientras la pareja se miraba. Luego continuó.

—Tenéis que pensarlo bien. Es una gran decisión y será difícil para los dos. Pero creo que os ayudará. Así que si decidís decir que sí presentaré la solicitud. Y haré que sea la mejor solicitud que hayan recibido jamás.

Estuvo a punto de quebrarse ante la mirada que cruzó el rostro de Rachel, pero se contuvo. Dejó que su mirada se dirigiera a Jon, y sostuvo los ojos del marido durante unos instantes, para finalmente asentir. Negarse a aceptar la decisión de Rachel era lo último que quería hacer cuando no tenía ni idea de por dónde se resolvería. Pero era lo correcto. Fueron Rachel y Jon quienes perdieron a su hija. Tenían que ser ambos los que tomaran la decisión.

—¿Qué os parece si os llamo el fin de semana? Una vez que hayas tenido la oportunidad de hablarlo y demás.

Por tercera vez, los ojos de Clarke se posaron en la carta que tenía sobre la mesa. De alguna manera, sabía que Rachel también la estaba mirando. Esta vez la cogió y se la devolvió.

CAPÍTULO CUATRO

GALE SE QUEDÓ HELADO, sin saber si había oído bien. O qué había oído, porque parecía que su hermana muerta acababa de hablarle.

—¿Has dicho algo?

Se sintió como un idiota al hacer la pregunta porque ya sabía que ella no hablaba. De hecho, sabía que ni siquiera existía, que solo era un producto de su imaginación, una proyección, como Evil Knievel. Y cuando ella no respondió, se sintió tranquilo, como si las cosas fueran mejor cuando eran sencillas.

Pero entonces ella habló de nuevo—: Sí. —También parecía nerviosa.

Gale se quedó mirándola un instante. Hoy llevaba puesta una sudadera larga y holgada con capucha y unas mallas con dibujos azules y rojos que él recordaba de cuando estaba viva, y que incluso podrían estar todavía en su cómoda de la habitación de al lado.

—Sí —repitió Layla—. He estado esperando.

Gale se planteó qué hacer. Aunque hacía tiempo que había dejado de admitir ante nadie que seguía viendo a Layla, la situación le preocupaba. Sabía que el hecho de que la viera era señal de que no estaba mejorando y, por lo tanto, lógicamente, que la viera más a menudo significaba que estaba empeorando. ¿Qué significaría que ahora empezara a hablarle? No podía ser nada bueno.

—¿A qué has estado esperando?

Ella esbozó una pequeña y triste sonrisa. —A que fueras tan mayor como yo, supongo.

—¿Qué? —Por un instante Gale no lo entendió. Pero el significado del aniversario de mañana, el día en que él tendría la misma edad que Layla cuando murió pesaba mucho en la familia. Así que, en cierto modo, sí que lo entendió. Y además, ella solo existía en su subconsciente, así que por supuesto que lo entendía. Ella era él. Así que continuó—. ¿Por qué?

Ella se encogió de hombros. —No lo sé. Me parece que era un gran paso hablar contigo. Pensé que igual te asustabas. Pero luego recapacité y decidí que probablemente yo podría haber hecho frente a esto a mi edad. Cuando me secuestraron, quiero decir. Así que decidí esperar hasta que tuvieras la misma edad que yo. Y entonces estarías preparado para ello.

Gale consideró esta explicación. Se sintió algo complacido por la lógica que contenía en su interior.

—Es cierto que es un gran paso —se dijo a sí mismo; o a ella, no estaba muy seguro—. Y no tengo la misma edad que tú, hasta mañana no.

Layla sonrió. —Ya, pero casi la tienes. Y se me ha hecho muy duro esperar aquí sentada, en silencio, observándote.

Hubo una interrupción desde abajo, y entonces Gale oyó el sonido de las pisadas de su madre en las escaleras. Su puerta se abrió sin llamar.

—Gale, guapo, la cena está lista.

Al instante Gale se giró para ver a su hermana, notando cómo de repente se había vuelto menos sólida. Ahora Gale podía ver la pared y el borde de su cortina con bastante claridad a través de ella. Se volvió hacia su madre. Como de costumbre, era ajena a la presencia de Layla. O la medio presencia. Pero, por supuesto, no le importaba. Porque en realidad Layla no estaba allí, solo estaba en su cabeza. Era una proyección.

En cualquier caso, quería preguntarle si seguiría allí cuando él volviera y, sobre todo, si aún podría hablar. Pero no podía preguntárselo delante de su madre. Se dio cuenta de que no era necesario, Layla parecía saber exactamente lo que estaba pensando.

—No te preocupes —dijo Layla—. Vete. Yo me quedo aquí.

—¿En serio? —dijo Gale en voz alta.

—Sí, en serio. —Su madre lo miró divertida—. ¿No me has oído llamándote por las escaleras?

Gale pasó la mirada de la imagen de su hermana muerta, que en realidad no estaba allí, a la de su madre viva, que sí estaba. No tuvo más remedio que levantarse y seguirla.

CAPÍTULO CINCO

EN CUANTO GALE hubo comido la suficiente pizza para que su madre no se quejara, anunció que estaba lleno y se apresuró a volver a su habitación. Llamó a Layla en voz baja, sin querer que su madre lo oyera y consciente de que lo que estaba haciendo era una locura.

—Tienes el cuarto hecho un desastre. ¿Por qué no doblas los calcetines en parejas cuando los guardas? —preguntó mientras salía flotando de su armario.

Él la miró con intensidad. —¿Sabes hablar?

—Bueno, siempre he sabido... No veo por qué no voy a poder ahora.

—Porque no lo habías hecho hasta ahora, al menos desde que volviste.

—No... Tienes más calcetines del pie derecho que del izquierdo, y algunos de los míos también. —Quizás era un tema del que no quería hablar.

Ambos miraron los pies de Gale. Aún llevaba el uniforme del colegio y unos calcetines grises. Se agachó y se los bajó para mirar la etiqueta con el nombre «Layla Martin». Se rieron a carcajadas.

—¿Y por qué llevas mis calcetines? —se burló ella.

—No... no era mi intención. Fueron los primeros que saqué del cajón. —Levantó la vista y vio que ella no se creía su mentirijilla—. Son cómodos... —Sintió que se ruborizaba—. Es que me gusta llevarlos.

Ella sonrió. —No pasa nada. Me gusta que los lleves.

—A mí también.

Se quedaron callados un rato, antes de que Layla volviera a hablar.

—Me alegro de poder hablar contigo ahora.

—Yo también —respondió Gale.

Desde el piso de abajo llegó el ruido de la puerta al cerrarse, y luego el de su padre saludando a Barney, el perro que la familia había comprado hacía casi un año. Su madre esperaba que se convirtiera en el perro de Gale y que, por supuesto no sustituyera a Layla, sino que llenara el enorme vacío que su asesinato había dejado en la familia. Pero aunque a Gale le gustaba el cachorro, este había escogido a Jon como su dueño preferido, quizá porque lo llevaba a veces a dar paseos en bicicleta. Ahora era un perro joven que parecía pasarse el día vigilando la puerta de la casa, nunca contento hasta que Jon volvía a casa. Cuando lo hacía, se ponía a dar saltitos por el pasillo, con su fina cola agitándose hacia todos los lados. Ambos hermanos escuchaban desde el dormitorio de Gale.

—Papá ya ha llegado —dijo Layla, su voz volvía a ser más triste.

Poco después llamaron con suavidad a la puerta y Gale oyó la voz de su padre.

—Hola, ¿puedo entrar?

Gale miró a Layla, pero antes de que pudiera contestar, la puerta se abrió.

—Hola hijo, ¿qué tal? —Los ojos de su padre recorrieron la habitación, observando la pila de Lego esparcida por la alfombra. Pero al girar hacia donde estaba Layla, que ahora se había girado para mirarle, su mirada la atravesó sin vacilar. Gale miró de su hermana a su padre.

—Hola, papá —dijo, con voz tranquila y algo triste.

Casi por reflejo, su padre se agachó y rascó la oreja de Barney, que lo había seguido escaleras arriba y ahora lo miraba con adoración.

—¿Qué tal en el cole hoy?

—¿El colegio? —Gale frunció el ceño. Había olvidado todo acerca del cole.

—¿Te ha ido bien?

—Sí. Bien.

—¿Y ahora qué haces? ¿Jugando con el Lego?

Por un segundo Gale tampoco estuvo seguro de esto. Pero el modelo de Lego que había estado construyendo antes de la cena, antes de que su hermana muerta empezara a hablarle, seguía allí, a sus pies.

—Sí, supongo.

—¿Y qué estás construyendo? —Jon entrecerró los ojos, y dijo algo inusual—. ¿Quieres que te eche una mano?

—Pues... —La oferta desconcertó a Gale. Hubo momentos en los que habría aprovechado la oportunidad. Demasiadas veces lo habían dejado solo, para que se defendiera de su dolor en su propia burbuja solitaria. Pero esta vez no quería más que el espacio y la tranquilidad que necesitaba para continuar su conversación con Layla.

—Vale. —Su padre levantó una mano—. No te preocupes. Será mejor que vaya a ver qué tal mamá. Hay algo de lo que tenemos que hablar. —Hizo una mueca, pero se quedó un momento con la mano rascándole las orejas al perro. Finalmente, algo insatisfecho, se retiró de la puerta.

—Papá sigue sin verte —empezó Gale, pero su hermana lo hizo callar con un siseo y un dedo en los labios.

Esperó a ver si su padre lo había oído, pero no volvió. En su lugar, se oyeron sus pasos en las escaleras, y luego su voz en el piso de abajo, demasiado baja para distinguir las palabras.

—Que papá sigue sin verte —repitió Gale con voz más suave esta vez.

—Ya.

—Pensé que ahora que podías hablar las cosas habrían cambiado.

—No ha cambiado nada. Y antes podía hablar solo que no quería. Supongo que es un trauma muy grande, lo de que te asesinen.

Gale no pudo evitar la pregunta en su mirada. Nunca le había oído decir esa palabra; ni siquiera recordaba que la hubiera dicho en vida. Lo asustó.

—¿Cómo fue? —preguntó con cautela.

Ella tembló y sacudió la cabeza. —Fue horrible. No quiero hablar de ello.

Gale guardó silencio, pero su mirada lo delató.

—¿Qué? —desafió Layla—. ¿Qué esperabas? ¿Que te dijera que no fue tan malo?

—No. —Gale oyó lo defensiva que sonaba su respuesta, y se sintió confuso—. No lo sé. Supongo que no esperaba que lo supieras, ya que solo eres una parte de mí.

Layla negó con la cabeza y le dirigió una mirada severa que él recordaba bien.

Gale se dio la vuelta; estudió sus manos un momento. Las uñas mordidas. Tan mordidas que a veces sangraban.

—Te contaré lo de antes. Pero no lo del final. Eso no...

Aquello no tenía sentido. Toda su vida le habían dicho que Layla era la que tenía una gran imaginación, así que ¿cómo estaba él haciendo esto?

Ella soltó una sonrisa forzada, casi avergonzada. Y entonces empezó.

—Bueno, después de que me atrapara, lloré mucho. Al menos al principio. En aquel momento no sabía que iba a matarme, así que al cabo de un tiempo me calmé.

Gale pensó en sus palabras durante unos instantes y parecían tener sentido. —¿Cómo era? —preguntó al instante.

—No quiero hablar de ello.

—Claro...

Esta vez fue Layla la que no pareció satisfecha con la respuesta.

—¿Qué? Tú tampoco lo harías. No si te hubiera pasado a ti.

—Lo sé. Lo entiendo. —Pero no pudo dejarlo—. Excepto que esa no es la verdadera razón, ¿a que no? Es solo que no sabes cómo era, porque tú eres yo, y yo no estaba allí. Si me lo dices, solo me dirás la imagen que tengo yo en mi cabeza.

—Gale... —Layla sonaba bajo control ahora. Se había girado para mirarle—. Yo no soy tú.

Él esperó un poco más, pero cuando su hermana no continuó el afirmó—: Vale.

—No, lo digo en serio. No soy tú. No soy parte de tu subconsciente.

—Eres parte de mi subconsciente. Como Evil Knievel saltando sobre un autobús de dos pisos... Eso fue lo que me dijo Karen.

—¿Quién es Karen?

—Es la psicóloga con la que hago la terapia de duelo, como ya sabrás.

—Sí. He oído a mamá hablar de ella.

—Pero... —Gale estaba confuso—. Tú eres yo, así que debes saber lo de Karen. La vemos todos los sábados.

—Yo no la veo. Porque no soy tú y no puedo salir de casa. Al menos, no puedo con facilidad.

Gale se la quedó mirando. —No puedes ser real.

La conversación se vio interrumpida por un sonido demasiado familiar que provenía del piso de abajo. Eran las voces de sus padres, enfadados. No era algo que recordara de antes de la muerte de Layla, pero ahora ocurría muy a menudo. Acusaciones en voz baja que iban de un lado a otro, a veces incluso el sonido de algo que se rompía. Ahora no sonaba tan grave, pero el ruido seguía silenciando a ambos niños.

Escucharon durante unos minutos, captando alguna que otra palabra. Su madre insistía en que la escuela no estaba haciendo lo suficiente por Gale. Algo acerca de una decisión que la policía había dicho que tenían que tomar.

—Puedo demostrarlo —dijo Layla al cabo de un rato, cuando la tranquila voz de su padre pareció haber calmado las cosas.

—¿Ah sí? —Se animó—. ¿Puedes mover cosas? ¿Como en *poltergeist*?

Ella negó con la cabeza, y él miró a su alrededor, luego se le ocurrió un argumento mejor.

—Los perros pueden ver fantasmas. Barney podría verte.

—No creo que Barney sea el perro más inteligente del mundo. Y de todos modos, no pueden.

—¿Cómo lo sabes?

—Por la misma razón, idiota. Yo soy un fantasma y no puede verme.

Gale no lo dejaba pasar. —¿Pero tú sí que puedes verlo?

—¡Pues claro! —exclamó Layla al tiempo que intentaba darle un golpe en la cabeza.

Era algo que solía hacer cuando estaba viva, aunque nunca le había pegado fuerte. Pero cuando lo hizo ahora, Gale no sintió nada. Se detuvo, sorprendido. Era la primera vez que la proyección fantasmal de su hermana intentaba tocarlo, y ambos se dieron cuenta.

—Ay —se quejó Layla.

—¿Te ha dolido?

—No. No me ha dolido exactamente... —Parecía dolida.

—¿Entonces qué?

—No sé... no sé cómo describirlo. No creo que haya una palabra correcta.

Gale pensó en esto, pero luego sacudió la cabeza. —Lo que quieres decir es que no sé cómo es, así que mi subconsciente no quiere explicarlo. Porque no lo sabe.

—¿Quieres dejar de hablar de tu subconsciente? No se trata todo de ti.

—Excepto que sí lo es, ¿no?

—No. No lo es.

—Sí que lo es.

Gale suspiró, parecía una tontería ponerse a discutir sobre eso con él mismo. Era casi como en los viejos tiempos, cuando eran capaces de discutir por casi cualquier cosa. Aunque pronto volvían a reconciliarse.

Layla se quedó mirándolo, tenía las mejillas sonrosadas al igual que cuando estaba viva.

—Te lo voy a demostrar —dijo al cabo de un rato—. Puedo decirte lo último que me dijiste, cuando estábamos esperando en la cola del puesto de helados. Dijiste que ibas a volver con mamá y construir la base «S».

Gale se quedó muy callado. Miró con desconfianza a su hermana y rebuscó en su memoria. No en busca de palabras, lo que había dicho su hermana era correcto, palabra por palabra, sino intentado recordar si se las había dicho a alguien más.

Lo habían interrogado durante horas sobre lo que había pasado cuando Layla desapareció. La inspectora, una mujer que se llamaba Jennifer, le preguntó una y otra vez por cada detalle que pudiera recordar, y le dijo lo importante que podía ser. Pero de alguna manera Gale había sentido que los detalles exactos del juego al que habían estado jugando no eran relevantes para ella, y que eran algo que debía permanecer en privado.

De repente se levantó y se acercó a la ventana. En la calle de abajo, el coche rojo de su vecino entraba en su casa.

—¿Sabes lo del juego de la «S»?

—Claro que sí. —Layla se había unido a él en la ventana
—. La «S» significa «secreto».

Gale sintió que la sangre le bombeaba por el cuerpo. Se
quedó mirando por la ventana, obligándose a centrar la
atención en su vecino que salía del coche y cerraba la
puerta, y luego se dirigía arrastrando los pies hacia la
puerta de su casa. Levantó la vista hacia la ventana justo
antes de abrirla y saludó a Gale con la mano. Pero Gale se
limitó a darle la espalda.

—Eso no prueba nada. Solo duele. —Estaba enfadado. A
punto de llorar.

—¿Por qué? Dime por qué —preguntó Layla.

—Porque sé que nunca volveré a jugar a ese juego. Por
eso. —Él no la miró, pero ella contestó de todos modos con
voz suave.

—No. Me refiero a que por qué no prueba nada.

A Gale se le escapó una lágrima y se la secó con rabia. —
Porque yo sé lo del juego de la «S», así que claro que tú lo
sabes. Soy el único que queda que lo sabe. Porque tú no
estás aquí.

Layla no contestó durante un rato. Se limitó a observar
cómo unas cuantas lágrimas más se escapaban de los ojos
de Gale y este se las secaba con rapidez.

Entonces, de repente, a Layla se le abrieron los ojos de
par en par—: Si se me ocurriera algo que tú no sabes pero
yo sí, entonces tendrías que creerme, ¿no?

Ella miró su Lego y una mirada ligeramente culpable
apareció en su rostro. Se mordió el labio, dudó. Pero por fin
continuó. —¿Recuerdas que tenías un submarino de Lego
que te gustaba mucho?

Gale volvió a fruncir el ceño. Pero al menos había dejado
de llorar. —Sí.

La mirada de culpabilidad de Layla se acentuó.

—¿Y recuerdas cómo se perdió, unos... unos seis meses antes de que yo muriera?

Gale parecía perplejo. —Sí.

—Lloraste y todo.

—Vale, no tienes que regocijarte.

—¿Y si supiera dónde está? —Le brillaban los ojos de la emoción y en su boca se formó una sonrisa que él recordaba a la perfección. Y que recordaba que le encantaba. Una sonrisa reservada para cuando tenía una idea buena de verdad—. A ver, tú no sabes dónde está, ¿a que no?

Gale se lo pensó. Había buscado una y otra vez su submarino. Pero lo había perdido para siempre.

—No. ¿Pero tú sí? —preguntó en voz baja.

La mirada culpable reapareció en su rostro. Ella asintió.

—Puede que sí... Bueno, solo pretendía tomarlo prestado. Pero luego montaste tal escándalo que pensé que me metería en un buen lío si confesaba. Mamá siempre te apoyaba en esas cosas.

Gale no dijo nada en voz alta, pero su cara estaba confusa.

—Bueno, el caso es que lo escondí —confesó Layla en voz baja. Se hizo el silencio.

—¿Lo escondiste?

—Sí.

—¿Dónde?

Esto la hizo callar. Solo por un segundo.

—En mi habitación. Bajo las tablas del suelo de mi habitación.

Ahora se quedaron callados. Ambos niños sabían a la perfección lo que Gale diría a continuación, fueran la misma persona o no.

—No puedo entrar en tu habitación.

CAPÍTULO SEIS

Cuando la agente de policía Ellen Cross abrió los ojos aquella mañana, se dio cuenta de que la mancha de humedad en la pared de su dormitorio había crecido. Joe, su hijo de diez años, había sido el primero en verla. Dijo que parecía el mapa de Italia. Pero ahora se parecía más a toda Europa, con el comienzo de África asomando por abajo. Cross se quedó mirándola un rato, preguntándose si tenía fuerzas para llamar de nuevo a la agencia de alquileres.

CONOCIÓ al casero cuando se mudaron. Era un señor mayor, un poco raro pero simpático. Cuando este murió, la propiedad pasó a su hijo, que al parecer vivía en el extranjero. Lo primero que hizo el hijo fue contratar a una agencia de alquileres para que llevaran todo. Cross descubrió que era una empresa de pacotilla. De estas agencias que te prometen que lo van a arreglar todo para que firmes el contrato y, una vez firmado, si te he visto no me acuerdo.

La puerta de la habitación crujió al abrirse y Joe entró vestido aún con su pijama de Spiderman. Era pequeño para su edad y aún le cabía ropa de la talla ocho o nueve. Al menos eso ayudaba con los gastos ya que las otras madres del colegio le pasaban ropa usada a menudo. Y Joe, que era un santo, nunca se quejaba. Se subió a la cama y se quedó sentado, sin decir nada.

—¿Has dormido bien? —preguntó Cross al tiempo que se levantaba de la cama y se ponía las zapatillas. El suelo estaba frío, el aislamiento era demasiado ineficaz para mantener el piso cálido durante la noche y las facturas demasiado altas para dejar la calefacción puesta.

Su hijo se encogió de hombros y bostezó.

—Vale. Vete a tomarte unas tostadas. Hoy tienes club de madrugadores.

Joe no pareció afectado por esa información. —¿Hoy me recoge papá después del cole?

—Hoy no. Tiene un concierto.

Joe pareció pensárselo y se le ocurrió una objeción—: Pero hoy es viernes.

Esta vez Cross se encogió de hombros.

—Bueno, eso es lo que pasa cuando tienes por padre a un músico famoso. Tiene conciertos los viernes.

La expresión de Joe no cambió. —Yo no tengo un padre músico famoso.

—No. Es verdad. Pero aun así tiene un concierto. Mi turno termina a las cinco, así que la abuela te va a recoger. Yo llegaré en cuanto pueda.

El chico volvió a asentir, aceptando pero sin mostrar ninguna emoción ante la solución. Luego se quedó mirando el parche de la pared hasta que ella lo sacó de la cama.

—Está creciendo.

—Ya lo sé. Voy a pasarme por la agencia de camino al trabajo. Ahora vete a desayunar.

Joe salió arrastrando los pies de la habitación. A través de las finas paredes del piso, Cross oyó los ruidos del desayuno en la cocina, la alacena abriéndose, el cajón de los cubiertos. Se vistió con rapidez. Se ponía el uniforme en el trabajo y se duchaba allí también, lo que ayudaba a mantener baja la factura del agua.

—¡Mamá! —gritó Joe desde la cocina, su tono era diferente ahora. Un poco más preocupado.

—¿Qué pasa?

—No sale agua del grifo.

Cross dejó de hacer lo que estaba haciendo y suspiró. Luego fue a investigar. Encontró a su hijo de pie junto al fregadero con cara de confusión, abriendo y cerrando el grifo en vano.

—¿Cómo que no hay agua? —Le apartó la mano del grifo, solo para repetir lo que había estado haciendo su hijo hasta ese momento, y obtuvo el mismo resultado. Frunció el ceño y durante unos segundos otra imagen llenó su mente. Su piso anterior, el primero en el que había vivido con Joe cuando este era un bebé, y del que ella y Geoff habían sido propietarios. Bueno, propietarios con hipoteca por supuesto, pero podían pagarla con su sueldo y lo que Geoff había aportado les ayudaba con las demás facturas. No era precisamente lujoso, pero las cañerías funcionaban.

De algún lugar de las paredes sonaba un gorgoteo.

—Tengo sed —se quejó Joe.

Cross pensó, no por primera vez, que quizá debería haber hecho lo que le sugirió la abuela cuando Geoff y ella se separaron. Fue él quien dijo que su relación no funcionaba. Que no tenía suficiente espacio en su vida para ella, para el bebé y para su música. Y como Cross había estado más o menos de acuerdo con este análisis, al menos si así se sentía él, había aceptado que lo más justo era vender el piso e irse cada uno por su lado con el dinero que les quedara. La abuela no había estado de acuerdo. En su opinión, Ellen y Joe debían de haberse quedado con el piso, y Geoff podía irse a dormir debajo un puente hasta que madurara y aprendiera a ser un padre responsable.

Tal vez las cosas habrían ido así si Cross no hubiera

estado tan familiarizada con la gente que vivía bajo los puentes. Su patrulla incluía el paso subterráneo donde algunos de los sintecho de la ciudad guardaban sus cajas de cartón, sacos de dormir y otras pocas posesiones. Casi todas las mañanas iba a verlos para asegurarse de que estaban bien, y en algunas ocasiones había sido ella quien había descubierto que no lo estaban, ya fuera por una sobredosis o por el frío de los meses de invierno. Pero no era solo eso. Cross también sospechaba que había algo en la dura actitud de la abuela hacia su hijo que había hecho que Geoff se volviera como se había vuelto en primer lugar.

Y luego estaba la última idea de la abuela, que le presentó casi con tanta floritura como el rosbif cuando fueron a comer el domingo pasado. ¿Por qué no probaba Cross a ver si le daban un ascenso? Llevaba diez años como agente de policía en el rango más bajo. Si la ascendían, le subirían el sueldo y quizá podría volver a comprarse una casa para ella y Joe. ¿Y no sería más entretenido ser inspector e investigar delitos de verdad? ¿En lugar de lo que ella hacía, que era perseguir a borrachos y vigilar a vagabundos?

Cross se agachó y abrió el armario que había debajo del fregadero. Se quedó mirando las tuberías, preguntándose si le darían alguna pista sobre el problema. Pero si había alguna, se le había escapado por completo. Metió una mano y movió las tuberías. Se tambalearon un poco, pero no ocurrió nada más. Demasiado para sus dotes detectivescas. Volvió a levantarse.

—Tengo sed —repitió Joe.

—Ya lo sé. Vete a ver si funciona el grifo del baño —respondió Cross y lo vio alejarse de la cocina.

De nuevo, de algún lugar de las paredes, llegó un gorgoteo.

—Tengo la tarjeta de la agencia de alquileres en alguna parte —dijo, más para sí misma que para su hijo, mientras abría el cajón lleno de pinzas viejas, gomas elásticas y notas adhesivas, pero a pesar de rebuscar, no había ninguna tarjeta de visita. Se detuvo y recordó que probablemente estaba en el otro cajón del dormitorio, donde solía poner todos sus papeles importantes. Fue allí, abrió el cajón y suspiró ante el desorden de viejos documentos hipotecarios, facturas de gas y papeles de divorcio firmados.

—No funciona —dijo Joe a su lado.

—¿Qué es lo que no funciona? —preguntó Cross, hasta que vio el vaso vacío en sus manos—. Ah, el grifo.

La pared volvió a gorgotear y Joe se quedó mirándola.

—Está creciendo.

Cross respiró un par de veces y se volvió hacia su hijo.

—Ya sé que está creciendo, Joe. Estoy buscando el número de la agencia para llamarles y que envíen un fontanero.

—No, lo que quiero decir es que se está haciendo más grande ahora. —Joe levantó el vaso y lo usó para señalar la mancha de humedad en la pared, que ahora era mucho más grande de lo que era cuando Cross se había despertado. También ahora se oscurecía de manera preocupante con cada segundo que pasaba. Madre e hijo se quedaron mirándola durante unos segundos. Y entonces la superficie del yeso empezó a cambiar, a casi disolverse delante de ellos, a medida que el líquido atrapado detrás encontraba la salida.

Cross tuvo tiempo de abrir la boca, pero no de decir nada cuando la pared cedió de repente. Un chorro de agua fría salió disparado, dándole de lleno en la cara y empapándole la blusa. Se quedó allí un momento, aturdida, antes de dar un paso atrás, para que el chorro de la tubería rota no la alcanzara a ella sino que diera en la cama. Joe lanzó un pequeño grito y miró a su madre, como si no supiera cómo reaccionar. Y por un instante, Cross tampoco lo supo.

CAPÍTULO SIETE

—NO PUEDO. No puedo entrar ahí.

La discusión en el piso de abajo había vuelto a estallar. Tan fuerte que Gale podría haber captado cada palabra si no hubiera estado totalmente concentrado en Layla.

Ella lo miró, con los ojos muy abiertos. —¿Podrías colarte ahora, mientras están ocupados gritando?

Ninguno de los dos necesitó explicar el problema. Tras la desaparición de Layla, la policía había pedido a la familia que no entrara en su habitación, por si había pruebas. Y después, cuando encontraron el cadáver de Layla tirado en un bosque y les permitieron volver a entrar, su madre mantuvo la regla. Entraba en la habitación, ponía flores en la cama y a veces encendía una vela. Se había convertido en un ritual que a ella no le gustaba perturbar.

Entonces, hacía un año, habían tenido una gran pelea cuando el padre había sugerido vaciar la habitación de las cosas de Layla y trasladar allí a Gale. Tenía sentido, dijo, porque era casi el doble de grande que la habitación de Gale. Pero su madre se había vuelto loca. Peor aún cuando el padre admitió que parte del motivo de la idea era que quería poner su bicicleta estática Pelotón en la habitación de Gale.

La discusión había asustado tanto a Gale que había terminado gritando que no quería la habitación de Layla, que le parecía una falta de respeto. Así que, aunque nunca se había explicado con exactitud, poco a poco había surgido una regla firme. Nadie podía entrar en la habitación de Layla excepto su madre, para encender una vela cada noche y mantener las flores frescas.

—¿Dónde está? —preguntó Gale.

—¿El qué?

—Mi submarino.

Layla abrió mucho los ojos que estaban ligeramente translúcidos, pero con una expresión que él reconocía muy bien.

—¿Recuerdas que solía tener la cama en la otra pared? Cuando tuve a Bollo.

Gale asintió. Bollo era el hámster de Layla y había muerto unos meses antes que ella.

—Bueno, les dije a mamá y papá que quería cambiar las cosas porque la distribución de mi antigua habitación me recordaba a Bollo. Pero no era verdad. —Sacudió la cabeza—. Lo cierto era que Bollo se había comido parte de la moqueta junto a la pared, y yo sabía lo enfadado que estaría papá si se enteraba. Así que moví la cama para ocultarlo.

Gale se quedó callado, esperando a que continuara.

—Pero había mordisqueado la moqueta lo suficiente como para que se vieran las tablas del suelo por debajo, y había un trozo que estaba suelto. Cuando tiré de él, vi que había un agujero. Así que lo usé como escondite secreto.

—¿Qué tipo de cosas?

—Cosas como tu submarino.

Gale trató de pensarlo. Quería comprobarlo, pero lo último que quería, lo último, en una noche en la que mamá y papá estaban discutiendo, era que lo pillaran en el dormitorio de Layla. Pero, por otro lado, podrían estar así durante horas. Y si de verdad había una tabla del suelo suelta debajo de su cama... si encontraba su submarino de Lego allí... ¿No demostraría eso lo que ella estaba diciendo? ¿No lo probaría todo?

Así que aunque estaba asustado, no era como si tuviera otra opción.

—¿No puedes ir tú a buscarlo?

Pero ella negó con la cabeza.

—No puedo.

Como para demostrarlo, alargó la mano y tocó la pared. Su mano desapareció a través de ella. Gale asintió.

—Vale. Yo lo hago.

Abrió la puerta de su habitación y salió al pasillo. Aquí, se sintió expuesto. Las voces de sus padres se oían más fuertes.

Extendió la mano para agarrar el pomo de la puerta de la habitación de Layla. Hacía más de un año que no la tocaba. Antes de hacerlo, se giró para comprobar que ella estaba allí. La vio, pero había algo en su postura que le pareció extraño.

—¿No vienes conmigo?

—Si quieres. —Aun así, ella se mostraba reacia.

Gale reflexionó—: ¿Puedes entrar?

—Sí. Más o menos.

Gale hizo una pausa, susurrando ahora—: ¿Qué quieres decir con más o menos? Sigo intentando verte en la escuela, pero nunca estás allí. ¿Hay lugares en los que puedes aparecer y otros en los que no?

—Más o menos.

—Entonces, ¿puedes entrar o no?

Layla parecía frustrada y un poco avergonzada—: Sí que puedo. Pero mamá no quiere que nadie entre ahí, así que siento que no debería.

—¡Pero eso es una locura! Es tu habitación.

—Ya lo sé. —Ella esbozó una media sonrisa y movió la cabeza de un lado a otro, algo que solía hacer a menudo, pero que él no veía desde hacía dos años.

Verla hacer ese gesto lo reconfortó. El miedo y la ansiedad que había sentido ante la idea de entrar él mismo en su dormitorio parecieron desaparecer. Al menos un poco.

—Vale.

—Tal vez debería hacer guardia —ofreció Layla ahora—. Te avisaré si viene alguien.

Gale pensó para sus adentros que era una idea bastante estúpida, dado que ella no era más que una fabricación de su subconsciente y, por lo tanto, no podía ver nada que él no pudiera. Pero no quería ofenderla diciéndoselo, y solo se llamaría a sí mismo estúpido si lo hacía. Era un concepto complicado, pero lo iba pillando poco a poco.

—De acuerdo —reiteró—. Pero acércate un poco para que pueda verte.

Layla asintió.

Gale respiró hondo, empujó la puerta de la habitación de Layla y entró. Como de costumbre, las luces estaban apagadas, pero había un resplandor amarillo y parpadeante procedente de la vela que ardía dentro. Olía a perfume. El sonido de voces se oía desde el piso de abajo.

—¿Enciendo la luz?

—Sí, si quieres.

Gale la encendió y miró a su alrededor.

Al instante se sintió raro. Había sido un lugar tan familiar para él, aunque Layla lo había echado a patadas con frecuencia. Ahora era como si hubiera olvidado los contornos del espacio. También había crecido desde la última vez que entraba, así que la habitación parecía más pequeña. O tal vez solo era diferente ahora. Layla había sido bastante ordenada, pero aun así era normal ver juguetes y algún que otro par de leotardos desechados por el suelo, o una pila de uniformes del colegio doblados y listos para colgar que nunca llegaban al armario. Ahora todo estaba en su sitio, la cama perfectamente hecha, excepto que mamá había colocado una gran bandeja encima del edredón, donde puso las velas, junto a una gran fotografía enmarcada de Layla. Gale miró a su alrededor, asimilándolo.

—Puaj —exclamó Layla cuando vio la bandeja de las velas. Gale no preguntó por qué.

—¿Dónde está el submarino?

Layla tardó un segundo en responder, pero sacudió la barbilla hacia la cama.

—Allí. Tienes que separar la cama de la pared. — señaló Layla—. Mueve el... no sé cómo se llama, el santuario ese.

Gale la miró.

—¿No puedes ayudarme?

—No. Ya te lo he explicado.

Por la mente de Gale pasó un recuerdo de años atrás, cuando les habían dicho que pusieran la mesa, o que metieran los platos en el lavavajillas, y Layla no había ayudado porque estaba hablando con papá, o tenía alguna otra excusa razonable, pero él se había quejado y había discutido amargamente que no era justo. Ahora sentía un ardiente pesar por las discusiones que había tenido con Layla. Qué pérdida de tiempo. Qué fácil era desperdiciarlo cuando pensabas que tenías todo el tiempo del mundo.

Asintió con cuidado, intentando concentrarse. Se acercó a la cama e inspeccionó la bandeja de su madre. Intentó levantarla. No pesaba, pero le preocupaba que se cayera la vela.

—Cuidado.

—Estoy teniendo cuidado.

—Pues ten más cuidado aún. —Layla le siguió—. Ya está. Ponlo en el escritorio.

Gale la obedeció.

—Vale. —Ambos se apartaron, satisfechos con el trabajo

de Gale, pero Layla se volvió de nuevo—. Ahora separa la cama de la pared.

Gale fue al cabecero y tiró de él. Gale era pequeño, pero últimamente se había puesto fuerte, y la cama descansaba sobre una moqueta por lo que se movió un poco.

—¡No hagas ruido! —advirtió Layla—. Te van a oír.

—Podría hacerlo más silenciosamente si me ayudaras —dijo Gale sin pensar. Entonces vio su cara y deseó no haberlo hecho—. Lo siento...

Lo intentó de nuevo, esta vez con más atención. Consiguió arrastrarla y deslizarla lejos de la pared. Por fin movió la cama lo suficiente como para que pudiera meterse detrás de ella y acceder a la pared.

—Está ahí, en la esquina —dijo Layla—. Corté los trozos de moqueta que se comió Bollo, pero puedes despegarla entera.

Gale vio que tenía razón. Los bordes de la moqueta estaban deshilachados y mordisqueados. Al verlo, se acordó de Bollo. Le dio un poco de pena, pero también algo de alegría. Layla y él habían pasado horas en la habitación, con la criaturita correteando libremente y él suplicando que lo dejara tocarlo. Por fin, cuando Layla había estado convencida de que el hámster estaba bien domesticado y de que Gale no lo estrujaría demasiado ni lo asustaría, se lo había permitido. Entonces hizo una escalera interminable dejando que Bollo subiera de una mano a la otra, una y otra vez, sintiendo los pies fríos, y la barriga cálida y esponjosa en su piel.

—¿Qué haces? Vamos!

—Ay, lo siento. Estaba pensando.

—¡Pues no pienses tanto! Papá y mamá se han callado. Ya sabes lo que significa.

Las palabras de Layla, o de su subconsciente, aún no lo sabía, fueron suficientes para que volviera a la acción. Se arrodilló y empezó a tirar del borde de la moqueta. Se levantó con facilidad y pronto tuvo toda la esquina levantada. Miró a Layla con asombro.

—No sabía nada de esto, de verdad que no. —Mientras hablaba, una pregunta comenzó a formarse en su mente. Se preguntaba si esto podría ser cierto de verdad. Pero en la emoción del momento se le escapó la respuesta.

—Ya lo sé —respondió Layla—. Ten cuidado con los bordes. —Se acercó a él y le señaló las tiras de madera pintadas de rojo que rodeaba el suelo—. Se llaman listones de anclaje y tienen...

—¡Ay!

—Iba a decir que tenían clavos. —Layla puso cara de disculpa mientras Gale se metía el dedo en la boca para chupárselo. Al cabo de un rato lo sacó y lo inspeccionó. Una gota de sangre roja y brillante salió por un arañazo.

—¿Estás bien? —preguntó Layla. Él la ignoró. Por un segundo pareció que iba a echarse a llorar.

—¿Estás bien?

Un sí profundo y decidido se formó en el rostro de Gale. —Sí, estoy bien. —Se lamió la sangre del dedo de nuevo y volvió al trabajo.

—Tienes que darte prisa. Ya no los oigo abajo.

—Ya.

—A mí me pasó alguna vez, me hice daño con los clavos —dijo Layla.

Gale la ignoró. Era demasiado raro, todo el asunto era muy extraño. Casi parecía un sueño por el que estaba pasando, o al menos había estado pasando, justo hasta que se había cortado el dedo. Pero ahora sabía con certeza que de verdad estaba aquí, donde no se le permitía estar, y ahora ya solo quería terminar para volver a la seguridad de su dormitorio.

Así que, esta vez con más cuidado, levantó la moqueta todo lo que pudo, hasta que vio las tablas del suelo. No tenía ni idea de si había alguna suelta o no.

—Ahí. Esa es la que puedes levantar.

Era un poco difícil meter los dedos por debajo, sobre todo con uno ahora herido. Pero Layla le dijo cómo mover la tabla y pronto Gale la tuvo suelta. Al poco tiempo consiguió levantarla del todo. Entonces metió la mano en el pequeño espacio que había debajo. Tanteó y tocó algo cuya forma y tacto le resultaron familiares de una manera a la vez inmediata y extraña. Se detuvo y dejó que sus dedos lo envolvieran. Lo sacó y, al hacerlo, no estaba seguro de poder confiar en lo que estaba viendo. En su mano había un pequeño submarino de plástico gris de Lego. Su submarino. Se quedó mirándolo, total y completamente perplejo. Pensó en pellizcarse. En lugar de eso, se volvió hacia su hermana. Su hermana de verdad, excepto que ahora era un fantasma.

—No entiendo nada.

—¿Qué es lo que no entiendes?

—¿Qué es... cómo...? —Intentó aplicar diez años de experiencia a una situación que no tenía sentido. Ningún sentido en absoluto. Pero entonces, una buena cantidad de esos años los había pasado frente a programas de Netflix que presentaban fantasmas, dragones y monstruos de todo tipo—. ¿Eres real? ¿De verdad eres real?

—Sí, soy real. Ya te lo había dicho. Pero ahora mismo, lo más importante es que te des prisa.

Gale se detuvo un poco más, alternando la mirada del submarino a su hermana. Ambos le habían parecido eternamente perdidos para él, pero ahora parecían inexplicablemente estar de vuelta.

—¡Venga! —le instó Layla, y él oyó el miedo en su voz. Le devolvió a la realidad. O a algo parecido.

Se levantó, empujó la tabla del suelo hacia abajo y luego echó la moqueta por encima, mientras Layla le decía al oído —: Vamos, vamos.

Y entonces oyó el inconfundible sonido de pasos en las escaleras. El quinto escalón por abajo emitía un chirrido que solo se podía evitar caminando justo por el borde. Todavía no había movido la cama hacia atrás.

—Ah, claro, vete, como siempre. —La voz de su madre sonaba clara y enfadada. Los pasos en las escaleras se detuvieron.

—No me voy a ningún sitio, Rachel. Solo estoy agotado. ¿De acuerdo? —La voz de su padre. Otro paso en las escaleras.

—Mueve la cama. ¡Tienes que mover la cama! —siseó Layla.

Gale no necesitó que se lo dijeran dos veces esta vez. Agarró la pata de la cama y la volvió a colocar en su sitio. Mientras tanto, esperaba que alguno de sus padres asomara la cabeza por la puerta y le preguntara qué demonios estaba haciendo allí.

—¡El santuario! No te olvides de dejarlo en la cama —dijo Layla, con una voz tan aterrorizada que Gale se puso aún más nervioso. Parecía intentar ayudarle, siguiendo sus movimientos mientras lo recogía y, con mucho menos cuidado, lo volvía a dejar sobre la cama. Era como si se hubiera convertido en su sombra.

—Venga, sal. ¡Deprisa!

Gale cogió el submarino de Lego y corrió hacia el pasillo. Pero solo llegó a la puerta cuando su padre apareció en lo alto de las escaleras.

—¿Gale? ¿Qué haces?

CAPÍTULO OCHO

—TE LO REPITO, no hace falta que te disculpes, solo quiero que se arregle cuanto antes. —Cross cogió otra galleta del plato que tenía delante y la mojó hasta el fondo en el té.

—Por supuesto. —El joven de la agencia de alquileres asintió con el móvil pegado a la oreja y una mirada nerviosa. Se llamaba Paul. El mismo Paul que le había hecho firmar el contrato de arrendamiento años atrás y que, desde entonces, había estado evitando sus llamadas e ignorando sus mensajes en los que describía los problemas que tenía el piso. Qué extraña coincidencia que esta mañana se mostrara mucho más complaciente, pensó Cross mientras se quitaba las migas del uniforme de policía.

Con la ayuda de Joe, había encontrado la llave de paso para cortar el agua y luego, todavía riéndose, le había cambiado a él antes de cambiarse ella misma. Después lo había dejado en las hábiles manos de Jane, que trabajaba en el *Tiny Pickle Café*, justo al final de la calle. Y mientras Joe desayunaba, ella fue a la comisaría, le explicó el problema a su sargento y le pidió la mañana libre para solucionarlo. Se puso el uniforme, volvió a la cafetería para recoger a Joe y agradecer a Jane que lo hubiera cuidado, y prometió que quedarían para tomar algo más tarde dado que de repente se veía con la mañana libre. Después acompañó a Joe al colegio donde había tomado un café rápido con la señora Rogers, la recepcionista a la que le encantaba charlar, y luego había ido en persona a la agencia de alquileres. Ya había hablado por teléfono sobre el problema, pero sospechaba que ir en persona podría acelerar las cosas. A Paul le había costado bastante entender que ella estaba allí tan solo como una de sus inquilinas con un dormitorio inundado y no en misión oficial de la policía.

—De acuerdo. —Paul colgó el teléfono y se dirigió a Cross—: Entonces, el fontanero está en tu piso ahora, y ya que estamos vamos a poner una caldera nueva. Si hay algo tuyo que esté dañado, házmelo saber. Todo está cubierto por el seguro.

—Gracias, Paul. —Le sonrió y pensó en tomar otra galleta, pero era la única que quedaba y ya había comido varias. En lugar de eso, se puso en pie—. Bueno, me alegro mucho de conocerte por fin. Pero será mejor que me vaya. —Dejó la taza sobre el escritorio—. Al fin y al cabo, tengo criminales que atrapar.

Sonrió cuando él soltó una carcajada ansiosa. Y al final se decidió por llevarse la última galleta.

CAPÍTULO NUEVE

—¿ESTABAS en la habitación de Layla? —preguntó Jon.

Gale se quedó helado. No podía negarlo; seguía en la puerta. Los ojos de su padre pasaron de su cara al interior de la habitación de Layla, con la luz aún encendida.

—¿Qué hacías ahí dentro?

Gale pensó en mentir y también en decir la verdad, pero al final el silencio le pareció la mejor opción. Bajó la cabeza y se quedó mirando el suelo, observando el umbral de metal que marcaba el punto en el que la moqueta verde y azul de Layla se encontraba con la lana beige del suelo del pasillo.

—Sabes que a tu madre no le gusta... —su padre se detuvo a mitad de la frase. Luego cerró los ojos por un momento—. Supongo que nos has oído abajo, ¿no? —Apagó la luz y se movió para que Gale pudiera salir al pasillo—. Vamos. Sal de ahí.

Gale se movió, sus ojos parpadeando hacia arriba ahora para ver dónde estaba Layla, pero no la vio.

—Gale, no tienes de qué preocuparte. Es solo una cosa de adultos. Tenemos que tomar una decisión difícil sobre el caso de tu hermana y no estamos del todo de acuerdo. Al menos, aún no. Pero no es nada de lo que debas preocuparte.

Layla seguía sin aparecer. El padre de Gale le puso una mano en la cabeza y le revolvió el pelo.

—Venga. Es tarde. Deberías estar durmiendo. Mañana tienes colegio. —Los dedos de su padre se entrelazaron en su pelo, ejerciendo presión, guiándole.

Gale se dejó llevar, seguía intentando ver dónde se había metido Layla. Pero ella parecía haberse esfumado. Había desaparecido. Durante unos segundos le hizo pensar que todo lo que acababa de ocurrir había sido fruto de su imaginación, que se lo había inventado, pero entonces sintió la familiar forma del submarino apretado en su puño. Se atrevió a echarle un vistazo ahora, ocultándoselo a su padre. Estaba ahí. Era real. Layla era real.

—Venga. A la cama.

Su padre le siguió hasta su habitación, y Gale no tuvo más remedio que meterse en la cama y dejar que su padre le tapara con el edredón. Pero no estaba cansado. Dormir era lo último que tenía en mente. Por un momento temió que su padre decidiera sentarse con él hasta que se durmiera; lo habían hecho en las semanas y meses posteriores a la muerte de Layla, pero no tanto últimamente. Pero entonces el teléfono de su padre sonó en su bolsillo, el sonido que hacía cuando recibía un mensaje de WhatsApp. Lo sacó y leyó lo que decía.

—Vale Gale, ahora a dormir, ¿de acuerdo? —Su padre se inclinó y le besó la frente, luego apagó la luz y cerró la puerta con cuidado.

Gale esperó unos instantes y encendió la luz de la mesita. Layla estaba allí, esperándole. Sacó la mano y abrió el puño para mostrarle el submarino.

—¡Eres de verdad! —Habló con tono normal, y Layla le siseó.

—Baja la voz. Papá te va a oír.

—Lo siento —contestó Gale al tiempo que bajaba un poco la voz—. Pero eres de verdad.

Ella esbozó una media sonrisa y luego se encogió de hombros. —Te lo dije.

Durante un largo rato mantuvo los ojos fijos en ella, como si la viera así por primera vez. Notó cómo la luz de su lámpara pasaba a través de ella, como lo había hecho desde que ella había vuelto, pero ahora había una especie de belleza en ello. Le recordó de pronto un adorno que su abuela tenía en casa, un pájaro de cristal que le encantaba coger y contemplar. Casi podía sentir su peso en las manos.

—¿Está bien ser un fantasma? —preguntó al cabo de un rato.

Ella tardó en responder, y varias expresiones pasaron por su pálido rostro. Al final se limitó a encogerse de hombros.

—Me alegro de verte.

Mientras hablaba, Gale había estado examinando sus pies, que estaban a unos diez centímetros de su alfombra, pero de repente desvió la mirada hacia su rostro. Se miraron durante un largo rato. Layla se parecía a todas las fotografías que tenían de ella, a todos los recuerdos que a él le gustaba repasar en su mente.

—Yo también me alegro de verte. Me alegro mucho.

Layla extendió una mano hacia él y sin pensarlo Gale hizo lo mismo, de modo que sus dedos casi se tocaron, o al menos se juntaron. Pero entonces ambos se detuvieron.

—¿Te duele? —preguntó Gale.

—No es... dolor exactamente. Es otra cosa. —Ambos mantuvieron las manos levantadas, con los dedos casi juntos, y entonces Layla acercó su mano a la de él. Pero en el punto en el que la punta de su dedo debería haber topado con la de él, su mano simplemente siguió avanzando, de modo que Gale encontró la punta de sus dedos en algún lugar dentro de la mano de Layla. Ella hizo un gesto de dolor, pero mantuvo la mano allí.

Al final fue Gale quien retiró la mano. Cuando habló, su voz tenía un nuevo tono, casi reverente.

—De verdad estás aquí.

—Sí.

—O mejor dicho, de verdad ya no estás aquí.

Ella se encogió de hombros, inclinando la cabeza de un lado a otro. Su pelo brilló al hacerlo, como si se fundiera con las ondas de luz que fluían de la lámpara.

—De verdad eres un fantasma, aquí de pie en mi dormitorio.

—Sí. Aunque en realidad no estoy de pie, si te has dado cuenta. Puedo flotar.

—Ya. ¿Así es como lo llamas? ¿Flotar?

—Supongo que sí.

—¿Puedes subir y bajar, como si volaras?

—Un poco. —Se lo demostró.

—¿No puedes ir más alto? ¿Subir hasta el techo?

—Soy un fantasma, Gale. No un pájaro.

Pareció decepcionado por un momento, pero se le pasó enseguida.

—Está genial que puedas flotar. —Se le iluminaron los ojos—. ¿Así es como lo llamáis los fantasmas? ¿Decís que vais a flotar un rato? —Gale soltó una risita ante su propia broma, pero Layla no se unió a ella.

—No lo sé.

Gale frunció el ceño ante la respuesta. —¿Quieres decir...? — No le gustó el pensamiento que le había venido a la mente—. ¿Quieres decir que no has conocido a ningún otro fantasma?

Ella volvió a negar con la cabeza. —No. No he visto a nadie.

—¿Pero por qué no? Debe de haber muchos como tú. Todo el mundo muere, es algo normal en la vida aunque no sepamos cómo afrontarlo. Eso es lo que dice Karen, al menos.

—¿La de la terapia de duelo?

—Sí. Dice que deberíamos hablar mucho más de la muerte.

—Qué divertida ¿no? —Había sarcasmo en la voz de Layla, pero Gale lo pasó por alto.

—En realidad no, pero lo que quiero decir es que si todo el mundo muere debe de haber otros fantasmas, así que ¿por qué no puedes verlos? —De repente, Gale miró alrededor de la habitación, como si de pronto temiera que estuvieran rodeados de un público de figuras fantasmales que observaban su conversación.

—No lo sé.

Gale se sintió frustrado. —No lo entiendo.

—Yo tampoco. —La voz de su hermana era seria.

Gale se quedó mirando a su hermana. Ahora estaba cansado.

—De verdad que no lo entiendo —continuó Layla—. Solo sé que aquí no hay nadie más. Excepto tú, más o menos.

Gale captó el énfasis que ella había puesto en la palabra y se quedó pensativo.

—Cuando dices «aquí», ¿a qué te refieres exactamente?

—No lo sé. Sé que esta es tu habitación, solo que para mí en realidad no lo es. No es donde tú estás. —Se detuvo, pero Gale le dio espacio para continuar—. Es como... —dijo de repente moviendo el brazo—, como que todo esto es mi casa, pero ya no es una casa de verdad. No está hecha de ladrillos y demás, solo está hecha de... energía. Y tú también. Por eso puedo atravesar cosas. Porque todo es solo energía.

—¿Y tú eres energía?

Layla sacudió la cabeza con firmeza. —No. Yo soy otra cosa. Soy todo lo contrario. Soy como... un espacio donde no hay energía. Donde no puede haber energía. Y por eso... por eso duele.

Ambos se quedaron callados un momento. —Me encantaría poder abrazarte. —Layla arrugó la cara, como solía hacer cuando estaba a punto de llorar. Pero no lo hizo.

—A mí también.

—Podríamos intentarlo —sonaba tímida, como si un pensamiento hubiera ahuyentado la amenaza de las lágrimas.

—¿Intentar el qué? —Gale no seguía el hilo.

—Yo... —Se detuvo al ver que él fruncía el ceño—. Ya lo intenté.

—¿Cuándo?

—Hace tiempo, cuando dormías. Cuando llegué por primera vez. También lo intenté con mamá, y... bueno, en realidad no funciona. Es como abrazar al aire.

Gale se quedó pensativo. Abrió la boca para responder, se detuvo y lo dijo de todos modos.

—Bueno, ¿quizás es mejor cuando la otra persona no está dormida?

Layla pareció sopesar su respuesta y finalmente asintió. —Supongo que podríamos intentarlo.

Gale apartó el edredón y se sentó en la cama, estaba en pijama y no tenía frío.

—¿Me levanto yo o lo haces tú?

—Puedo bajar hasta ti. —Layla se acercó flotando hasta que estuvo en la cama junto a él. Nervioso, Gale extendió los brazos y, cuando Layla hizo lo mismo, él pasó cuidadosamente los suyos por donde estarían los de ella, si estuviera físicamente allí. Luego se inclinó hacia ella. Al principio, casi se inclinó, esperando que hubiera algo en lo que apoyarse. Layla hizo lo mismo, y cada uno tardó unos instantes en encontrar una posición que funcionara. Pero luego lo hicieron. Más o menos.

Y por primera vez en casi dos años, desde que fue secuestrada, violada y brutalmente asesinada, Gale abrazó a su hermana mayor. Después de un rato, volvió a hablar.

—Tengo que irme a dormir ya.

CAPÍTULO DIEZ

—ESTO ES UNA LOCURA —dijo Gale a la mañana siguiente, cuando se despertó y vio que Layla seguía en la habitación con él. Layla le recordó lo que había pasado. Pero no había hecho falta. Él lo recordaba todo—. Una locura espectacular.

—Una locura muy espectacular —convino Layla.

—¿Qué vamos a hacer? Quiero decir, no tenemos que hacer nada pero ¡piensa en todo lo que podríamos hacer! Podríamos divertirnos un montón.

Gale acababa de terminar de vestirse tras pedirle a Layla que se diera la vuelta. No se había molestado cuando pensaba que ella era solo una parte de su subconsciente, y esa idea le preocupaba un poco ahora, pero había cosas más importantes de las que preocuparse.

—Sí —asintió Layla—. Podríamos hacer eso.

No parecía muy convencida. Al final, Gale se dio cuenta.

—¿Qué te pasa?

Layla se detuvo, su pecho subió y bajó en un gran suspiro, y Gale se preguntó cómo era posible; si era un fantasma, por qué respiraba. Pero una vez que lo notó, parecía que respiraba menos y luego que no respiraba en absoluto, como si fuera él quien la hacía respirar en primer lugar. Era una idea aterradora, que él pudiera controlarla, y tal vez incluso matarla solo con sus pensamientos. No le gustó y la apartó de su mente.

—¿Cuánto sabes de fantasmas, Gale?

La pregunta lo confundió y no contestó durante un rato. Cuando lo hizo, se encogió de hombros. —No lo sé. Son personas muertas. Muertos que... —se interrumpió. Otra idea apareció en su mente. Esta tampoco le gustaba en absoluto.

—Continúa.

—Bueno, iba a decir que son personas muertas que no han... no sé, pasado del todo. Pero de verdad que no sé lo que significa eso.

—¿Pasado a dónde?

—Bueno, ya sabes, al otro lado.

—Vale. ¿Y por qué no?

—No lo sé. Supongo que es porque necesitan resolver algo.

Layla asintió; parecía satisfecha—: Eso es lo que recuerdo yo también.

Gale esperó a que continuara, pero no lo hizo.

—Entonces, ¿es verdad? ¿Necesitas algo?

Ella lo observó con atención mientras respondía. —Lo único que sé es que he tenido mucho tiempo para pensar. Y creo que podría ser cierto que hay algo pendiente.

—Vale. Entonces, ¿qué crees que necesitas? —Ahora que la idea había llegado por completo, Gale decidió que tal vez no era tan mala después de todo. Si había algo que su hermana necesitaba, él podía ayudarla. Incluso podría ser divertido.

Pero Layla tardó mucho en contestar. Y cuando habló su voz era grave.

—Me pasó algo horrible, Gale, algo de verdad asqueroso y despreciable. Hizo una pausa—: Y creo que por eso estoy... aquí. Aquí y no allí.

La sonrisa de Gale se fue disolviendo poco a poco.

—Lo sé.

—No. —Layla negó con la cabeza—. No lo sabes. Nadie lo sabe, en realidad —hizo una pausa.

—Pues dímelo.

Layla apartó la mirada. Al cabo de unos instantes, se volvió hacia él y volvió a negar con la cabeza.

—No puedo... no puedo decírtelo.

—Vale. Entonces, ¿dónde está el lugar al que deberías ir?

—No estoy segura, solo sé que debo ir hacia allí.

Ambos se quedaron callados.

—Entonces, ¿qué necesitas? — preguntó Gale al cabo de un rato—. ¿Qué te hace falta para llegar allí? —Esta mañana estaba volviendo con demasiada rapidez al territorio «demasiado raro para creerlo» de la noche anterior, pero él estaba haciendo todo lo posible por mantener el ritmo.

—Bueno, ¿no es algo elemental? La policía no ha cogido al hombre que...

—... ¿te mató? —Gale terminó la frase por ella.

—Sí.

Se miraron durante un largo rato.

—No sabía que era un hombre. A ver, todo el mundo piensa que debe de serlo, pero siguen diciendo «la persona», como si pudiera haber sido una mujer la que...

Layla le interrumpió—: Pensé que lo harían. Atraparlo, quiero decir. —Sus palabras detuvieron a Gale—. Cuando estaba aquí por primera vez. Cuando era débil, pensé que lo atraparían, y eso me ayudaría, ya sabes, a pasar. Pero la policía no lo ha atrapado, y ahora ni siquiera... ni siquiera están investigando, o eso es lo que dice mamá. Así que... — Layla lo miró de nuevo. Su expresión era diferente ahora, decidida—. Así que creo que tengo que ayudarlos.

Gale la miró a los ojos, sentía cómo sus emociones anteriores se habían marchitado y ahora se esfumaban. Esos pensamientos casi felices, tan poco familiares estos días, se deshacían y desaparecían ante sus ojos, como si cayeran por el desagüe de la bañera. Y en su lugar aparecían nuevos pensamientos, pensamientos aterradores. Uno en particular, que surgió de la nada pero que empujó todo lo demás hacia fuera y pareció llenar su cabeza, hasta que fue demasiado grande para no mencionarlo.

Gale bajó la cabeza durante un minuto, con la cara torcida mientras consideraba su nueva idea, trató de ver una manera de evitarlo, pero no había ninguna.

—¿Qué te pasa? —preguntó Layla. Reconocía a la perfección la expresión de su cara.

—No eres solo tú —respondió al final. Levantó la cabeza y la miró de nuevo—. No hay nadie más que pueda verte, ¿verdad? ¿solo yo?

Layla asintió. —Creo que sí.

—Entonces no eres solo tú quien tiene que ayudarlos. Tenemos que encontrarlo entre los dos.

CAPÍTULO ONCE

CUANDO JON ENTRÓ en la cocina, se oyó el ruido de los tacos metálicos de sus zapatillas de ciclismo. Rachel se volvió del fregadero para mirarlo. En una mano sostenía una patata a medio pelar. Era fin de semana y se habían evitado mutuamente desde su discusión, hasta el punto de que Jon había salido temprano de casa para ir a montar en bicicleta.

—Lo siento —empezó—, por lo de anoche.

Rachel asintió, dándose la vuelta. Casi, pero no del todo, lista para enfrentarse a él de nuevo.

—No era mi intención... mira los dos dijimos muchas cosas, algunas de ellas estupideces. No quise gritar. —La miró suplicante, con un profundo dolor en sus ojos—. Es solo que a veces me pregunto cómo seremos en los próximos años. ¿Me entiendes? ¿Vamos a ser una de esas parejas a las que se les muere un hijo y nunca lo superan?

—Yo no puedo superarlo. Al menos hasta que hayamos hecho todo lo posible por encontrar al culpable, absolutamente todo.

Jon se quedó en silencio. Luego dio un profundo suspiro.

—Es que no sé si vale la pena, eso es todo. No sé si es la opción más sabia. No sé si es lo mejor para nosotros. O lo mejor para Gale. —Se detuvo, pero en medio del silencio añadió—: No sé qué habría querido Layla.

Rachel soltó la patata. Reconocía el estado de ánimo de su marido, un estado conciliador. Sabía que iba a conseguir lo que quería.

—Lo que Layla hubiera querido es justicia.

—Claro. —Asintió Jon al cabo de unos instantes. La vio coger un pañuelo del cajón y secarse los ojos—. Ya lo sé —continuó Jon—. Layla tenía un sentido muy fuerte de lo que era justo y lo que no. Pero no habría querido... —pasó una mano por la encimera, como si simbolizara su última pelea — ...esto.

Rachel sintió que volvía a hacer acopio de energía. Por un momento se sintió emboscada, como si le estuviera tendiendo una trampa.

—¿Así que no crees que debamos ir al programa de televisión? ¿Eso es lo que quieres? Pensaba que...

—No, eso no es lo que estoy diciendo —contestó y se quedó callado, inspeccionando el suelo. Rachel esperó, ahora no estaba segura—. Lo pillé, en su habitación —continuó Jon. El cambio de tema sorprendió a Raquel.

—¿Qué? ¿A quién?

—A Gale. Cuando subí, después de nuestra... discusión. Estaba en su habitación.

Rachel sintió que se le arrugaba la frente. Ella misma había entrado para comprobar las velas. Había pensado que había algo fuera de lugar.

—¿Qué estaba haciendo?

—Nada... No creo que estuviera haciendo nada en particular.

Ambos guardaron silencio un rato.

—Mira, voy a acceder. Estoy de acuerdo con que hagamos el programa. Pero creo que también debemos estar de acuerdo en que tiene que ser lo último que intentamos. No podemos seguir así para siempre. Yo no puedo. Tenemos que aprender a ser una familia de nuevo. Los tres. O aceptar que no lo somos.

La última frase sonó como un susurro y Rachel no la oyó. Lo único que oyó fue que él estaba de acuerdo con hacer la reconstrucción del crimen en televisión.

—¿De verdad? ¿Crees que deberíamos hacerlo?

Jon parecía preocupado, pero la expresión desapareció de su rostro. Asintió con la cabeza.

—No creo que vaya a ayudar mucho, en especial después de todo este tiempo y de toda la publicidad que ya le hemos dado al caso. Pero puede que aquel día hubiera alguien en la playa, de fuera de la zona, y que viera algo. —Se encogió de hombros.

Rachel se sorprendió a sí misma por lo que ocurrió a continuación. Sin pensarlo, cruzó hasta donde él estaba y le rodeó los hombros con las manos, hundiendo la cara en los pliegues de su camiseta de ciclista. Se quedó allí un rato. Luego se separó.

—¿Y te pondrás delante de la cámara, si te lo piden?

Jon asintió. —Pero no lo van a hacer. Te querrán a ti. Quieren emoción en carne viva.

Rachel rompió a llorar ante la sugerencia, pero al mismo tiempo se echó a reír—: Eso no va a ser un problema para mí, ¿a que no?

CAPÍTULO DOCE

—¿COMES? —le preguntó Gale a Layla. Estaban en la cocina mientras se preparaba el desayuno. Su madre había subido las escaleras y su padre no estaba; se había ido antes a dar un paseo en bicicleta con unos amigos. Al menos parecía que se habían reconciliado.

Gale y Layla habían continuado hablando en todos los momentos en que no los observaban, pero era difícil con las idas y venidas de la mañana. Ahora las cosas se habían calmado un poco.

—No.

—¿Por qué no?

—No tengo hambre. —Se encogió de hombros, observando cómo él se metía una cucharada de Weetabix en la boca.

—¿Lo has intentado? ¿Se te cae todo al suelo?

—No puedo meterme una cuchara en la boca. No puedo agarrarla.

—Ah, claro. —Gale continuó comiendo Weetabix mientras consideraba su respuesta.

—¿Y dormir? ¿Puedes?

—No.

—¿Y qué haces toda la noche, te aburres? —Gale sentía que tenía un número ilimitado de preguntas, y por el momento Layla parecía contenta con intentar responderlas.

—No es que me aburra. Ahora el tiempo es diferente. Es como si pudieras... separarte del tiempo, retroceder hasta donde el tiempo no existe. Y luego dar un paso adelante de nuevo cuando hayas terminado de estar ahí tumbado roncando.

—¡Yo no ronco!

—Sí que roncas. No tanto como papá pero roncas.

—¿De verdad?

—¿De verdad qué, cariño? —Su madre volvió a entrar en la cocina, iba cargada con el cesto de la ropa sucia, tan lleno que casi se salía.

—Nada —contestó Gale mientras miraba a su alrededor, como si pudiera haber alguien más en la cocina, pero por supuesto estaba vacía.

—Bueno, date prisa. Son casi las diez y tienes a Karen a las once.

—Sí. —Asintió—. Ya lo sé.

La madre atravesó la cocina hasta el lavadero, y la oyeron resoplar mientras se agachaba para cargar la lavadora.

—Entonces, ¿cómo vamos a hacerlo? ¿Cómo vamos a ayudar a la policía a atraparlo? — Gale hizo la pregunta en un susurro bajo. Layla también bajó la voz, aunque no era necesario—. Podríamos decírselo a mamá.

Miraron hacia el lavadero, donde se veía la espalda de su madre a través de la puerta abierta.

Layla negó con la cabeza—: No te va a creer.

—¿Podríamos intentarlo? No veo qué otra cosa podemos hacer.

—Bueno, ¿qué tal si se lo dices a tu terapeuta? Ella debe de saber mucho sobre la muerte.

—Ya lo intenté. Dijo que eras producto de mi

subconsciente. Y lo que es peor, que solo empezaré a mejorar cuando ya no pueda verte. Así que si se lo decimos a ella, o a mamá, solo hará que se preocupe y se estrese más de lo que ya está.

—¿Qué dices? —La voz de su madre llegó desde el lavadero—. ¿Con quién hablas?

—Con nadie —respondió Gale. Y luego añadió, mientras su hermana empezaba de repente a hacer mímicas bailando por la cocina—: solo tarareaba para mis adentros.

—Ya... —Rachel miró a través de la puerta abierta, observando a Gale con una expresión confusa en el rostro—. Bueno, me alegro de que estés de mejor humor. ¿Quizá las sesiones están empezando a funcionar?

Gale no contestó, sino que se encogió de hombros, hasta que ella se volvió hacia la lavadora, que en ese preciso momento empezó a hacer un ruido.

—¿Estás seguro de que no puede verte? ¿De verdad que lo has intentado? —Gale siseó la pregunta a su hermana. Pero Layla no tuvo tiempo de contestar antes de que su madre volviera a salir, esta vez cargada con una cesta de ropa limpia.

—Mira —dijo Layla. Y mientras que antes, cuando su madre había pasado por la cocina, Layla se había arrimado a la pared y había perdido un poco de intensidad, esta vez hizo lo contrario, brilló con más fuerza y se colocó en el centro de la habitación, donde bloqueaba el paso de su madre.

—¡Mamá! —gritó con fuerza, mientras Rachel cruzaba la cocina, pasando a través de su hija. En la cara de Rachel no había ningún indicio de que hubiera ocurrido nada.

—Acuérdate de meter el cuenco en el lavavajillas cuando termines. Y no te olvides de lavarte los dientes. —Y salió de la cocina para subir las escaleras.

—Ay —dijo Layla cuando se fue su madre.

—De verdad que no puede verte. O escucharte.

—No, pero puedo sentirla, y como que duele.

Gale se quedó pensativo un rato. Entonces tuvo una idea —: ¿Hay algo como mi submarino? Algo que tú conozcas y ella no. ¿Pero que sabría que es real, si se lo contaras?

A Layla le llevó un rato desentrañar esto. Pero al final negó con la cabeza.

—¿Estás segura? —Gale parecía decepcionado, pero Layla se limitó a encogerse de hombros.

—Bueno, ¿estás seguro tú de lo de tu terapeuta? ¿Ella debe de saber de estas cosas? ¿Qué haces en las sesiones?

—Ella habla mucho y quiere que yo también hable. Pero yo no digo mucho, así que me hace hacer dibujos.

—¿Dibujos de qué?

—Dibujos que describan cómo me siento. Se llama arteterapia. —Layla no parecía muy convencida y Gale sintió un momento de decepción—. ¿Puedo enseñártelo si quieres?

Layla seguía con cara de duda, pero se encogió de hombros en un gesto de aceptación. Entonces Gale fue al pasillo a por su mochila. Sacó su bloc de dibujo y lo puso sobre la mesa. Por un segundo esperó a que ella lo abriera, pero luego se dio cuenta de que no podía y empezó a pasar las páginas. Demasiado rápido para el gusto de Layla.

—Espera, ve más despacio.

Así lo hizo, pasando las páginas con cuidado para mostrarle los dibujos que había hecho de la familia, a veces con ella en ellos, más a menudo sin ella. Estaba muy orgulloso de lo buenos que eran algunos de ellos.

—¿Qué es esa mancha negra? —Layla señaló un pegote en la parte baja del dibujo.

—Eso es Barney.

—¿El perro? ¿Por qué tiene seis patas?

—No tiene seis patas. Esa es la cola.

—Aun así son cinco, y tú has dibujado seis.

—La otra es la correa.

Layla hizo una mueca y suspiró. Luego se apartó del cuaderno. —Entonces, ¿qué vamos a hacer? ¿Cómo vamos a atrapar al hombre que me mató?

—Vamos, Gale. —De repente, su madre estaba de vuelta en la cocina, echándole una mala mirada al cuenco de Weetabix que seguía en la encimera.

—¿Te has lavado los dientes?

Gale no contestó, pero Rachel vio el bloc de dibujo.

—Lo siento, cariño, no sabía que estabas mirando tu diario. —Su voz era de repente mucho más suave—. Pero tenemos que irnos, o llegaremos tarde. —Cerró el cuaderno con delicadeza y lo volvió a meter en la mochila, pero entonces volvió a ponerse en modo madre y lo llevó a toda prisa escaleras arriba.

Layla lo siguió y se quedó detrás de él en el baño mientras se lavaba los dientes, para que pudiera verla en el espejo. Cuando por fin terminó de lavarse los dientes y escupió la pasta en el lavabo, Layla le preguntó—: ¿Quizá podrías intentar preguntarle a la consejera?

—Vamos, cariño —su madre se plantó en la puerta—. No quiero que lleguemos tarde.

Gale miró a Layla y gesticuló con la boca—: Lo intentaré —dijo mientras salían del cuarto de baño.

CAPÍTULO TRECE

ELLEN CROSS no tenía escritorio propio, pero había una hilera de ordenadores que los agentes utilizaban para escribir sus informes. Se sentía un poco culpable por leer lo que estaba leyendo en horas de trabajo, pero, en cierto modo, estaba relacionado con el trabajo.

Con poca destreza, Ellen tecleó las palabras «Oposiciones inspector de policía» en la intranet de la policía, que contenía todos los formularios y documentos. Y, al igual que en Google, cuando pulsó «buscar», apareció una larga lista de resultados. El tercero decía:

«Información y ejemplos de preguntas para miembros del cuerpo nacional de policía que quieran presentarse al EAGI o Examen de ascenso al grado de Inspector.»

Miró a su alrededor. Había varios compañeros en la oficina, pero los demás ordenadores estaban vacíos y nadie le prestaba atención. Pinchó en el enlace. La pantalla cambió y se llenó de texto.

«El Examen de acceso al grado de Inspector (EAGI) está

diseñado para evaluar los conocimientos y aptitudes del candidato en las áreas de investigación de delitos, resolución de problemas, toma de decisiones y liderazgo. El examen consta tanto de preguntas de opción múltiple como de preguntas abiertas en las que se evalúa la capacidad del candidato para analizar e interpretar pruebas, llevar a cabo investigaciones exhaustivas y eficientes y tomar decisiones acertadas en situaciones de alta presión.»

Cross sintió que se le aceleraba el corazón mientras leía. ¿Podría hacerlo? ¿Debería hacerlo? De repente, un ruido detrás de ella la hizo dar un respingo y se giró para ver a dos agentes de paisano que hablaban en voz alta mientras cruzaban la sala. El primero era un hombre de unos cuarenta años al que Cross conocía pero con el que nunca había hablado. La otra era una mujer, más joven que Cross y recién licenciada. Cross había charlado con ella en la cantina y le había parecido bastante simpática. Ninguno de los dos se fijó en ella o, si lo hicieron, la ignoraron y desaparecieron por la puerta. Cross comprobó de nuevo que no la observaban y volvió a la pantalla.

«Para prepararse para el EAGI, se recomienda encarecidamente a los candidatos que repasen las últimas técnicas de investigación, incluidas las forenses, la gestión de la escena del crimen, los métodos de entrevista e interrogatorio, así como que se familiaricen con todas las leyes y reglamentos pertinentes.

»El EAGI es un examen riguroso, y solo los candidatos que demuestren el máximo nivel de conocimientos y competencia serán tenidos en cuenta para el ascenso al rango de Inspector.»

Cross vaciló. ¿El más alto nivel de conocimientos y competencia? Había un enlace a «Ejemplos de preguntas», en el que pinchó a continuación.

«Pregunta: ¿Cómo se asegura de que todos los aspectos

de una investigación, incluidas las entrevistas, los interrogatorios y la vigilancia, se lleven a cabo dentro de las directrices legales y éticas, garantizando al mismo tiempo que la investigación se realice de forma oportuna y eficiente?»

Debajo había un gran espacio en blanco, como si el que fuera a contestar tuviera mucho que decir en respuesta. Cross tragó saliva. Los exámenes no habían sido lo suyo en la escuela, y fueron una de las razones por las que había decidido no ir a la universidad. Se desplazó por la pantalla con el ratón y se sintió aliviada cuando vio el botón de «Siguiente». Lo pulsó y apareció una nueva pregunta.

«Pregunta: ¿Cómo se gestiona un caso complejo en el que intervienen varios sospechosos y un gran volumen de pruebas, garantizando al mismo tiempo que se mantenga la integridad de las pruebas y que sean admisibles ante un tribunal?»

De nuevo, había un amplio espacio para responder. Y de nuevo, pinchó sin dudarlo en «siguiente» para continuar. Esta vez se le presentó una pregunta tipo test.

«Pregunta: En un caso penal complejo y de gran repercusión, ¿cuál es el método más eficaz para gestionar y organizar grandes volúmenes de pruebas e información?

»A) Utilizar una simple hoja de cálculo o documento para hacer un seguimiento de las pruebas y de toda la información pertinente.

»B) Crear un diagrama de flujo detallado para organizar visualmente las pruebas y la información.

»C) Implantar un programa informático especializado en la gestión de casos que tenga una función de búsqueda avanzada.

»D) Todas las anteriores.»

Esta tenía mejor pinta. Cross leyó con detenimiento todas las opciones, se lo pensó durante un momento y seleccionó la respuesta D. Enseguida la página mostró el resultado.

«Incorrecto. La respuesta correcta es C. Los programas especializados en la gestión de casos son capaces de manejar grandes cantidades de datos, con capacidades de búsqueda avanzadas y herramientas de organización que lo convierten en el enfoque más eficaz para gestionar y organizar grandes volúmenes de pruebas e información en un caso penal complejo y de alto perfil.»

—Pero eso es lo que yo he dicho... Mi respuesta incluía la C, ¿cómo es posible que esté mal...? —solo se dio cuenta de que estaba hablando en voz alta cuando oyó una risita detrás de ella. Se giró para ver a Paddy O'Brian, agente de toda la vida, que la miraba por encima del hombro mientras sostenía una gran taza de té en la mano.

—Es el primer signo de locura, Cross, cuando te pones a hablar sola. —Volvió a reírse y se inclinó para ver mejor la pantalla.

Aunque era demasiado tarde, Cross cerró la ventana, de modo que el ordenador mostraba ahora el informe que se suponía que debía presentar sobre una bicicleta robada en la puerta del supermercado junto a la estación de tren.

—¿Estás mirando lo del examen de EAGI? —Aspiró aire entre los dientes—. Es muy duro.

Cross sintió que se sonrojaba.

—No, iba a archivar un informe de una bici robada — dijo al tiempo que señalaba la pantalla—. No sé lo que era eso, estaba abierto cuando me senté. —Cross se calló, pero Paddy no estaba escuchando de todos modos.

—Me presenté un par de veces. Suspendí, evidentemente. —Posó su pesado cuerpo en la silla junto a la de ella y sopló el vapor de su té—. Perdona, ¿querías una taza? —Se acomodó en la silla, como si no esperara que ella aceptara la oferta.

—No, voy a salir en cuanto acabe esto. —Cross se volvió hacia la pantalla.

—Puedes aprender a hacerlo. A aprobar, quiero decir. ¿Cómo crees que aprueban los de arriba sino? No es porque sean superagentes. Es que tienes que saber los trucos para responder y decir lo que ellos quieren que digas.

Cross no se paró a preguntarse quiénes eran «ellos» en este contexto.

—Supongo.

De alguna parte, Paddy sacó un paquete con un bocadillo de pan blanco, envuelto en papel transparente. Lo desenvolvió con cuidado y levantó la parte superior para comprobar el relleno. Cross no pudo evitar mirar hacia abajo en el mismo momento, y la vista confirmó lo que su olfato ya había averiguado. Sardinas en salsa de tomate, con aros de cebolla roja. Olía como si lo hubiera hecho hacía una semana.

—Solo tienes que ponerte a estudiar —continuó Paddy, volviendo a colocar la parte superior del bocadillo con deliberado cuidado—. Ya sabes, por las tardes y eso. También por las mañanas antes de que empiece tu turno. Puedo ayudarte si quieres, aún tengo los libros en algún sitio.

De repente, Cross se rio. No de Paddy, sino de sí misma. ¿A quién quería engañar?

—Gracias, Paddy. —No lo dijo de mala manera, Paddy de verdad era un ser generoso y no quería herir sus sentimientos—. Pero no creo que sea lo mío.

Y sonrió, sintiendo una sensación de alivio que fluía a través de ella. Paddy se encogió de hombros mientras tomaba un bocado y masticaba ruidosamente. Entonces ella se volvió para terminar el formulario de la bici, mientras él comenzaba su trabajo, pulsando las teclas una a una como un pájaro que picotea migas de pan. Pero justo cuando ella se levantaba para irse, él volvió a hablar.

—Personalmente, creo que serías una gran inspectora —lo dijo en voz baja e hizo que Cross se quedara paralizada mientras se levantaba—. Claro que a nadie le importa lo que yo piense. —Esbozó una sonrisa de pesar y volvió a su pantalla.

CAPÍTULO CATORCE

—BUENO, ¿se lo has preguntado? —preguntó Layla. Era por la tarde y la primera vez que podían hablar libremente.

—No sabía nada.

—¿Pero se lo preguntaste?

—Le pregunté si los fantasmas existían de verdad y si era posible que tú fueras uno.

—¿Y qué dijo?

—Me dio un abrazo y me dijo que hiciera un dibujo.

Layla se le quedó mirando. —¿Y eso en qué ayuda?

—Ya te lo advertí.

Gale abrió la mochila y sacó el bloc. Había vuelto a dibujar una escena familiar. Miró a Layla pensativo. Había una pregunta que había meditado durante el almuerzo.

—¿Estás segura de que no eres una especie de *poltergeist*? ¿Has intentado tocar cosas o moverlas con la mente?

—Pues claro que lo he intentado —espetó Layla. Luego se ablandó—. Mira. —Echó un vistazo a la habitación y se fijó en un bloque de Lego que había en el borde de la estantería. Acercó el dedo y frunció el ceño en señal de concentración. Muy despacio, empujó el dedo hacia delante y lo clavó en el bloque.

—Ya está. ¿Lo ves?

Gale se acercó para ver con más claridad. —Bueno. De todas formas, está muy chulo. —Se mordió el labio—. ¿Qué se siente al estar dentro de un bloque de Lego?

—No lo sé... No se siente nada. No soy capaz de sentir nada.

Gale pareció decepcionado, pero solo por un momento. —Bueno, no importa. Todavía podemos hacerlo. Podemos atrapar al hombre, solo tenemos que trabajar juntos. Tú puedes decirme lo que sabes y yo se lo digo a la policía.

—Ya. Solo que no te creerán. No se van a creer que soy yo quien lo dice, porque no creen en mí. Así que es imposible que te crean.

Gale cogió ahora él mismo el bloque de Lego. Primero lo examinó para ver si el intento de Layla lo había cambiado de alguna manera, y luego intentó repetir su truco, sin éxito.

—Bueno, tendremos que demostrarlo. Tendremos que conseguir pruebas.

Ella lo observó durante un largo rato.

—¿Y cómo vamos a hacer eso?

Gale se encogió de hombros. —Aún no lo sé. Pero dime ¿qué recuerdas del hombre que te secuestró?

Layla se quedó mirándolo y luego bajó flotando hasta sentarse en la única silla de la habitación. Ahora tenían tiempo, faltaban un par de horas para la cena, y su madre tenía la radio puesta en el piso de abajo.

Asintió con la cabeza. —Vale, te lo voy a contar.

Se levantó de nuevo y se quedó flotando junto a la ventana, mirando la calle.

—Estábamos en la playa, mamá, tú y yo. Papá se había ido en bici a alguna parte. Se suponía que iba a venir más tarde.

—Sí, ya me sé las partes en las que estoy yo.

—Ya lo sé. —Miró a su alrededor—. Solo estoy... preparando la escena. —Frunció un poco el ceño, luego continuó—. Llevábamos allí un rato y hacía calor, así que mamá dijo que podíamos ir a comprarnos un helado. No nos acompañó porque veía el quiosco desde donde estaba sentada. Así que se quedó allí, mirando el móvil.

Gale asintió. —Me acuerdo. —No quiso admitir que había revivido aquel día cientos de veces desde la desaparición de su hermana.

—Y estábamos jugando a ese juego, el juego de la 'S', y seguíamos jugando en la cola, pero había mucha gente y tuvimos que esperar mucho tiempo. Así que dijiste que te ibas con mamá y me esperabas allí —continuó Layla—. Fue casi una pelea, pero no en serio. No fue una discusión propiamente dicha.

Gale se mordió el labio, sus palabras lo habían llevado allí de vuelta, a los últimos minutos en los que vio a su hermana con vida.

—Así que después de que volvieras con mamá, esperé allí un rato, mucho rato. Casi diez minutos. Entonces apareció la ambulancia. Estaba conduciendo por el paseo marítimo y se detuvo un poco antes de llegar a la cola. Eso hizo que mucha gente se moviera, para ver qué había pasado. Pero yo no me moví, no quería perder mi sitio en la cola. Entonces, debido a toda la gente que rodeó a la ambulancia, de repente ya no podía ver a mamá. Pero no me preocupé. No se me ocurrió que podrías ser tú el herido.

—¿Qué? —interrumpió Gale—. Yo no fui el que estaba herido... —La historia se había apartado de manera muy súbita de lo que él sabía, o creía saber.

—Ya lo sé. Eso lo sé ahora. Pero fue entonces cuando apareció él. El hombre... —Layla se detuvo.

Gale sintió un escalofrío en el estómago. Era extraño cómo aquello, lo que fuera que estaba pasando con su hermana, pudiera pasar de lo divertido a lo mortalmente serio con tanta rapidez.

—¿Qué pasó entonces? —Se había preguntado tantas

veces por el momento en que se llevaron a Layla. Todo el mundo se lo había preguntado, porque ella había sido una chica sensata que sabía que no debía irse con desconocidos. Pero si ese era el caso, ¿cómo había hecho quienquiera que fuese para sacarla de una playa concurrida sin que nadie los viera?

Layla no contestó.

—¿Cómo era? —Gale volvió a intentarlo—. ¿El hombre? —En su cabeza no pudo evitar imaginarse un monstruo de verdad. Una especie de gigante peludo de piel verde y malvados ojos rojos, que levantaba a Layla del suelo y se la llevaba, metida bajo el brazo, mientras ella luchaba y gritaba. Pero Layla pareció intuirlo y negó con la cabeza.

—Tenía un aspecto bastante normal. Es difícil de describir.

—¿Te agarró?

—No. —Layla pareció frustrada por un segundo, o quizá avergonzada—. No, él... me engañó. Fui una estúpida. No tuvo ni que agarrarme.

Esa revelación hizo que Gale tragara saliva. Su hermana siempre había sido la más inteligente de los dos. La idea de que pudieran engañarla lo asustaba bastante.

—¿Cómo pasó?

A medida que Layla respondía mantuvo los ojos clavados en su hermano. —Yo no le habría hecho ni caso, pero él sabía mi nombre. Me preguntó si me llamaba Layla y luego dijo que mamá lo había enviado...

—¿Cómo sabía tu nombre?

—Le he dado muchas vueltas a eso. Creo que debió oírlo cuando discutimos. Creo que nos gritamos el uno al otro...

Los ojos de Gale se abrieron de par en par, y Layla lo vio enseguida.

—No es culpa tuya. No te culpo. —Se detuvo—. Él también sabía tu nombre.

—¿Mi nombre? —Con el frío que ya sentía, el cuerpo de Gale se convirtió en hielo.

—Sí. Dijo que estabas herido, que para eso era la ambulancia.

—No, no era para eso. —La confusión golpeó de nuevo a Gale, el relato de su hermana difería del que había repasado tantas veces con la agente de policía, con Karen, y con sus padres—. Fue porque alguien se había caído por el acantilado. Lo dijo la policía.

—Lo sé. Lo sé ahora, porque he oído a mamá y papá hablar de ello. Pero no fue eso lo que me dijo. Dijo que te habías hecho daño, no mucho, solo lo suficiente para que tuvieras que ir en ambulancia y mamá contigo. Y por eso tenía que ir con él. Me dijo que mamá le había pedido que me buscara y me llevara al hospital y que allí nos veríamos.

Gale se quedó un rato en silencio, sopesando esta información. Intentó imaginarse de nuevo en la playa, con sus situaciones intercambiadas. ¿Habría caído en la trampa? ¿Habría sido aún más fácil de engañar? No le gustó la respuesta que apareció en su cabeza.

—¿Por qué él? —preguntó Gale de repente—. ¿Por qué habría elegido mamá a un completo desconocido?

Pero Layla negó con la cabeza.

—No era un desconocido, de eso se trataba. O al menos él dijo que no lo era. Me contó que mamá lo vio en la playa justo después del accidente, y se sintió muy aliviada porque se conocían del trabajo. Por eso había confiado en él para que me llevara al hospital.

—¿Entonces conoce a mamá? —Gale sintió una mezcla de esperanza e inquietud. Sería más fácil atrapar al hombre si su madre lo conocía, pero la idea de que fueran colegas le resultó inquietante.

Layla volvió a negar con la cabeza. —No. No lo conoce. Ahora estoy bastante segura de ello. No tenía pinta de abogado. Además, cuando íbamos en el coche hacia el hospital, cambió de versión.

—¿Qué dijo entonces?

—Me preguntó si quería ver sus serpientes.

Gale no pudo evitar la sorpresa en sus ojos.

—¿Sus serpientes?

Layla tragó saliva y asintió con la cabeza.

CAPÍTULO QUINCE

—¿SERPIENTES? —volvió a preguntar Gale—. ¿Te preguntó si querías ver sus serpientes?

—Sí, es raro, ya lo sé. Fue entonces cuando pensé por primera vez que había algo extraño en él. Justo antes había estado hablando del hospital y diciéndome que te pondrías bien, y yo estaba un poco asustada por ti, pero sin pensar realmente en mí. De repente se volvió para mirarme y me soltó la pregunta.

—¿Qué fue lo que dijo exactamente?

—Algo así como «Oye, se me acaba de ocurrir, mi casa está a la vuelta de la esquina, ¿te gustaría pasarte? Puedo enseñarte mis serpientes».

Gale se quedó callado, intentando imaginar el momento.

—¿Y tú qué dijiste?

—Pues que no, por supuesto. Le dije que quería ir directamente al hospital, a veros a ti y a mamá. Pero me pareció raro y supongo que él se dio cuenta, porque fue entonces cuando cambió todo.

—¿Qué es lo que cambió?

—Ya no estaba tan simpático. Íbamos por una calle medio vacía, no íbamos por la carretera que va al hospital.

Entonces paró el coche y de repente se abalanzó sobre mí y me tapó la boca y la nariz con algo.

Gale guardó silencio unos instantes, lo único que se oía era el sonido de su respiración.

—¿Qué era?

—No lo sé. Era una especie de tela, pero empapada con alguna sustancia química.

—¿Como lo que vimos en ese programa? ¿El que mamá nos prohibió ver?

—Supongo que sí. No sé si era eso exactamente. Pero algo parecido.

—Aquello daba miedo. El programa, quiero decir.

—Es más aterrador aún en la vida real.

Gale se quedó en silencio de nuevo, pensando en las palabras de su hermana. —¿A qué sabía? —preguntó al final.

—No lo sé. No estaba bueno.

Gale hizo una pausa y luego asintió con la cabeza.

—¿Qué pasó después?

—Bueno, eso fue lo que pasó. Durante mucho tiempo estuvimos así. Él inclinado sobre mí, con el paño en la cara. Yo sin poder respirar. Fue horrible.

—¿Te peleaste con él?

—Lo intenté. Pero era muy grande. Y al final me mareé... ¿sabes cuando ves estrellas y todo se vuelve negro a tu alrededor?

Gale se quedó mirando a su hermana, horrorizado. Consiguió asentir.

—Bueno, pues me pasó eso. Lo que podía ver se hizo cada vez más pequeño, y me entró el pánico. Estaba aterrorizada, pero no podía hacer nada. Entonces me rendí y dejé que todo se volviera negro. No era mi intención, de verdad que no. Lo siguiente que supe es que ya no estaba en el coche. Estaba en una gran habitación, una habitación subterránea, sin ventanas.

Gale trató de forzarse a pensar, de ser útil. —La policía dice que creen que estuviste retenida en algún lugar, alrededor de dos semanas antes de morir.

—Sí, lo sé.

—Y te cuidaron. Te dieron de comer y esas cosas.

—Bueno, más o menos.

—Entonces, ¿volviste a verlo?

Layla se volvió de nuevo hacia él. Estaba quieta, pero al cabo de un momento asintió.

—Sí. Lo vi muchas veces.

Gale se quedó mirándola y esperó hasta que por fin su hermana continuó.

—Al principio, estaba confusa. No sabía dónde estaba ni cómo había llegado allí, y me sentía muy mal.

—¿Tenías miedo?

—Sí, un poco... bueno, no estaba muy asustada.

—A ver... yo habría estado aterrorizado —dijo Gale muy en serio—. Lo estoy ahora, solo de oírlo.

—Sí, estaba asustada. Pero de verdad no creía que alguien pudiera hacer lo que él estaba haciendo. Y seguía diciéndome que iba a dejarme ir. Nunca creí que fuera a matarme. No hasta que...

Se quedaron callados unos segundos. Layla no terminó la frase.

—¿Y entonces? —preguntó Gale—. ¿Cómo era la habitación?

Layla echó un vistazo a la habitación de Gale, como si comparara los dos espacios en su mente—. Estaba muy vacía; el suelo era de cemento. Tenía una cama. Cuando me desperté, estaba en ella. Debió de meterme en la cama y quitarme casi toda la ropa cuando lo hizo. —Se dio la vuelta, como si no quisiera mirarle a los ojos—. No sé si me había hecho algo por aquel entonces... No lo creo.

Gale reconoció a medias a qué se refería, pero no era un tema que entendiera bien.

—¿Te...?

—No —contestó Layla con firmeza—. Había unas escaleras que subían hacia una puerta, que estaba cerrada, y no había ventanas. Por eso así creo que debía de ser un sótano, o algo así. No llevaba zapatos y el suelo estaba frío.

—¿Y qué hiciste?

—¿Al principio? Lloré mucho. Intenté gritar, pero no vino. Creo que ni siquiera estaba allí. Así que me quedé esperando en la cama.

De repente, Gale ladeó la cabeza, se levantó y fue a su estantería.

—¿Qué haces? —preguntó Layla.

—Lo estamos haciendo mal.

—¿El qué?

—La policía me ha entrevistado muchas veces. Siempre lo graban y lo escriben todo. Así, la próxima vez, cuando hagan las mismas preguntas, lo tendrán todo anotado. Nosotros también tenemos que tomar notas. Así sabremos qué es lo más importante.

Layla puso cara de duda, pero Gale la ignoró y sacó un cuaderno, luego rebuscó en su desordenado escritorio hasta que encontró un bolígrafo que funcionara.

—Tenemos que volver atrás. ¿Qué aspecto tenía? Dímelo otra vez.

Layla hizo una pausa. Parecía a la vez irritada y aliviada de poder interrumpir su historia. Pareció decidirse por lo segundo y asintió.

—Vale. Tenía el pelo negro y un poco de barba.

Gale lo anotó. —Y dices que tenía un aspecto normal. ¿Qué significa eso?

—Quiero decir que era... un hombre normal. Bastante fuerte, pero no parecía especialmente fuerte.

—Vale. ¿Era alto? ¿O bajo?

—No lo sé. No era enano. —En la pared de Gale había un póster que le habían enviado sus primos americanos, a los que solo habían visto una vez en su vida. Mostraba a LeBron James, el jugador de baloncesto de los Ángeles Lakers. Layla lo miró—. Tampoco era jugador de baloncesto.

Gale también miró el poster. —¿Era negro? —Pero Layla torció la nariz—. No. De hecho, tenía la piel muy blanca, como si no saliera mucho a la calle. —Respiró con dificultad, mientras Gale lo anotaba todo.

—¿Algo más?

Se quedó callada.

—¿Qué llevaba puesto?

—Unos vaqueros negros. Y una especie de... no sé cómo se llaman... ¿botas de vaquero?

—De esas que llevan unas tachuelas plateadas en la parte de atrás?

Layla negó con la cabeza. —No. Pero parecidas.

Gale pensó un momento. —¿Te dijo su nombre?

Ella se detuvo y le miró a los ojos. —Me dijo que le llamara Kenny, pero que no era su verdadero nombre.

Gale se quedó pensativo un rato, y luego levantó la vista para ver que Layla se había acercado y estaba inclinada tratando de ver lo que él había escrito.

—¿Y el coche? —preguntó Gale de repente—. ¿Te acuerdas de cómo era?

Layla se apartó, encogiéndose de hombros. —Bueno, más o menos. No sé exactamente el tipo, pero era bastante grande y de color verde.

Gale anotó la respuesta.

—¿Era nuevo? ¿Viejo? —preguntó esperanzado.

Ella hizo una mueca. —Estaba sucio por dentro. Había paquetes vacíos de patatas fritas por el suelo.

—¿De qué tipo?

—Patatas fritas normales. De sabor al punto de sal.

Gale siguió anotando.

—¿Te fijaste en la matrícula? —preguntó Gale después

aunque no esperaba que dijera que sí—. Lo pregunto porque la policía ha hablado mucho de eso. Dicen que pueden averiguar quién es el dueño del coche a partir de la matrícula.

—No me fijé del todo. Lo intenté, justo antes de entrar en el coche la miré, porque se me ocurrió que debía recordarla por si acaso. Pero luego no conseguí acordarme de toda.

Gale se animó de repente. —Bueno, ¿pero te acuerdas de algo?

—Sí, de la primera parte. Era BN12.

Gale parpadeó.

—¿Es mucho? ¿Es suficiente? —preguntó Layla ahora.

—No lo sé, podría ser. —Lo anotó, sintiendo una ola de emoción al pensar que esta podría ser su primera pista real —. ¿Estás segura? ¿Estás segura de que no puedes recordar nada más?

—Creo que sí... —Layla cerró los ojos concentrada y luego los volvió a abrir. Extendió las manos—. Es lo que recuerdo.

Gale repasó lo que había escrito y volvió a levantar la vista.

—Cuando estuviste en el sótano, ¿volviste a verlo? ¿Hablaste con él?

Layla asintió. —Sí. Después de un par de días, estuvo allí mucho conmigo.

—¿Qué hacía?

—No mucho, la verdad. Me traía comida. Comida preparada para calentar en el microondas, en tarrinas de plástico. Estaban muy calientes y me quemé la lengua la primera vez que me trajo una, porque tenía mucha hambre. Luego no paraba de decirme que no me preocupara, que pronto podría irme a casa, que solo tenía que ser buena y esperar. En cierto modo lo creí, porque entonces no parecía especialmente desagradable. Había como... —se le cortó la voz.

—¿Cómo qué?

—Era como que había un lado bueno y un lado malo. Y nunca sabía cuál iba a venir.

Algo en su tono impidió a Gale pedirle que se explicara con más detalle.

—¿Qué hiciste? Cuando estabas ahí dentro.

—No mucho. En realidad soñaba despierta. No había nada que hacer. Excepto... en un momento dado me trajo unas revistas.

Gale se quedó pensativo un rato.

—Ah, y también me enseñó su serpiente.

—¿En serio?

—Sí. Una vez, cuando me trajo comida, se sentó a verme comer, sin decir nada. Cuando terminé, me dijo que la serpiente estaba arriba y que podía verla si quería.

—¿Y tú quisiste?

—No, la verdad es que no. Pero fue a buscarla de todos modos. Volvió a entrar y tenía una serpiente enrollada en los brazos.

—¿Y qué pensaste?

—No sabía qué pensar. Ya me había acostumbrado a estar allí, pero no sabía cuándo decía la verdad y cuándo mentía. Le preguntaba si podía irme a casa y me decía que sí, pero que todavía no. Así que, supongo que cuando vi que realmente tenía una serpiente, pensé que eran buenas noticias, porque tal vez estaba diciendo la verdad con lo de que me iría a casa.

Gale consideró su razonamiento, la lógica parecía tener sentido.

—Me dijo que podía tocar a su chica.

—¿Su chica?

—Sí. Así la llamó.

Gale torció la cara. —Qué asco. ¿Y lo hiciste? ¿La tocaste?

—No quería. Pero pensé que si hacía lo que él me decía me dejaría ir. Así que lo hice.

—¿Cómo era? —Gale había tocado una serpiente antes, en una excursión a un parque natural con sus padres, cuando Layla estaba aún viva. En aquel momento había sido una especie de victoria para él, ya que Layla se había negado a hacer lo mismo, y durante un breve espacio de tiempo le había despertado el interés por las serpientes. Se preguntó si ella lo recordaría, pero no dijo nada. De un modo extraño, ahora casi se sentía desleal.

—Estaba más seca de lo que parecía. Y no paraba de sacar la lengua.

—Te estaba oliendo. Así es como lo hacen.

Hizo una mueca.

—¿Qué más pasó?

—No mucho. Me preguntó si quería cogerla, le dije que no y le dije que tenía hambre. Solo me traía comida una vez al día, así que siempre tenía hambre.

—¿Había un baño ahí abajo? —Gale cambió de tema de repente.

Layla volvió a asentir.

—Sí. En un cuartito al lado de la habitación principal. Y un lavabo. De ahí bebía. —Esperó. Parecía intuir que, ahora que Gale tenía el bloc de notas, era él quien estaba al mando de la situación.

—¿Tenía nombre? —preguntó Gale. Él también notó el cambio de energía entre ellos, diferente a cuando ella estaba viva. Pero ahora no era capaz de pensar en ello. Estaba demasiado ocupado—. La serpiente, quiero decir.

Los ojos de Layla se alzaron al pensar en ello. —No, solo la llamaba «su chica».

—No, no ese tipo de nombre —insistió Gale—. ¿Dijo qué tipo de serpiente era?

—Ah, sí —asintió Layla—. Dijo que era una serpiente rey mexicana y que no era venenosa. Pero... que tenía más. Me dijo que tenía una arriba que no podía enseñarme porque era demasiado peligrosa. —Layla se quedó callada al decir esto, pero Gale no se dio cuenta. En su lugar, anotó la serpiente rey mexicana en el bloc y luego levantó la vista.

—¿Dijo cómo se llamaba la otra?

—A ver... Ah sí, creo que la llamó víbora de foseta. —Layla se quedó mirándolo y tragó saliva.

Gale anotó esto también, luego se sentó y pensó.

—¿Hay algo más que puedas recordar? ¿Algo más que pueda ayudarnos a saber quién es?

Layla se quedó un momento pensando también, pero luego negó con la cabeza. —Está... está lo que pasó al final. Pero no quiero hablar de eso, si te parece bien.

—¿Por qué no? ¿Qué pasó al final?

Ella sonrió, pero luego se sintió incómoda. —No fue fácil. Ya te dije que no fue nada agradable. No quiero... revivirlo.

Gale la observó durante un rato, luego asintió y dejó el bolígrafo.

CAPÍTULO DIECISÉIS

HICIERON un descanso para que Gale cenara. Layla lo siguió escaleras abajo y se quedó un rato junto a la ventana mientras comían. Pero al cabo de un rato se disipó un poco. Gale aprovechó el tiempo para pensar y respondió de manera escueta a su madre cuando intentó entablar conversación. En cuanto pudo, se escabulló de nuevo escaleras arriba, esta vez para ir a dormir, por lo que tuvo que seguir la rutina habitual de limpiarse los dientes y ponerse el pijama.

—Lo que tenemos que hacer —comenzó, una vez hubo terminado, y vio que Layla estaba de vuelta— es intentar averiguar qué información podemos utilizar para encontrarlo.

Layla asintió con la cabeza. —¿Cómo vamos a hacer eso?

Gale respondió abriendo el cuaderno. Layla se movió para echarle un vistazo, llevaba tiempo queriendo hacerlo, pero era incapaz de pasar las páginas por sí misma. Gale las fue pasando hasta que llegaron a la parte relativa a la matrícula.

—¿Recuerdas lo que te dije sobre las matrículas?

—¿Lo de que si tenemos la matrícula al completo la policía puede averiguar quién es el dueño del coche?

—Sí, y nosotros también podemos hacerlo en internet.

—Pero solo tenemos una parte de la matrícula.

—Ya. Pero podemos intentarlo.

Layla parecía dudosa, pero se encogió de hombros. —Tendremos que buscar mañana. Mamá no nos deja subir el ordenador a la habitación por las noches.

Por un segundo, Gale pareció triunfante. —Ahora ya no está tan preocupada por eso. —Se acercó a su escritorio y cogió un ejemplar de «Las aventuras de Tintín: La Isla Negra», un libro grande que había colocado sobre el viejo portátil de su madre antes de que ella lo acostara—. Además, no me vio cogerlo —sonrió.

Por un momento pareció que Layla iba a protestar. La norma de no subir pantallas a las habitaciones se había cumplido a rajatabla cuando estaba viva. Pero aunque iba a oponerse, la curiosidad pudo con ella.

—Venga entonces, búscalo.

Intentaron poner las letras directamente en Google, pero no parecía funcionar.

Descubrieron que había un cañón de artillería naval BN de 12 pulgadas; que era el nombre de un punto de acupuntura, fuera lo que fuera eso; y que también se correspondía con un código postal en West Sussex. Cuando Layla sugirió añadir la palabra «matrícula» después de las letras, llegaron a alguna parte.

—Birmingham —leyó Layla en la pantalla. A pesar de llevar dos años muerta, seguía leyendo más rápido que él.

—¿Dónde pone eso? —preguntó Gale.

—Aquí, mira. Las matrículas que empiezan por BN están registradas en Birmingham. Es un enlace, pincha y mira adónde va.

Gale así lo hizo y accedieron a una página web llamada CarScan. En la parte superior había una casilla que invitaba a teclear una matrícula para realizar una búsqueda de vehículos. Gale volvió a teclear las letras y pulsó el botón.

«Lo sentimos, no hemos podido encontrar ningún vehículo con esa matrícula.»

Volvieron atrás y probaron con varias páginas más, hasta que fueron refinando un poco más y aprendieron que la parte BN era un código que se refería al lugar de expedición de la matrícula, dónde se vendió el coche por primera vez explicó Layla, y el número 12 se refería a cuándo se vendió. Tardaron un rato en averiguarlo, entre otras cosas porque la propia Layla era incapaz de controlar el ordenador para que mostrara la parte correcta que tenía que leer.

—¿Entonces compró el coche en Birmingham, en el 2012, y en la primera mitad del año? —aclaró Gale, cuando por fin lo había entendido—. ¿Entre marzo y agosto de 2012?

—Sí. Creo que sí.

Gale lo anotó.

—Pero eso no significa que lo comprara él en Birmingham —dijo con el extremo del bolígrafo en la boca—. ¿Alguien más podría haberlo comprado y luego vendérselo a él?

—Supongo que sí. ¿Como cuando mamá se compró el coche nuevo? Que no era nuevo en absoluto.

—Sí... —Gale parecía decepcionado—. Así que lo que estás diciendo es que podría haber comprado el coche en cualquier momento y prácticamente en cualquier sitio, ¿y no sabemos dónde ni cuándo ocurrió?

Layla se quedó pensativa y luego pareció estar de acuerdo. —Así que no sabemos nada de nada. —De repente parecía increíblemente entristecida. Y Gale se dio cuenta de que aquello era importante para ella, muy importante de hecho.

—Sí que sabemos —Gale se levantó con energía,

haciendo que el bloc de notas se deslizara al suelo. Empezó a pasearse por la habitación—. Sabemos muchas cosas. Sabemos que vive muy cerca.

—¿Cómo? —preguntó Layla—. Podría haber conducido durante horas después de usar esa cosa que me hizo dormir. Podría haber estado en Escocia.

—No —negó Gale con la cabeza—. Dijo que vivía a la vuelta de la esquina, ¿recuerdas? Cuando te sugirió lo de enseñarte su serpiente. Era verdad que tenía una serpiente, así que probablemente tampoco mentía sobre dónde vivía.

Layla se quedó callada, considerándolo.

—Además, sabemos que probablemente vive solo.

—¿Cómo sabemos eso? —Layla torció la cara al preguntar.

—Porque todos los que tienen serpientes como mascotas viven solos. Y dijiste que gritaste un montón.

—Sí, pero...

—Entonces, si tuviera familia, o niños, ¿no se habrían preguntado a qué venía tanto ruido? ¿No habrían querido jugar en el sótano?

—No creo —dijo Layla enseguida—. Aquel sitio era horrible.

—Bueno, lo era para ti, pero eso es porque era un enfermo que vivía solo. Si hubiera tenido hijos habría sido una guarida guay, o quizá un cine en casa. O algo así. Piénsalo. Si nosotros tuviéramos un sótano jugaríamos ahí todo el rato.

Layla lo contempló de nuevo, y finalmente aceptó la lógica. Parecía impresionada con su hermano. —¿Qué más?

—Bueno... —Gale hizo una pausa ahora, sin querer decepcionarla—. Sabemos que no se llama Kenny, aunque él te lo dijera.

—Así que podría llamarse de cualquier otro modo menos así. No estoy segura de que eso sea de gran ayuda.

—¿A menos que estuviera mintiendo? Podría haber sido un doble farol.

De repente, Gale volvió al ordenador, abrió una nueva página de búsqueda en Internet y tecleó «hombres con barba» y «Kenny». Cuando aparecieron los resultados, pinchó en las imágenes, de modo que aparecieron docenas de fotos de hombres con barba.

—Ahí. ¿Te suena alguno?

Se inclinó para verlas bien, pero negó con la cabeza.

—Desplázate hacia abajo.

Gale lo hizo y pasaron un rato mirando las fotos que aparecían.

—¿Qué hay de estos? —preguntó Gale, esperanzado, a medida que aparecían nuevos rostros. Pero Layla volvió a negar con la cabeza.

—Era mucho más joven que ese —dijo al final, señalando una fotografía de Kenny Rogers, un músico que había muerto en el 2020—. Más parecido a ese, pero la barba era más pequeña.

—Quizá podamos calcular su edad, más o menos, a partir de las fotos. ¿Era tan viejo como papá?

Layla negó con la cabeza. —Desde luego que no.

—Vale, ¿y el tío Jim? —Jim era el hermano pequeño de su madre, el que vivía en Estados Unidos.

—No lo sé, hace siglos que no lo veo.

—Bueno, ¿qué tal el profesor Jones de la escuela?

Tardaron un rato, pero al final decidieron una estimación de la edad del asesino de Layla: que tenía entre veinte años, no era un adolescente, y cuarenta que era la edad a la que los adultos solían ser padres y perdían el pelo o se les llenaba de canas como los viejos de verdad. Pero más allá de ese rango no fueron capaces de concretarlo.

—Así que sabemos que el hombre que te mató tiene

entre veinte y cuarenta años. Tiene serpientes. Conduce un coche de once años, bastante grande y verde oscuro. Probablemente no se llama Kenny y vive cerca, en su propia casa —concluyó Gale. Estaba satisfecho de cómo había ido —. Si sabemos todo eso, no puede ser tan difícil encontrarlo.

—Sí, ¿pero cómo vamos a hacerlo?

CAPÍTULO DIECISIETE

—BUENAS NOTICIAS —empezó el inspector Kieran Clarke, en cuanto se conectó la llamada del teléfono de su despacho—. Quería decírtelo enseguida.

—Vale. —Al otro lado la voz de Rachel sonó desorientada por un momento, de fondo se oía el ladrido de un perro—. ¿Qué pasa?

—Es acerca de la solicitud para el programa *Crimebusters*. Le pedí a la productora que me avisara en cuanto tomaran la decisión, para poder avisarte. Acaban de llamarme para decírmelo: han aceptado presentar el caso de Layla. —Hizo una pausa, preguntándose si buenas noticias era el término correcto, dadas las circunstancias—. Lo siento, he sido un poco insensible, sé que esto va a ser difícil.

—No, no pasa nada. He salido a pasear al perro.

Se hizo un silencio en la llamada que el inspector rompió.

—Eso no es todo.

—¿Qué ha pasado?

Clarke deseó por un momento haber concertado otra cita para reunirse con ellos. Habría sido una mejor manera de darles la noticia. Pero quería que lo supieran enseguida, para que no se quedaran con la duda. Respiró hondo.

—Han aceptado que sea el tema principal. Siempre hay un caso que ocupa la mayor parte del programa, y luego un par de casos más pequeños. Han puesto a Layla a la cabeza.

—Pues… eso está muy bien —consiguió decir Rachel.

En su despacho, Clarke se puso en pie y se dirigió hacia la puerta. El cable del teléfono de mesa se estiró cuando la abrió y miró hacia la sala de investigación. Siguió hablando, sabiendo que la media docena de agentes que trabajaban allí podían oír sus palabras.

—Lo que también significa que Starling ha tenido que reclasificar de nuevo el caso de Layla, así que técnicamente ya no está inactivo. Lo que quiere decir que volvemos a tener a todo el equipo trabajando en él. —Un par de colegas levantaron la vista de su trabajo y Clarke sonrió. Cerró la puerta y volvió a sentarse detrás de su escritorio—. ¿Tenéis alguna pregunta? ¿O queréis un poco de tiempo para pensarlo? Podemos vernos la semana que viene si te sirve de ayuda.

—No, son buenas noticias. ¿Cuándo va a pasar todo?

Clarke asintió, como si fuera una pregunta excelente. —Bueno, ahora hay bastante trabajo por hacer, por nuestra parte. Tenemos una idea muy precisa de lo que ocurrió en la playa aquel día, pero tenemos que ayudar a la productora a convertirlo en una reconstrucción de doce minutos. Eso llevará un tiempo, y luego está el rodaje. En total, se baraja una fecha para dentro de unas cinco semanas.

—Estupendo —dijo Rachel, y Clarke suspiró.

—Lo siento, Rachel. Va a ser un momento muy difícil para ti, y lo entiendo. Pero te prometo que haré todo lo posible para que te resulte fácil. Si quieres involucrarte, puedes hacerlo; si quieres mantenerte al margen, también está bien.

—Gracias, Kieran. Eso es… —Su voz cambió,

volviéndose más positiva—. En realidad, es genial. Y gracias por avisarme.

—No hay de qué —respondió Clarke—. Disfruta del resto de tu paseo. Y dale recuerdos a Jon.

—Gracias, Kieran. Por todo lo que estás haciendo.

Clarke sonrió. —De nada.

Colgó el teléfono, volviendo a colocar el auricular con cuidado en su soporte. Luego inspiró profundamente, con los ojos cerrados, y volvió a exhalar.

Después volvió al trabajo.

CAPÍTULO DIECIOCHO

—¡SERPIENTES! —exclamó Gale la noche siguiente, al irrumpir en su habitación. No había habido tiempo para hablar durante el desayuno, y luego había tenido que ir a natación, y después a dar un paseo en familia con el perro. Después de eso su madre había insistido en que la familia comiera en la mesa, lo cual era tan doloroso como siempre.

—¿Serpientes? —Layla parecía incómoda, pero aun así se puso más alegre al entrar más de lleno en el dormitorio de Gale. Gale hizo una pausa poniéndose la camiseta del pijama para mirar—. ¿Qué pasa con las serpientes?

—Así es como vamos a averiguar quién es.

—¿Ah sí? ¿Cómo?

Gale sonrió. Se le había ocurrido la idea en el colegio. —Mucha gente tiene perros, ¿verdad? Y gatos también. Pero casi nadie tiene serpientes como mascota.

—¿Y qué?

—Pues que debe de haberlas comprado en alguna parte, en una tienda de mascotas por ejemplo, y debe de alimentarlas con algo. Como comida para perros, pero para serpientes. —Layla parecía un poco indispuesta, como si el tema le resultara difícil. Pero Gale estaba entusiasmado.

—¿Recuerdas cómo nos llevaba papá al colegio, por el atajo?

—Sí, más o menos.

—Mamá va por una ruta diferente porque es difícil girar hacia la carretera principal con todo el tráfico, pero papá sigue yendo por ahí a veces. ¿Y recuerdas esa extraña tienda de mascotas que había en el callejón?

Layla no parecía querer contestar, pero estaba claro que la recordaba. —Sí, me acuerdo. Se llamaba «La tienda de los reptiles».

—Exacto.

Layla le observó durante un rato, y al final pareció comprometerse con la idea.

—¿Crees que podría haber comprado sus serpientes allí? ¿O su comida para serpientes?

Los ojos de Gale brillaban. Asintió con la cabeza. —Merece la pena intentarlo, ¿no crees?

Layla frunció el ceño, pero al final asintió también, encogiéndose de hombros.

—¿Pero de qué nos va a servir eso? No es que podamos ir allí los dos solos.

Por un segundo, Gale miró a su hermana, consciente de cómo sus papeles casi se habían invertido. Antes era ella la que tenía las ideas, y él el que iba detrás, esperando a ver qué se le ocurría después. Respiró hondo, aceptando el cambio, por extraño que fuera.

—¿Recuerdas cuando era más pequeño y les dije a papá y mamá que quería una serpiente como mascota? Fue después de ir al zoo, cuando cogí una y tú no quisiste.

—Sí, me acuerdo.

—Y también hice un proyecto sobre serpientes para la escuela. Papá me ayudó, me llevó a la tienda. Incluso llegué a entrevistar a varios dueños de reptiles sobre cómo cuidarlos.

—¿En serio?

—Sí, tú no querías venir.

—Vale, aunque sigo sin entender en qué nos va a ayudar. —Layla seguía con cara de duda, pero Gale continuó.

—Bueno, entonces papá me dijo que no podía tener una serpiente en casa, pero ahora todo es distinto. Están muy preocupados por mí, ¡así que quizá esta vez me dejen!

Layla se quedó mirando, claramente confundida, o al menos esperando más. —¿Quieres una serpiente? No lo entiendes, el hombre que me mató tenía serpientes. Son repugnantes...

—No, por supuesto que no quiero una serpiente. Solo quiero ir a esa tienda para preguntar si hay alguien por la zona que tenga serpientes.

—Ah, ya entiendo. —Inclinó la cabeza hacia un lado, algo que había hecho en vida cuando estaba pensando—. Pero mamá no te va a dejar tener una serpiente.

—Me compró un cachorro.

—¡Gale! Hay una gran diferencia. —Sacudió la cabeza—. No. Necesitamos otro plan.

Gale se sintió decepcionado. Tal vez sus papeles no se habían invertido tanto como él había pensado.

—¿Quizás haya otra mascota que pueda pedir? Que también tengan en la tienda de mascotas.

—¿Como cuál? —Layla se volvió hacia él, como si esta idea le pareciera más prometedora.

—No lo sé.

—¿Tiene página web? —preguntó Layla. Y como Gale aún tenía el portátil en su habitación, pudieron mirar enseguida. Lo cogió y tecleó la búsqueda.

—Sí —confirmó cuando apareció la página web de «La tienda de los reptiles».

Bienvenido a «La tienda de los reptiles». Vendemos una

amplia gama de mascotas exóticas y suministros esenciales,
incluyendo presas vivas y muertas.

Había un montón de fotos de diferentes animales a lo
largo de la parte inferior de la pantalla.

—Mira. —Gale giró el portátil para enseñárselo.

Layla se encogió un poco al ver las fotos de serpientes y
luego dijo—: Vale. —Sonaba más esperanzada—. ¿Por qué
no bajas y se lo preguntas a mamá? Pero usa la idea del
proyecto escolar, ya que jamás te va a dejar tener una
lagartija ni nada asqueroso como eso. Dile que tienes que
investigar mascotas exóticas y que quieres echar un vistazo.

Gale se sintió bien, pero entonces algo cambió. Una cosa
era pensarlo en su cabeza, o hablarlo con Layla, pero ir a
hacerlo de verdad, hablar con mamá... eso era diferente.
Pero por otro lado, si de verdad iba a ayudar a su hermana,
y no solo hablar de ello, eso significaba hacer cosas de
verdad. Tal vez cosas que realmente no quería hacer. Ahora
lo entendía.

—Mamá — Gale se detuvo cuando su madre, que estaba
viendo la tele con las piernas apoyadas en el sofá, giró la
cabeza para verlo.

Layla lo había seguido escaleras abajo y ahora estaba
detrás de él, asintiendo con la cabeza.

Su madre sonrió, pero parecía forzada, como si hubiera
estado reflexionando.

—¿Sí?

Gale respiró hondo.

—Tengo que hacer un trabajo para el colegio y necesito
ir a la tienda de animales, ¿sabes la que hay de camino al
colegio? Se llama «La tienda de los reptiles».

—¿En serio? —Su frente se arrugó en un ligero ceño de
confusión—. No he visto nada de eso en Facebook.

Gale sintió un momento de preocupación. Ni él ni Layla habían pensado en Facebook. La forma en que su madre parecía informarse de todo allí era un misterio para él. Pero continuó.

—Supongo que aún no lo habrán puesto. Porque es el próximo proyecto. Es que me parece interesante, así que quería adelantarme. —Gale trató de ignorar a su hermana mientras asentía de manera alentadora.

—Ah. —Aun así, su madre no parecía muy convencida, pero tampoco parecía contraria a la idea—. Bueno, vale. Si quieres. —Se lo pensó un momento—. Mañana no tenemos nada después del cole. Podemos ir cuando salgas de clase.

—Vale, genial. Gracias, mamá.

CAPÍTULO DIECINUEVE

LA TIENDA de los reptiles era un local de aspecto destartalado, con una reja de barrotes sobre las ventanas que habían pintado para que no entrara nada de luz. Estaba en una de las partes más cutres de la ciudad, como a mamá le gustaba llamar a ese extremo de la calle principal.

—¿Estás seguro de esto? —preguntó cuando se detuvieron frente a la puerta—. Parece un poco... —Puso cara de asco.

Pero la razón de Gale para dudar era que estaba buscando a Layla. No había estado en el colegio, y aunque se había pasado toda la hora de comer paseando por los alrededores intentando localizarla, no la encontró por ninguna parte. Y ahora que estaba aquí, no sabía muy bien qué hacer.

—Podrías buscar en Internet, en vez de tener que entrar ahí —sugirió la madre. Pero Gale negó con la cabeza.

—Solo necesito echar un vistazo. Es para un proyecto de la escuela.

—Bueno —asintió su madre.

• • •

En la puerta había un timbre eléctrico que sonaba al abrirse, presumiblemente para avisar a quien trabajara allí de que habían llegado clientes. Al principio no vino nadie, así que Gale y su madre se quedaron de pie en la pequeña y poco iluminada entrada, rodeados de paredes de estanterías metálicas llenas de terrarios de cristal, con bombas y pequeños calentadores eléctricos. Una segunda sala salía de aquella en la que se encontraban, donde una luz azul pálido atravesaba la oscuridad. El lugar desprendía un fuerte olor a heno y algo más. Algo nada agradable. Por fin, un hombre salió de otra habitación, detrás del mostrador. Era corpulento, su barriga formaba un bulto en la parte delantera de una camiseta de Metallica muy gastada.

—Hola.

—Ah, hola —la madre de Gale sonaba avergonzada, contestando antes de que Gale tuviera la oportunidad—. Solo estamos echando un vistazo, gracias.

El hombre arrugó la nariz, como si esto no fuera ni una sorpresa, ni algo particularmente bienvenido. No les quitaba los ojos de encima, como si sospechara que fueran a robar algo y salir corriendo, pero al mismo tiempo parecía aburrido.

Gale se acercó un poco más, preparándose para hablar, pero su madre estaba muy cerca, lo que le impidió decir nada. Además, seguía sin saber qué quería preguntar. Empezó a sentirse desanimado. Este momento era lo único en lo que había podido pensar todo el día en el colegio, y ahora, no iba a funcionar. Miró a su alrededor en busca de ayuda, de Layla. ¿Dónde estaba?

Había tal oscuridad en la tienda que se preguntó si estaría allí y no podía verla, así que se arriesgó y habló en voz baja, pero lo bastante alta para que ella le oyera.

—No te veo —murmuró, esperando oír su respuesta.

—¿Qué dices? —replicó su madre, irritada.

—Usamos luces ultravioletas —respondió el tendero,

como si el comentario de Gale hubiera sido una pregunta para él—. Muchos de nuestros animales son nocturnos.

Entonces, en algún lugar de su interior, Gale oyó a Layla. No como si estuviera allí, sino más bien como un recuerdo de lo que diría si estuviera, o de lo que había dicho antes.

«Estoy aquí. Pero no de la misma manera. ¿Recuerdas lo que dije sobre estar fuera de casa? No es tan fácil. Pero sigo estando contigo».

Gale volvió a mirar a su alrededor, como para asegurarse, pero seguía sintiéndose mejor.

—Vale, lo entiendo.

—¿El qué entiendes? —preguntó Rachel.

—Nada.

La madre le lanzó una mirada.

Gale esperó a que su hermana le dijera qué hacer, pero esta no dijo nada más. Aun así, ahora tenía el principio de una idea. Pensó un momento y se volvió hacia el tendero.

—Necesito saber qué animales tiene —mientras hablaba, sintió la desaprobación de su madre, pero al mismo tiempo, su hermana lo animaba.

El tendero respondió. —Claro. La mayoría de lo que tenemos está aquí fuera. —Señaló la segunda habitación, con la luz azul—. Tenemos dragones, insectos palo, mantis religiosas. ¿Tienes idea de lo que buscas? —La pregunta iba dirigida en parte a Gale y en parte a Rachel, a pesar de que esta había dejado claro que no iban a comprar nada. Lo dijo casi como un desafío. Gale miró a su madre. Respiró hondo.

—Pues, ¿tienes alguna... serpiente?

—¡Gale! No vamos...

—Tenemos unas cuantas. —El hombre dirigió toda su atención a Gale. Pareció disfrutar cortándole el paso a Rachel. Volvió a señalar con la cabeza la segunda habitación—. Tenemos varias serpientes del maíz que llegaron la semana pasada. Son buenas para principiantes. —Pareció evaluar a Gale por un momento y aparentemente quedó satisfecho con lo que vio—. ¿Quieres ver una?

—Sí, por favor.

El hombre salió de detrás del mostrador y Gale lo siguió al interior de la tienda. Se detuvieron delante de otros terrarios, más grandes que los de delante e iluminados con lámparas fluorescentes. De cerca zumbaban en silencio. Dentro de uno, varias serpientes amarillas y naranjas estaban acurrucadas y dormían bajo tubos fluorescentes. Cada una tenía el tamaño y el grosor de un dedo.

Desde detrás de él, Gale oyó a su madre emitir un sonido de disgusto. Le dio un golpecito en el hombro. —Creo que te esperaré en la puerta. —Y se echó hacia atrás.

El tendero la miró marcharse. —¿Te gustan las serpientes? —le preguntó a Gale.

—Sí, más o menos —mintió Gale.

—Hay mucha gente a quien no le gustan. —Indicó con la cabeza hacia la espalda retraída de Rachel—. Pero si te ayuda a convencer a tus padres, puedes explicarles que son unos animales incomprendidos. A estas pequeñas puedes cogerlas y acariciarlas. Son muy amistosas.

—Y vendéis… —Gale se detuvo. Intentó recordar lo que le había dicho Layla y centrarse en por qué estaban allí—. ¿Tenéis alguna serpiente rey mexicana? —Gale intentó acordarse de los nombres—. ¿O víboras de foseta?

El cambio en la conversación sorprendió al hombre.

—¡Ala! Sí, hemos tenido víboras de foseta. Un par de veces nos han llegado mexicanas también pero… —miró a Gale en la penumbra antes de continuar—, las víboras de foseta son un animal un poco diferente. —Se rio de su propio chiste—. No son tan amistosas, si me entiendes. ¿Por qué tanto interés?

—Un amigo mío tiene una. O quiere una. Así que me preguntaba cómo eran.

El dependiente lo observó un momento. Si no creía a

Gale, parecía dispuesto a seguirle la corriente. —Vale... si tu amigo quiere una víbora de foseta, tendrá que esperar unos años. Hasta que tenga dieciocho años, por lo menos. Y entonces necesitará una licencia.

—¿Una licencia?

—Así es. Las víboras de foseta están cubiertas por la Ley de animales potencialmente peligrosos. Por eso tienen que estar registrados.

—¿Alguna vez has vendido alguno?

—¿Un animal cubierto por esta ley? Claro que sí. También tenemos un monstruo de Gila por aquí, si quieres ver...

—No, solo me interesan las víboras de foseta. ¿Has vendido alguna?

El hombre se apartó del terrario, donde Gale supuso que estaría el monstruo de Gila, fuera lo que fuera el bicho ese. Ahora parecía intrigado, mirando a través de la oscuridad a Gale, quien a su vez deseaba que Layla estuviera allí para ayudarle.

—¿Por qué tanta fascinación con las víboras de foseta?

Gale no tenía ni idea de qué responder, pero resultó que con no decir nada bastaba.

El tendero sonrió, sus dientes brillaban de un color blanco azulado por las luces.

—Sabes lo que quieres entonces, ¿no? Qué guay —asintió con entusiasmo—. Yo era como tú cuando tenía tu edad.

Gale tuvo la sensación de que iba a soltarle algo así como que si se lo montaba bien podría acabar como él, capaz de trabajar en una tienda como «La tienda de los reptiles». Afortunadamente no fue eso lo que dijo. En su lugar, el tendero soltó una amplia sonrisa y continuó—: Pues sí que hay un par de tipos locales a los que les gustan las víboras.

Gale respiró hondo.

—¿En serio? ¿Sabes quiénes son? —No pudo contener la emoción en su voz, lo que pareció confundir de nuevo al hombre. Era como si la conversación no siguiera su curso natural.

Se rascó la cara.

—Sí. Sé quiénes son. —Entonces pareció anticiparse a la siguiente pregunta de Gale—. Y no puedo decírtelo.

Gale buscó en su mente qué decir a continuación, pero no tenía ni idea. Se volvió hacia su madre, que estaba en la otra parte de la tienda, fuera de su vista. Se giró de nuevo hacia el tendero, con la mente todavía en blanco. Una sensación de pánico empezó a crecer en su interior. Entonces, oyó la voz de su hermana, débilmente en su cabeza.

«Pregúntale si tienen que llevar un registro. Dile que es para el proyecto escolar. Como dijimos.»

Gale asintió en la oscuridad. Sintió que el pánico retrocedía. Su voz volvió a sonar natural cuando habló.

—¿Puedes decirme más sobre los registros de quienes compran las mascotas, como el de las víboras de foseta por ejemplo? Necesito saberlo para un trabajo del cole que estoy haciendo.

—¿Un trabajo? —El tendero sonaba poco impresionado ahora, como si hubiera juzgado mal a este chico, y ahora le preocupara recibir treinta visitas como esta, haciéndole perder el tiempo. Se dio la vuelta y se dirigió hacia el mostrador.

—Sí, claro. Tenemos un registro aquí mismo, ¿quieres verlo? —Había una clara nota de sarcasmo en la pregunta, como si no fuera una oferta seria, pero Gale contestó de inmediato.

—Sí, por favor.

El hombre se detuvo ante la respuesta y se echó a reír. Se volvió para mirar a Gale, como si no pudiera entender lo que estaba pasando. Pero quizá «La tienda de los Reptiles» no recibía muchos clientes o visitantes, ya que Gale no era exactamente un cliente, y parecía contento de ayudarlo.

—Vale, de acuerdo entonces —dijo, con fingido entusiasmo—. ¡Vamos a echar un vistazo! —Se agachó detrás de la caja para sacar un cuaderno negro y lo colocó sobre el mostrador, entre los dos—. Aquí lo tienes, el registro. ¿Ya estás contento?

«Comprueba si hay serpientes rey mexicanas —dijo Layla al instante—. Y víboras de foseta.»

Lo sé, dijo Gale, dentro de su cabeza, y fue a abrir el libro, pero el hombre se lo arrebató de inmediato.

—Ni hablar. —Negó con la cabeza—. Esto tiene información de clientes. No puedo dejar que lo veas.

—Por supuesto que no —Gale oyó la voz de su madre detrás de él. Casi había olvidado que había venido con ella, pero allí estaba, y a juzgar por su tono estaba bastante enfadada.

—Gale, creo que es hora de irse a casa, ¿no te parece?

«Tenemos que ver el interior de ese libro», sonó la voz de Layla en su cabeza. Gale trató de concentrarse, de ignorarlos a todos.

—Así que si alguien compra una serpiente rey mexicana —dijo con toda la seguridad que pudo—, o una víbora de foseta, ¿su nombre estará ahí escrito?

La pregunta los silenció a todos, excepto al tendero, que hizo una pausa y luego contestó.

—No, si lo que se compra es la serpiente rey mexicana no tenemos ningún requisito para eso. Pero si es una víbora de foseta, sí. Todas las víboras están cubiertas por la Ley. Apuntamos todos los datos aquí y luego tengo que subir la información a una página web. Entonces, chaval, ¿ya te has quedado a gusto?

Gale no estaba para nada satisfecho, pero no tenía ni idea de qué decir para ver el interior del registro. Pero, de nuevo, resultó que no le hacía falta. De repente, el hombre pareció pensar en algo y lo abrió él mismo. Absurdamente, hojeó unas cuantas páginas. Luego, con el rostro contraído por la concentración, unas cuantas más.

—Sabes, ahora que lo mencionas, recuerdo... —Retrocedió varias páginas más. Cuando volvió a hablar, sonaba satisfecho—. Aquí está. Lo sabía. Vendimos una víbora de foseta el... —Comprobó la fecha, tuvo que inclinarse para ver la entrada en la escasa iluminación—, catorce de enero. Hace tres años. —Levantó la vista—. Un animal precioso. Lo recuerdo.

Gale sintió que sus ojos se abrían de par en par. Ya casi lo tenía. Tragó saliva con cuidado.

—¿Puedes decirme quién lo compró?

—Lo siento chaval —El hombre volvió a negar con la cabeza—. Protección de datos y todo eso. —Golpeó el libro, su dedo gordo oscureciendo el nombre que había allí escrito

—Gale. —Oyó la voz de su madre detrás de él. Sonaba enfadada de verdad, como si estuviera harta de lo que estaba pasando.

Gale se sintió frustrado. Estaba tan cerca, solo necesitaba ese nombre. Pero entonces sintió que la mano de su madre agarraba su hombro y empezaba a apartarle del mostrador. Sin embargo, mientras lo hacía, Gale vio algo más.

En la penumbra, una forma fluía por el aire y su hermana empezó a materializarse junto al dependiente. Se agachó como él y estudió el libro aún abierto.

—No puedo ver el nombre, ¡tiene el dedo encima! —gritó Layla mientras la mano de la madre de Gale se cerraba sobre su espalda. Él se resistió, lo que hizo que la madre lo agarrara con más fuerza.

—Venga —dijo su madre—. Nos vamos.

—¡Haz que mueva la mano! —gritó Layla frenética.

—¿Cómo? —Gale contestó en voz alta, demasiado desesperado para importarle que su madre y el dependiente le oyeran. Ambos se detuvieron sorprendidos, pero no le contestaron.

En su lugar, Rachel se volvió hacia el dependiente.

—Gracias por su tiempo.

Eso le dio una idea a Gale.

—¿Qué hora es? Necesito saber la hora —soltó, zafándose del agarre de su madre. Miró la muñeca del dependiente, esperando que llevara un reloj, y para su alivio, vio que llevaba un gran reloj digital, que incluso incorporaba un teclado en miniatura. Por un segundo vio que los ojos del hombre se posaban en el aparato, como si estuviera a punto de leer lo que decía. Pero luego no lo hizo, simplemente dejó la mano allí.

—Por favor, la hora, ¡necesito saber qué hora es!

—¡Gale! ¿Qué estás haciendo? —preguntó Rachel.

Los ojos del hombre se alzaron hacia un reloj en la pared.

—Las cinco y cuarto.

—Gale, te vienes conmigo ahora mismo.

La madre lo agarró con fuerza y tiró de él para apartarlo del escritorio.

—Sentimos mucho haber molestado —le dijo al hombre, que no se movió, seguía sin apartar el dedo. En cambio, con la otra mano, cerró lentamente el libro y los observó marcharse. Gale mantuvo la cabeza girada, para observar el libro todo el tiempo que pudiera, pero no sirvió de nada. Se vio impulsado con firmeza hacia la puerta. Y entonces Layla también estaba allí, saliendo de la tienda con ellos.

—¡No lo conseguí! —gimió Layla. Estaba llorando lágrimas desesperadas.

Por un segundo, a Gale no le importó que su madre lo oyera. —Lo sé.

—¿Sabes el qué? —replicó su madre, pero Gale la ignoró y escuchó en cambio a su hermana, que seguía sollozando y sacudiendo la cabeza.

—¡No vi su nombre! No movió ni un dedo. —Las lágrimas resbalaban por su pálido rostro.

La madre de Gale subió al coche, pero dudó antes de abrir la puerta del pasajero.

—Yo tampoco vi el nombre —dijo Gale—. Pero había una dirección debajo, esa sí que la vi.

CAPÍTULO VEINTE

—¿ENTONCES viste la dirección? —Layla seguía sin aliento, cuando por fin se reagruparon de nuevo en el dormitorio de Gale—. Yo no vi nada, el hombre no movió el dedo.

—Estabas mirando en el lugar equivocado. La siguiente columna tenía la dirección: Avenida Kingsley, 42.

—¿Eso es todo?

—Eso es todo lo que pude ver.

Gale sacó un bloc de notas donde lo había anotado al llegar a casa. Ahora miraba la nota, como si no estuviera seguro de qué hacer a continuación.

—¿Cómo es que fuiste a la tienda? —preguntó de repente—. Creía que no podías salir de casa.

—Bueno, me cuesta mucho —contestó Layla. Parecía como si no quisiera hablar de ello, pero luego cedió—. Puedo estar en los sitios en los que tú estés. Pero...

—¿Te duele?

—No es... —Se detuvo. Después de un rato asintió—. Sí.

Gale se mordió el labio y volvió al bloc de notas.

—Bueno, ¿qué hacemos con esto? No sabemos dónde está.

—¡Busca en el ordenador! —exclamó Layla—. Mira en Google Maps.

El ordenador había sido descubierto en la habitación de Gale y lo habían devuelto al salón, pero su madre estaba preparando la cena ahora, así que Gale pudo recuperarlo de nuevo con bastante facilidad.

—Venga, escribe la dirección —le indicó Layla.

Gale lo hizo y el mapa se acercó a una calle. No la reconoció.

—¡Yo sé dónde está eso! —gritó Layla, con la cabeza pegada a la pantalla—. Está cerca de donde jugaba al balonmano. —Se volvió hacia él, emocionada—. ¿Te acuerdas?

Gale lo pensó y creía saber dónde estaba pero no se sentía muy seguro. Había ido a ver los entrenamientos tan solo un par de veces, cuando papá había ido a montar en bicicleta y no podía quedarse con él en casa. Era curioso; en aquel momento se había quejado como un loco, pero ahora lo daría todo por pasar un sábado por la mañana viéndola jugar al balonmano.

—Venga, pon al hombrecito ahí —ordenó Layla, aparentemente ajena a sus pensamientos. Señaló impaciente el icono de la persona que Google utilizaba para indicar su servicio Street View, y la pantalla cambió, transformándose de una imagen informatizada de la calle a fotografías reales tomadas desde la carretera. Por un segundo se sintieron desorientados—. Gira. Ahí. —Señaló la pantalla, donde la puerta de entrada de una casa tenía un número escrito al lado.

44

—Debe de ser la casa de al lado.

Gale tardó unos segundos en manipular el ordenador para que se lo mostrara, y luego fue difícil ver la casa de al lado, ya que estaba más apartada de la carretera que las demás casas de la calle.

—¿Y bien? —murmuró Gale. Todavía sentía la confusión de su pensamiento anterior, querer estar con ella, cuando estaba con ella.

Layla se inclinó de nuevo y lo miró con atención, pero cuando se apartó de la pantalla negó con la cabeza.

—No lo sé.

—¿Cómo que no lo sabes? ¿No lo reconoces? ¿Es el lugar correcto?

—No lo sé. No vi el exterior, ¿recuerdas? Estaba drogada o algo así, cuando me llevó dentro.

Gale entendió lo que decía.

—Y muerta cuando te sacó. —Terminó el pensamiento, luego se dio cuenta de lo que había dicho en voz alta y miró a su hermana—. Lo siento.

Layla parecía cabizbaja.

—No pasa nada, de verdad —respondió por fin—. ¿Puedes...? —Puso la mano en el ratón del portátil pero, por supuesto, lo atravesó sin problemas. La frustración llenó sus facciones—. ¿Puedes moverlo un poco? ¿Para que lo veamos mejor?

Juntos estuvieron un buen rato intentando ver la casa y consiguieron ponerse de acuerdo en varios factores. Era una casa grande. Estaba bastante bien escondida de la carretera por altos árboles y frondosos arbustos que crecían en el jardín delantero. También tenía un garaje, que, según Gale, podría haber sido la forma en que el asesino metió y sacó a Layla de la casa, sin que los vecinos pudieran ver nada. Pero era imposible saber si tenía un sótano subterráneo o algo parecido, y Layla estaba segura de que la habitación donde la habían encerrado no tenía ventanas.

—¿Y ahora qué? —Gale miró a su hermana mayor. Se

alegraba de dejar que ella llevara las riendas. Habían vuelto cómodamente al patrón con el que ambos habían crecido. Ella dirigía y él la seguía fielmente.

Layla se quedó pensativa.

—Tenemos que ir a verla —concluyó la hermana—. Tenemos que echar un vistazo y ver si hay alguna pista.

Era la respuesta que anticipaba Gale, pero eso no significaba que le alegrara oírla.

—¿Cómo vamos a hacer eso? No me voy a inventar otro trabajo del cole.

—No...

—Y no hay manera de que mamá me deje ir allí por mi cuenta. —A algunos de los otros niños de su clase ahora se les permitía caminar a la escuela por su cuenta. Pero a Gale no. Él lo entendía, aunque lo frustraba—. No me deja ir solo a ningún sitio.

Layla seguía sumida en sus pensamientos. Se levantó del ordenador y se acercó a la ventana para contemplar la tranquila calle sin salida. Gale la observó, recordando cómo los habían dejado montar en bicicleta en el callejón los veranos anteriores a su muerte.

—Ya ni siquiera puedo hacer eso —le dijo, suponiendo que ella lo entendería, y así fue.

—Lo sé. Lo siento. Lo siento mucho.

—Bueno, de todas maneras la bici se me ha quedado muy pequeña, he crecido tanto... —continuó Gale, pero Layla ya no lo escuchaba.

—¿Y Becky? —Se le iluminó la cara ante la idea—. ¡Apuesto a que te dejará ir con ella!

Becky era su prima mayor, ocho años mayor que Gale. Era hija de la tía Erica, hermana de su madre, cuya familia vivía tan cerca que solían visitar una o dos veces al mes, y así lo habían hecho durante toda la infancia de Gale y Layla. A pesar de la diferencia de edad entre las niñas, Becky y Layla habían estado muy unidas. La familia había seguido visitando con regularidad desde el asesinato de Layla, pero Becky ya no venía siempre. Ahora tenía dieciocho años, había aprobado el examen de conducir y se preparaba para ir a la universidad.

—No sé... —comenzó Gale.

—¡Podrías hablarle de mí! —A Layla se le iluminaron los ojos—. Puede que te crea. Es la única que podría.

Gale puso cara de duda.

—Venga. ¿No van a venir este fin de semana? ¿No lo dijo mamá?

Gale tuvo que reconocer que así era.

—Pues decidido. Háblale a Becky de mí, y seguro que te ayuda. Nos puede llevar a ver la casa. Estoy segura de que lo hará.

Layla parecía dispuesta. La decisión estaba tomada.

CAPÍTULO VEINTIUNO

LA SEMANA PASÓ, y el sábado por la mañana Gale se encontraba en el salón, aparentemente viendo la tele, pero en realidad estaba pendiente de la calle, esperando la llegada del coche de su tía. Cuando por fin llegó y Erica y Becky entraron, estaban discutiendo acerca de si Becky había prestado la debida atención al conducir.

Su tía Erica le dio un beso en ambas mejillas, como hacía siempre, pero Becky solo le dedicó una breve sonrisa antes de dar por terminada la discusión y empezar a contarle a la madre de Gale sus últimos planes para la universidad. Al mismo tiempo, descargaba una bolsa de plástico llena de comida que habían traído.

—Tienes que pillarla a solas —sugirió Layla a Gale, que la observaba inseguro. Infló las mejillas.

La tía Erica se instaló en la cocina y puso a Gale a pelar patatas. Lo hizo en silencio, escuchando cómo su prima hablaba sin parar de sus amigas y de las discotecas a las que iban. Layla también escuchaba, con expresión seria. Cuando por fin terminó, y Becky hizo una pausa para respirar, Gale se armó de valor y aprovechó la oportunidad.

—Becky —comenzó—, ¿puedo enseñarte algo? Es importante.

Becky echó un vistazo a la cocina, a la mesa que aún estaba por poner y se volvió feliz hacia su primo pequeño.

—Claro —dijo encantada.

Gale la condujo a su habitación y cerró la puerta. Levantó las cejas y preguntó.

—Entonces, ¿qué te pasa?

Gale miró a Layla, que estaba de pie junto a la ventana, frotándose las manos con impaciencia. Cambió el peso de un pie a otro.

—Necesito que me ayudes con algo.

Becky esperó y luego echó un vistazo a la habitación. —Claro, ¿con qué?

—Es... es un poco raro —sonaba preocupado. De hecho, ya estaba bastante seguro de que Becky pensaba que él era un poco raro. Cuando Layla estaba viva, había estado mucho más unida a ella.

—Vale... —dijo mientras extendía las manos hacia él—. Venga, me estás asustando.

Gale no siguió, y Becky frunció el ceño de repente. —¿Es algo sobre chicas o por el estilo? ¿Por eso querías hablar a solas?

—No. —Gale volvió a mirar a Layla—. Bueno, no exactamente. No en el sentido estricto de la palabra. —Hizo una pausa.

—Díselo —espetó Layla, lo cual no ayudó mucho—. Igual te cree y todo.

Gale negó con la cabeza y desplegó la foto de la casa que habían impreso de Google Street View.

—Necesito que me acompañes a ver esta casa. —Le tendió el papel.

Becky lo cogió y estudió la fotografía.

—Vale... ¿Por qué?

—¡Díselo! —insistió Layla.

—¡Vale! —Gale trató de ignorar la mirada que había aparecido en el rostro de su prima ante aquel exabrupto. Respiró hondo una vez y comenzó—: Se trata de Layla.

—Oh. —Al instante la sonrisa se borró de la cara de Becky pero mantuvo los ojos fijos en su primo y su mirada impaciente se transformó en una de compasión—. Ay cariño, lo siento mucho. ¿Todavía te sientes muy triste? ¿Es eso?

Gale dudó de nuevo, y Becky lo tomó como un sí.

—Es totalmente normal, no tienes que ocultarlo, ni sentirte avergonzado. Yo todavía estoy muy triste también.

—No, no es eso...

—¡Suéltaselo ya!

—Es... es que creo que ha vuelto.

Se hizo el silencio. Becky incluso miró alrededor de la habitación como para comprobar que estaban solos.

—¿Ha vuelto?

Aunque Gale les había contado a su terapeuta y a su madre lo de las visiones de Layla, y Rachel había hablado de ellas con su hermana, le había pedido a Erica que no se lo contara a nadie por lo que Becky no sabía nada.

—¿Cómo que ha vuelto?

—Como que puedo verla —dijo. Tragó saliva.

—Ah.

Becky parecía no saber cómo reaccionar. Durante unos instantes ni siquiera intentó ocultar la expresión de su cara. Estaba claro que temía que su primo se hubiera vuelto loco. Pero luego le ofreció otra sonrisa compasiva.

—Bueno, a lo mejor eso es normal. O medio normal. —Arrugó la nariz y luego pareció aceptar la idea—. Hay veces que yo también creo que veo gente. De hecho, la otra noche estaba en la disco y me pareció ver a mi amiga Jessica, que iba al cole con ella, aunque se fue en sexto creo, se fueron a Alemania porque su padre es de...

—No, quiero decir que puedo verla ahora mismo —

interrumpió Gale—. Está aquí, en la habitación, ahora mismo.

Layla le hizo un gesto con la mano a Becky, con una sonrisa bobalicona en la cara.

—Te está saludando.

Becky se quedó en silencio.

—¡Hola! —dijo Layla.

—Te ha dicho hola.

Becky seguía callada.

—Es que también la oigo —explicó Gale—, se me olvidó decírtelo antes.

No parecía que Becky pudiera refugiarse en la idea de que Gale imaginaba que podía ver a su hermana. Gale esperó a que se diera cuenta y se sorprendió de que su solución fuera abrir los brazos y estrecharlo en un fuerte abrazo.

—¡No pasa nada, Gale, de verdad que no! —Apretó con fuerza y le acarició el pelo. Él esperó, un poco incómodo, hasta que ella le soltó.

—Dile que se lo puedo demostrar —sugirió Layla, una vez lo hubo soltado.

Gale asintió casi imperceptiblemente. —Dice que lo demostrará —repitió, y Becky sonrió un poco. Parecía haberse dado cuenta ahora de que, fuera lo que fuera, Gale no estaba triste como ella había pensado en un principio.

—Vale... ¿cómo?

—Dale tu libreta y un bolígrafo —continuó Layla. Gale hizo lo que le dijo, sin saber adónde iba todo aquello.

—Me ha dicho que tengo que darte esto. —Le tendió el cuaderno.

—Y luego dile que vaya al otro lado de la habitación y escriba un número. Pero que no te deje ver lo que escribe.

—Ve allí y escribe un número. No me dejes verlo.

—¿Cualquier número?

—Sí.

—¿Esto qué es? ¿Un truco de magia? —preguntó Becky—. Me gustan los trucos de magia. —. Sonrió de nuevo, mientras hacía lo que él decía. Sin embargo la habitación no era muy grande y no se pudo apartar—. Esto no vale. Puedes ver lo que escribo por cómo se mueve el bolígrafo —se quejó Becky, así que se volvió hacia la pared para terminar lo que estaba escribiendo.

—No veo nada, te lo prometo —dijo Gale a la espalda de su prima.

Un momento después se dio la vuelta.

—Hecho. —Tenía la mano sobre el número.

Gale miró expectante a Layla, pero ella parecía un poco confusa.

—No lo ve con la mano encima —interpretó Gale.

Becky le lanzó una mirada sospechosa y cuando movió la mano se aseguró de que el bloc se mantuviera en ángulo para que Gale no pudiera verlo, y de que no hubiera reflejos en la ventana que pudieran ayudarle.

Gale volvió a mirar a Layla, mientras se inclinaba para ver lo que había escrito. Pero aun así, por su ceño fruncido estaba claro que algo iba mal.

—¿Y bien? ¿Qué número es? —preguntó Gale.

—¡No te lo voy a decir! —replicó Becky con incredulidad.

Gale la ignoró. —¿Qué pasa? —preguntó en cambio a su hermana.

—No pasa nada —dijo Becky, de fondo, pero Gale solo tenía oídos para Layla.

—No lo sé.

—¿Qué quieres decir con que no lo sabes?

—Es como si viera que ha escrito algo... pero no puedo...

Gale esperó.

—No lo sé —dijo Layla—. No puedo ver lo que pone.

—¿No puedes leer lo que ha escrito Becky?

—No. No es eso. No puedo... es como si... no estuviera

destinada a verlo. No estoy destinada a demostrarlo a nadie más. —Layla puso cara de interrogación—. A nadie más que a ti.

—¿Te lo enseño? —preguntó Becky, un segundo después. Parecía cansada de esperar. Y antes de que Gale pudiera responder, dio la vuelta al bloc. En él había escrito el número ochocientos ochenta y ocho, en letras grandes y claras. Becky se encogió de hombros. —Creo que tienes que practicar tus trucos de magia, guapo.

—Ochocientos ochenta y ocho —repitió Layla en voz baja—. Ahora ya lo veo. —Se volvió hacia su hermano. Parecía asustada. Asustada y triste—. ¿Por qué no podía verlo antes?

Hubo un silencio, interrumpido por el móvil de Becky. Era increíble que se las hubieran arreglado para hablar durante tanto tiempo sin que anunciara un mensaje o una nueva notificación de TikTok. Ella lo sacó, y sus pulgares se movían como flechas mientras respondía, luego lo deslizó de nuevo en el bolsillo de sus pantalones vaqueros. Su atención volvió a Gale.

—Yo también la echo de menos —dijo. Gale se quedó mirándola—. Era muy importante para mí.

Dijo algo más, pero Gale no la oyó. Sus ojos se habían deslizado hacia su hermana, que estaba de pie junto a Becky invisible para ella, mientras la prima seguía diciendo lo mucho que la echaba de menos.

—Sí —murmuró al final.

—¿Y por qué tienes una foto de esta casa? —Becky cogió de la cama el papel que Gale le había enseñado antes, pero Layla la interrumpió. O lo intentó.

—Se me ha ocurrido otra manera —gritó, y de nuevo Gale miró de una a otra, eligiendo a cuál escuchar. Durante unos segundos no supo qué escoger.

—Layla quiere probar otra manera de demostrar que es real —dijo al final.

Becky, vaciló, inspirando profundamente. —Bueno… —Se encogió de hombros y esperó.

Sin embargo, Layla guardó silencio.

—¿Necesito el cuaderno otra vez? —preguntó Becky, pero Gale se limitó a esperar, sintiendo que esto era difícil para su hermana.

—Cuando estaba viva y Becky venía de visita, a veces subíamos a mi habitación y no te dejábamos entrar —empezó.

Gale repitió, no seguro de a dónde iba esto.

—Sí… —Becky también sonaba insegura.

—Y la última vez, o una de las últimas veces, se nos ocurrió un apodo para ti —vaciló Layla—. Un apodo secreto, era muy malo.

—Me pusisteis un apodo —repitió Gale—. Uno malo.

—Ah. —El rostro de Becky se arrugó en un ceño profundo ahora.

Gale escuchó mientras Layla le decía lo que era. Luego asintió.

—Me llamabais «el adoptado». Gale, El adoptado Martin. —Bufó, y su hermana pronunció un lo siento.

—Ay Gale, entonces ¿lo sabías? Lo siento mucho. —Becky empezó a sollozar—. No era nuestra intención hacerte daño. Es que Layla… estaba de mal humor, y se desahogó. Pero ella te quería con todo su ser, debes creerlo. No pensaba eso de ti, de verdad que no.

—Lo siento mucho —repitió Layla esta vez más fuerte—. Fue una estupidez…

—No pasa nada —dijo Gale… a ambas—. Sé que no soy adoptado. Y aunque lo fuera, es mucho mejor ser adoptado que estar muerto.

Layla le sonrió y Becky se acercó y lo envolvió en otro abrazo, esta vez sin soltarlo durante un buen rato.

—Ay, cielo. Lo siento mucho, de verdad. No puedo creer que hayas estado guardándote esto dos años enteros.

—No lo he hecho. —Gale se apartó como pudo—. Layla me lo acaba de decir. Justo en este momento.

Becky dejó de hablar y miró al espacio donde Gale estaba mirando. Estaba claro que allí no veía nada más que aire vacío. Luego miró hacia la pared del dormitorio. Volvió a respirar hondo.

—¿Se lo has contado a tu madre? —preguntó con cierta delicadeza—. ¿Lo de ver a Layla?

Gale negó con la cabeza.

—¿Y a la psicóloga? Sigues yendo, ¿verdad?

—No me creen. Pensamos que tú podrías, bueno... Layla pensó que tú igual me creías, porque estabais muy unidas.

Al lado de Becky, Layla estaba asintiendo con la cabeza con esperanza. —Pregúntaselo a ella.

—¿Me crees? —preguntó Gale.

El teléfono de Becky volvió a sonar y fue a cogerlo, pero se detuvo.

—No... no exactamente. Pero creo que es importante para ti.

Gale se sentó en la cama, sintiéndose derrotado, mientras Becky revisaba su teléfono.

Cuando terminó, volvió a centrar su atención en Gale.

—A ver, ¿tú me creerías? ¿Si la situación fuera al revés?

Él se lo pensó y luego sacudió la cabeza.

—¡Pensarías que me estoy volviendo loca! ¿O no?

Gale reflexionó por un momento. —¿Crees que me estoy volviendo loco?

—No te estás volviendo loco. —De repente, ella esbozó una sonrisa—. Siempre has estado un poco loco. Mi primo el loquito. —Así le había llamado a veces, en la vida que habían compartido antes de la muerte de Layla.

La sonrisa se desvaneció y sus ojos se dirigieron de nuevo al papel que reposaba en la cama—. Lo que no entiendo es dónde encaja esta casa. ¿Cuál es el problema? ¿Quieres que te lleve allí? ¿Para qué?

—Es que... —Gale contestó como si ya no importara, porque no iba a funcionar—. Layla cree que es aquí donde la llevaron. Queremos comprobarlo para ver si hay alguna pista.

Becky no pudo evitar abrir los ojos de par en par y se puso pálida.

—¡Ala! Vale... —Observó el papel durante un largo rato—. Bueno, ¿está lejos? —Le dio la vuelta al papel, donde Gale había escrito la dirección después de imprimirlo. Y antes de que Gale pudiera responder, ya estaba escribiendo el código postal en Google Maps en su teléfono. Segundos después tenía la ruta en la pantalla.

—Está a cinco minutos andando. Vamos a decirle a tu madre que vamos a sacar a Barney. Tenemos tiempo antes de comer...

Gale y Layla se quedaron en silencio.

—¿Vale? Pues venga, vamos a echar un vistazo. —Becky se quedó mirando a Gale, y luego se rio cuando su expresión cambió. De repente, asintió agradecido. Intentó hablar para darle las gracias, pero ella lo detuvo—. Anda ven aquí, tontorrón. No pasa nada. — Y envolvió a Gale en otro abrazo—. Vamos. Seguro que tu madre te deja venir conmigo. Yo te cuidaré.

CAPÍTULO VEINTIDÓS

BARNEY NO ESTABA ACOSTUMBRADO A IR con la correa. Quizá tuviera algo que ver con el hecho de haber pasado su infancia de cachorro en una casa donde sus dueños se ahogaban en un océano de dolor, o quizá simplemente no lo habían adiestrado como era debido. En cualquier caso, su paseo normal estaba a un par de calles de un parque donde podía correr libremente y jugar con su pelota. Pero la ruta hacia la casa del asesino estaba en dirección contraria, lo que significaba que Barney se pasó todo el camino tirando y tirando, y casi se le sale el collar por la cabeza.

Era demasiado fuerte para Gale, así que decidieron que Becky lo llevara y se pasó la mayor parte del tiempo gritándole «despacio» y dándole tirones. Tuvo que darle a Gale su teléfono y le dijo que los guiara por el camino que indicaba. A Gale le resultaba desconcertante lo cerca que estaba la casa del asesino de donde él vivía.

—Esta es la calle —dijo Gale—, buscamos el número 42.

—Vale, este es el número 122, así que estará un poco más abajo... Barney, ¿podrías dejar de intentar arrancarme el brazo?

Siguieron caminando.

—¿Cómo encontraste esta casa? —preguntó Becky, mientras continuaban por el camino—. O... ¿cómo la encontrasteis Layla y tú?

Gale explicó lo que Layla le había contado, sobre cómo su asesino le había prometido mostrarle sus serpientes, cuando la llevó en su coche y que una vez en el sótano se las mostró. Continuó contándole cómo habían conseguido la dirección de la tienda de mascotas.

—Madre mía —respondió Becky—. Esto que me cuentas es una locura, lo sabes, ¿verdad? —Becky pareció pensar por un momento. Parecía como si quisiera preguntar algo, pero tal vez no debería. Al final cedió—. Entonces... ¿está Layla aquí con nosotros ahora mismo? ¿Puedes verla?

La pregunta sorprendió a Gale; había estado tan concentrado en seguir el mapa en el teléfono y en no tropezar con Barney, que no se había fijado. Miró a su alrededor y sacudió la cabeza.

—Ahora mismo no. Le cuesta estar en sitios fuera de casa. —El darse cuenta de que ella no estaba allí con él lo dejó con una repentina sensación de soledad, a pesar de que su alegre prima debería de haber sido suficiente compañía.

Becky parecía casi decepcionada. Pero lo dejó pasar.

—48, 46... —Leyó los números de las casas por las que pasaban y se detuvo—. Bueno, ¡has conseguido elegir la casa más bonita de la calle! —Sonrió.

A lo mejor lo decía con sarcasmo. O quizá no, Gale no estaba seguro. Era una casa grande y bonita, pero un poco destartalada. Era diferente de la mayoría de las casas de la calle, que estaban bastante cerca de la carretera, con jardines delanteros diminutos.

El número 42 estaba bastante alejado de la carretera, tenía un camino de entrada a un lado y un gran roble que ocultaba la parte superior de la casa. También parecía más antigua que las demás, como si fuera una de las pocas casas originales de cuando se trazó la calle, ya que las demás habían sido derribadas o ampliadas y convertidas en bloques de pisos. Pero no parecía espeluznante ni nada por el estilo. Aun así, Gale sintió un estremecimiento solo de estar allí.

—¿Y ahora qué hacemos? —preguntó Becky.

—Pues... —Gale no sabía qué decir. Miró a su alrededor, pero seguía sin ver a Layla.

—No hay ningún coche en la entrada —continuó Becky, al cabo de un rato—. Supongo que podría estar en el garaje, pero en realidad casi nadie mete el coche en los garajes hoy en día, así que probablemente signifique que esté fuera. Si es que tiene coche, claro.

—Sí que tiene. Un coche verde —respondió Gale, pero luego rectificó—. O lo tenía. Puede que lo haya vendido.

—Bueno, ahora no hay ningún coche verde aquí —replicó Becky—. ¿Llamamos a la puerta?

Gale se horrorizó. —¡Ni hablar! Aquí vive un asesino. Es peligroso.

Becky miró la calle de arriba abajo, como si no le pareciera especialmente peligrosa.

—¿Podríamos probar con los vecinos? Preguntar si lo conocen. ¿Si les parece sospechoso y eso?

—Pero ¿y si les cae bien? ¿Y si no nos dicen nada, pero luego van y le dicen que hemos estado preguntando? Entonces sabrá que vamos tras él.

—De acuerdo.

Becky parecía un poco frustrada, y procedió a intercambiar la correa del perro por el móvil. Tomó varias fotos de la casa, desde diferentes ángulos—. Pruebas. —Sonrió. Cuando terminó, se volvió hacia Gale—: Es un día bastante nublado y las otras casas tienen las luces encendidas. Pero en esta no hay luz. Así que creo que casi seguro que no está.

Parecía estar justificando algo, pero Gale no estaba seguro de qué. Entre otras cosas, porque ahora intuía que

Layla estaba allí después de todo, o al menos que intentaba aparecer con ellos. Como en la tienda de animales.

—Así que... —Becky se agachó y soltó a Barney de su correa.

—¿Qué estás haciendo?

Becky no respondió. En su lugar, hizo como que cogía la pelota, que llevaba en el bolsillo del abrigo, y simuló lanzarla al jardín de la casa. Barney conoció el movimiento de forma casi instintiva, e inmediatamente siguió hacia donde creía que había ido la pelota, a pesar de que en realidad nunca había salido del bolsillo de la prima. Entró corriendo hacia el jardín del número 42.

—Uy. Parece que sin querer he hecho creer al perro que he tirado la pelota a este jardín —dijo Becky ahora con una nota triunfante en su voz—. Voy a tener que entrar y recuperarla.

—¿Por qué? —preguntó Gale esta vez.

Becky bajó la voz—: Voy a ir a mirar por las ventanas. A ver si hay algo que pueda ver. ¿Vienes?

Gale no lo hizo al principio. En su lugar, observó cómo el perro corría de arbusto en arbusto por el gran jardín delantero, a la caza de la pelota que no estaba allí. Su cola se movía de un lado a otro, encantado con la tarea. Mientras tanto, Becky lo ignoraba por completo y caminaba tranquilamente hacia la ventana más grande de la parte delantera de la casa.

Desde donde estaba, en la acera fuera de la propiedad, Gale no podía ver mucho. Observó durante un segundo y luego se volvió hacia la silueta de Layla.

—¿Es aquí? ¿Es esta la casa?

Ella no contestó, y Gale tardó un momento en darse cuenta de que no era capaz de hacerlo. Solo estaba presente como una perturbación en el aire. Sin saber cómo lo sabía, él era consciente de que eso era lo máximo que ella podía hacer.

Siguió dudando. Ahora Becky estaba en la ventana, inclinada y usando sus manos para sombrear la luz exterior. Gale miró hacia arriba y hacia abajo, pero la calle estaba desierta. En cierto modo, daba más miedo esperar allí, y sintió que su hermana se preparaba para algo. Finalmente, Layla soltó lo que tenía, una sola palabra, que susurró directamente en su mente.

«Ve...»

Gale agachó la cabeza y atravesó la verja, dirigiéndose hacia la casa donde su hermana podría, o no, haber sido asesinada.

CAPÍTULO VEINTITRÉS

—¿VES algo? —Gale estaba sin aliento cuando se reunió con Becky en la ventana. Ella no contestó y siguió mirando, él adoptó la misma posición que ella, sus rostros apretados contra el cristal.

Dentro había un salón con un sofá de cuero y un sillón a juego frente a un gran televisor. Una planta de hojas grandes de algún tipo ocupaba gran parte de una esquina. Una estantería ocupaba la otra. Estaba limpio y ordenado, y el suelo era lo único que realmente llamaba la atención de Gale. En lugar de la alfombra que cubría su casa, esta tenía el suelo de madera bien pulido por lo que brillaba.

—A mí me parece bastante normal —dijo Becky a su lado. Levantó el móvil y empezó a hacer más fotos. Gale volvió a estudiar la sala, desesperado por encontrar algo que pudiera ser importante.

Había una mesita delante del sofá. Sobre ella había un par de revistas y algunos papeles que parecían el tipo de cosas que les enviaban a mamá y papá: facturas y cartas del colegio. ¿Significaba eso que, después de todo, tenía hijos? No, se corrigió Gale. Mamá y papá recibían cartas parecidas, del ayuntamiento y de muchos otros sitios, no solo del colegio. Y la habitación no parecía el tipo de lugar donde había niños. No había juguetes, juegos ni fotografías de niños en las paredes.

De hecho, ahora que miraba, los cuadros que había en las paredes, pinturas, no fotografías, eran raros, casi espeluznantes. Parecía, pensó Gale, que debían de ser personas desnudas, mujeres desnudas, pero no estaba claro del todo, solo eran contornos a brochazos.

—Deja de mirar, Gale —bromeó Becky, dándose cuenta de hacia dónde miraba, pero la interrumpió un ruido agudo detrás de ellos.

Gale dio un respingo, antes de caer en la cuenta de que era Barney. El perro se había cansado de su infructuosa búsqueda y había emitido un sonoro ladrido. Gale se giró y lo vio moviendo la cola.

—Barney —le amonestó Becky—. Casi me provocas un infarto.

Fingió volver a lanzar la pelota y el perro se alejó por segunda vez, tan tonto como para caer dos veces en la misma trampa. Entonces Becky pareció aburrirse de mirar por la ventana y se dirigió a la puerta principal. Levantó la solapa que cubría la rendija del buzón y miró a través de ella.

—¿Qué ves? —Gale se unió a ella, ansioso.

—Un pasillo —respondió Becky con cierta ironía. Levantó la rendija con una mano y sacó otra foto. Le mostró la imagen que aparecía en la pantalla. Estaba borrosa y oscura, ya que el flash no había saltado, pero había un perchero y varias puertas abiertas. De una de ellas salía una extraña luz azul que a Gale le resultó familiar.

—¿Qué es eso? —preguntó señalando el haz de luz. Becky lo enfocó, pero se encogió de hombros.

—No lo sé —respondió Becky mientras daba un paso atrás, inspeccionando la casa. Había más ventanas arriba, fuera del alcance, oscurecidas por la cubierta de las hojas del roble. A la derecha, un garaje estaba unido a la casa, y más allá, una puerta lateral estaba entreabierta—. ¿Quizá da a la parte de atrás? Podríamos mirar por las ventanas traseras. —No parecía muy segura de la idea. Gale se sintió aún menos confiado, pero recordó de nuevo por qué estaban aquí.

—Bueno…

Si Becky se arrepintió de haberlo sugerido, no lo dijo. Pero esta vez no estaba dispuesta a ir sola. —De acuerdo. Pero no te separes de mí.

Caminaron frente al garaje, ambos mirando hacia la calle, temiendo que el posible asesino-dueño de la casa apareciera en cualquier momento. Pero no lo hizo. Becky empujó la verja y les guio por el lateral de la propiedad, junto a una alta valla de madera.

Pronto llegaron a la parte trasera de la casa. Ahí el jardín era grande y también estaba lleno de grandes arbustos y árboles que daban a la casa mucha intimidad respecto a sus vecinos. Había una hoguera lista para ser encendida, en medio de lo que debería haber sido césped, pero que en realidad era una mezcla de tierra y barro. Más cerca de la casa había un patio de piedra, semienterrado bajo el musgo. Becky tomó la iniciativa.

—No es aficionado a la jardinería, ¿no? —pero luego añadió—. Date prisa. No deberíamos estar aquí.

La primera ventana por la que miraron era la cocina. Se parecía a cualquier otra cocina, aunque Gale seguía forzándose a recordar detalles. Las puertas de los armarios eran de una especie de madera blanca. Sobre la encimera había un ordenador portátil con la tapa cerrada. Junto a él había una taza de café vacía.

—Parece bastante normal —dijo Becky a su lado—. Vamos.

Se dirigieron a la siguiente ventana, y allí Becky se detuvo. Se suponía que la habitación era un comedor, pero alineados en la pared del fondo, y emitiendo el mismo extraño resplandor azul que Gale había visto desde el pasillo, había dos enormes terrarios de cristal. Gale sintió que se le helaba la sangre al verlos, y supo de inmediato lo que había en ellos.

—¡Las serpientes!

—¡Pero qué narices! —exclamó Becky—. ¡Ay mierda!

Miraron más de cerca el resto de la habitación, y ahora notaron que había un tercer terrario. Dentro había una cama de serrín, y una maraña de pelaje blanco. Cuando fijaron la atención vieron que estaba lleno de ratones blancos.

—¡Puaj! Qué asco —soltó Becky.

Entre las dos ventanas había una puerta. Becky se dirigió hacia ella.

—Deberíamos coger ese ordenador —sugirió y antes de que Gale pudiera detenerla, intentó abrirla, pero estaba cerrada. Por un instante pareció frustrada, pero entonces su coraje pareció abandonarla tan rápido como había llegado —. En realidad, tal vez deberíamos salir de aquí. Ahora mismo.

Gale no contestó, pero le gustaba más ese plan. Se sentía mal. Estaba congelado. De repente se sentía muy asustado.

Pero entonces su prima volvió a maldecir.

—¡Gale! ¿Dónde está la mierda de tu perro?

La respuesta era que estaba buscando la pelota perdida en el jardín trasero. A pesar de que Becky había fingido tirarla al de enfrente, el animal los había seguido por el lateral, y allí decidió reiniciar su búsqueda, como si la pelota hubiera llegado allí por arte de magia. Corría entre los arbustos y, de repente, se detuvo junto a la hoguera apagada y enterró la cabeza en ella. Resultó que tuvo suerte, ya que Becky pudo correr hacia él y ponerle la correa antes de que pudiera huir de nuevo. Tiró de él hacia atrás, tan fuerte que el pobre animal dejó escapar un pequeño aullido.

—Vamos. —Estaba sin aliento mientras conducía a Gale de vuelta a través del garaje. Pero a mitad de camino se detuvo—. Mierda.

—¿Qué pasa?

—Viene un coche. Está en la entrada. —Se giró y empujó a Gale hacia atrás, hacia el jardín trasero. Le asustó la idea de volver hacia esas serpientes.

—¿Adónde vamos? —preguntó Gale. Podía oír el coche, pero no verlo.

—Acaba de llegar a la entrada. Puede que nos vea.

—¿Qué coche? ¿De qué color?

—Azul. Pero no creo que eso importe ahora.

—¿Qué vamos a hacer?

Becky se quedó en silencio un segundo, pensando.

—Vale. Vamos a esperar en el jardín trasero hasta que entre en casa. Entonces salimos por el lateral. Así no nos verá. —Tenía la boca apretada. No parecía gustarle la idea más que a él, pero Gale no tenía otra mejor. Así que se quedaron allí, apoyados contra la pared del fondo, junto a la ventana de la cocina.

La calle volvía a estar tranquila, el motor del coche en silencio.

—¿Y si entra por la puerta trasera? —Se le ocurrió a Gale de repente—. Hay gente que lo hace así, que usan la puerta trasera como si fuera la delantera.

—No lo sé —respondió ella, con voz miserable.

Esperaron, sin aliento, temiendo que los sorprendieran en cualquier momento. Pero, de repente, se encendió la luz de la cocina.

—Ahora. ¡Corre! —Becky agarró a Gale de la mano y tiró de él y del perro de vuelta al pasillo lateral, esta vez sin vacilar mientras rompían la cobertura que el propio garaje les ofrecía de cualquiera que observara desde la casa. Pasaron rápidamente junto al coche, era azul. Gale se fijó en él y pensó que debería ver la matrícula una vez que estuvieran a salvo en la carretera. Pero entonces una voz los paró en seco.

—¡Eh! ¿Qué estáis haciendo?

Ambos se detuvieron y se giraron. Desde la puerta abierta de la casa, un hombre los miraba fijamente. Tenía el pelo oscuro. Barba. En la mano tenía el llavero del coche. Lo pulsó y los intermitentes se activaron emitiendo un breve pitido.

—¿Qué hacéis aquí? —volvió a preguntar el hombre—. Esto es propiedad privada.

No era simpático. Llevaba vaqueros y un top azul oscuro ajustado. Rondaría la treintena, Gale no estaba seguro, pero era mayor que un adolescente y más joven que su padre. También parecía más fuerte. Más duro.

Parecía enfadado y empezó a caminar hacia ellos.

—Lo siento —comenzó Becky. Gale estaba demasiado asustado para decir una palabra—. Se nos ha colado el perro en su jardín. Íbamos a por él.

Parecía que el hombre no se había dado cuenta de la presencia del perro, desde donde él estaba, el coche le cortaba la vista, y Becky intentó tirar de la correa para mostrárselo. Lo único que consiguió fue tensar más la correa y hacer que el pobre animal volviera a aullar. Estaba claro que no era el paseo que Barney había imaginado.

El hombre dejó de moverse y miró a Becky y al perro, como si evaluara si creerse la excusa. Entonces, cuando su mirada empezó a volverse hacia él, Gale oyó un sonido en su cabeza.

«¡Mira hacia otro lado!»

Era Layla otra vez, y Gale hizo lo que le dijo, en parte para ver dónde estaba. Luego, al no verla, bajó la mirada, como si se sintiera avergonzado, o simplemente incapaz de encontrarse con los ojos del hombre. Gale oyó lo que el hombre dijo a continuación, pero no lo vio decirlo.

—Será mejor que no se haya cagado en mi jardín. Os lo advierto...

—No lo ha hecho —dijo Becky. Su voz se había reducido en volumen, por lo que sonaba como una niña pequeña. Tan asustada como él se sentía—. Se lo prometo.

Gale levantó ahora la vista, para ver que el hombre caminaba hacia ellos, rápido, dando grandes zancadas sobre sus largas piernas. Pero al hacerlo, su prima volvió a tirar de él y echaron a correr juntos.

Al cabo de unos instantes, cuando se encontraban unas cuantas casas más atrás, Gale se detuvo y se volvió. Vio al hombre de pie en la puerta de su casa observándoles marcharse.

Y Gale no podía ver a Layla, pero la sentía dentro de él, temblando de miedo.

CAPÍTULO VEINTICUATRO

NO PODÍAN IR DIRECTAMENTE A CASA. No solo porque aún tenían que pasear al perro, sino también porque Becky anunció que necesitaba tiempo para tranquilizarse. Así que, en su lugar, se llevaron a Barney a dar un paseo por su ruta normal por el parque. Allí anduvieron por el extremo más alejado, lejos de donde alguien pudiera oírlos.

—¿Has visto cómo nos miró? —preguntó Becky. Era la tercera o cuarta vez que lo preguntaba; Gale había perdido la cuenta—. Era como si quisiera agarrarnos, como si quisiera asesinarnos allí mismo.

A Gale le hubiera gustado que dejara de hablar así, pero no podía estar más de acuerdo. Por otro lado, una parte de su cerebro razonaba, los había pillado en su jardín así que ¿quizás era normal que estuviera enfadado?

—¿Lo conoces? ¿Te suena de algo? —preguntó Becky de repente—. ¿Lo has visto alguna vez por ahí? ¿Merodeando por tu colegio?

Gale se obligó a escucharla. No creía conocerlo. Pero entonces, ¿cómo podía saberlo en realidad? El hombre podría haber estado en la puerta del cole todos los días, y él no lo habría visto porque no habría sabido fijarse en esas cosas. Y ahora que Gale intentaba pensar en el aspecto del hombre, le resultaba imposible traer a su mente una imagen suya. No era como en un ordenador, donde se podía ver una fotografía.

El recuerdo que Gale tenía del hombre no era más que detalles seleccionados. Su ira. Los ojos malvados y penetrantes. El extraño contraste entre el pulcro jardín delantero y la decadencia y el desorden de la parte trasera. La habitación con las serpientes.

—No ha reaccionado de manera normal —continuó Becky—. Deberías contárselo a alguien, de verdad que sí —decía al tiempo que sacudía la cabeza—. Te lo digo en serio.

De repente Becky se detuvo, obligando a Gale a hacer lo mismo.

—Mira Gale, no sé exactamente qué está pasando aquí, pero ¿sabes que la policía no ha cogido a quien se llevó a Layla? Lo que significa que sigue ahí fuera. —Habló como si Gale no lo supiera ya—. A ver, probablemente no sea este tipo —continuó Becky—, pero podría serlo. No sé de dónde sacaste la idea de que quien la mató tiene serpientes, tal vez fue solo una idea espeluznante que se te metió en la cabeza, y a lo mejor ese tipo es el bicho raro del barrio y lo has visto merodeando sin darte cuenta. Pero aun así, la policía tiene que investigarlo. ¿Me entiendes?

Hizo una pausa, reflexionando lo que había dicho.

—Has dicho que Layla te dijo que estaba en un sótano, ¿no? Bueno, si es posible que de alguna manera se esté comunicando contigo, desde el otro lado, lo cual es una locura de la leche, entonces a la policía le sería muy fácil comprobarlo. Si esa casa tiene sótano, podrán averiguar si Layla estuvo allí. —Respiraba ruidosamente de tan rápido que hablaba.

Mientras Gale la escuchaba, la velocidad con la que hablaba no ayudaba a ralentizar su corazón, que seguía acelerado. Y menos aún para fundamentar su respuesta en el sentido común.

—¿Cómo lo sabrán?

—Probablemente no sepas nada de esto porque eres pequeño y tu madre quiere protegerte. Pero la policía tiene médicos forenses que pueden encontrar pelos, pequeños trozos de piel y huellas dactilares, y no importa lo mucho que los criminales intenten limpiar, nunca pueden conseguir eliminarlo todo. Así que, si registraran el sótano de ese tipo podrían encontrar pruebas de que Layla estuvo allí.

Gale asintió. Sí que sabía de esas cosas. Los adultos siempre pensaban que los niños no sabían cosas, pero había montones de programas científicos en la tele y en YouTube que explicaban todo eso. Y antes de que Layla muriera, a menudo habían visto cosas en Netflix que se suponía que no debían ver.

—En serio. Tienes que ir a la policía. —Becky tenía los orificios nasales dilatados y parecía excitada. Asustada.

—¿Cómo voy a ir? —contestó Gale. Tardó un rato en darse cuenta de que su prima no entendía el problema, por muy evidente que fuera para él—. No me van a creer.

Becky guardó silencio durante un largo rato, y al final empezó a caminar de nuevo, pateando distraídamente la pelota para Barney. Al final, Gale no pudo aguantar más y rompió el silencio.

—Podría hablarles de Layla, ¿de lo que me contó?

Becky se detuvo en seco y negó con la cabeza—: Ni hablar, no puedes hacer eso.

—¿Por qué no?

—Porque pensarán que estás como una cabra y no harán nada. Excepto quizá encerrarte. No. Necesitamos encontrar otra forma. —Se agachó y cogió la pelota. Normalmente no quería tener nada que ver con ella una vez que se ponía babosa, pero esta vez la tiró y luego se limpió los dedos en los vaqueros. Su móvil sonó. Lo sacó.

Leyó el mensaje, con el rostro inmutable. Pero entonces sus ojos se abrieron de par en par. Empezó a responder de inmediato al tiempo que se volvía hacia Gale y le explicaba mientras sus pulgares parpadeaban en la pantalla.

—Es mi amiga Sara. Los padres de su novio se van y ella quiere quedarse a dormir con él. Es la única de mis amigas que aún es virgen. Y quiere decirle a su madre que se va a quedar conmigo para que pueda… —Becky se calló, como si de repente fuera consciente de que eso era algo que normalmente no hablaba con Gale. Aquel pensamiento pareció perturbarla más.

Terminó su respuesta y pulsó enviar. Después dirigió su mirada a Gale, parecía muy segura.

—Tendrás que mentir. Tienes que inventarte algo sobre cómo has visto a este tipo, pasando el rato, con aspecto sospechoso. No —señaló a Gale—, tienes que decir que lo viste rondando a Layla. Di que estabas con ella en algún sitio y que se te acercó y empezó a hacerte preguntas raras. Di que te preguntó si querías ir a ver sus serpientes, eso es súper espeluznante.

—Eso es lo que le dijo a Layla.

—Ya lo sé. Bueno mejor dicho, sé que eso es lo que dijiste que Layla te dijo. Pero si vas a la policía con que ves a Layla, te meterán en el manicomio. Pero si les dices que este tipo andaba por ahí, con aspecto sospechoso, cuando ella aún estaba viva, entonces sí que lo investigarán.

Becky puso su mano en el brazo de Gale. —Diles que te dijo que fueras a ver sus serpientes al sótano. Entonces tendrán que comprobar si tiene uno en su casa. Si fue allí donde la retuvo, encontrarán pruebas. —Le clavó la mirada, como deseando que aceptara.

Gale trató de encontrarle sentido. —¿Cuándo habría visto yo a ese tipo? ¿No me van a preguntar dónde ocurrió?

—Sí. —Por un momento Becky pareció derrotada. Como si esto fuera a echar por tierra la idea, pero luego se animó —. Tienes que intentar recordar algún momento en el que ella y tú estuvierais solos en algún sitio, en un lugar público, justo antes de su desaparición.

Gale se puso a pensar y, casi de inmediato, se le ocurrió una idea. Al principio, trató de descartarla, porque parecía tonta, o al menos no muy realista. Pero no logró quitársela de la cabeza.

—Hubo una vez, cuando íbamos a clase de natación, y mamá llegó tarde a recogernos. Tuvimos que esperar fuera de la piscina.

—Perfecto. Puedes decir que se os acercó entonces. Probablemente estaba mirando por la ventana, a todos los niños con sus trajes de baño. —Becky parecía realmente disgustada por esto, como si de verdad hubiera sucedido—. Y tendrás que decir que hemos vuelto a verlo hoy. Y que por eso lo seguimos hasta encontrar esta casa.

—¿Nosotros? ¿Puedo decir que estábamos juntos?

Becky guardó silencio un segundo, pero cuando contestó su voz era muy seria. —Sí.

Caminaron a casa, hablando más de sus planes.

—Hay otra cosa —dijo Becky.

—¿Qué?

—Tenemos que hacerlo ahora mismo. —Becky vaciló al ver la mirada ansiosa de Gale.

—¿Por qué?

Becky se puso solemne. —Es por la forma en que nos miró. Si se llevó a Layla, ese tipo de gente no lo hace una sola vez. Vive tan cerca de ti que es peligroso tenerlo allí. O podría escapar. —Respiró hondo, pensando—. Mira, no sé cuánto sabes de esto, pero mi madre habla con la tuya. A veces estoy delante y oigo lo que están diciendo. O a veces mamá simplemente me lo cuenta después. Pero en fin. Hay un inspector a cargo de la investigación. No recuerdo su nombre, pero a tu madre le cae muy bien. Está ayudando bastante. Así que si hablamos con tu madre ahora, cuando volvamos, podría llamar al inspector y contárselo. Y entonces él lo arreglará todo. Investigará a ese tipo raro.

Gale asintió. No sabía qué más decir. Sin pensarlo se agachó para pasar los dedos por el pelaje del perro.

CAPÍTULO VEINTICINCO

—MAMÁ, hay algo de lo que tengo que hablar contigo.

Rachel había intuido que algo pasaba con Gale. Había estado fuera con Becky, paseando a Barney, más tiempo de lo esperado, lo que significaba que el asado se le había pasado un poco, y cuando regresaron habían subido directamente a su habitación, cuchicheando por las escaleras. Y ahora había llegado prácticamente de puntillas a la cocina, y Becky estaba de pie en la puerta con los ojos muy abiertos.

—¿Qué pasa?

Gale se mordió el labio y echó un vistazo a la mesa; había un cuenco de verduras, del que salía vapor. Becky agitó la mano, como incitándole.

—Gale, ¿puede esperar hasta después de comer?

—Es algo muy importante. Se trata de Layla.

Al mencionar su nombre, Rachel sintió un cambio, no solo en sí misma sino también en su actitud hacia Gale. De repente tenía tiempo para él.

—¿Qué pasa? —su voz era más suave, y se agachó un poco para estar a su altura—. ¿Qué pasa, cariño?

Gale tragó saliva, sus ojos parpadeaban de izquierda a

derecha, incapaz de mantenerlos fijos en su madre. Respiró hondo.

—Bueno, seguro que no me vas a creer, pero creo haber encontrado a quien la mató.

Rachel se quedó paralizada. Solo se movió la expresión de su cara, que pasó del asombro a la incredulidad. Durante unos segundos se quedó literalmente sin habla.

—¿Qué quieres decir? —Su voz sonaba ahora vacía, sin emoción.

—Acabo de verlo, ahora mismo. Con Barney.

Rachel se quedó boquiabierta. Levantó la vista para ver que su hermana Erica también había oído y también tenía la boca abierta. Becky se levantó y se acercó a Gale, como si lo apoyara.

Rachel los observó a todos, mientras nuevas emociones llenaban su interior. Sabía que tenía que formar palabras, pero ¿cuáles? No lo sabía.

—Bueno, ¿cómo... por qué...? ¿Qué quieres decir, Gale?

Y vio a su hijo respirar hondo otra vez y decir su mentira.

—Nunca le había contado esto a nadie, pero antes de que se llevaran a Layla vimos a un tipo raro. Era raro porque tenía barba, y estábamos en la piscina. ¿Recuerdas aquella vez que llegaste tarde y Layla y yo tuvimos que esperar fuera? Quería llevarnos a ver sus serpientes. Dijo que las tenía en el sótano.

Hubo una pausa, mientras Rachel lo asimilaba. La primera emoción fue culpa, por la vez que había llegado tarde. Pero luego explotó.

—¿¡Qué...!? ¿Os dijo el qué? ¿Por qué demonios no...?

—No lo pensé... Estaba asustado.

Gale estaba asustado ahora también, se le notaba, y en algún nivel, por debajo del tsunami de ira que sentía Rachel, sabía que tenía que calmarse, tenía que pensar en cómo manejar aquello.

—No sabía que era importante.

—No sabías que era... —La rabia llegó a su punto álgido y, tan rápido como había llegado, se evaporó. Fue como un truco de magia. Durante un segundo no pudo hacer otra cosa que contemplar la situación. Pero entonces volvió a ver a su hijo, de pie en la cocina, con aspecto derrotado, empezando a llorar.

Diciéndole que tenía la respuesta.

—Ay, cariño —Rachel se inclinó hacia él—. Lo siento. Lo siento mucho. No es tu culpa. No es culpa tuya. —Sin aliento, cogió a su hijo en brazos y tiró de él, aspirando su olor. Al cabo de un momento lo apartó para verlo mejor—. ¿Y eso pasó en la piscina? ¿Se lo dijiste a alguno de los socorristas? ¿Lo vieron?

—No. Estábamos afuera. —Había dejado de sollozar y se esforzaba por ser claro—. Fuera de la piscina, aquella vez que llegaste tarde.

—Ah. —Las emociones de Rachel empezaron a burbujear de nuevo. En sus horas más oscuras seguía pensando en aquella vez, quizá incluso sintiendo cierta sensación de alivio de que aquella no fuera la vez en que se habían llevado a Layla, porque en aquella ocasión ella había tenido la culpa. Respiraba con dificultad. Intentando pensar—. Dios mío. —Volvió a abrazar a Gale, casi como para ganar tiempo—. Lo siento mucho. Lo siento muchísimo.

Su hermana había tomado el brazo de Rachel ahora, en un gesto de apoyo.

Automáticamente, Rachel sonrió dándole las gracias y se apartó, indicando que estaba bien. Estaba bajo control. Volvió a agacharse a la altura de Gale.

—Y dices que lo has vuelto a ver, a ese hombre, ¿hoy?

—Sí. Fuimos a su casa.

—¿Que QUÉ?

No pudo evitar explotar de nuevo, pero esta vez fue más

fácil retroceder. Miró hacia el techo para tomarse un segundo, luego se volvió hacia Gale, que seguía hablando.

—Nosotros... le seguimos.

—¿Quiénes sois «nosotros»? ¿Becky?

Rachel volvió a ponerse en pie, girándose para enfrentarse a su sobrina, que al parecer había decidido que era el momento de defender su papel.

—Nosotros... yo no sabía si creerle al principio, así que solo lo vimos ir a su casa, para averiguar dónde vivía. Él no sospechó nada.

—¿Así que tenéis su dirección? —Rachel parpadeó.

—Sí —asintió Becky—. Yo también lo vi, y de verdad que es un raro de narices —añadió alentadora, como si quisiera que la creyeran. Hubo un momento en que nadie habló, y Becky decidió continuar—. Yo... me acerqué a hurtadillas a echar un vistazo a su casa, y es cierto que tiene serpientes. Es el mismo tipo de la piscina.

Gale sacó la hoja de papel A4 de su bolsillo. Se la entregó.

—Lo encontramos en Google Maps.

Rachel cogió el papel y lo desplegó. Mostraba una fotografía en blanco y negro de una calle, encima había un mapa y después el texto de una página web. Miró la casa. No era más que una casa, una casa normal y corriente, no muy diferente de la suya. Y por el mapa, estaba a pocas calles de distancia. El hombre que vivía allí se había acercado a Layla.

Esta podría ser la clave que llevaban tanto tiempo esperando.

—Vale, de acuerdo. —Se quedó mirando el papel, necesitaba tiempo.

Luego se volvió para mirar a Gale y a Becky. La estaban observando, esperando a ver qué ocurría a continuación, y Rachel sabía que necesitaba un plan.

—Vale, vale... —Sabía que estaba repitiendo lo mismo

una y otra vez. Pero en su mente solo se formaba una palabra: Kieran. Necesitaba a Kieran—. Erica, ¿puedes cuidar de Gale mientras hablo con la policía?

Su hermana parecía aliviada, como si temiera que le pidieran algo más.

—Por supuesto. Comemos y te guardo algo para ti. Puedo quedarme todo el tiempo que necesites. —Esbozó una sonrisa tranquilizadora y luego pareció pensar en otra cosa—. O hasta que llegue Jon a casa.

—Jon va a venir conmigo —contestó Rachel, y entonces recordó que estaba fuera en una de sus salidas en bicicleta, y una ola de ira estalló dentro de ella. De ninguna manera iba a esperarlo—. Esto es... —se detuvo, miró a Gale de nuevo, el miedo se convirtió en esperanza—. Este podría ser el momento que hemos estado esperando. Lo que necesitan para atrapar a ese...

No terminó la frase, pero puso una mano en el delgado hombro de Gale, antes de agacharse de nuevo a su altura.

—Gale, ¿estás seguro? ¿Estás seguro de que era el mismo hombre?

Asintió con la cabeza, con el rostro todavía asustado y abatido. Y tal vez fue eso lo que quebró a Rachel. Sintió las lágrimas antes de que llegaran, como el rugido de una presa al romperse, antes de que comenzase la inundación. Pero cuando llegaron las lágrimas fueron menos una inundación y más una dulce liberación. El final de dos años de ruegos para que atraparan a ese monstruo. Dos años de lucha contra la amarga injusticia de lo que le habían arrebatado, a ella, a su hermosa hija. Sintió que Erica se abalanzaba de nuevo sobre ella para atraparla, y esta vez dejó que su hermana la sostuviera y la guiara hasta una silla.

Y desde allí vio a Gale, de pie, en silencio, como si solo observara lo que había desencadenado.

CAPÍTULO VEINTISÉIS

—HOLA, Kieran, ¿eres tú?

El inspector Clarke supo que era Rachel Martin por la identificación de su teléfono móvil.

—Rachel. ¿Qué pasa? —No había esperado una llamada.

—Ha pasado algo, algo importante.

Los ojos de Clarke se dirigieron al sándwich que acababa de prepararse, pero que no había tenido ocasión de morder.

—Dime.

—Es Gale. Acaba de decirme algo. Cree saber quién se llevó a Layla.

El bocadillo se olvidó al instante, mientras Clarke se ponía lentamente en pie.

—¿Perdona? ¿Qué has dicho?

—Que Gale podría saber quién se llevó a Layla.

Había oído bien, pero seguía sin tener sentido. Ningún sentido en absoluto.

—¿Qué quieres decir? ¿Qué ha pasado?

Rachel estaba sin aliento, y Clarke demasiado impaciente para darle espacio para hablar. Su voz no dejaba lugar a dudas de que se trataba de algo serio. Pero no entendía los detalles.

—Dice que a Layla y a él se les acercó un hombre, unas semanas antes de que se la llevaran. En la piscina. Los invitó a que se fueran con él... y Gale dice que vio al mismo hombre en la playa ese día. Y hoy lo volvió a ver, caminando, y lo siguió hasta su casa. Sabe dónde vive.

A Clarke le pareció que la sangre le corría a mil por hora por las venas, pero se obligó a mantener la calma. A mantener la lógica. En su cabeza empezó a repasar el testimonio que había dado el chico. Lo había leído tantas veces que prácticamente lo tenía memorizado, palabra por palabra. Y tenía plena confianza en la inspectora que le había tomado la declaración. Estaba especializada en trabajar con niños y era una de sus mejores agentes. De hecho, su fe en su colega le hacía ser cauteloso.

—Se le preguntó a Gale sobre eso varias veces —respondió, despacio—. Fue muy explícito al decir que no vio... —Clarke no llegó más lejos antes de que la voz de ella le cortara.

—Estaba asustado. Pensó que había hecho algo malo.

—Vale —respondió Clarke mientras reflexionaba de nuevo—. Lo siento, no quería decirlo como una crítica. Me has pillado por sorpresa, pero está claro que esto podría ser muy importante. —Hizo una pausa, respirando hondo e intentando que la situación cristalizara en su mente—. Déjame ir a la comisaría. Podemos vernos allí y hablar de esto como es debido.

Rachel estaba llorando de nuevo. —¿No estás en el trabajo?

—No. Este fin de semana no estoy de guardia, pero no pasa nada. No hay problema.

—Siento molestarte...

—No seas tonta. No hay nada que sentir — la detuvo Clarke de inmediato—. Te dije que me llamaras cuando quisieras. —Por un momento se permitió creer que esto podía ser real, que podían estar al borde de un verdadero avance—. Créeme, Rachel, he estado tan ansioso como tú por conseguir un avance en este caso.

—Sí, ya lo sé —sollozó Rachel por el teléfono, Clarke apenas lo notó.

—Pero seamos prudentes, ¿de acuerdo? —continuó—. Vayamos paso a paso. ¿Podéis reuniros conmigo en la comisaría dentro de una hora?

—Sí, no. Jon está fuera con la bici. Se ha ido a Gales. Pero yo estaré allí. —Hubo una pausa antes de que Rachel continuara—: ¿Traigo a Gale también?

Clarke se lo pensó.

—¿Cuánto te ha contado? ¿Tienes suficiente para darme tú los detalles?

—Creo que sí. No estoy segura. Tengo la dirección del hombre. —De nuevo, Rachel no pudo evitar que un sollozo se le atascara en la garganta, y Clarke sintió que sus ojos se abrían de par en par. Tenían una dirección.

El inspector Clarke tomó una decisión.

—De acuerdo. La agente que le entrevistó, Jennifer Robbins, está fuera este fin de semana y no voy a conseguir que vuelva a tan corto plazo. Pero sería mejor para Gale volver a hablar con ella. Más fácil para él. Así que, ¿por qué no empezamos con que me digas lo que sabes hoy, y Gale puede hablar con Jen el lunes? ¿Qué te parece?

Al otro lado de la línea Rachel sollozó un poco más, y luego aceptó.

—De acuerdo. Te veré allí en breve. —Clarke colgó el teléfono y miró a su alrededor. De repente, la habitación en la que estaba le pareció diferente. Vio su bocadillo, pero ahora no tenía nada de hambre.

¡Tenían una dirección!

CAPÍTULO VEINTISIETE

LA LLAMADA con Jon la había molestado. Rachel comprendió que lo había llamado cuando él estaba en bici, presumiblemente a muchos kilómetros de barro y charcos, pero él tardó más de lo debido en darse cuenta de lo que le decía, y al principio pareció sugerirle que no iba a acortar su día en bici, sino que terminaría el recorrido y luego volvería. Rápidamente se echó atrás, pero siguió insistiendo en que no había otro modo de volver a su coche que en bicicleta, y que le llevaría una hora como mínimo, quizá más, y luego tenía tres horas en coche de vuelta. De ninguna manera iba a esperarlo. No cuando tenía en sus manos la dirección del hombre que bien podría ser el asesino de su hija. Ni hablar.

Rachel se reunió con el inspector Clarke en la recepción de la comisaría. No cabía duda de que él comprendía la importancia del momento. Caminaba de un lado a otro y tenía los ojos muy abiertos mientras Rachel firmaba en el registro de entradas. Clarke la condujo en silencio por el pasillo hasta las salas de interrogatorios. Si no hubiera sido por los pequeños detalles, el frío en el aire, quizá bajaban la calefacción los fines de semana, el chirrido de sus zapatos sobre el duro suelo de linóleo, podría haberlo confundido con un sueño.

Rachel había pasado tiempo en varias salas de interrogaciones y sabía que algunas estaban muy vacías y eran espartanas, mientras que otras eran más cómodas. Presumiblemente, las primeras estaban pensadas para los sospechosos, para intimidarlos y tal vez para aludir a la prisión que los aguardaba. Las segundas eran para los testigos, para sonsacarles pistas. Clarke había reservado una de las cómodas, pero hoy Rachel apenas se había dado cuenta. Estaba sentada a la mesa, con los ojos clavados en la tosca grabadora de audio, lo único que había sobre la superficie.

Clarke abrió la puerta y una mujer de unos treinta años entró en la sala.

—Esta es la agente Ellen Cross.

Llevaba el pelo corto y de punta y vestía de uniforme. Asintió amablemente con la cabeza al ver a Rachel, pero Rachel apenas lo notó.

—Hola.

—Normalmente se lo habría pedido a uno de los inspectores, pero este fin de semana estamos un poco cortos de personal y la agente Cross estaba... disponible —Clarke vaciló un poco, como si hubiera estado a punto de utilizar un término más elogioso y luego hubiera cambiado de opinión—. Por lo que dijiste por teléfono, he pensado que necesitábamos tener otro agente presente.

Rachel asintió. Apretó el bolso contra el regazo. Miró el ordenador y luego volvió a mirar a Clarke. Se sentó enfrente, con el rostro delineado por la preocupación.

—También es importante que grabemos esta conversación. ¿Te parece bien?

Rachel volvió a mirar la máquina y asintió. Clarke la observó y le devolvió el gesto. Pulsó los dos botones que hicieron que la cinta empezara a grabar. Rachel escuchó mientras él decía su nombre y el de ella, y esperaron a que la agente uniformada hablara también. Luego volvió a saludar a Rachel con la cabeza. Estaban listos.

—Señora Martin, Rachel, me has dicho por teléfono que tu hijo, Gale Martin, recuerda que un hombre se les acercó a él y a su hermana Layla algún tiempo antes de su secuestro. ¿Es eso cierto?

Hubo una pausa y Rachel asintió. —Sí.

—¿Puedes decirme exactamente qué te dijo?

Rachel se armó de valor y se inclinó hacia delante. Todavía tenía ambas manos aferradas a su bolso, agarrándolo como un escudo.

—Fue en la piscina. Estaban allí esperando a que los recogiera después de natación. Gale dijo que un hombre se les acercó y trató de que se fueran con él. Y luego dice que vio al mismo hombre hoy... —Sus palabras se aceleraban y subían peligrosamente de tono.

—Vale —Clarke levantó una mano—, vamos a ir más despacio. Respira hondo. Hay tiempo de sobra.

Rachel lo hizo.

—Muy bien —la voz de Clarke era tranquilizadora—. ¿De qué piscina estamos hablando?

—De la que está junto a la estación. Es... —Rachel se sintió desconcertada, de repente nerviosa—. Se me ha olvidado el nombre. Es la grande, ¿importa mucho?

—¿Es la del centro Waterdown? —interrumpió la agente.

Rachel se volvió para mirarla. Suspiró ansiosa. Luego asintió con entusiasmo.

—Para la cinta, por favor, Rachel —le recordó Clarke.

Ella levantó la vista al instante.

—Sí, la piscina de Waterdown.

Clarke hizo una pausa. Por un momento pareció ensimismado.

—¿Eres capaz de decir qué día fue? ¿Sabes la hora?

—No, pero sé dónde vive —respondió Rachel. Empezó a

tantear el cierre de su bolso, con la intención de coger el papel que le había dado Gale, pero Clarke la interrumpió.

—Rachel, ya llegaremos a eso, te lo prometo. Primero, quiero obtener todos los detalles que pueda. Ha pasado mucho tiempo desde la muerte de Layla, lo que significa que puede que no queden muchas pruebas que encontrar. Si este hombre se acercó a ella antes, y podemos encontrar un testigo que lo verifique... —Tuvo que hacer una pausa, el significado parecía ser demasiado para él durante unos instantes—. Podría ser importantísimo para convencer a un jurado.

Rachel lo comprendió. Pero siguió manipulando el cierre y, cuando por fin abrió el bolso, sacó el móvil.

—Puedo darte la fecha. La tengo en mi agenda. Tenía una cita con... no importa con quién, pero se alargó, y luego el tráfico era horrible, y llegué tarde a recoger a los niños. Esa es la única razón por la que estaban allí. Ay Dios mío... —Se sumió en su propia miseria silenciosa mientras accedía a su teléfono y se desplazaba rápidamente hacia atrás en el tiempo a través de la aplicación de citas. Luego levantó la vista—. Fue el 4 de junio. Mi reunión era a las dos y media, pero no salí hasta casi las cuatro. Una amiga mía, Sue, los llevó a la piscina, pero tenía que irse a un sitio. Le pregunté si podía llevar a los niños también, pero no podía. Así que no tuve más remedio. Le pedí a Sue que les dijera que esperaran fuera. Pensé que solo tardaría unos minutos, pero ya sabes cómo es el tráfico por allí. —Rachel tomó aire otra vez, se recompuso—. Pero hablé con Layla. Le dije que esperara junto a la entrada, donde pudiera verla la recepcionista.

—¿Y a qué hora fue eso? ¿A qué hora llegaste?

La información no estaba en el móvil y Rachel levantó las manos con impotencia. Entonces recordó lo importante que era. Tenía que concentrarse.

—Eran alrededor de las cinco. Acababan de dar las noticias por la radio.

—Vale. Eso es bueno, Rachel. Eso está muy bien. —Clarke se paró a pensar antes de continuar—: ¿Y sabes dónde estaban esperando? ¿El lugar exacto?

—Justo al lado de la entrada. Le dije a Layla que no fuera a ningún otro sitio.

Clarke miró a la agente. Algo pareció pasar entre ellos. Rachel no supo qué, hasta que la mujer habló.

—Sin duda tienen cámaras de seguridad —dijo la agente Cross—. Joe da clases allí. —Entonces la mujer dirigió una triste sonrisa a Rachel—. Joe es mi hijo.

Clarke, mientras tanto, sacudía la cabeza pensativo.

—Podrían tener las cintas, pero han pasado más de dos años. Es casi imposible que las hayan guardado todo este tiempo.

—¿Puedo comprobarlo si quieres? —se ofreció la agente—. Nunca se sabe.

Clarke negó con la cabeza. —No. Enviaré a alguien de mi equipo. No quiero errores.

Se volvió hacia Rachel.

—Continúa. ¿Qué más te ha dicho Gale?

A Rachel le costaba mantener la concentración, pero hacía lo que podía, y la quietud de la sala la ayudaba. Se quedó pensativa un buen rato. Luego habló.

—Les dijo que tenía serpientes.

Se hizo el silencio. Una expresión de confusión mezclada con desagrado pasó por el rostro de la agente, pero fue el gesto de Clarke el que acaparó la atención de Rachel. De repente tenía una expresión que ella nunca había visto en él.

—¿Serpientes? —Su voz también había cambiado. El tono vaciló. Toda su calma y tranquilidad habían desaparecido. Era como si algo le hubiera quitado el aire.

—Sí. —Rachel recordó lo que Gale le había dicho—. Se ofreció a enseñárselas a Layla. Eso fue lo que dijo. Dijo que tenía serpientes en su sótano. Así fue como intentó que se fueran con él. —Rachel casi podía ver la escena en su mente mientras hablaba, y de pronto se sintió horrorizada de que su hija hubiera tenido que pasar por aquello.

Hubo un largo silencio, hasta que Clarke lo rompió, con la voz aún llena de algo extraño, ¿incredulidad, duda?

—¿Estás segura de que dijo serpientes?

—Sí. Serpientes. Pero no se fueron con él. Los dos sabían que no debían subirse al coche de un desconocido.

Unos segundos después de decirlo, Rachel vio la implicación de lo que había dicho, quizá eso era precisamente lo que la pobre Layla había hecho, cuando se la llevaron, aquellas pocas semanas después. No pudo evitar gemir en voz alta mientras lo pensaba. Pero el propio Clarke pareció perderse por completo el momento. Fue la agente quien la miró con compasión.

—Vale, Rachel, Sra. Martin... —Clarke apuntó con la mano hacia Rachel y la dejó suspendida en el aire. Frunció el ceño—. ¿Me has dicho que Gale dice haber visto hoy a ese mismo hombre? ¿Que lo ha seguido hasta su casa? ¿Gale cree que sabe dónde vive?

—Sí.

Hubo otra pausa. Clarke no parecía contento con esto.

—¿Y él tiene una dirección? ¿Te ha dado la dirección?

—Sí. —Una vez más Rachel metió la mano en su bolso, y esta vez sacó el trozo de papel que Gale le había dado, la impresión de Street View de Google—. Esta es una foto de la casa, la sacó del ordenador. —Entregó el papel al inspector Clarke y esperó.

Kieran Clarke cogió el papel, lo desplegó y lo miró. Lo sostuvo durante un rato, sin decir nada. Luego volvió a mirar a Rachel. Ella le devolvió la mirada, como si esperara que entrara en acción. Sus ojos volvieron al papel que tenía en las manos.

Tardó un buen rato, pero por fin se volvió hacia Rachel.

—¿Esto qué es? ¿Una especie de broma?

La pregunta dejó a Rachel en silencio durante unos desconcertantes segundos.

—¿Una broma? —Rachel le miró a los ojos. Por el rabillo del ojo, notó también la confusión en la cara de la agente Cross.

Clarke pareció darse cuenta de lo inapropiada que era la pregunta y levantó la mano a medias, como si quisiera disculparse. Pero seguía desconcertado. Finalmente recuperó el habla.

—Señora Martin, la foto que me acabas de entregar... es mía. Es una fotografía de mi casa.

PARTE 2

CAPÍTULO VEINTIOCHO

—EN SERIO, ¿esto es algún tipo de broma? —Era peor repetirse, pero Clarke simplemente no sabía qué decir. Rachel acababa de entregarle una impresión de Google Maps de su casa, diciéndole que creía que el asesino de Layla vivía allí. Era una absoluta locura.

—¿Una broma? —Rachel lo miraba ahora, con un desconcertado dolor profundamente marcado en el rostro —. ¿Por qué iba a...? —Miró a la agente en busca de ayuda, pero ella también parecía aturdida, incapaz de encontrarle sentido al giro que había tomado de repente la entrevista—. ¿Esta es tu casa? Pero no puede ser...

Clarke se encogió de hombros con impotencia. Se sintió como si volviera a ser un niño, amonestado por algo por sus padres.

—Esta es mi casa —dijo sin más. Luego volvió a estudiar el papel, como si pudiera haber cometido un error, pero no había ningún error. La dirección coincidía, la pequeña sección del Google Maps estaba centrada en su casa—. Esta es mi dirección. —Clarke se oyó hablar, y una parte de su cerebro gritaba que aquello debía de ser una especie de sueño loco. Llevaba más de dos años trabajando duro en este caso, quizá demasiado. La mayoría de sus colegas lo consideraban un poco obsesionado. ¿Se habría vuelto loco?

—Pero este hombre tiene serpientes. —La voz de Rachel interrumpió sus pensamientos, devolviéndole a la sala. Y lo que ella había dicho era peor. Todo estaba empeorando.

—Yo tengo serpientes.

Clarke notó que la expresión de su colega cambiaba. Había tenido que llamar a la agente Cross para la entrevista porque ninguno de sus inspectores estaba disponible ese fin de semana. Se volvió hacia ella a la defensiva, incapaz de pensar en lo que decía antes de que se le escaparan las palabras.

—¿Qué? No puedo tener un perro precisamente, con los horarios que tenemos. —Sintió que se le calentaba la cara, a medida que la sangre acudía a ella, y supo que se estaba poniendo rojo. Luchó contra el momento, recordando ahora que la cinta seguía grabando. Se estaba grabando todo—. Sra. Martin... —Hizo una pausa, jugando con el tiempo, para que la sala dejara de girar tan salvajemente—. Mira, Rachel, de verdad que no sé lo que está pasando aquí, pero sí, me acabas de entregar una fotografía de mi casa. —Se detuvo un segundo, pero no mucho—. Sin embargo, puedo asegurarte de manera absolutamente categórica, que no tengo nada que ver con la desaparición de tu hija. Nada. Excepto por el hecho de que he dedicado los dos últimos años de mi vida a intentar averiguar qué le ocurrió.

Se hizo un silencio, en el que cada uno de los presentes trató de dar sentido al momento. Al final, Rachel fue la que lo rompió.

—¿Tienes serpientes?

Clarke se obligó a respirar antes de contestar. Ya se estaba calmando, lo suficiente para hablar al menos.

—Tengo. Es... es solo un hobby. Sé que a algunas personas no les gustan, pero en realidad son muy buenas mascotas. Son cariñosas y soportan bien las horas que paso aquí.

—No lo sabía —interrumpió Cross, desde su izquierda, y Clarke apartó la mirada de Rachel para dirigirla a ella. La expresión que vio en su rostro lo alarmó. Había una clara acusación en su voz cuando continuó—. Nunca mencionó que las tuviera.

—Pues no. —La miró fijamente, con el pecho apretado—. No es un delito. Y ya sabe cómo son los rumores aquí. —Sintió náuseas. También notó que lo invadía la ira—. Si le sirve de algo, agente Cross, tengo que decir que yo también ignoro qué mascotas tiene usted.

—Estoy de alquiler. No me permiten mascotas. —Esta vez había un filo inconfundible en su voz. Imposible de ignorar. Pero esto era ridículo. Era una auténtica locura.

Clarke se esforzó por seguir pensando, mientras se hacía otro silencio. Seguía sin tener ni idea de lo que estaba pasando, y estaba claro que la madre sentía lo mismo. Entonces, de repente, su mente se centró en un pensamiento. Fue como si le arrojaran un salvavidas en un mar embravecido.

Quizá hubiera una explicación sencilla.

—Señora Martin —se inclinó hacia delante, aun respirando con dificultad—, Rachel. Puedo prometerte que no tengo absolutamente nada que ver con lo que le pasó a Layla. Seguro que me conoces lo suficiente como para creerlo. —Sostuvo la mirada mientras una serie de emociones se reflejaban en su rostro. Finalmente, tragó saliva y asintió con la cabeza, pero no parecía muy convencida. Apretó los dedos contra su frente e intentó retener el pensamiento que podría explicar aquello—. Vale, vamos a intentar averiguar qué está pasando aquí. Dijiste que Gale te dijo que vio a este hombre. ¿Hoy? ¿Que lo siguió hasta esta dirección? ¿A mi dirección? —Se detuvo, todavía pensando. Ahora estaba pensando en el incidente que había ocurrido en su jardín. La chica con el perro. Iba con otro chico, no lo había visto bien, pero ¿podría haber sido Gale?

En realidad nunca había conocido al chico. Solo sabía vagamente qué aspecto tenía. Cuando entrevistaron a Gale, Clarke pidió a Jennifer Robbins que lo hiciera. Desde entonces, los padres habían insistido en que querían proteger a su hijo todo lo posible. Y él había hecho todo lo posible para facilitarlo.

—¿Y si Gale me vio? —continuó—. Él no me conoce, pero mi cara está asociada claramente con el caso. Los llamamientos televisivos en las noticias, yo di muchos de ellos. Y mi fotografía ha salido varias veces en los periódicos... —Abrió las manos—. ¿Puede ser que Gale esté simplemente confundido?

Rachel abrió y cerró la boca varias veces antes de hablar. Seguía pareciendo desconcertada.

—No veo cómo ha podido ocurrir. No hemos dejado que Gale viera nada sobre el caso en la televisión. Y no leemos los periódicos. No queríamos que lo viera. —Negaba lentamente con la cabeza.

Se hizo un silencio.

—Pero tiene que ser eso —se oyó protestar Clarke. Tenía que ser la explicación. ¿Qué otra cosa había?

—¿Tiene Gale acceso a algún dispositivo, señora Martin? —Fue Cross quien hizo la pregunta. Clarke la miró. Se suponía que no tenía que hablar. Solo tenía que entrar y ocupar el maldito asiento para que hubiera un segundo agente presente. ¿Tan difícil era? Pero ahora vio cómo Rachel se volvía para mirarla, con el rostro inexpresivo.

—¿Por qué? —la voz de Rachel tenía un tono duro, acusador.

—Bueno, es posible que Gale haya estado buscando detalles del caso en Internet. Puede que haya visto fotos del inspector Clarke ahí.

Su lógica se filtró hasta Clarke, acompañada de una oleada de gratitud.

—Sí, claro. Es posible. —Se volvió hacia Rachel—. ¿Tiene Gale acceso a Internet? Si es así, habrá buscado detalles del caso. Cualquiera lo haría.

—Yo... Sí, dejamos que se conecte de vez en cuando.

Con ambos policías mirándola directamente, Rachel parecía abatida.

—Así que esto no... ¿Esto no va a ayudar a atraparle?

Clarke sintió que su respiración volvía a la normalidad. Fue la primera vez que se dio cuenta de que se había quedado sin aliento. El primer momento también en que se dio cuenta de lo que esto significaba para ella.

—Mira Rachel, lo siento mucho. Esto es un golpe duro, muy duro. Cuando me llamaste, de verdad pensé que esto podría ser un gran avance, lo que hemos estado buscando todo este tiempo. —Sacudió la cabeza, dejándola caer hacia el escritorio, aun intentando pensar.

—¿Y el hombre de la piscina? —respondió Rachel, y Clarke volvió a levantar la cabeza. Lo había olvidado—. Gale me dijo que un hombre se les acercó en la piscina. Dijo que el hombre intentó que se fueran con él, que tenía serpientes en su sótano. —Extendió las manos encogiéndose de hombros. Lo miró con miedo en los ojos.

La atmósfera de la habitación pareció cambiar. El misterio resuelto, pero ahora de repente de vuelta. Clarke lo sintió en la piel, un cambio de presión, y su cerebro clamó por una respuesta. Pero era como vadear por espesa miel. No había respuesta, al menos nada que se le ocurriera.

—Tenemos la fecha —miró de nuevo a la agente Cross, que había estado tomando notas. Ella asintió de inmediato.

—Cuatro de junio, de las dieciséis horas a las diecisiete horas.

Clarke se volvió hacia Rachel. —Yo... no lo sé. Puedo asegurarte rotundamente que no fui yo, pero no tengo ninguna explicación de por qué Gale pensó que había sido... ¿Quizá se trate de un caso de confusión de identidad? ¿Quizá el asesino se parece a mí de algún modo? —preguntó mientras se encogía de hombros.

Simplemente no sabía qué más decir.

—Señora Martin —la agente Cross parecía haber intuido que había recaído sobre ella cierta responsabilidad tras la revelación de Rachel, pero su voz era rígida, torpe. Se aclaró la garganta—. Rachel —sonrió—. ¿Puedes decirme cuántos años tiene Gale?

Rachel tardó un rato en contestar. Primero tuvo que apartar los ojos de la cara de Clarke. Cuando lo hizo, estaba parpadeando, como si de repente se enfrentara a una luz brillante.

—Tiene diez años.

—Ya veo —asintió Cross—. ¿Y cómo lo lleva? ¿Con todo lo que ha pasado?

—¿Qué tiene que ver...? —Rachel empezó, pero pareció detenerse. Se sentó más derecha, como si se recompusiera —. Lo está llevando bien. Muy bien, teniendo en cuenta todo —de repente soltó una carcajada, un sonido salvaje, casi histérico—. Teniendo en cuenta que su hermana fue secuestrada y asesinada.

Se hizo el silencio. Luego Cross continuó. —Rachel, ¿está viendo a alguien? ¿Recibe algún tipo de terapia?

Rachel no contestó de inmediato. Pero luego asintió. —Sí. Asiste a terapia de duelo una vez a la semana.

—¿Y cómo va?

Rachel se frotó el ojo. Cambió de respuesta. —No muy bien —admitió—. La terapeuta dice que él sigue embotellando muchas cosas en su interior.

Cross se volvió hacia Clarke y ella lo miró a los ojos. Luego se volvió hacia Rachel.

—Tengo un hijo, Joe. Es solo un poco mayor que el tuyo. Y es un buen chico, pero no siempre es sincero, y a veces creo que se miente a sí mismo tanto como me miente a mí. ¿Sabes a lo que me refiero?

Rachel la miró a la vez que Clarke observaba a Rachel. Por un momento pensó que iba a empezar a gritar o a reírse de nuevo. Pero en lugar de eso, asintió.

—Así que es posible que se confundiera y confundiera al inspector Clarke porque ha visto una foto suya en Internet. ¿Y puede que también haya visto algo en Internet sobre las serpientes? —Se volvió hacia Clarke—. ¿Estás en algún foro? ¿Grupos de Facebook sobre serpientes, cosas así?

Su calma lo sorprendió. Cross no tenía precisamente la mejor reputación en la comisaría: era la agente a la que enviabas cuando un gato se quedaba atascado en un árbol. Pero ahora lo estaba ayudando y él se lo agradecía.

—¿Eso podría explicarlo? —Cross continuó—. A lo mejor vio al inspector Clarke en Internet, asociado al caso, y luego descubrió que criaba serpientes, y eso fue lo que le hizo sumar dos y dos, y dar con cinco.

Pero esta vez Rachel bajó la cabeza y se tapó los ojos. Resopló un rato y luego se sonó la nariz con un pañuelo. Cuando levantó la vista, Cross seguía mirándola.

—Bueno... Supongo que es posible.

Clarke se refugió unos instantes en su cabeza. Necesitaba espacio para pensar, y ni siquiera sabía si se había perdido algo de lo que se dijo a continuación, o en caso afirmativo cuánto. Luego volvió a la conversación. Empezaba a ver luz donde antes solo había oscuridad.

—Rachel, siento mucho todo esto —intervino ahora—. Cuando me llamaste pensé de verdad que este podía ser el momento que habíamos estado esperando, por el que habíamos estado trabajando. Pero aún puede serlo. Quiero traer a Gale lo antes posible. Voy a llamar a Jennifer Robbins de inmediato, a ver si puede averiguar algunos detalles más del momento en que este hombre se les acercó. Tal vez todavía haya algo que podamos sacar de esto. Quizá haya algo ahí, debajo de toda esta... confusión.

Sin pensarlo, tendió la mano a Rachel. Fue un movimiento inconsciente, pero la respuesta de Rachel fue considerada. Lo miró, casi con el miedo escrito en la cara. Pero al cabo de unos instantes extendió también la mano y dejó que él apretara la suya.

El contacto recorrió el cuerpo de Clarke, lleno de esperanza y alivio. Se le ocurrió una idea.

—Dijiste algo de un sótano, ¿no? —preguntó.

Rachel asintió con la cabeza y Clarke aflojó un poco la presión que ejercía sobre su cuerpo. Sacudió la cabeza y dejó escapar una breve sonrisa.

—Rachel, yo no tengo sótano en mi casa.

CAPÍTULO VEINTINUEVE

—BUENO, esto sí que es raro. —El inspector jefe Starling
tenía una mirada desconcertada, su pelo canoso necesitaba
un corte—. Estoy bastante acostumbrado a oír acusaciones
contra mis agentes, pero normalmente vienen de cabrones
conocidos, no de niños de diez años.

—Sí, jefe —respondió Ellen Cross.

Minutos antes Clarke había suspendido la entrevista y
retirado la cinta de la grabadora. Cross había notado cómo
le temblaban las manos mientras lo hacía. Luego le había
pedido a Rachel que esperara en la sala mientras él
acompañaba a Cross a ver al jefe en su despacho. Ella pensó
que era buena suerte que estuviera allí; normalmente, los
sábados estaba en el campo de golf. Después, Cross estuvo
esperando fuera del despacho durante casi diez minutos,
con Clarke dentro, antes de que la llamaran para reunirse
con ellos. Entonces Starling le preguntó qué había visto ella
en la entrevista. Mientras contaba lo sucedido, Clarke había
estado sentado a su lado, atento a lo que decía.

Ahora el jefe le había pedido a Clarke que esperara fuera
y Starling y ella estaban solas en su despacho.

—Muy, muy raro. —Starling pareció sumido en sus pensamientos durante un buen rato y Cross se preguntó qué iba a hacer. ¿Cómo demonios iba a manejar una situación así?

Al final se decidió—: Bueno. Por improbable que parezca que haya algo de verdad en esto, va a haber que examinarlo. —Mantuvo la vista fija en la superficie de su ordenado escritorio mientras hablaba. Tenía abierto su ordenador portátil, uno de esos de lujo, superfino, con efecto de fibra de carbono. Parecía un poco ridículo al lado de sus grandes manos—. Pero tenemos que hacerlo con mucho, mucho cuidado. —Se detuvo y la miró a los ojos—. La mierda huele, y esta se va a oler desde muy lejos. —Se detuvo de nuevo, aparentemente ensimismado—. Por el momento, me gustaría mantener esto tan confinado como sea posible, ¿entiendes a lo que me refiero?

Cross asintió—: Creo que sí, jefe.

—Para ser concretos, no debes hablar con nadie sobre este acontecimiento... lo cual me plantea un problema. —Por un momento se mostró dubitativo, pero luego pareció tomar una decisión—. Normalmente no le pediría esto a un agente de policía, pero más bien te has topado con ello, así que me gustaría que te quedaras tú con ello. Quiero que bajes a la piscina y compruebes si hay alguna grabación del incidente del que habló el chico. —Hizo una pausa—. Te presentaste a los exámenes de inspector, ¿no?

—No, jefe. No me presenté.

—Ah. ¿Cuánto tiempo llevas de agente? ¿Seis años?

—Ocho años.

—Bueno, no importa. En cualquier caso, dudo mucho que tengan algo después de tanto tiempo. Pero si tienen algo que muestre lo que pudo pasar aquel día quiero que lo veas, lo traigas de vuelta y me informes solo a mí. ¿Entendido?

—Sí, jefe.

—¿De verdad que entiendes lo que estoy diciendo aquí? Es casi seguro que esta acusación es falsa, pero si sale a la luz destruirá la carrera del inspector Clarke. En este momento los únicos que lo sabemos somos Clarke, tú y yo. Espero no tener que explicar las implicaciones, si se filtra la noticia.

—No, jefe, no creo que tenga que hacerlo.

Todavía parpadeando asombrada por cómo iba su turno, Cross salió del despacho del inspector jefe Starling.

Empezó llamando por teléfono a la piscina de Waterdown. Puede que no fuera inspectora, pero no era tan difícil ir a recoger las cintas de unas cámaras de seguridad, era algo con lo que estaba muy familiarizada. Lo había hecho tantas veces que también conocía las normas.

No había leyes que establecieran cuánto tiempo conservar las grabaciones, al menos en un centro deportivo, pero la mayoría de los sistemas reutilizaban las cintas automáticamente al cabo de entre dos y veintiocho días. Un sistema que cubriera zonas públicas, como las cámaras que daban a la entrada de la piscina, optaría por guardarlas más tiempo, pero ¿dos años? En la mayoría de los casos, solo los lunáticos de verdad conservarían las grabaciones durante tanto tiempo. La única esperanza de Cross era que, en sus años de policía, se había topado con un buen número de ellos.

Después de explicar varias veces lo que quería, por fin consiguió que le pasaran la llamada a un tal Gary, al parecer encargado de la seguridad del centro.

—No hay ninguna posibilidad —dijo cuando ella explicó lo que quería.

Ella reprimió el sentimiento de decepción que apareció en su interior.

—¿Puede volver a comprobarlo? Es el 4 de junio. Hace dos años. ¿solo para estar seguros?

—No hace falta —respondió Gary—. Ya lo sé. ¿Para qué dijiste que era?

—No lo he dicho —pensó un momento, recordando la advertencia un poco escalofriante del jefe—. Pero es para una investigación seria y en curso. —A sus palabras siguió un silencio y Cross se preguntó por un momento de dónde habían salido. Había sonado igual que uno de los inspectores.

—Bueno, siento no poder ser de más ayuda... —empezó el hombre, pero Cross lo interrumpió.

—Gary, ¿puedo pedirle que lo compruebe una vez más, como un favor para mí? —Automáticamente fijó una sonrisa en su rostro, esperando que se tradujera en su voz. Alguien le había dicho una vez que era buena con la gente, en realidad, muchos se lo decían, pero aquella vez le habían dicho que la razón era que sonreía de forma natural cuando hablaba. Y porque siempre parecía recordar los nombres de las personas. El comentario la confundió un poco. ¿Cómo era posible que la gente no recordara los nombres de los demás? Seguro que era lo mínimo que uno podía hacer.

—Lo siento, guapa, pero no hay ninguna posibilidad. Verás, hoy en día tenemos un sistema digital totalmente automático. Mantiene la fecha durante un mes, y luego simplemente escribe sobre los mismos discos.

Cross suspiró, era lo que había temido. El circuito cerrado de televisión era lo que llamaban «la hora de oro». Tenías que cogerlo antes de que desapareciera para siempre, de ahí que la enviaran con frecuencia a reclamar cintas y discos y devolvérselos a los investigadores que trabajaban en los casos.

Se preguntó vagamente si debería presentarse en persona y comprobar si alguien recordaba haber visto el incidente. Sterling no lo había mencionado, pero seguramente era el siguiente paso natural. Si fuera inspectora sería eso lo que haría. Pero no lo era y ni siquiera iba a intentar serlo; solo lo hacía porque el inspector Clarke la había invitado a asistir a su interrogatorio, porque no había nadie más y entonces... la confusión de lo que estaba ocurriendo se apoderó de ella por un momento, hasta que se dio cuenta de que Gary volvía a hablar.

—¿Qué fecha me has dicho?

—Pues... —Cross revisó la nota que había garabateado —, el 4 de junio. Necesitamos las imágenes de la tarde, digamos entre las tres y las seis.

—Espera.

La línea se quedó en silencio. Mientras esperaba, la mente de Cross volvió al drama que había tenido lugar en la sala de interrogaciones. Era bastante normal que le pidieran que participara en una entrevista, pero aun así, se alegró. Por un lado, no se lo pedían a menudo y, por otro, muchas de las chicas de la comisaría sentían algo por el inspector Clarke. Era guapo y también un buen policía. Pero entonces la reunión se torció y se convirtió en... ¿qué? ¿Confusión? ¿Farsa? Ni siquiera estaba segura de saberlo.

¿Y lo de las serpientes? No tenía ni idea de que al inspector Clarke le gustaran las mascotas raras, y mucho menos las serpientes. La idea la desanimó un poco. Buscó en su mente a alguien que también tuviera serpientes, como si eso pudiera hacerlo más normal. Recordó que una antigua amiga del colegio había salido con un chico que tenía serpientes. Pero había resultado ser un raro.

Por otra parte, pensaba mientras seguía colgada del teléfono, ¿quizás eso lo explicara todo? ¿Por qué Clarke lo había mantenido en secreto? Quizá todos los que tenían serpientes lo mantenían en secreto, porque la gente se formaba una opinión equivocada al respecto. Como había dicho el propio Clarke, no era un delito, al menos que ella supiera. Era consciente de que algunas serpientes estarían cubiertas por la Ley de Animales Peligrosos. Pero suponía que, aunque las serpientes de Clarke estuvieran cubiertas, él tendría los permisos necesarios, porque en todos los demás aspectos era un tipo completamente normal y un compañero muy respetado. ¿O no?

Sacudió la cabeza, intentando detener los pensamientos que se perseguían a sí mismos. Todo aquello no era más que un momento de extrañeza. No estaba familiarizada con el caso de Layla Martin, pero había sido lo bastante duradero y notorio como para que todos los que trabajaban en la comisaría lo conocieran. Y no había nada que sugiriera que serpientes tuvieran algo que ver. Se maravilló de su capacidad para perder de vista eso. Quizás esa era otra razón por la que no era una inspectora de verdad, o no estaba hecha para serlo...

—¿Sigues ahí, guapa? —La voz del hombre volvió a sonar en el teléfono. Casi había olvidado que lo estaba esperando.

—Sí, sigo aquí.

—Vale. Tengo buenas noticias.

—¿Qué? —Cross había tenido tan pocas esperanzas de éxito, que casi había olvidado lo que estaba esperando.

—Puede ser. No puedo asegurártelo.

—¿El qué? —Cross no lo entendía—. ¿Qué está diciendo?

—Bueno, te dije que teníamos un sistema moderno, ¿no? Lo que no dije es que aún tenemos el viejo sistema basado en cintas que teníamos antes. Está en el almacén, no tiene valor ninguno y no se puede vender. Ya nadie quiere la vieja tecnología. Todavía funciona bien, pero no puedes deshacerte de ella...

—Disculpe, pero ¿qué está diciendo exactamente?

—Ah sí, claro. Lo siento. Pues eso, que aún conservamos el viejo sistema de cintas. Bueno, lo conservé yo en realidad.

Por si acaso el nuevo sistema no era fiable, porque nunca se sabe...

—¡Gary!

—¿Sí?

—¿Puede explicarme de qué está hablando?

—Claro. Claro. Bueno, durante un tiempo, en realidad durante la semana exacta que estás buscando, se me ocurrió hacer funcionar los dos sistemas uno a la vez que el otro. Pero una vez que vi que el nuevo sistema funcionaba como debía, dejé de usar el viejo y lo guardé. Y como he dicho, no se puede vender. —Hizo una pausa—. Así que sigue ahí.

Cross contuvo la respiración.

—¿Y todavía tiene las cintas antiguas? ¿Con esa semana grabada?

—No hay razón para que no las tenga. Tendría que configurarlo para saberlo con seguridad.

—¿Puede hacerlo? ¿Ahora mismo?

—Bueno... —Ahora sonaba dubitativo, pero ella volvió a interrumpir.

—Gary, es muy importante que configure esas cintas. Y que no se las enseñe a nadie. De hecho, ni siquiera le diga a nadie lo que está haciendo. E iré a verlo enseguida. — Cuando Cross colgó, tenía los ojos muy abiertos. Después de todo, iba a ser inspectora, aunque fuera solo por un día.

Cross no tenía coche propio ni podía acceder al parque de vehículos asignados a los agentes de más rango. O, al menos, no podía hacerlo sin consultar antes a Starling, y no quería hacerlo. Y lo que era más importante, no era necesario. Conocía a casi todo el mundo en la comisaría y en especial a todos los que trabajaban en las patrullas. Así que llamó por radio y pidió que la llevaran, y minutos después la dejaron frente a la entrada de la piscina, con la promesa de que la recogerían cuando lo necesitara.

Cuando se marchó, levantó la vista y vio las cámaras. Junto a ellas había un segundo juego de soportes oxidados, en los que debían de haber estado fijadas las antiguas.

¿Habrían grabado algo? ¿Era posible que hubieran grabado al inspector Clarke?

La idea le produjo un escalofrío.

CAPÍTULO TREINTA

—HOLA, vengo a ver a Gary, el encargado de seguridad. Me está esperando. —Sonrió a la recepcionista, que miró su uniforme con una mezcla de alarma y recelo.

—¿A quién?

—A Gary. Se encarga de las cámaras de seguridad. —Cross indicó el banco de tres pantallas que había detrás del escritorio de la mujer.

—Ah, Gary. —La recepcionista no parecía estar acostumbrada a oír su nombre, pero pulsó el botón del sistema de radio del centro.

—Voy a avisarle.

Hicieron falta dos llamadas, pero al final Gary contestó y le dio las indicaciones para llegar al lugar donde había preparado las cosas. Después de subir y bajar por varios pasillos equivocados, Cross llegó por fin al pequeño almacén donde un hombre de unos sesenta años la esperaba. Era evidente que estaba emocionado, saltando de un pie a otro.

—La fecha que querías y tengo el día al completo —la

saludó—. Lo he mirado desde las tres de la tarde, pero no estaba seguro de lo que buscamos.

Cross sintió el impulso de decírselo, pero se contuvo. —Me temo que no buscamos nada Gary, lo siento. —Le dedicó una sonrisa conciliadora—. Como he dicho, este es un caso muy serio, lo que significa que tendré que revisar las cintas por mi cuenta. Pero ha sido increíblemente útil.

—Ah —El hombre estaba visiblemente decepcionado—. Pero ¿cómo vas a manejar el sistema? —Cross miró lo que había montado. Había visto docenas iguales. En vez de decir eso, levantó la radio que le había prestado la chica de recepción, por si se perdía en algún sitio.

—¿Qué tal si lo llamo con esto si me quedo atascada?

Vio cómo se marchaba y buscó un sitio donde sentarse. El almacén estaba lleno de viejos aparatos de gimnasia, estrechos bancos de madera, que parecían demasiado bajos e incómodos, y un potro de salto demasiado grande. El olor que desprendía le trajo a la memoria sus días de estudiante y el lejano recuerdo de haber besado a un chico en el gimnasio del colegio. Darren algo...

Encontró una silla y le quitó el polvo, luego se sentó en ella e inspeccionó el sistema que Gary había montado. Había tenido que desembalar el aparato de una pila de cajas y había sacado una de las pantallas originales; era evidente que habían sustituido tanto la parte delantera como la trasera del sistema. Se parecía un poco a un aparato de vídeo antiguo, con cintas magnéticas pesadas y toscas. Ya estaba encendida y se había detenido en una imagen fija de la entrada que acababa de atravesar. Estaba vacía, pero sus esperanzas aumentaron cuando vio que la imagen era bastante ancha y cubría la mayor parte del espacio. La calidad tampoco era mala. En blanco y negro, pero lo bastante clara.

Pulsó el *play*, sintiendo cómo su corazón latía a mil por hora. ¿Estaba a punto de presenciar el momento en que se revelaba que el inspector Clarke era un asesino de niños? Parecía imposible. Y, sin embargo, aquí estaba ella.

Estuvo observando durante diez minutos antes de ver a los niños. La imagen de la pobre niña la había visto cientos de veces. No sabía qué aspecto tenía Gale, pero era claro quién era, una figura más pequeña, literalmente a la sombra de la hermana. Ella guiaba el camino, y parecía estar a cargo de él. Salieron del edificio por la misma puerta por la que ella había entrado y se sentaron en un bajo muro, con las piernas colgando y, suponía Cross, hablando.

No se podía oír lo que decían, pero la calidad era lo bastante buena como para ver cómo movían la boca. Unas cuantas veces, Layla sacó y comprobó un teléfono móvil; una vez atendió una llamada corta entrante, (la chica no parecía haber marcado ningún número).

Mientras miraba, Cross se encontró conteniendo la respiración, esperando el momento en que el hombre se acercara y rezando para que, cuando lo hiciera, estuviera de frente a la cámara, al menos el tiempo suficiente para poder congelar el encuadre y echarle un vistazo decente a la cara. Pero pasaban los minutos y el hombre no aparecía. Estuvo pendiente del reloj en la esquina superior de la pantalla, sintiendo cómo aumentaba su ansiedad a medida que se acercaban las cinco, la hora que la madre había dicho que por fin aparecería. Y entonces, por fin, Gale saltó del muro, de una forma como no se había movido antes, y una figura se acercó.

Cross se inclinó más cerca, preparando el dedo para pulsar el botón de pausa. Pero la figura no era un hombre. Incluso desde atrás, que era todo lo que Cross podía ver en ese momento, estaba claro que el adulto que se había acercado era una mujer y, por la reacción de los niños, que la conocían. Y entonces, cuando se dio la vuelta, Cross pudo reconocerla: la misma mujer que se había sentado frente a ella en la sala de interrogatorios ese mismo día. La madre de los niños.

Cross se recostó lentamente en la silla; ni siquiera se había dado cuenta de que se había acercado a la pantalla. Exhaló despacio, tratando de contener su decepción. Y luego reconoció que era decepción lo que sentía. Pero ¿por qué?

¿Había querido ver al inspector Clarke acercándose a los niños? No. Pero había querido encontrar un avance en el caso. Se mordió el labio. ¿Por qué? ¿Había querido ser la heroína, la que resolvía el caso? Sabía que no era eso. Solo quería que se hiciera justicia con la pobre chica.

Rebobinó la cinta y la vio por segunda vez, esta vez anotando los momentos clave como debería de haber hecho la primera vez. Los niños saliendo por la puerta de salida de la piscina y yendo a esperar junto a la pared. La llamada telefónica. Y no pasó nada más. Nunca salieron de la pantalla, y nadie les habló ni se les acercó siquiera, hasta que media hora después apareció la madre, y los tres se fueron juntos.

Lo que significaba... Cross activó la parte analítica de su cerebro. No había ningún hombre con serpientes en el sótano. Y luego la parte maternal.

Gale Martin mentía.

CAPÍTULO TREINTA Y UNO

UNA HORA MÁS TARDE, el inspector Kieran Clarke estaba de nuevo ante el despacho del inspector jefe Starling, esperando a que lo llamaran para saber qué demonios iba a ocurrir a continuación. Mientras estaba allí sentado, su mente repasaba la extraña serie de acontecimientos que habían marcado el día.

Primero, la llamada de Rachel, totalmente inesperada, pero muy emocionante y algo esperanzadora. Al principio no había entendido el significado cuando se lo dijo, pero si el hermano de la chica recordaba ser abordado por un hombre antes de la muerte de Layla, y si había visto al mismo hombre en la playa, eso era dinamita suficiente para destapar el caso.

Pero entonces todo había explotado en su cara. Se estremeció al recordar la conmoción que sintió cuando Rachel le entregó una foto de su casa en Google Street View. La casa de su infancia, la única casa que había poseído desde que murieran sus padres, hacía ya unos años. Su mente volvió ahora a esa época.

. . .

Vivía entonces en su residencia universitaria y estaba preparándose para salir por la noche, cuando llamaron a la puerta. Se presentaron dos policías. Recordó el pánico de sus amigos, por el cánnabis que tenían en casa, pero no estaban allí por eso. Habían pedido hablar con él, en privado. Y entonces, en su habitación de universidad, plantados de pie le habían explicado cómo sus padres eran pasajeros de un avión que se había estrellado en algún lugar de la península de Baja California. Un accidente sin posibilidad de supervivientes.

Ni siquiera había sabido que estaban de vacaciones. Claro que habían hablado de viajar más, ahora que él estaba en la universidad, pero no habían mencionado ese viaje en concreto. O si lo habían hecho, había tenido la cabeza en otras cosas.

Recordaba una sensación en particular que había tenido entonces, que era similar ahora. Un desplazamiento de una realidad a otra. En un momento, sus padres eran un elemento fijo en su vida, tal vez un poco aburridos, quizá poco intrépidos a esa edad, pero siempre presentes, y lo bastante jóvenes como para que la idea de que murieran fuera algo a lo que no tuviera que enfrentarse hasta mucho tiempo después. Y de repente, en un instante, desaparecieron. Todo en las pocas palabras de un agente de policía, que ni siquiera se tomó la molestia de sentarse. Y cuando su mundo cambió, fue como vislumbrar que la realidad misma era solo un decorado, una máscara que cubría el rugiente vacío del caos que había detrás. Así se había sentido cuando Rachel le entregó la fotografía de su casa. Por un segundo, el vacío del caos volvió a quedar al descubierto. Se estremeció al recordarlo.

¿Qué pasó después de que Rachel le diera la fotografía? Le costaba recordar, pero sabía que era importante. Había pedido a la agente Cross que lo acompañara a ver al inspector jefe Starling. Recordaba sentirse como si estuviera en un sueño según ascendía las escaleras. Fue lo correcto, una buena decisión. No quería ocultar nada, ni que pareciera que lo estaba intentando. Antes de subir le había pedido a Rachel que esperara en la sala de interrogaciones. Mierda, ni siquiera sabía qué había sido de ella después de aquello. Esperaba que no siguiera allí.

Pero no, Starling se encargaría de ella. Él lo había dicho.

Kieran le había explicado lo sucedido, primero a Starling, con Cross fuera del despacho, y luego se había sentado allí, mientras Starling le pedía a Cross que entrara y lo repasara de nuevo. Los había observado mientras ella hablaba, rezando para que lo creyeran. Era totalmente increíble y, sin embargo, por la forma en que había sucedido, sabía que si las posiciones se invirtieran, él se lo estaría cuestionando.

Sin embargo, el inspector jefe se había dado cuenta enseguida de la gravedad de la situación. No era frecuente que un policía en activo fuera acusado de un delito, y mucho menos de uno grave, pero ocurría. Clarke recordaba una vez, cuando llevaba uniforme, en la que detuvieron a un agente por el asesinato de su esposa. Clarke había sido un miembro subalterno del equipo de detención, al que se pidió que asegurara la escena del crimen. Pero recordaba la conmoción de sus colegas, la sensación de traición que se había extendido por todo el cuerpo.

El inspector jefe Starling había pedido a Cross que comprobara las cámaras de la piscina. Había pocas esperanzas de que aportaran algo, pero había que hacer un seguimiento. Al mismo tiempo, el propio Starling había cogido las llaves de su casa, de la casa de Clarke, para comprobar por sí mismo la afirmación de Clarke de que no tenía sótano.

Clarke volvió a sacudir la cabeza. Todo aquello era una locura.

De repente se abrió la puerta.

—Inspector Clarke, ¿puedes seguirme? —Starling salió de su despacho y se dirigió hacia los ascensores. No hizo contacto visual ni habló mientras caminaban, un poco más rápido de lo que era cómodo.

Finalmente llegaron a una de las salas de interrogatorios de la planta baja. Cuando Clarke entró, vio que la agente Cross ya estaba sentada detrás del escritorio. La saludó con la cabeza mientras Starling se sentaba.

—Inspector Clarke, he decidido grabar esta reunión por si fuera necesario. ¿Tienes alguna objeción?

—No. —Clarke negó con la cabeza, su propia voz sonaba extraña. Luego observó mientras se ponía en marcha la cinta. Starling dijo su nombre y su rango y esperó a que Cross y Clarke hicieran lo mismo.

Mientras escuchaba, se preguntaba de qué se trataba. ¿Habrían encontrado algo que creían incriminatorio? Pero ¿cómo podían haberlo hecho?

—Empecemos por su casa —comenzó Starling—. Acabo de estar en la dirección indicada por Rachel Martin como el lugar donde su hijo cree que vive o vivió el asesino de Layla Martin. Esa es su dirección, ¿correcto?

—Es mi dirección, pero...

Starling levantó una mano para silenciarle.

—Responda a la pregunta, por favor. —Starling lo miró con severidad.

—Sí.

—La información de la señora Martin se refería a la posibilidad de que Layla hubiera estado retenida en algún tipo de sótano o bodega en esa dirección. Puedo confirmar que he inspeccionado la casa detenidamente y no he encontrado indicios de ninguna habitación de ese tipo.

—Bueno, por supuesto, no tengo...

Starling interrumpió—: Además, la agente Cross ha tenido suerte con el circuito cerrado de televisión de la piscina. Parece que todavía tienen la grabación del 4 de junio de hace dos años.

Clarke sintió que se le levantaban las cejas solas.

—¿Y?

—Y no muestra nada —negó Starling con la cabeza—. La agente Cross ha revisado la cinta dos veces. Yo la he visto una vez. Los niños están a la vista todo el tiempo, y en ningún momento se les acerca nadie. —Hizo una pausa—. La Sra. Martin sigue esperando en el pasillo, ¿no es así?

—Sí, jefe —contestó Cross—. He ido a verla cuando he vuelto. Le he traído un bocadillo, ya que no había almorzado.

—Gracias, agente. Hablaré con ella en un momento. —Starling hizo una pausa mientras consideraba qué decir a continuación—. Parece bastante evidente que no hay nada en absoluto que corrobore la acusación que ha hecho contra el inspector Clarke. Por lo tanto, no veo ninguna utilidad en someter este asunto a investigación interna, ni en imponer ningún tipo de sanción al inspector Clarke. No está claro lo que ha ocurrido, pero podría tratarse de un caso de confusión de identidad, algún tipo de travesura o simplemente un error del chico.

Volvió a hacer una pausa, dando tiempo a su agente para asimilarlo y para recibir las malas noticias que aún estaban por llegar.

—No obstante, dependiendo de los deseos de la señora Martin, puede que sea necesario apartarlo del caso, por el mero hecho de lo ocurrido, pero sin que indique que tiene culpa alguna.

Clarke sintió que se abría un hueco frente a él, un atisbo del vacío y de cómo estaba a punto de lanzarse hacia él.

—Jefe... no. Llevo dos años trabajando en este caso, lo conozco mejor que nadie.

El inspector jefe volvió a levantar la mano—: No lo

dudo, Kieran. No creo que nadie lo dude. Su compromiso con este caso se ha hecho notar muchas veces. Pero tengo que considerar esto desde el punto de vista de los Martin. Su hijo ha hecho una acusación, aunque indirectamente, contra usted. Me parece muy poco probable que esto no cambie las cosas.

Clarke dudó, luego asintió. —Lo comprendo, jefe. —Intentó no cerrar los ojos.

—Dicho esto, yo también quiero entender algo. En el caso de que los Martin no tengan inconveniente en que siga al frente del caso, ¿está dispuesto a continuar?

—Sí. —Clarke se quedó boquiabierto ante la pregunta—. Por supuesto que sí.

—Puedo darle algo de tiempo para considerar esa respuesta si lo necesitas.

—No necesito tiempo.

Starling le dio un momento de todos modos, pero luego asintió.

—Muy bien.

Y con eso suspendió la entrevista. Cuando se detuvo la cinta, miró a Cross, que seguía montando el equipo de vídeo de la piscina. Ella captó la mirada y le devolvió el gesto con la cabeza, indicándole que estaba listo.

—Gracias, Kieran. Esa es la respuesta que esperaba que me dieras. Pero de momento, si puedes distraerte de alguna manera, traeremos a Rachel Martin y demostraremos que su chico ha estado inventando historias. Puede que aún te quiera fuera del caso, pero pongamos esa decisión en sus manos.

Clarke asintió con la cabeza y se levantó. Fue hacia la puerta, pero Starling lo detuvo.

—Clarke.

—¿Sí, jefe?

—Mira, admito que esta situación es muy rara, pero he

trabajado en casos con niños, y a veces pueden soltar las cosas más extrañas. Vete a casa, y no lo pienses mucho. Te informaré de lo que diga la madre en cuanto lo sepa.

Clarke volvió a asentir. Dio las gracias al inspector jefe y salió de la oficina.

CAPÍTULO TREINTA Y DOS

RACHEL IGNORÓ la taza de té que le habían puesto delante. Solía beber té, pero desde el asesinato de Layla había pasado a tomar solo café, al menos tres tazas al día. Su atención se centraba ahora en la pequeña pantalla de vídeo en blanco y negro instalada en la sala de interrogatorios. La manejaba la misma mujer que había asistido a la entrevista. Le había dicho a Rachel que se llamaba Ellen y parecía simpática, aunque Rachel no estaba dispuesta a corresponder.

El otro agente, el inspector jefe Starling, al que conocía razonablemente bien, ya le había dicho que la cinta no mostraba nada. También había dicho que había estado personalmente en casa del inspector Clarke aquella tarde y confirmaba que no había sótano ni ningún tipo de habitación que se ajustara a la descripción que Gale les había dado. No había llegado a decir que Gale mintiera, pero sí que su hijo había cometido un terrible error.

Pero no era la honestidad de Gale, o lo contrario, lo que consumía los pensamientos de Rachel. En su lugar, simplemente miraba la imagen de su hija en la pantalla que mostraba nuevas imágenes. Después de la muerte de Layla, había reunido y archivado todos los vídeos de sus teléfonos y de los de Jon, y había pedido a sus amigos que le enviaran por correo electrónico o WhatsApp cualquier grabación que tuvieran. Pero aquí había algo nuevo, una imagen de Layla sana y salva, apenas unas semanas antes de su muerte. Era, en cierto modo, como si hubiera vuelto un poco de entre los muertos.

Rachel se sentó en silencio y vio los treinta minutos de metraje que empezaban con Layla y Gale saliendo por las puertas de la piscina y terminaban con ella viniendo a recogerlos. Recordó la culpa que había sentido mientras se sentaba en el tráfico hasta llegar hasta ellos. La llamada que le había hecho a Layla mientras conducía, aunque se suponía que no debía hacerlo, y la irritación que los tres habían mostrado cuando por fin había llegado. En aquel momento le había parecido que llegar tarde a la recogida de la piscina era un gran problema. Qué equivocada estaba. Qué poco sabían, en aquel momento, de las horribles realidades del cruel mundo. Lamentó su propia inocencia.

—Tuvimos suerte de que la piscina conservara las imágenes —dijo Starling en voz baja—. Resulta que estaban cambiando a un nuevo sistema de CCTV. Si nos hubiera dicho cualquier otra semana, no tendríamos nada. —Hizo una pausa lo bastante larga como para que ella tuviera tiempo de seguir la tácita lógica: que en un escenario así no habría habido nada que demostrara que Gale se había equivocado. O que mentía. Ella enrojeció. Pero el inspector jefe no dijo eso. En su lugar, habló con suavidad, observándola con atención—. Como puede ver, no hay señales de que nadie se acerque a los niños, y están en el encuadre todo el tiempo.

Se detuvo, hasta que ella lo reconoció, y asintió.

—Significa que, por desgracia, no hay nada que corrobore lo que le ha contado Gale. No es algo que vaya a ser de ayuda para atrapar al asesino de Layla. Lo siento mucho. —Hizo una pausa durante la cual nadie dijo nada, así que continuó—: No creo que haya motivo para enfadarse con Gale. De vez en cuando ocurren cosas extrañas. La muerte de Layla los habrá estresado mucho a todos, quizá especialmente a Gale, y él estará tan desesperado como ustedes por saber qué ha pasado.

Rachel Martin volvió a asentir.

—Es muy posible que de verdad se crea lo que le ha contado, que no haya querido engañarnos. —Hizo una pausa—. Es probable que ni siquiera sea consciente de que nos ha engañado. —Esta vez negó con la cabeza—. Pero en cualquier caso, está equivocado.

—Ya lo veo —Rachel encontró de pronto la voz—. No sé qué le pasa. Es solo un niño. —Se llevó una mano a los ojos y los cerró también, como si intentara oscurecer la habitación. Luego bajó la mano—. ¿Todavía necesitáis hablar con él?

Starling miró a la agente y una mirada pasó entre ellos. —No creo que haya necesidad de llevar esto más lejos, no. —Volvió a hacer una pausa antes de continuar—: Pero hay una cuestión más que debemos abordar.

Rachel contuvo la respiración hasta que él continuó.

—Tenemos que preguntarle si está dispuesta a que el inspector Clarke siga llevando el caso. Él me ha confirmado que esto no cambia nada desde su punto de vista, pero le he explicado, y él ha aceptado, que es su decisión. Y no tiene por qué responder de inmediato. Es algo que debe hablar con su marido.

Rachel asintió, con los ojos bajos.

Al cabo de un rato, Starling se disculpó y salió de la habitación. Le tocó a la agente Cross acompañar a Rachel a la puerta de la comisaría.

CAPÍTULO TREINTA Y TRES

CUANDO RACHEL APARCÓ el coche en su casa, vio que Jon había vuelto ya que su bicicleta de montaña estaba atada a la parte trasera de su coche, ambos salpicados de barro. Se acercó demasiado, casi tocándolo con el parachoques, y apagó el motor. Por un momento escuchó el silencio. Pero no por mucho tiempo. Salió del coche y abrió la puerta de su casa. Al instante, Jon salió de la cocina a su encuentro.

—¿Y bien?

Su hermana Erica seguía allí, con las manos enredadas ansiosamente alrededor de otra taza de té.

—¿Qué te han dicho?

Rachel consiguió sacudir la cabeza lo suficiente para comunicar que no había ido bien, y luego entró en la cocina, dirigiendo a Jon una mirada para que la siguiera. Gale estaba allí, sentado a la mesa, como si hubiera sido sometido a su propio interrogatorio. Rachel no le pidió que se fuera.

—¿Qué ha pasado? —preguntó Jon, pero ella lo ignoró.

—Gale. —A Rachel se le secó la boca; sentía la rabia desprenderse de ella como electricidad. Demasiado para pensar con claridad, para considerar cómo manejar esto. Por ahora, era una tormenta—. No sé... —empezó, pero estaba demasiado enfadada para hablar. Tuvo que calmarse un poco antes de continuar—, no sé qué pensarías que estabas haciendo esta mañana, pero no ha ayudado nada. No nos ha servido en absoluto. Has hecho perder el tiempo a mucha gente.

—Rachel... —comenzó Jon pero ella le cortó de inmediato. Llevándose la mano a la cara, con los dedos temblorosos.

—No.

Ni siquiera miró a su marido. En el silencio que siguió, sus ojos no se apartaron de su hijo.

—El hombre al que seguiste, el hombre a cuya casa fuiste, no es el hombre que se llevó a Layla. Es el hombre que está intentando atraparlo.

Gale parecía confuso. No conmocionado, todavía no. Simplemente no lo entendía.

—¿Qué quieres decir? —La voz de Gale era tranquila contra la dura furia de la de su madre.

—La fotografía que me enseñaste, era de la casa del inspector Clarke. El hombre que dirige la investigación.

Jon fruncía ahora el ceño, comprendía, pero no entendía. Intentó hablar de nuevo, pero esta vez ella simplemente lo ignoró. Su atención estaba centrada en Gale. Sin embargo, él no parecía estar prestándole toda su atención. En su lugar miraba la ventana. No, a la ventana no, miraba a la pared junto a la ventana. De repente, se volvió hacia ella.

—Pero... ese es el hombre.

—No. No lo es.

—Que sí, mamá. Te prometo...

—¡Gale! —gritó su nombre. Estaba casi fuera de control.

Al principio Gale se quedó callado, pero luego continuó.

—Mamá, te lo prometo. De verdad —continuó Gale, con la voz extrañamente controlada, dada la situación—. Ese es el hombre que se llevó a Layla. La retuvo en su sótano. Es el que habló con nosotros en la piscina.

Mientras Gale seguía hablando Jon empezó a hablar también, más alto esta vez, como si se negara a seguir siendo ignorado. Pero la ira de Rachel los hizo callar a ambos.

—¡No! No aguanto más. Y por favor Jon, no intentes meterte en esto. No me vengas ahora con tu tono razonable porque ni siquiera estabas aquí. Estabas... pedaleando por una estúpida colina, mientras yo iba a la comisaría a acusar al hombre que está haciendo todo lo posible por ayudarnos, que ha hecho tanto por nosotros, ¡y lo acusé de ser un maldito asesino!

Rachel respiró con fuerza, automáticamente. Como si su cuerpo sintiera que su ira era excesiva y trabajara por su cuenta para calmarla. Miró a Gale, pero él seguía sin mirarla. Seguía mirando a la infernal pared.

—No —repitió, ahora ya más tranquila. Respiró hondo varias veces más, tomando aire para mitigar lo peor de la rabia—. No sé qué estás haciendo Gale, no sé si crees que te lo crees, o si simplemente estás equivocado. Pero no es verdad. Tienes que saberlo, y tienes que aceptarlo.

—Rachel —comenzó Jon en voz baja, y aunque ella volvió a ignorarlo, esta vez al menos lo miró, antes de volverse hacia su hijo.

—¿Es él? ¿Gale? Me dijiste que este hombre se te acercó, en la piscina y os preguntó si queríais ir a ver sus serpientes. Eso es, ¿no?

Ahora Gale la estaba mirando.

—¿Es verdad?

Gale abrió la boca para hablar, pero ella le cortó de nuevo, como si no pudiera soportar oírle mentir más.

—Y ten en cuenta, Gale, que lo he visto todo en las cintas de las cámaras de seguridad, y nadie vino a hablar contigo.

Ni Kieran, ni nadie. Así que es mejor que lo admitas, porque sé la verdad.

Lo observó mirándola a los ojos durante unos instantes y luego volvió a mirar la pared. ¿Qué tenía de fascinante aquella pared de repente? Luego Gale se volvió para mirar a Becky, que ahora estaba de pie en la puerta, como si buscara su ayuda. Finalmente, contestó a su madre.

—Esa parte no era exactamente cierta... —empezó, y luego continuó rápidamente, como si se tratara de un pequeño detalle sin importancia—. Pero el resto sí. Lo de las serpientes y el sótano...

—Kieran tiene serpientes como mascotas —estalló Rachel—. Lo admito, es un poco raro —continuó, ya que la cocina se había quedado repentinamente en silencio—. Y no tengo ni la menor idea de cómo lo has averiguado, pero supongo que tiene algo que ver con ese extraño viaje que nos hiciste hacer a la tienda de animales. ¿Estoy en lo cierto? —No esperó respuesta—. Pero en realidad no importa. Sí, viste serpientes en su casa porque las tiene como mascotas. Por el amor de Dios, eso no lo convierte en asesino.

Gale bajó la cabeza. Por un momento pareció que iba a llorar, pero cuando levantó la cabeza, sus ojos estaban claros, aunque su voz era tan baja que ella casi no lo oyó.

—Pero ¿y si es así? ¿Y si es él?

Y la inocencia en sus ojos redondos y marrones, el miedo que penetraba tan profundamente en su expresión, hasta su alma, reventó su ira como un globo. A partir de ese momento, solo sintió compasión.

—Ni siquiera tiene sótano, Gale. La policía visitó su casa hoy, mientras yo estaba en la comisaría, para registrarla. Entraron en su casa por lo que tú dijiste. Y no hay sótano. —Respiró hondo y le tocó la parte superior de la cabeza. Estaba húmeda—. Así que, por favor, prométeme que vas a dejar de inventarte historias.

CAPÍTULO TREINTA Y CUATRO

EL INSPECTOR KIERAN CLARKE abrió la puerta de su Škoda Octavia azul oscuro y se metió dentro, aislándose por fin del resto del mundo. Un mundo que, de la nada, amenazaba con explotar sin control. Se quedó sentado un momento, mirando hacia el aparcamiento de la comisaría. Llegó un coche patrulla y dos agentes sacaron a un joven claramente borracho y lo condujeron con cierta dificultad a la entrada trasera del edificio.

Clarke se quedó mirando la escena pero sin verla, mientras en su mente bullían momentos del día. Estaban desconectados, aislados, como piezas de un rompecabezas que no encajaban. Por fin, se llevó la mano al hombro para abrocharse el cinturón de seguridad y pulsó el botón de arranque del motor. Este emitió un ruido, un reconfortante gruñido que ayudó a poner fin a un día de locos. Condujo a casa con más cuidado del habitual.

Cuando llegó a casa y cerró la puerta tras de sí, puso la cadena. Sus ojos recorrieron el pasillo. Recordó que Starling había estado aquí. Sintió un cosquilleo en la piel. Como si hubieran violado su hogar. Sin que él hubiera podido siquiera recoger un poco.

Dejó las llaves sobre la mesa del pasillo y se dirigió a la cocina. Recorrió la estancia con la mirada. No sabía qué buscaba exactamente, pero sintió cierto alivio por haber dejado el lugar limpio y ordenado. Lo mismo en el salón, el sillón de cuero colocado frente al televisor era señal de que vivía solo, de que no esperaba visitas. Bueno, ¿y qué?

Se dirigió a su dormitorio; no había motivo para que Starling hubiera mirado aquí, pero, de haber sido al revés, él lo habría hecho. Clarke había hecho la cama aquella mañana, dejando un triángulo de edredón doblado hacia atrás que dejaba ver las sábanas que había cambiado aquella semana. Nada preocupante. ¿Pero por qué iba a haberlo? No había hecho nada malo.

Luego fue a la habitación que sí le preocupaba. Guardaba las serpientes en lo que había sido el comedor cuando era más joven, cuando sus padres aún vivían. Pero Clarke nunca recibía invitados y, desde luego, no celebraba cenas, por lo que la habitación ahora contenía dos grandes terrarios de cristal con temperatura controlada, así como los demás recipientes y la parafernalia que los acompañaban.

No se avergonzaba de sus serpientes; de hecho, al contrario, se enorgullecía de su bienestar y, en particular, de la destreza con la que era capaz de manejar lo que, en manos equivocadas, podían ser animales peligrosos. Pero era un asunto privado. Ellas eran privadas. Una afición, odiaba esa palabra, que no había buscado ni esperaba compartir con el mundo.

Sin embargo, de alguna manera, y de una forma que simplemente no podía entender, esa expectativa y esa intención se habían hecho añicos. De repente. Por las acciones de un niño.

Entró en la habitación y sus fosas nasales se agitaron al percibir un olor desconocido. Tardó un momento en localizarlo, un aroma almizclado que los animales no solían desprender, pero que emitían cuando estaban estresados. La última vez que lo olió fue cuando hubo un problema con el terrario y el calentador no consiguió mantener la temperatura. Esta vez habría sido Starling, Clarke lo sabía. Se imaginó a su jefe entrando en la habitación, agachándose para inspeccionar a los animales. Juzgando a las serpientes, juzgándolo a él. A Clarke se le erizó la piel al pensarlo.

Trabajando de forma automática y experta, comenzó su habitual rutina de comprobar que las condiciones del terrario eran las adecuadas. A la serpiente rey mexicana, la más grande de las serpientes, le tocaba comer e hizo un rápido recuento de los ratones que había en el otro terrario. Criaba sus propios ratones, era fácil y requería menos visitas a la tienda.

Metió la mano y cogió a un joven ratón blanco por la cola. El pequeño animal se retorció mientras lo sacaba con cuidado del nido en el que dormía. Luego lo acunó con la otra mano. Lo tranquilizó y aprovechó el momento para inspeccionarlo, mirándolo fijamente a los ojos rosados. Era buena práctica examinar a cada ratón en busca de signos de enfermedad, pero más que eso, a Clarke le gustaba apreciar las señales de terror que sentían los animales. De manera deliberada había colocado el terrario de los ratones en una posición en la que pudieran ver a los depredadores que tanto temían. Le gustaba que anidaran siempre lo más lejos posible. Pero hoy Clarke no sentía placer. Hoy estaba demasiado distraído.

Abrió la tapa del terrario de la serpiente y dejó caer el ratón dentro, sin cuidado alguno. Este giró en el aire, cayó de pie y miró rápidamente a su alrededor. Enseguida vio a la gran serpiente enroscada, pero no tenía adónde ir. No había ningún lugar donde esconderse fuera del dominio del reptil. Clarke cerró y aseguró la tapa y se sentó a observar. La serpiente ya se estaba desenroscando, sacando la lengua con excitación ante el olor del ratón, la nota agria de su miedo. Clarke sintió que, mientras la serpiente se deslizaba lentamente hacia delante, al menos parte de la tensión del día desaparecía.

Pero entonces el ratón se arrinconó detrás de una roca y Clarke supo que la serpiente no haría ningún esfuerzo por sacarlo. Se contentaría con esperar, sabiendo que el resultado no estaba en duda.

Por eso, la distracción de Clarke no duró mucho. En pocos minutos su cabeza estaba de vuelta en la comisaría, repasando los momentos clave del día y evaluando cómo los había manejado.

¿Cómo demonios había conseguido el chico su dirección?

¿Podría tratarse de un error de identidad? Había ciertas cosas que tenía claras. Por ejemplo, no había sido él quien se había acercado a los niños en la puerta de la piscina. De hecho, no se había acercado nadie. Cross lo había descubierto por las cámaras de seguridad. ¿Qué posibilidades habían tenido de que guardasen las cintas? Muy pocas, pero no dejaba de ser un golpe de suerte.

Y ¿qué demostraba eso? Bueno, para empezar, mostraba que el chico estaba mintiendo. Pero si mentía, ¿cómo demonios había identificado la casa de Clarke?

¿Y de dónde sacó la idea de que el asesino tenía serpientes?

Nada de eso tenía sentido. Y aunque se había defendido todo lo bien que cabía esperar, y creía que había salido de la comisaría con las cosas más o menos bajo control, todo aquello era inquietante. Muy jodidamente inquietante.

De repente se dio cuenta de que el drama que se estaba desarrollando delante de él había terminado, y ni siquiera se había dado cuenta. No había rastro del ratón, lo único que demostraba que había estado allí era una mancha de sangre en la pared de cristal y un gran bulto en la circunferencia de la serpiente. Sintió una punzada de irritación, pero se levantó. Dejó a los animales a su suerte y volvió al pasillo.

Estuvo a punto de subir las escaleras, sabía que debía dormir, pero al mismo tiempo dudaba de que lo consiguiera. No podría pegar ojo hasta que se sintiera más seguro. Así que volvió a coger las llaves del coche y se puso el abrigo. Luego hizo su camino de regreso al Škoda.

Clarke condujo fuera de la ciudad, no fue por la carretera principal sino por una ruta secundaria que serpenteaba hasta una ciudad al norte. Una vez que dejó atrás las farolas de la ciudad, la carretera se quedó a oscuras, y el camino estaba lo suficientemente vacío como para que pudiera relajarse con las luces largas, hasta que divisó el bosque. Redujo la velocidad para no pasarse la entrada, y luego llevó el coche por un pequeño camino agrícola.

Allí bajó las luces, aunque no había nadie en kilómetros a la redonda que pudiera verlo. Unos minutos más tarde se detuvo en un pequeño patio vacío entre dos oscuras hileras de naves industriales. Su historia era un misterio que nunca se había tomado la molestia de investigar en detalle. El granjero que las alquiló le había dicho que se construyeron como refugios antiaéreos en los años setenta y que luego se adaptaron como almacenes. Lo único que le importaba a Clarke era que se ajustaban perfectamente a sus necesidades.

Le había dicho al granjero que lo que buscaba era un almacén, y se alegró de que el anciano no mostrara el menor interés. Este insistió que solo requería el pago del alquiler, seis meses por adelantado, y a ser posible en efectivo, presumiblemente para no tener que pagar impuestos. Clarke estaba más que satisfecho.

Aquella noche no había nadie, ni en las viviendas

alquiladas ni en los dos edificios que se veían desde ellas, ambos a más de un kilómetro de distancia a través de tierras de cultivo vacías. A estas horas no había razón para que hubiera alguien, y Clarke se sintió lo bastante seguro como para dejar encendidas las luces del Škoda hasta que hubo abierto los dos candados que aseguraban la puerta. Una vez dentro, encendió la luz del techo y volvió a salir para apagar las luces del coche y cerrarlo. También cerró la puerta de la nave, esta vez con él dentro. Luego se puso a trabajar.

Ya había limpiado el lugar antes. Y había hecho un buen trabajo. Después de deshacerse del cadáver de Layla Martin, había desinfectado a fondo la nave, había limpiado el suelo y las paredes con una manguera a presión y había dejado los calefactores encendidos durante una semana para que secara todo. Luego pasó la aspiradora. Y a continuación repitió todo el proceso. Debió de hacerlo media docena de veces, hasta que estuvo lo más seguro posible de que no quedaba rastro de ella. Había repasado cada centímetro de la sala con una luz ultravioleta, en busca de rastros de sangre, y cuando encontró algo, se había concentrado en ese punto y vuelto a fregarlo todo.

Ahora miraba a su alrededor, como si hubiera algo que se le hubiera pasado por alto. Algo que, de algún modo, el chico hubiera descubierto. Pero si lo había, no sabía qué era. Volvió a mirar a su alrededor, intentando resolver el enigma.

De repente, Clarke se enfureció. Nada de aquello tenía sentido.

¿Cómo había sabido el maldito chico que era él?

No había necesidad de volver a limpiar, pero hacerlo le hizo sentirse mejor de todos modos. Cogió una botella de lejía en *spray* y bajó a la habitación subterránea que había debajo de la nave. Era un refugio antiaéreo, construido con placas de hormigón de medio metro de grosor y enterrado bajo tierra. Al parecer, era lo bastante fuerte como para resistir el tipo de ataque nuclear que había atemorizado a la gente de aquella época, pero Clarke no sabía quién lo había construido ni cómo pensarían vivir cuando el mundo de arriba fuera un desolado páramo radiactivo. No le importaba. Solo pensaba en lo perfecto que era. Qué suerte había tenido un hombre como él al encontrarlo. Qué bien le venía para lo que soñaba hacer.

Estaba muy diferente ahora a cuando Layla había llegado, por supuesto. Ella había sido la primera, cuando él no sabía si lo llevaría a cabo o si no era más que una fantasía. Cuando no supo, hasta el último momento, si de verdad cruzaría la línea.

Pero lo hizo. Más o menos. Se sentó de repente, balanceándose sobre los talones, e intentó recordar las dos semanas que la había tenido allí, la sensación que le había producido. Qué sensación. Su poder era profundamente embriagador. Un poder simplemente glorioso. Imposible probarlo una vez y no querer volver a saborearlo. Aun así, había intentado encontrar otras formas de recrear la sensación.

Por eso se había esforzado tanto en verse en la posición de investigar el caso: era su forma de revivir la sensación que le había producido. Y funcionó. Hasta cierto punto. Cada día que trabajaba en el caso volvía a experimentar el poder que le había producido tenerla aquí. La emoción de saber que había estado sometida a él. Y también le ayudaba a olvidar el ligero sentimiento de vergüenza que le embargaba por lo que había sucedido durante la muerte de la chica.

Pero también había ocurrido algo más. A medida que aquellas maravillosas semanas se deslizaban más y más en el pasado, su capacidad para recordarlas se desvanecía. Era como una película que solo podía verse un número limitado de veces. Aún podía recordar cada detalle del tiempo que

Layla pasó con él, pero el color había desaparecido, la vitalidad del sentimiento se había esfumado. La fuerza había desaparecido. No le cabía la menor duda de que tenía que volver a experimentar esos sentimientos, no había duda de que volvería a matar. Y estaba seguro de que los errores que cometió la primera vez no se repetirían.

Por eso ahora la habitación era diferente. Desde que Layla había honrado ese lugar con su preciosa presencia, había cementado grilletes de hierro en el suelo. Había revestido las paredes con baldosas insonorizadas y había mejorado el equipo tecnológico que tenía instalado. Con Layla solo había tenido una cámara básica que cubría la puerta, para poder comprobar que no estaba cerca cuando él fuera a abrirla. Ahora disponía de un sistema de última generación que lo grababa todo, para su disfrute futuro.

Dejó de pensar y se dejó invadir por el cansancio. Se permitió un momento de deliciosa expectación, libre de la disciplina de planificar o contemplar lo sucedido. Se concentró tan solo en lo que iba a hacer. Tomaría a otra víctima. La abrumaría con su poder. Se deleitaría con su terror y su dolor. Luego cerró los ojos, anticipando la parte final, la más gloriosa. Sería testigo de la lucha. La infructuosa y deliciosa lucha. Mientras su vida se escapaba bajo sus dedos de hierro.

Y fuera lo que fuera lo que había sucedido hoy, como fuera que ese chico hubiera conseguido su dirección, tal vez por un error que había cometido al llevarse a Layla... lo que hubiera sucedido, no importaba. Porque él seguía teniendo el control. Seguía teniendo el control absoluto. No había ninguna sospecha sobre él, y así iba a seguir. Se aseguraría de que la zorra de la madre lo dejara seguir al mando de la investigación.

¿Y sus planes para llevarse a la siguiente chica? Bueno, iban por buen camino.

Mejor que eso, estaba casi listo.

CAPÍTULO TREINTA Y CINCO

CLARKE SE DESPERTÓ en su calabozo sintiéndose renovado. Se había acostumbrado a dormir allí tras el asesinato de Layla. No lo hacía a menudo ya que no quería correr el riesgo de que alguien viera el coche durante la noche. En su lugar, era una especie de capricho especial. Era como si pasar tiempo allí, donde ella había muerto, donde otros morirían, consiguiera de algún modo llegar a esa parte de él que le causaba tanta agonía. Ese vacío rugiente que se había abierto por primera vez cuando se enteró de la muerte de sus padres. El mero hecho de estar allí lo aliviaba.

Se levantó y subió los escalones hasta la planta baja, donde había una pequeña cocina. Preparó café y encontró una bolsa de panecillos un poco rancios. Pasó uno bajo el grifo y luego lo metió en el microondas unos segundos. No mejoró mucho, pero de todos modos le dio un mordisco y lo masticó pensativo. Sabía que seguía conmocionado. Le había invadido una enorme ola de miedo, había pensado que todo estaba a punto de desmoronarse, que había cometido un error del que no podría recuperarse. Pero luego, cuando eso no había sucedido, y había trabajado lentamente para recuperar el control de la situación, había habido momentos en los que de verdad había disfrutado. Quizá más de lo que lo había hecho en mucho tiempo, quizá desde que capturó a Layla.

Era natural que, después de matar a Layla, le asignaran su caso. El asesinato estaba en su zona, y era una investigación tan importante que habían llamado a todos los agentes disponibles. Pero había sido un golpe de buena suerte que lo ascendieran a jefe adjunto de la investigación, y de ahí a jefe.

Al principio fue solo un puesto temporal, para cubrir una baja por maternidad de otra inspectora. Pero se había lanzado al caso con un entusiasmo nacido del alivio. Su liderazgo le dio la oportunidad de arreglar los pequeños deslices, la oreja cortada, por ejemplo, y disfrazarlos bajo un barniz de profesionalidad. Impresionó a los padres, sobre todo a la madre, a la que parecía gustarle de verdad, y ayudó a convencer al estúpido de Starling de que el puesto debía ser permanente. Un ascenso y un aumento de sueldo. No es que necesitara el dinero. Sin hermanos ni hermanas, lo había heredado todo de sus padres, y también había recibido una importante suma de la compañía aérea.

Al principio le preocupaba qué pasaría cuando su equipo de inspectores no lograra, por razones obvias, atrapar al culpable. Pero pronto se dio cuenta de algo maravilloso. Su propio fracaso convenció a los altos mandos de su brillantez. La falta de avances se consideraba una prueba de la complejidad de la investigación que estaba llevando a cabo. Y su constante clamor por más recursos, más inspectores a los que enviar a hacer recados inútiles, más espacio en el edificio para construir su tan elaborada suite de investigación... bueno, eso solo sirvió para congraciarse aún más con los padres de la niña, lo que a su vez mantuvo a Starling contento y, sobre todo, de su lado.

Mientras tanto, dirigir la investigación sobre la muerte de Layla le permitía disfrutar del acto todos los días. Era como levantar lenta y suavemente la tapa de su memoria y vislumbrar cada día ese vacío rugiente.

Pero dos años eran mucho tiempo. Y ya era imposible fingir que revivir la muerte de Layla era suficiente. Era como el panecillo que estaba masticando. Había un número limitado de veces que podías pasarlo por debajo del grifo y devolverlo a la vida en el microondas. Lo que de verdad necesitaba era otra oportunidad para revivir aquellos pensamientos, sensaciones y recuerdos en su mente. Otra oportunidad. Otra víctima. Para hacer esta vez lo que había temido hacer con la primera. Detuvo su hilo de pensamientos, sorprendido.

Sí, miedo era la palabra adecuada. El shock del día anterior parecía haber cambiado algo dentro de él. De repente podía ser sincero al respecto. Cuando Layla había estado allí abajo, él había tenido miedo. Miedo de la línea que había cruzado al llevársela. Miedo de no poder volver atrás, a una época cuando sus fantasías eran tan solo fantasías y nada más. A veces incluso se había planteado liberarla. Pero sabía que eso era imposible. Y ¿quién no tendría miedo la primera vez? Se sintió acalorado de repente, avergonzado tanto por su fracaso como por intentar justificarlo. Pero al mismo tiempo, los acontecimientos del día anterior le habían dado una nueva claridad.

Había tenido miedo. De una niña. De una simple niña.

La próxima vez, se prometió a sí mismo, sería diferente.

Se levantó de repente, con ganas de moverse, de hacer avanzar las cosas. Levantó la persiana y observó el exterior. La planta baja de la nave tenía pequeñas ventanas que daban a un segundo edificio, en el que el granjero guardaba un destartalado Jaguar que nunca sería restaurado. El sitio estaba desierto.

Clarke salió a respirar el aire fresco de la mañana y recorrió toda la circunferencia de su nave. No estaba seguro de lo que buscaba, pero se mantuvo alerta, en busca de cualquier cosa que pudiera haber pasado por alto, cualquier manera por la que el joven Gale pudiera haberse enterado de su implicación. Pero no había nada. Ninguna salida, ninguna forma de enviar un mensaje. La nave estaba bastante insonorizada, sobre todo ahora que había añadido las baldosas. Las había probado poniendo música a todo volumen y saliendo para observar si podía oírla desde fuera. Apenas se oía nada, un susurro en el viento. Ese había sido otro error, sin embargo, no tener el aislante sonoro listo para Layla. La primera vez que la llevó allí, gritó como una loca. Fue una suerte que nadie la oyera.

Pero era natural perfeccionar los detalles con el tiempo, mejorar sus procesos. Eso era lo que cabía esperar, si de verdad planeaba ser un maestro de su arte. Desde luego, no toleraría gritos de la próxima víctima.

Volvió a entrar y se arregló, preparándose para salir. Dejó que su mente se ocupara de la cuestión de qué pasaría ahora. Dejó que su cabeza comenzara a encajar las piezas.

¿Cómo funcionaría ahora el caso de Layla Martin? Había una posibilidad, una certera posibilidad, de que lo apartaran de la investigación. ¿Qué clase de padres tendrían que ser para seguir queriendo que continuase? ¿Después de que su propio hijo le acusara del mismo crimen que se suponía que estaba investigando? Sin embargo, no creía que fuera el final. Pensaba que, llegado el caso, los padres lo elegirían a él antes que a su hijo. Especialmente la madre. La estúpida zorra de la madre.

Dejó que otro pensamiento se filtrara en su mente, uno agradable. Pensó que si se esforzaba de verdad, y algún día lo haría, sería posible derribar la barrera profesional que los separaba. En las circunstancias adecuadas, probablemente podría follársela. Se deleitó con ese pensamiento. ¿Dónde lo harían? ¿Se lo diría a Jon? ¿O dejaría que descubriera la aventura por casualidad? Pero luego recapacitó.

Si lo mantenían en el caso... bueno, eso también sería una buena opción. Una vez que eligiera a su próxima víctima podría tomarla de tal manera que relacionaran las dos muertes. Eso daría más prestigio a su caso, el de Layla, y le permitiría dirigir el nuevo caso. ¿Otro ascenso? Le entusiasmaba la idea, pero ¿por qué no? Era posible. Más que posible, era lo más probable. Solo tenía que colocar las piezas de la manera correcta.

Por supuesto, con dos chicas muertas iba a necesitar obtener un resultado, acercarse a un sospechoso. Pero tenía un plan para ello. Había preparado una lista de nombres, hombres con antecedentes, de modo que no sería difícil convencer a un jurado de su culpabilidad, independientemente de su insistencia en la inocencia. Después de todo, tendría las pruebas forenses, cuidadosamente plantadas. Incluso podría fingir una confesión: aunque luego dijeran que era falsa, ¿a quién creería el jurado?

¿Y si lo apartaban del caso? Bueno, no importaba. Aceptaría la decisión de los padres con magnanimidad, sin guardarles rencor, a pesar de la calumnia claramente escandalosa que habían vertido contra él. Eso solo aumentaría su reputación de policía honesto, de tipo realmente agradable. La clase de hombre en la que se podía confiar.

Y en ese escenario podría ir a la caza de su próxima víctima, liberado de las presiones de dirigir la investigación. Con tiempo de hacer lo que anhelaba hacer. Por ejemplo, ya había comprado una furgoneta en un pequeño taller de Escocia. El viaje de ida y vuelta había sido un rollo, pero cualquier búsqueda del vehículo se centraría en un área más local. Ahora tenía que conseguir matrículas falsas, y se planteaba la cuestión de si debía pintarla de otro color o rotularla, algo genérico y fácil de olvidar.

Y sin embargo... Y sin embargo... ¿Cómo lo sabía el chico? ¿Y por qué mintió sobre haber sido abordado en la piscina? ¿Por qué lo siguió hasta su casa? ¿Fue todo porque había cometido un terrible error? Y de ser así, ¿cuál era el error?

Sentía que la pregunta lo estaba volviendo loco, realmente loco, pero entonces, de repente, la forma de una solución apareció en su mente. Era como una cadena de montañas en el horizonte, en un día brumoso. Casi no se veían los picos pero seguían estando presentes. Dejó de hacer lo que estaba haciendo para intentar enfocar su mente. No lo consiguió. Pero sí le surgió una segunda idea: un bulto más pequeño delante de la cordillera, no tan impresionante ni estimulante, pero más fácil. Un movimiento en la dirección correcta. Podría acercarse a Gale. Hablar con él. Averiguar cómo lo sabía. Una vez que lo supiera, podría decidir qué hacer.

La verdadera pregunta era, ¿cómo hacerlo?

CAPÍTULO TREINTA Y SEIS

AL DÍA SIGUIENTE, Clarke llegó temprano a la comisaría. Si su trabajo en el caso de Layla no hubiera quedado en suspenso, a la espera de la decisión de la familia sobre si debía seguir dirigiéndolo, habría estado muy ocupado coordinándose con el equipo de producción de *Crimebusters* sobre la reconstrucción del secuestro.

Así las cosas, fingía poner orden en el papeleo de otros casos, mientras en realidad pensaba en qué podría hacer para acercarse al chico. Tenía ideas, pero aún nada concreto. No importaba. Una cosa que había aprendido era el valor de la paciencia. Todo en su vida había seguido el hábito de caer en su lugar.

Por ejemplo, la muerte de sus padres. Para la mayoría de la gente, quedarse huérfano a causa de un accidente de avión podría parecer uno de los golpes más duros que la vida podía darte. Pero Clarke no lo había visto así. Cuando murieron ya se había independizado lo suficiente como para que su relación con ellos fuera más económica que emocional. De hecho, justo antes de su muerte le había explicado a su padre que necesitaba más dinero para poder vivir solo, separado de sus compañeros de piso de universidad, que le irritaban con sus niñerías y sus intromisiones en sus asuntos. Así que cuando su avión se estrelló y heredó la casa, y luego recibió el pago de la aerolínea... bueno, aquello fue muy conveniente.

La suerte volvió esa mañana con una llamada del jefe. El siempre estúpido Starling.

—Adelante. Siéntate. —La secretaria de Starling no estaba ese día, así que el jodido gordo había tenido que asomar la cabeza por la puerta de su despacho para decirle a Clarke que esperara fuera unos minutos. Vaya patético juego de poder. Y ahora lo llamaba, sin moverse de su mesa.

Pero Clarke hizo lo que se le pedía, entrando con la expresión justa de preocupación y respeto en el rostro. Era fácil hacerlo, se trataba de un momento importante y estaba ansioso por saber qué rumbo tomaría todo.

—Acabo de hablar con Rachel Martin por teléfono. —Starling fue al grano—. Lamenta mucho lo ocurrido y me ha dicho que le gustaría que siguieras al frente de la investigación.

Por dentro, Clarke sintió una justa satisfacción. Hacia fuera, asintió con la cabeza, acentuando la expresión de preocupación de su rostro.

—¿Tiene alguna explicación de lo que ha podido ocurrir? —aprovechó la ocasión para pescar información.

El inspector jefe se encogió de hombros, era un zoquete ignorante, ascendido solo porque había ido a las escuelas adecuadas.

—Mi suposición es que fue algún tipo de error de identidad. —Starling utilizó la explicación que se le había ocurrido al propio Clarke, con bastante brillantez teniendo en cuenta que se le ocurrió solo unos instantes después de haber recibido la acusación—. Supongo que el chico te vio en la tele, relacionado con el caso, y de algún modo eso le hizo pensar que estabas implicado. Y vives bastante cerca, así que quizá también te ha visto por la calle.

—Sumó dos y dos y sacó cinco —respondió Clarke, como si estuviera considerando la sabiduría de las palabras de su superior.

—Así es.

Clarke se quedó pensativo y luego miró a su jefe, esperando que Starling tuviera una expresión similar. Pero, para su sorpresa, no la tenía. En cambio, lo observaba con atención. Clarke trató de mantener su propia mirada pero le preocupó que no fuera la correcta, y la dejó escapar.

—Bueno, eso es todo Kieran. Será mejor que te pongas a ello.

Clarke estaba confundido mientras regresaba a su despacho. Cuando se sentó ya lo había entendido. Había recibido exactamente la noticia que quería oír y, sin embargo, en lugar de sentirse bien, se sentía desanimado. Confuso. Un poco preocupado.

En parte era por el chico, por no saber cómo lo sabía. Pero también había algo más. Starling podría ser lo suficientemente crédulo como para poner al hombre que había matado a Layla Martin a cargo de la investigación de su asesinato, pero sería imprudente descartarlo por completo como un tonto. Y no había duda de que justo entonces había estado un poco frío.

La razón era obvia. Su jefe no había estado dispuesto a creer lo que el estúpido chico había dicho. El hermano iba a necesitar mejores pruebas para conseguir que lo creyeran, pero al mismo tiempo había sembrado la semilla de la duda. Es más, Starling había estado en su casa. Había visto a sus preciosas chicas, lo que significaba que sabía que su agente era capaz de mantener ciertas cosas en privado, ocultas del resto del equipo. Starling había visto que Clarke llevaba una especie de fachada en el trabajo, y había vislumbrado detrás de ella. No era ninguna catástrofe, pero Clarke sabía que tendría que andarse con cuidado.

De vuelta a su mesa, se quedó pensativo un buen rato. Pensó en llamar a Rachel para darle las gracias, pero rechazó la idea. Era mejor esperar a que ella se pusiera en contacto con él. Pensó en sus planes de capturar a otra chica, que cada vez le parecían más lejanos, en el programa *Crimebusters*, y en el tiempo que le estaba ocupando. También pensó en el problema de Gale.

Entonces sonó el teléfono. La joven productora de *Crimebusters* se preguntaba por qué no había respondido a sus últimos correos electrónicos. Puso la excusa de estar ocupado, y volvió al trabajo, coordinando la reconstrucción.

Había mucho que hacer para preparar el programa, pero era fascinante ver cómo se mezclaba el trabajo policial con el aspecto televisivo. Clarke también sabía que centrar tanta atención en el secuestro de Layla era una estrategia de alto riesgo. Al fin y al cabo, había sido él quien se la había llevado y, aunque llevase un disfraz, una gorra de béisbol calada hasta los ojos, unas gafas de sol de espejo y lentillas, no habría cambiado mucho su edad, estatura o porte. Pero el disfraz también tenía una capa secundaria. Centrarse en el secuestro era exactamente lo que haría cualquier buena investigación, especialmente una sin otras pistas claras que seguir. Si no se centraba en ello, parecería sospechoso. Y si aparecía algún hombre de unos treinta años, moreno y con barba, sería bastante fácil orientar la investigación hacia otros sospechosos que había seleccionado y que encajarían con esa descripción.

El verdadero problema, decidió, no era Gale en absoluto, ni el programa de televisión, ni la lentitud con la que podían desarrollarse sus otros planes: por sí solo era capaz de dominar cada uno de ellos, o quizá dos de ellos. El problema era su capacidad mental, no podía hacer malabares con los tres temas a la vez.

. . .

Hacia el final de la semana sonó su móvil y el identificador de llamadas mostró que era Rachel quien estaba al otro lado de la línea. Para entonces casi había olvidado que no habían hablado desde la acusación de Gale.

—Hola, Rachel —su voz era suave y sencilla. Compasiva, pero no expectante. Se preparó para la disculpa—. ¿En qué puedo ayudarte?

—Oh, no. No es nada... Es que he hablado con el inspector jefe Starling, sé lo duro que estás trabajando. No quería interrumpir.

Clarke no estaba seguro de lo que quería decir, pero se sintió feliz: su tono era el adecuado. Había una deliciosa vacilación en su voz. Esperó.

—Escucha, todo el asunto de Gale. Solo quería disculparme...

—En absoluto, Rachel. En serio, no hay ninguna necesidad. Me alegro de que se haya aclarado tan fácilmente, para que podamos seguir adelante. Todavía tengo muchas esperanzas puestas en el programa.

—Gracias, Kieran. Por todo lo que estás haciendo.

Clarke sonrió. Volvió a preguntarse si debería intentar follársela. ¿Había llegado el momento? ¿Qué pasaría si le proponía ir a tomar una copa? Podría ponerla al corriente de todo lo relacionado con el programa de televisión, y luego ponerla al corriente del contenido de su paquete. Rara vez se acostaba con mujeres, aunque no era por falta de oportunidades. A lo largo de los años, muchas de las jóvenes de uniforme le habían mostrado su interés, mirándole con sus estúpidos ojos bovinos... La voz de la mujer interrumpió el pensamiento.

—Escucha, puede que te parezca una tontería, pero después de lo ocurrido con Gale, Jon y yo hemos tenido una idea...

Clarke esperó.

—Bueno, en realidad la tuve yo, pero Jon está de acuerdo.

—Dime. —En su despacho, Clarke sonrió.

—Ya sabes lo agradecidos que estamos por todo lo que estás haciendo para ayudarnos... y Gale también lo está, ahora que se lo hemos explicado mejor. Hemos pensado que estaría bien que vinieras a comer este fin de semana. Bueno si no estás ocupado, claro. Soy consciente de que te estamos avisando con poca antelación, pero pensamos que si conocieras a Gale podrías tranquilizarle y... —Se detuvo, temía que iba a perder la compostura—. ¿Es inapropiado? ¿Es una mala idea?

—No, en absoluto —intervino Clarke—. En absoluto.

En ese momento, visualizó la mesa, con él sentado frente al chico y pudiendo interrogarle sobre cómo y por qué había descubierto que Clarke era el asesino de su hermana. Qué maravillosa oportunidad, cayéndole así en el regazo. ¿Podría significar algo? ¿Un mensaje de los dioses para que tuviera tanta suerte?

—No es inapropiado en absoluto. Creo que es una idea maravillosa. Además, tengo mucho que contaros sobre los planes de reconstrucción para el programa de televisión. Estoy encantado de aceptar.

CAPÍTULO TREINTA Y SIETE

GALE GIRÓ el dial de la parte posterior del despertador hasta que los dígitos rojos brillantes de la parte frontal marcaron las 3:00, y luego subió el volumen todo lo que se atrevió. Miró a su alrededor con ansiedad: no había nadie que pudiera verlo, pero en realidad no podía estar seguro. Rápidamente envolvió el aparato en un jersey y lo escondió bajo la almohada. Luego apagó la luz y se acostó, preguntándose si iba a conseguir conciliar el sueño hasta que sonara.

Apenas había visto a Layla desde aquel día con la policía. Ella había estado allí, esperando con él, mientras su madre iba a hablar con la policía. Y allí también, cuando su madre volvió, loca de furia por lo que había pasado, y diciéndole a Gale que se había equivocado, que había acusado al inspector que los estaba ayudando de ser el asesino de Layla. Su hermana se había sentido tan confusa como él cuando ocurrió aquello, un momento insistiendo en que tenían razón y al siguiente no tan segura.

Desde entonces, parecía haber hecho todo lo posible por mantenerse alejada. Gale aún la atisbaba de vez en cuando, de reojo, pero cuando lo hacía, ella parecía encogerse todo lo que podía. Se hacía casi invisiblemente transparente y, desde luego, se negaba a responder si él intentaba hablar con ella.

Gale le había preguntado, por supuesto, ¿qué estaba pasando? ¿Se habían equivocado? Le había suplicado que le respondiera, suplicando en los rincones más oscuros de su dormitorio. Pero ella no le había contestado. Si es que estaba allí, elegía esos momentos para encogerse en la nada.

Y sintió que el manto de tristeza que se había posado sobre él tras su muerte había vuelto, y era más pesado y sofocante que nunca. Solo reforzaba lo feliz que se había sentido cuando ella había regresado, de la extraña manera en que lo había hecho.

Gale no sabía mucho sobre el inspector que llevaba el caso. Sabía que había uno y reconoció el nombre por las conversaciones que había oído en casa. Pero sus padres habían decidido mantener a Gale al margen de los detalles de la investigación, y él no se había preguntado si eso era lo correcto o no. Ahora lo hacía. Pero solo, no tenía manera de saberlo. No había forma de saber si lo había hecho terriblemente mal o, peor aún, terriblemente bien.

A medida que pasaban los días, empezó a sospechar que Layla estaba presente cuando él dormía. No tenía ni idea de cómo lo sabía, pero lo sabía. Quizá la veía, o la sentía, en esos momentos en que se dormía o se despertaba. Pero cada vez que recuperaba la conciencia, lo único que captaba era a ella alejándose de él.

De ahí el plan del despertador. Años atrás, cuando Layla vivía, habían recibido una bolsa de ropa y juguetes de segunda mano, y en ella había una radio despertador. Durante unas semanas lo había usado y se había despertado a las siete en punto, hasta que se le pasó la novedad. Pero había guardado el reloj en el revoltijo de cosas que habitaba el fondo del armario. Y esta noche, en realidad, mañana por la mañana, a las tres, volvería a usarlo. Y se enfrentaría a

Layla. La obligaría a hablar con él una vez más. A decirle lo que estaba pasando.

¡Riiiiiing!

Parecía instantáneo, no había pasado ni un segundo entre el último pensamiento que había tenido y el frenético ruido que ahora taladraba su cerebro. Pensamientos somnolientos le dieron vueltas para encontrarle sentido: una alarma de incendios, una horrible sirena que había oído una vez mientras veía el lanzamiento de un cohete espacial en la televisión. Entonces comprendió lo que estaba ocurriendo y tanteó debajo de la almohada para encontrar dónde había escondido el reloj y apagar el ruido antes de que despertara también a sus padres. Por fin se hizo el silencio. La habitación estaba a oscuras. Sintió una película de sudor por todo el cuerpo.

—¿Layla? ¿Estás ahí?

Silencio. Oscuridad.

—Layla, por favor.

Finalmente, ella habló. —¿Qué ha sido eso?

—¡Layla! ¡Estás aquí!

—Sí. Estoy aquí. ¿Qué demonios ha sido eso?

Gale se incorporó, asomándose a la oscuridad, pero no podía verla. —Es mi alarma. La puse para poder volver a verte.

—Ah.

Gale buscó rápidamente el interruptor de la luz de su mesita. Lo encendió, convirtiendo la negrura infinita en el espacio familiar de su dormitorio. Ella estaba allí, en todo su resplandor transparente, levantando una mano para protegerse los ojos de la luz.

—Estás aquí.

—Sí.

Gale quería levantarse y abrazarla, pero sabía que ya lo había intentado antes y no había funcionado.

—¿Por qué te fuiste?

Vio cómo su pecho fantasmal subía y bajaba mientras se lo pensaba.

—¿Layla?

—Te metí en un lío —dijo al final—. No quería empeorar las cosas.

Gale subió las rodillas y las abrazó, dejando espacio para que ella se sentara en la cama. Ella pareció comprender, y así lo hizo. Gale vio cómo las mantas no se hundían bajo su peso, no se movían en absoluto. Pero a pesar de todo, le hizo sentirse mejor ver que su hermana estaba de vuelta.

—Mamá dice que nos equivocamos. Que el hombre que vimos en la casa no era el asesino después de todo. Es el policía que está buscando al asesino.

Layla tragó saliva. —Lo sé.

—¿Es él? ¿Es el hombre que está ayudando a mamá y papá, o es realmente el asesino?

Ella no contestó, sino que miró hacia otro lado y se encogió de hombros, lo que podría significar sí o no.

—No lo entiendo. Layla, necesito entenderlo. Necesito saberlo.

Volvió a encogerse de hombros. Y cuando habló había lágrimas en sus ojos. Solo que no eran lágrimas de agua. Pequeños diamantes brillantes parecían caer de sus ojos y desaparecer en la penumbra de la habitación.

—No lo sé. No puedo verlo. No puedo acercarme lo suficiente para verlo. Simplemente no lo sé.

CAPÍTULO TREINTA Y OCHO

DESPUÉS DE ESO, Layla volvió más a menudo. Seguían sin hablar mucho, pero algo había cambiado de nuevo. Esta vez no era que ella intentara alejarse de él, sino que, con algo tan importante entre ellos sin resolver, y aparentemente irresoluble, no había mucho que pudieran decirse. Sin embargo, a Gale le reconfortaba que ella estuviera allí con él. Y aunque ella no lo dijera, él creía que Layla también sentía lo mismo.

La reaparición de Layla también coincidió con una mejora en la actitud de su madre. Durante gran parte de la semana había estado enfadada, con él y con su padre también, aunque Gale no entendía qué culpa había tenido el padre. Pero luego, hacia el final de la semana, pareció decidirse a dejar de estar enfadada e intentó ser feliz. Pero entonces estaba demasiado contenta, falsamente alegre y fingiendo que todo iba bien, cuando estaba claro que no era así. Gale ya la había visto así antes y sabía que no duraría.

A medida que pasaban los días de la semana, había ido a la escuela como se esperaba de él. Hizo todo lo posible por permanecer en silencio en clase, y luego, en el recreo de la mañana y a la hora de comer, se retiró al borde del campo de la escuela, lo más lejos posible de los demás niños y de los profesores. Sabía que no podría ver a Layla allí ahora; ella le había explicado lo difícil que le resultaba aparecer en cualquier lugar fuera de casa, pero le gustaba pensar que había un indicio de ella allí. Una onda en el suave aire otoñal.

Cuando llegó de nuevo el sábado, se quedó en su habitación, simplemente pasando tiempo con Layla. Hacían coches de Lego, pero ya no era tan divertido como antes, porque él tenía que construir tanto su coche como el de ella, cuando antes ella hubiera estado rebuscando con él en la pila de piezas, buscando las mejores ruedas y las piezas triangulares a juego que pudieran funcionar como alas, porque todo coche bueno tenía que venir con alas. Pero seguía estando bien. Construía un trozo de su coche, lo dejaba y se ponía a trabajar en el de Layla, siguiendo sus instrucciones sobre qué pieza coger y dónde ponerla. Pero entonces su madre le gritó que bajara. Gale se detuvo. Por el tono de su voz, estaba claro que le iba a dar un sermón sobre algo.

—Ve —dijo Layla.

—¿Vienes?

Se encogió de hombros. —Vale. Voy a ver de qué humor está.

Gale se levantó y le abrió la puerta, y dado que no utilizaba puertas, puso los ojos en blanco y la cruzó. Entonces ambos bajaron las escaleras. Era casi como en los viejos tiempos, salvo que solo había una silla retirada de la mesa del comedor. Y su madre solo miraba a Gale, ignorando por completo la aparición semitransparente de su hija.

—Gale, hay algo que quiero decirte —comenzó su

madre. Papá también estaba allí, sentado en silencio a la mesa, con los brazos cruzados sobre el pecho.

Gale esperó. Sabía que no debía hablar en momentos así.

—Todo este lío con la policía, sabes que te equivocaste, ¿verdad?

Otra vez.

Gale se mordió el labio. Por fin se encogió de hombros, lo suficiente como para que sus padres lo interpretaran como asentimiento.

—Sí. Bueno, en realidad hizo mucho daño a las posibilidades de atrapar al hombre que se llevó a Layla, o podría haberlo hecho. Y tu padre y yo creemos que es importante reparar parte de ese daño. ¿No estás de acuerdo?

Gale, que había estado observando a Layla, tuvo que apartar la mirada para mirar a su madre. Por un momento sus ojos se llenaron de resentimiento, pero luego asintió.

Casi al instante, su madre se ablandó. —Pero también reconocemos que quizá no hemos hecho el mejor trabajo contigo. No te hemos involucrado lo suficiente. —Intercambió una mirada con Jon—. No hay un libro de reglas para ser padres, lo sabes. Y cuando pasa algo así... bueno, pues menos aún. No ha sido fácil.

Un recuerdo afloró en la mente de Gale. La misma mesa. Otra reunión familiar, y su madre utilizando exactamente la misma expresión: no hay un libro de reglas para ser padres. Aquella vez, Layla había respondido que sí había un libro de normas, y luego había ido a la estantería y sacado un libro titulado «El libro de normas para ser padres». Ahora miró hacia la estantería, pero no pudo ver el libro.

—Está claro que no te hemos mantenido al corriente del trabajo de la policía, y quizá no haya sido lo correcto. Al fin y al cabo, igual que Layla era nuestra hija, también era tu hermana.

Gale volvió a mirar a Layla, y esta vez esta dijo claramente dos palabras.

«Sigo siéndolo»

—Y... —Se dio cuenta de que su madre no había dejado de hablar, pero se había perdido parte de lo que había dicho —. Hemos sido muy afortunados de tener a alguien tan dedicado y experimentado dirigiendo la investigación.

Volvía a hablar del hombre.

—No queremos perderlo.

En ese preciso momento un pensamiento golpeó la mente de Gale. Un nuevo pensamiento. Si Layla era real y si tenía razón en todo lo que había dicho sobre el hombre de las serpientes, y parecía muy segura cuando habían estado hablando de ello, ¿no era una coincidencia que el hombre que la había asesinado fuera también el que estaba investigando el crimen? Una coincidencia demasiado grande como para haber ocurrido por casualidad. Lo que significaba... lo que significaba que debía de haberlo planeado así. Gale no tenía ni idea de qué hacer con este pensamiento, pero al mismo tiempo no tenía ninguna duda de que era algo significativo, algo importante...

—Hemos decidido que te ayudaría conocerlo en persona.

Las palabras de su madre cortaron el pensamiento.

—¿Conocerlo?

—Sí.

Gale no entendía.

—Queríamos mantenerte al margen de todo lo posible en aquellas horribles semanas justo después de la muerte de Layla. Por eso nunca lo conociste. Y creo que ayudó, en aquel entonces. Pero ahora hemos decidido que probablemente te beneficiaría conocerlo. Y tal vez escuchar un poco sobre lo que realmente está pasando, como con el programa *Crimebusters*. Van a presentar el caso de Layla en un programa de televisión. Y es posible que algunos de los niños del cole puedan verlo. Así que deberías saberlo.

Gale no sabía de qué estaba hablando. No tenía ni idea de lo que era *Crimebusters*. Y en ese momento no le importaba mucho. Solo había espacio en su mente para una idea horrible.

—¿Quieres que lo conozca?

Por un segundo se imaginó yendo a una sala de interrogatorios de la policía, con el asesino junto a él. Cerraría la puerta tras él y se quitaría la máscara humana para revelar el monstruo que había debajo.

—No... —empezó.

—Sí, Gale. No hay nada que temer. Es muy amable y nos está ayudando. Lo hemos invitado a comer aquí mañana. Probablemente debería habértelo dicho antes, pero no sabía muy bien cómo hacerlo. —Puso cara de bobalicona, como si se tratara de un descuido comprensible, pero Gale la ignoró, fijando su mirada en Layla.

—Así que —continuó su madre—, espero que te comportes lo mejor posible.

Gale se volvió para mirarla a ella y luego a su padre, que tenía el rostro severo y aún no había dicho una palabra. Gale se giró para mirar a Layla. Y esta vez ella le devolvió la mirada.

Y la expresión de su rostro era de puro y frío terror.

CAPÍTULO TREINTA Y NUEVE

CLARKE COGIÓ LAS FLORES, caras y de floristería, y la botella de vino decente pero no demasiado caro, y se dirigió a la puerta de su casa. Luego se detuvo, caminó hacia atrás y enganchó la mano en la bolsa que había colocado antes sobre la mesa de la cocina. Tuvo que hacer malabarismos con las tres cosas mientras cerraba la puerta tras de sí, pero consiguió meterlo todo en el Škoda sin que se rompiera nada.

Se podían prever todas las eventualidades, pensó, y apretó el botón de arranque, acelerando el motor más de lo necesario, pero siempre surgía algo inesperado y había que dejarse llevar.

Eso era lo que lo hacía divertido.

El trayecto hasta la casa de los Martin era corto, lo suficiente como para ir andando, pero tenía la sensación de que no sería buena idea llamar la atención sobre lo cerca que estaban las dos casas. No hasta que supiera cómo le había descubierto el chico.

Tampoco sabía qué ponerse. ¿Cómo vestirse exactamente para ir a comer el domingo con la familia de la chica que uno había secuestrado y asesinado? Al final decidió vestir un poco más informal que los elegantes trajes que llevaba para trabajar. Así parecería más accesible, y al fin y al cabo el propósito de la visita era ayudar a Gale a sentirse más relajado hacia él. Ese objetivo era muy apropiado, ya que el principal propósito de Clarke era sentirse más relajado con respecto a Gale.

Llegó puntual y aparcó delante de la casa, con la esperanza de que se fijaran en el coche. Luego se acercó a la puerta principal y llamó al timbre.

Fue Jon quien abrió la puerta.

Ambos hombres se miraron. Una fracción de segundo después, Jon sonrió. Pero había algo en la forma en que lo hizo que llamó la atención de Clarke. Ojo. ¿Otro que no acababa de fiarse de él después de lo que había pasado? ¿O se trataba de algo más? ¿Acaso había empezado a ocurrírsele al marido que el apuesto inspector podría estar follándose a su mujer... o pensando en ello?

—Espero no llegar tarde.

—En absoluto, pasa.

Clarke entró en el vestíbulo, que era amplio y luminoso, justo cuando Rachel salía a toda prisa de la cocina, con un delantal que llevaba fotografías de bebés, seguramente de Gale y Layla de pequeños.

—Kieran, muchas gracias por venir. —Sonrió, pero era evidente que estaba nerviosa, y tenía razón para estarlo, después de lo que le había hecho pasar. Si el propio Clarke estaba nervioso, lo estaba utilizando a tope, extrayendo la energía correcta para alimentar su actuación.

—Muchas gracias por invitarme. —Le tendió las flores y el vino—. Es muy amable de tu parte.

—Oh, no deberías haberte molestado con esto. —La madre se sonrojó y todo—. Son muy bonitas, gracias. — Cogió las flores pero le dio la botella a su marido—. Jon, ¿por qué no la abres?

Rachel lo condujo a la sala de estar. —Por favor. El

almuerzo estará listo en veinte minutos, pero pasa y podemos charlar. —Si se dio cuenta de la bolsa de plástico que llevaba, no dijo nada.

La casa era espaciosa, diáfana, con la mesa del comedor ya puesta. Pero la cocina estaba bastante desordenada. Había cacerolas y bandejas de horno apiladas en el fregadero, como si aquella comida fuera un acontecimiento inusual. Por otra parte, como Clarke nunca tenía invitados, no estaba seguro de si el número de cacerolas era normal. En cualquier caso, el olor era delicioso, de carne asada al horno.

—Qué bien huele.

—Bueno, eso espero. Y espero que tengas hambre.

—Desde luego. —Sonrió, fijándose en su blusa, en cómo el delantal atado a su espalda se tensaba contra sus pechos. Él los prefería más planos, pero podía hacer una excepción.

—¿Abro el vino o prefieres cerveza? —La voz de Jon interrumpió sus pensamientos.

«Cuidado, Kieran. Recuerda al marido».

Jon Martin estaba de pie junto a la nevera, que de repente parecía corresponder a su frialdad. —Tenemos rubia o ale.

Clarke examinó su tono en busca de algo oculto, pero no encontró nada. Aun así, esbozó una sonrisa de disculpa.

—En realidad, mejor no. Voy a conducir. —La verdad era que de ninguna manera iba a embotar sus sentidos en ese momento. Había demasiado en juego. Demasiado para asimilar.

—Ah, claro. Supongo que no puedes romper tus propias reglas, ¿no? —Rachel estuvo de acuerdo, y él sonrió, no le importaba un bledo la conducción bajo los efectos del alcohol—. Tenemos agua mineral.

—Fenomenal, gracias.

Clarke echó un vistazo a la habitación mientras Jon abría

la botella y se servía un vaso, añadiendo hielo de la parte delantera del frigorífico. La mesa estaba puesta para cuatro, pero no había rastro de Gale en la habitación.

—Siéntate, por favor —dijo Rachel, indicando uno de los taburetes de la barra. Ella se dedicó a poner las flores en un jarrón.

Clarke se entretuvo charlando con ella, preguntándole por su trabajo, por cómo estaba y también preguntó lo justo sobre los hábitos de ejercicio de Jon para contentar al marido. El muy cretino era un fanático del *fitness*, siempre entrenando para correr una maratón o ir a montar en bici en algún sitio. Pero todo el tiempo Clarke estaba pensando: «Venga, vamos. ¿Dónde está la estrella de este pequeño espectáculo? ¿Dónde está el chico?»

A Clarke se le estaban acabando las preguntas, no podía hacer mucho en aquellas circunstancias, cuando por fin se declaró que la comida estaba lista y enviaron a Jon arriba a buscar a Gale. Y entonces, por fin, un minuto más tarde...

Apareció el niño.

—Gale, mira, este es el inspector Kieran Clarke —dijo Rachel de manera clara y lenta, como si el chico fuera estúpido—. Ha venido para que os conozcáis como es debido por primera vez.

Gale se detuvo en la puerta. Durante mucho tiempo no pareció capaz ni dispuesto a mirar a Clarke, pero por fin arriesgó una rápida mirada. Parecía lo único que podía hacer. Asintió con la cabeza.

—Hola, Gale —dijo Clarke, sintiendo que el corazón le latía con fuerza.

El chico no respondió y Clarke no sabía qué esperar. Así que metió la mano en la bolsa, que había colocado en el suelo junto a su asiento. Ni Jon ni Rachel le habían preguntado por ella.

—Espero que no os importe. —Mantuvo la mirada fija

en Gale—. Pero te he comprado un regalo. —Sacó una caja, que había envuelto ese mismo día, y se la tendió.

—¿Qué es? —preguntó Rachel.

Durante un segundo Clarke la ignoró, con los ojos fijos en Gale, pero luego se acordó de sí mismo y se volvió para mirar a la madre. Le dedicó una sonrisa y luego se volvió de nuevo hacia Gale.

—Es solo un pequeño detalle para deciros que no hay rencor por mi parte. Sé por todo lo que habéis pasado en los últimos dos años, y sé que a veces se cometen errores.

El chico no había cogido el regalo, así que Clarke se lo acercó un poco más, animándole.

—Eres muy amable —dijo ahora Rachel—. De verdad que no era necesario... —Su voz se apagó y cuando volvió a hablar se dirigió al chico—. ¿Por qué no lo abres? Vamos cariño, puedes cogerlo.

Y entonces, un poco enfurruñado, el chico se adelantó y lo cogió.

Clarke había elegido el regalo al descuido, escogiendo lo más caro que vio tras una búsqueda en Amazon de «increíbles regalos para niños de diez años», pero lo había envuelto con cuidado, para que el papel se despegara rápida y fácilmente. Quería una revelación espectacular, no una larga y dolorosa lucha con cinta adhesiva. Cuando el papel se despegó, vio que los ojos del niño se abrían de par en par.

—¿Qué es, Gale? —preguntó Jon. No podía ver bien desde donde estaba.

—Es un avión —dijo Gale sin ninguna emoción—. Un avión teledirigido.

—Espero que esté bien —Clarke se giró para hablar directamente a Rachel—. Se supone que es para niños un poco mayores, pero quería comprarle algo que no tuviera ya... y... pensé que Jon y él podrían jugar con él en el parque.

—Pero debe de haber sido muy caro. —Por el tono de su

voz, podría haber pensado que había ido demasiado lejos, pero la expresión de su cara decía lo contrario. Clarke rechazó la objeción con la dosis justa de despreocupación.

—Como he dicho, quería demostrar que entiendo lo que ha pasado.

Clarke se volvió hacia Gale, con una amplia sonrisa en los labios, pero lo que vio lo confundió. No había imaginado que recibir el regalo bastaría para ganarse al chico, sobre todo si de verdad pensaba que Clarke era el asesino de su hermana, pero había esperado que aquel momento pudiera revelar algo. Había pensado que si el chico en serio creía que Clarke estaba implicado de algún modo, mostraría una tensión entre querer y no querer aceptar el juguete de Clarke.

Sin embargo, el niño ni siquiera miraba el avión. Tampoco miraba a Clarke. En lugar de eso, miraba a la pared de un modo extraño, parecía casi, Clarke no podía interpretarlo, animado. Como si hubiera algo allí, cuando claramente no lo había.

—Dale las gracias, Gale —dijo Rachel. Pero el chico se limitó a ignorarla—. He dicho que des las gracias. —La voz de Rachel tenía un tono duro ahora. Los ojos de Gale se desviaron hacia su madre por un momento, luego miró hacia atrás, hacia la nada en la pared. Un momento después dejó caer el regalo sobre la mesa auxiliar, cerca de donde estaba, sin siquiera terminar la tarea de quitar el papel de regalo.

—Gracias —dijo con un desprecio apenas disimulado. Luego fue a sentarse.

Clarke se sintió molesto. Incluso insultado. No había tenido que traer un regalo, y mucho menos uno tan caro. El avión había costado más de cien libras y, sin embargo, el mierdecilla no podía ser más desagradecido. ¿Qué demonios pasaba?

Clarke reflexionó sobre ello mientras aceptaba la

invitación de Rachel a sentarse, frente a Gale. De pequeño le habría hecho muchísima ilusión recibir un regalo así. Y sin embargo, allí se había quedado el paquete, sobre la mesa, aún medio envuelto. Intentó olvidarlo, sonreír de nuevo al chico, pero este apartó la mirada. Al cabo de un momento, Clarke se dio cuenta de que volvía a apartar la mirada, no hacia el mismo punto de la pared que antes, sino hacia el hueco entre la entrada de la cocina y el extremo de la mesa. Clarke entrecerró los ojos, aún sin comprender.

La carne resultó ser de ternera, bien cocinada para que siguiera roja y jugosa en el centro. Sabía bien y Clarke se permitió disfrutarla. Como solo tenía que alimentarse a sí mismo, no cocinaba mucho. Tomar comida que no era para llevar era una rareza para él.

—Gracias por enviarme los guiones para la reconstrucción televisiva —dijo Jon, al cabo de un rato. Clarke tragó lo que tenía en la boca antes de contestar. No sabía si los padres sacarían el tema de Layla o del programa de televisión delante del niño. Resultó que sí.

—No hay de qué. Quería daros la oportunidad de verlo antes de que empezaran a grabar. —Esperó un momento—. ¿Qué te ha parecido?

—Me parece bien. Solo espero que hagan un buen trabajo —dijo Jon. Este parecía ser su tema, ya que Rachel estaba callada—. Me refiero a los actores. La chica que hace de Layla se parece... Se parece mucho a ella.

—Sí. Yo también lo pensé. Es una joven con talento.

—¿La has conocido en persona?

—Sí. Entrevistamos a varias actrices. Quise participar en el *casting* para asegurarme de que los detalles clave eran correctos.

Jon esbozó una sonrisa vacía.

—Un poco como rodar una película.

—Exactamente eso.

Clarke miró a Gale. No prestaba ninguna atención.

—¿De verdad crees que servirá de algo? —preguntó Jon.

A regañadientes, Clarke apartó la atención del niño y dirigió una mirada tranquilizadora al padre.

—Es imposible decirlo con seguridad. Pero creo que hay muchas posibilidades. Alguien habrá visto algo ese día, solo tenemos que incitarle a que se presente.

—¿Qué va a pasar ahora? —Era Rachel. Clarke prefería hablar con ella.

Dejó los cubiertos.

—Bueno, con la previsión de buen tiempo van a intentar terminar el rodaje la semana que viene. Saldrá la semana siguiente ya que lo van a producir muy rápido. Entonces pediremos a cualquiera que estuviera allí ese día si no se han puesto ya en contacto con nosotros, que lo hagan. Esperamos recibir muchas pistas, así que estaremos ocupados siguiéndolas. Pero... —abrió las manos—, tenemos un buen equipo. Un equipo pequeño, pero con agentes dedicados y experimentados. Con suerte obtendremos algo que marque la diferencia.

La conversación se alargó. Jon parecía fascinado con la mecánica de cómo iban a filmar: ¿tendrían que cerrar la playa? ¿Qué pasaría si llueve? ¿Cuántos extras necesitaban? Putas preguntas que a Clarke le importaban una mierda, pero que podía responder con todo detalle porque llevaba toda la semana trabajando en ello.

Al final, la ingenuidad de Jon se agotó, pero para entonces ya habían recogido los platos, y Clarke intuyó que, en cuanto terminaran de comer, el chico volvería a desaparecer escaleras arriba. No le hacía ninguna gracia que eso ocurriera. Había venido aquí en busca de respuestas, y hasta ahora solo tenía más preguntas.

· · ·

—Ya que hablamos de la reconstrucción —dijo, cuando parecía que Jon se había quedado de verdad sin preguntas —, y este es un tema un poco delicado, lo sé... me preguntaba qué os parece si le enseño a Gale los planos del rodaje. Sería útil saber si cree que es todo lo exacto que puede ser, por si necesitamos hacer cambios... —Sonrió. La verdad era que ya era demasiado tarde para hacer cambios, pero ¿a quién le importaba la verdad?

Ambos padres se miraron, luego Rachel lo miró a él.

—Vale. No habíamos hablado de eso, pero si crees que es buena idea...

—Creo que podría ayudar —dijo Clarke, asintiendo con seriedad y observando a Gale mientras hablaba—. Gale estuvo allí aquel día, y estuvo con Layla justo antes de que desapareciera. Si hay algo que no hemos entendido bien él podría decírnoslo.

—No quiero. —El chico habló tan bajo que Clarke apenas lo oyó. Pero lo oyó.

—¿Qué has dicho, cariño? —preguntó Rachel con un nuevo nerviosismo en la voz, como si supiera lo que se avecinaba y lo temiera. Clarke casi deseó que no hubiera hablado. Había algo horrible en el tono del chico.

—He dicho que no quiero verlo. No tiene sentido hacer el programa de televisión, especialmente cuando ya sabemos quién la mató.

Hubo un silencio. Y entonces el chico se volvió, con los ojos clavados directamente en la cara de Clarke, como un par de taladros.

—Cariño —empezó Rachel—. Ya hemos pasado por esto...

Pero el chico la ignoró. Durante un largo rato mantuvo los ojos clavados en los de Clarke, pero luego, cuando apartó la vista, no miró a ninguna parte, solo fijó la vista en la pared. Luego, extrañamente, asintió a la nada.

—Gale, no puedes decir cosas así, de verdad que no… —Rachel seguía hablando, aunque nadie parecía estar escuchándola. Excepto, aparentemente, el chico.

—Vale entonces, pregúntale si tiene coartada. ¿Dónde estaba cuando se llevaron a Layla?

CAPÍTULO CUARENTA

—PREGÚNTALE DÓNDE ESTABA —Layla casi escupió las palabras desde donde estaba apoyada contra la pared—. Si dice que no fue él, pregúntale si tiene coartada.

Gale había esperado arriba con Layla, contando ansiosamente los minutos que faltaban hasta que llegara el inspector. No habían hablado de ello, pero era evidente lo importante que era. Si de verdad se trataba del hombre que había mantenido a Layla encerrada en su sótano, que había pasado horas allí abajo con ella, era imposible que no lo reconociera. Era el momento de la verdad.

Y entonces, en cuanto el inspector entró por la puerta, Layla lo supo. Por la reacción que tuvo la hermana, Gale también lo hizo. Por la forma en que se había desvanecido, hasta casi desaparecer, al verlo por primera vez desde lo alto de las escaleras. Y la forma en que se había quedado demasiado sorprendida para hablar, sin querer mirarlo, mientras Gale seguía esperando arriba todo el tiempo que podía.

Luego, cuando su padre había subido a buscarlo, y ya no había podido aplazarlo más, Gale lo había sabido por la forma en que ella lo había empujado, para ser la primera en bajar las escaleras, como si eso pudiera protegerlo de alguna manera.

Después le había hecho el regalo, un avión teledirigido, y aunque era bastante chulo, él no lo había querido, ni siquiera había querido tocarlo. Y todo el tiempo ella había estado allí, mirando. Temblando. Literalmente temblando de miedo.

—Pregúntale por la coartada —volvió a escupir las palabras. Su pecho se agitaba arriba y abajo de la emoción y el estrés de verlo allí—. Cuando me cogieron.

—¿Dónde estabas? —Gale dirigió las palabras con rabia al malvado hombre que estaba sentado a su mesa, siendo atendido por sus padres—. ¿Tienes coartada?

Era extraño, cómo Layla había recuperado poco a poco el color, y la solidez, a medida que parecía crecer en confianza. Cuando el inspector había sugerido que Gale viera el estúpido programa de televisión del que habían estado hablando, de repente se había puesto furiosa. Había saltado sobre él, arañándole la cara con las manos, dándole patadas y puñetazos. Pero, por supuesto, él no sintió nada. Nadie más que Gale tenía la menor idea de que ella estaba allí.

Se hizo otro silencio. El odio que Gale sentía por el inspector le impedía siquiera mirarle. Por suerte, Layla se había calmado un poco. Estaba de nuevo junto a Gale, con el pecho subiendo y bajando por el esfuerzo de su arrebato.

—Gale... —Su madre seguía protestando, pero todo el mundo la ignoraba; al menos, las únicas personas de la sala que importaban la ignoraban. Gale, Layla, su asesino...

Cuando Clarke replicó, su voz seguía siendo tan uniforme, tan razonable, que Gale lo odió aún más.

—De hecho sí... —empezó.

—Gale, esto no está bien. —Su madre otra vez—. Kieran, lo siento mucho... —Pero Clarke la silenció levantando una mano.

—No, no pasa nada. De verdad que no. —Volvió a esbozar una sonrisa de aspecto comprensivo y luego se volvió hacia Gale—. Es una pregunta muy buena e importante. Y tienes toda la razón al hacerla. Pero sí, tengo una coartada para cuando se llevaron a la pobre Layla. —Gale se quedó perplejo. Era imposible que Layla se hubiera equivocado. No le había dicho que fuera él, pero era evidente por su reacción...

—Kieran, de verdad que no hace falta, esto es solo... —Rachel siguió intentándolo, pero Clarke se volvió hacia ella esta vez.

—Por favor, Rachel, déjame responder. Puedo aclarar esto. Por favor.

Siguió otro silencio, pero esta vez tenía un carácter diferente. Gale se volvió hacia su hermana, y ella también había cambiado, su cara era un cuadro de confusión absoluta. No pudo mirar por mucho tiempo ya que el inspector estaba empezando a explicarse.

—Cuando se llevaron a Layla estaba de vacaciones. Me gusta pasear por el monte, y esa semana había alquilado una casa de campo en el Distrito de los Lagos. Lo que me sitúa, no sé, a seiscientos o setecientos kilómetros de distancia y en lo alto de una montaña.

En el rostro del inspector se dibujó un atisbo de sonrisa, pero no de felicidad. Parecía triste, apenado por tener que decir esto, pero también comprensivo. Compasivo.

Gale miró a su hermana, que fruncía el ceño y negaba con la cabeza. Pero por más que intentaba llamar su atención, ella no lo miraba. Lo cual no tenía sentido.

¿Podría haberse equivocado Layla?

CAPÍTULO CUARENTA Y UNO

CLARKE NUNCA HABÍA ESPERADO NECESITAR la coartada, nunca había planeado utilizarla. En aquel momento sospechaba que lo que había planeado era más una forma de retrasar el secuestro que el valioso respaldo que se decía a sí mismo que representaba. Sentía que era una complicada farsa para aplazar las cosas hasta que se armara del valor que necesitaba para llevar a cabo su macabro plan.

En aquel momento le había parecido ridículo todo lo que había hecho. Había tenido que conducir hasta allí, registrarse en el alojamiento turístico, asegurarse de que la propietaria viera bien su cara y mencionar que pensaba pasar una o dos noches acampando en las colinas. Y luego el largo viaje de vuelta antes de poner en marcha su plan. Capturar a Layla y llevarla al búnker, con el corazón latiéndole tan fuerte que creía que iba a explotar, y luego tener que dejarla allí, con la comida y la bebida justas para que sobreviviera lo suficiente como para que él condujera de nuevo hasta el Distrito de los Lagos, dejar la maldita casa de vacaciones y conducir de vuelta.

Eso conllevaba estar comprometido con una causa.

Preparación. Dedicación absoluta. La voluntad de ir hasta donde hiciera falta. Literalmente en este caso.

Y ahora mira. Lejos de una especie de querer aplazar su plan por cobardía parecía que, después de todo, había sido un golpe maestro. Clarke vio cómo la duda, que había empezado a aparecer en los rostros de Jon y Rachel, se disipaba.

—Te invito a comprobarlo, Gale —dijo, su voz cargada de compasión, consiguiendo el tono justo—. Te lo digo de verdad. Temía que aún no estuvieras seguro de poder creer en mí, y quiero que tengas fe. Así que he buscado el nombre del apartamento en el que me alojé. Puedes hablar con la propietaria. Yo no lo he hecho, porque no estaría bien que preguntara por mí mismo. Pero espero que la señora se acuerde de mí, nos llevamos bastante bien. Pero incluso si no me recuerda, habrá registros.

Metió la mano en el bolsillo de la chaqueta y sacó un trozo de papel. El recibo del correo electrónico de la casa de campo. Grapado a él estaba el recibo de un restaurante indio, al que había ido el mismo día que había capturado a Layla. Curry de cordero, mesa para uno.

El chico se había quedado atónito, en completo silencio.

—Puedes pedirle a tu madre o a tu padre que comprueben qué significa todo esto. Seguro que lo harán. —Miró a Rachel con una sonrisa triste perfectamente calculada en su rostro bonachón, que no le dio más opción que asentir y darle la razón. Y ella se lo creyó.

Pero lo raro, lo realmente extraño, era que el chico no le estaba dando la razón. A pesar de todos sus esfuerzos, y estaba haciendo una actuación estelar, por el amor de Dios se merecía un puto Oscar por la escena que estaba dando, el mierdecilla seguía sin creérselo. Parecía saber que estaba mintiendo, incluso ahora. Sin embargo, eso no era posible. Porque nadie lo sabía. Nadie podía saberlo.

Durante una fracción de segundo, la expresión de Clarke

se quebró y la verdadera frustración, el odio y el miedo se hicieron patentes. Vislumbró el vacío.

Y entonces lo entendió. Tal vez aquella negrura rugiente de odio encontró una forma de inspirarle, porque la solución llegó casi completamente formada. Y una nueva sonrisa adornó sus labios, de puro agradecimiento por su propia capacidad creativa casi ilimitada. Si uno no se pone límites a sí mismo, entonces no hay límites.

Mientras los padres lloriqueaban y gemían como cerdos lamentando la situación y diciendo que eso no cambiaría nada y que él seguiría contando con todo su apoyo, él simplemente se sentó a examinar su idea, viendo que era perfecta y dejando que los detalles de cómo llevarla a cabo surgieran como remolinos en la corriente principal de un río.

Era tan claro, tan simétrico, tan perfecto. Y qué mejor lugar para llegar a la solución de un problema, cuando la fuente de ese problema estaba sentada frente a él.

Iba a resolver su problema con Gale Martin de la forma más deliciosa.

CAPÍTULO CUARENTA Y DOS

NO HABÍA duda de que Gale lo vería. Puede que lo hubieran mantenido alejado de la televisión durante los terribles días tras la desaparición de Layla, pero entonces tenía ocho años. Ahora tenía ya diez y, les gustara o no, tenía una opinión sobre quién había matado a su hermana.

Lo que Rachel y Jon no sabían, por supuesto, era que la propia Layla también estaba allí, al menos desde la perspectiva de una persona de la sala. Flotaba detrás de Gale, que estaba sentado en el sofá, mientras la familia esperaba a que terminaran los anuncios. Iba a ver la reconstrucción de su secuestro. Comprobaría hasta qué punto coincidía con lo que había sucedido en realidad y hasta qué punto el hombre que había preparado el guion y supervisado la filmación había logrado desviar la atención de su propia implicación.

El último anuncio era de jabón en polvo. Mostraba a un ama de casa y a su hija decidiendo de buen humor a cuál de las dos le tocaba doblar una pila de ropa recién lavada, la sorpresa era que ahora la ropa olía tan bien que las dos querían hacerlo. O, al menos, eso pretendía la madre. Al final de la historia, de un minuto de duración, el anuncio se las ingeniaba para introducir un segundo giro, con la mujer mayor guiñando un ojo a la cámara, habiendo burlado a su joven hija adolescente.

De haber vivido, Layla tendría casi trece años.

La voz del locutor presentó el siguiente programa como *Crimebusters*, y comenzó el tema musical.

—Allá vamos —dijo Jon, más para sí mismo que para su familia. Su mujer se sentó rígida, sin tocarle. Tenía una caja de pañuelos preparada.

En cuanto a Gale, estaba sentado en el sofá, con las rodillas apretadas contra el pecho. No quería perderse el programa, pero tampoco estaba seguro de poder soportarlo. Incluso ahora que Layla formaba parte de nuevo de su mundo, este seguía pareciéndole un lugar sombrío y sin esperanza.

El caso de Layla Martin era la historia principal del programa, al menos en eso había sido honesto el inspector Clarke. Aun así, lo precedieron un par de casos menores. En el primero, una banda de estafadores había estado engañando a personas mayores para sacarles grandes sumas de dinero convenciéndoles de que la subsidencia invisible existía de verdad y que sus casas corrían el riesgo de derrumbarse por este problema. El segundo caso era más sencillo, habían grabado por cámaras de seguridad a un hombre robando en varias joyerías. Entonces, por fin, salió el inspector Kieran Clarke. Llevaba un sobrio traje gris y parecía muy cómodo en frente de la cámara. El conductor del programa lo presentó a la audiencia y él esbozó una sonrisa triste. La imagen cambió, a la imagen más famosa de una sonriente Layla. La voz del presentador comenzó:

—Hace poco más de dos años que Layla Martin, de diez años, fue secuestrada en una popular playa a plena luz del día. Su cuerpo fue tristemente encontrado catorce días después, abandonado en una zona boscosa cercana. Esta noche presentamos una reconstrucción completa de lo que ocurrió el día que se la llevaron, con la esperanza de que despierte la memoria de nuestros televidentes. Y que lleve ante la justicia a quienquiera que cometió este horrible crimen.

La toma cambió de nuevo al estudio, donde el presentador continuó hablando.

—Estoy aquí con el inspector Kieran Clarke, que ha dirigido esta investigación desde el principio, y tiene la esperanza de que esta noche, con su ayuda, se podría hacer un gran avance en el caso. Inspector...

La cámara se acercó al rostro de Clarke. Parecía tranquilo, sereno. Incluso guapo, le habían hecho algo en el pelo y recortado la barba.

—Gracias.

No estaba nervioso. Parecía completamente en su salsa. Un talento natural para la televisión. Puso compasión y determinación en el tono de su voz, bordeado de esperanza.

—Hemos trabajado mucho para averiguar qué ocurrió el día en que desapareció la pobre Layla, y hemos hablado con más de doscientas personas que estaban allí aquel día. Con su ayuda hemos sido capaces de producir la reconstrucción que están a punto de ver, y que creemos que es increíblemente precisa. Sin embargo, también sabemos que había gente en la playa ese día, y en la zona en general, con la que aún no hemos podido hablar. Es a esas personas a las que va dirigida esta reconstrucción. Creemos que puede, y que logrará ayudar a alguien a recordar algo que resulte crucial para este caso. Así que, por favor, entiendan que aunque crean que no saben nada, que no vieron nada relevante, dejen que seamos nosotros quienes lo juzguemos. Si estuvo allí, o si conoce a alguien que estuvo, por favor, por favor póngase en contacto con nosotros. Y si sabe algo sobre lo que le pasó a Layla, o quién se la llevó, por favor, venga a hablar con nosotros.

—Pensaba que iba a ser el inspector jefe Starling el que iba a salir en el programa —comentó Jon cuando Clarke, aún en pantalla, se detuvo un momento. Su mujer le devolvió la mirada, y parecía a punto de contestar, cuando la televisión continuó.

—Layla era una chica excepcional, guapa e inteligente. No se merecía lo que le pasó. Pero no es solo justicia lo que buscamos esta noche. Quien le hizo esto a Layla sigue ahí fuera, y podría ser una amenaza para otros niños. Quiero que piensen en eso, que piensen en los hijos que tienen arriba, durmiendo en sus camas. Necesitamos su ayuda para atrapar al responsable de este horrible crimen. Necesitamos su ayuda para asegurarnos de que no vuelva a ocurrir. Gracias.

Hubo una fracción de segundo en la que la cámara captó la mirada de Clarke, preocupada y compasiva pero llena de triste esperanza. La reconstrucción comenzó.

Empezó con una familia de tres personas jugando en la arena. Gale tardó unos instantes en darse cuenta de que eran ellos, justo unos minutos antes de que Layla desapareciera.

Mostraron lo justo para establecer que la familia llevaba allí un rato. Tenían cubos y palas, y el castillo de arena que estaban construyendo era bastante grande, sin duda más grande que el que habían hecho aquel día y con un diseño totalmente distinto, según observó Gale. La madre aparecía leyendo una novela de bolsillo, lo cual tampoco era cierto, ya que en realidad había estado mirando Facebook en el móvil.

A su alrededor, la playa parecía muy concurrida. Había gente chapoteando en el agua, varios haciendo *paddle surf* que se tambaleaban y a veces caían tras la estela de las lanchas rápidas que zumbaban a lo lejos. Sin embargo, aunque la empresa de televisión había hecho todo lo que estaba en su mano, había algo extraño en las imágenes, como si todos los que aparecían en la pantalla fueran conscientes de que las cámaras los estaban observando. Todo parecía falso.

Tras los primeros planos, la cámara empezó a enfocar más de cerca a la chica que interpretaba a Layla.

—No se parece en nada a mí —objetó Layla. Era lo primero que decía desde la preparación del programa y el extenso discurso de su asesino en la pantalla.

Gale no contestó durante un segundo, ya estaba acostumbrado a no responder cuando sus padres estaban cerca, pero se le ocurrió una manera.

—Tiene el mismo bañador.

Respondió su madre, sin saber que en realidad había estado hablando con su hermana—: Quieren que sea lo más exacto posible, cariño. —Parecía tensa, con todo el cuerpo rígido. Gale tenía la sensación de que su madre no podría seguir así mucho más tiempo, lo que aumentaba su mal presentimiento.

—¿Podemos tomar un helado, mamá? —preguntó Layla en la pantalla, llenando el encuadre para que se vieran sus pecas. El niño que interpretaba a Gale se secaba el sudor de la frente, un recordatorio no demasiado sutil para el público de que ese día hacía calor.

La madre que aparecía en pantalla miró a su alrededor con atención; el mensaje para el espectador también era claro: se trataba de una mujer que evaluaba los riesgos como haría cualquier buen padre. Y sí, la playa estaba concurrida, pero el quiosco de helados se encontraba a menos de cincuenta metros, en el paseo marítimo, claramente visible desde donde se encontraba la familia. Había cola, pero formada sobre todo por otros niños.

Este había sido un asunto delicado para el equipo de producción. Tras el asesinato de Layla los padres habían sido objeto de críticas por parte de los troles de Internet, que echaban la culpa a Rachel por haber perdido de vista a su hija, pero también a Jon, por no haber estado allí ese día, como si hubiera algo escandaloso en que unos padres no se pasasen las veinticuatro horas del día vigilando a sus hijos. Los productores de *Crimebusters* habían querido evitar eso con su reconstrucción.

En la pantalla, Rachel buscó su bolso.

—Vale, pero tenéis que ir juntos. —Una sonrisa amable, y luego la Layla de la pantalla respondió.

—Gracias, mamá.

Esas fueron las últimas palabras que Rachel oiría decir a su hija.

A continuación, se vio a la mujer que interpreta a Rachel observando atentamente mientras los dos niños corrían por la playa, esquivando a las otras familias que disfrutaban del sol y la arena. El espectador pudo ver ahora a la pareja desde esas perspectivas, claramente personas que habían hablado con la policía, dado que la banda sonora se cortó con extractos de sus entrevistas.

«Era un día caluroso, llevábamos allí unas horas, cuando recuerdo a estos dos niños que pasaban corriendo. Estaban discutiendo sobre un juego.»

Gale lanzó de inmediato una alarmada mirada a su hermana. Todavía no le había contado a nadie lo del juego, y estaba claro que Layla tampoco había podido.

—Nos habrán oído —respondió Layla. Sus ojos no se apartaban de la pantalla—. Estábamos discutiendo.

Otra toma mostraba a una familia india numerosa, que había montado un refugio improvisado en la parte de arriba de la playa y cocinaba en una barbacoa portátil.

«Recuerdo que vi a los hermanos unirse a la cola. Yo estaba mirando porque iba a comprarme un helado —dijo un adolescente de piel oscura, que lucía un incipiente bigote —, pero estaba esperando a que bajara la cola.»

La acción cambió repentinamente para mostrar la escena cien metros playa arriba. Aquí había un atajo desde un aparcamiento en la cima del acantilado por donde pasaba la carretera, que requería una corta escalada por una suave pendiente. La cámara siguió a una mujer que bajaba con cuidado, cargada con una nevera de plástico. De repente, un primer plano de sus pies mostró cómo resbala y, a continuación, un clip la muestra desapareciendo de la vista con un grito. Parecía una película de catástrofes de bajo presupuesto, con música a juego. La siguiente toma mostró la nevera, con el asa rota, mientras el narrador explicaba cómo la mujer resbaló y quedó atrapada en un saliente de la parte más escarpada del acantilado.

Luego se mostraron escenas en primer plano de lo que se suponía que era casi un caos. La gente corría hacia la mujer, que ahora aparecía pidiendo ayuda. Al otro lado de la playa, la gente se ponía de pie, protegiéndose los ojos mientras miraban hacia el accidente. Varias personas sacaron sus teléfonos para llamar al 999, mientras dos adolescentes se acercaban a la mujer, agachándose para ayudarla.

Poco a poco, la playa recobró la calma. El pánico había desaparecido, pero la mayoría de la gente seguía atenta a lo que ocurría en el acantilado.

—No sabemos exactamente qué les pasó a Layla y Gale en la cola, pero creemos que tuvieron algún tipo de desacuerdo —interrumpió la voz de Clarke—. Parece que Gale decidió volver con su madre, dejando que Layla siguiera esperando sola.

Esto se mostró visualmente, pero de nuevo la actuación no fue convincente. La falsa Layla puso una mano sobre el hombro del falso Gale cuando se separaron, y en la habitación donde el verdadero Gale estaba mirando, casi se echó a llorar cuando la verdadera Layla dejó que su mano real y translúcida se posara sobre su hombro real.

Entonces apareció la ambulancia. Las luces azules parpadeantes apenas eran visibles contra el resplandor del verano, pero la sirena se disparó en ráfagas, para despejar el camino a lo largo del concurrido paseo marítimo. Los paramédicos ayudaron a la mujer a descender por el acantilado, estabilizándola, y luego la cámara volvió a la cola de los helados. Pero esta vez, Layla ya no estaba.

—¿Estabas ahí? —El presentador del programa volvió a la pantalla. Un hombre de unos cuarenta años, serio y apuesto, con un bronceado falso y el pelo teñido, las sutiles marcas que lo distinguían como celebridad.

A su lado, el inspector Clarke seguía serio. Se quitó las gafas, las limpió y volvió a ponérselas.

—¿Quizá estaba aparcado en los aparcamientos que hay sobre el acantilado? ¿Vio a alguien con esta chica? —La imagen de la verdadera Layla volvió a llenar la pantalla. La famosa imagen—. Si lo hizo, debe llamar.

Y entonces el número para que la gente llamara parpadeó en grande en la pantalla. El presentador lo leyó en voz alta, dos veces, y permaneció ahí un rato. De repente, Gale se dio cuenta de quiénes eran las personas que aparecían al fondo de la imagen. En realidad, se trataba del personal del locutorio, que esperaba para atender las llamadas del público.

—Ya está. —Jon parecía decidido a cerrar el programa. Gale lo ignoró, pero notó que su madre se ponía rígida, como si las dos palabras le hubieran molestado.

—¿Qué pasa ahora? —preguntó Gale. No sabía a quién había dirigido la pregunta, pero fue su madre quien contestó.

—Bueno, es de esperar que ahora llame mucha gente

para contar lo que puedan haber visto u oído, y le tocará a la policía clasificarlas para encontrar algo que les ayude a atrapar al hombre que lo hizo.

Gale decidió no reiterar que ya sabían quién lo había hecho, y que era el hombre que había narrado la historia. En lugar de eso, se volvió hacia su hermana.

—Quizá alguien lo vio —dijo ella, sin que la oyeran todos los presentes, excepto Gale. Esta vez, cuando Gale habló, fue solo para ella.

—Sí —dijo con tristeza, y sin muchas esperanzas—. Tal vez alguien lo vio.

CAPÍTULO CUARENTA Y TRES

LAS RECONSTRUCCIONES para el programa de *Crimebusters* se grababan con antelación, pero el programa se emitía en directo, lo que le daba un aire de dinamismo a los espectadores, que se esperaba contribuía a animarlos a telefonear y participar. Clarke pudo comprobar de primera mano la tensión y la emoción que se vivía en el plató a medida que se acercaban las siete y media de la tarde. Y a pesar de su cuidadosa planificación, había un elemento mucho más personal en la tensión que sentía.

Clarke había llegado al estudio de televisión antes del mediodía. No tenía mucho que hacer, habían aprobado la reconstrucción días antes y él había escrito el guion para el papel protagonista del inspector jefe Starling. El viejo loco había insistido en recibirlo unos días antes, sin duda para poder practicar frente al espejo del baño.

Pero entonces, justo antes de la reunión de producción del mediodía, Starling había telefoneado para decir que se había despertado con gripe y que no podría atender al programa después de todo. El equipo de producción había comenzado a correr de un lado para otro en pánico total, como si el programa no tuviera ya sus propios presentadores, hasta que uno de ellos se había acercado a Clarke y le había preguntado si podría tomar él el puesto del inspector jefe.

Le había halagado diciéndole que tenía la cara adecuada para la televisión, lo que, traducido, significaba que era un hombre guapo, pero era más que eso. Conocía el caso como nadie, ya que era el inspector que lo llevaba. Desde su punto de vista, era perfecto. Desde el de Clarke, no tanto, ya que había un riesgo evidente en su aparición en el programa. Pero decidió que no era un gran riesgo, y puesto en un aprieto como el que se había encontrado, no era fácil negarse. Además, una parte de él ansiaba la emoción de ponerse frente a las cámaras.

Desde el momento en que aceptó se vio envuelto en un torbellino de veinteañeros con coletas que le decían dónde debía colocarse, a qué cámara debía mirar y a qué señales manuales debía prestar atención. Luego le enviaron al vestuario, donde le cambiaron la chaqueta del traje por otra que no provocara líneas en la pantalla del espectador, fuera lo que fuera lo que significaba eso.

La peluquería y el maquillaje corrieron a cargo de una engreída mujer de Newcastle que se pasó cuarenta y cinco minutos explicando lo que le gustaría hacerle al bastardo que se llevó a la pobre Layla Martin, todo el tiempo revoloteando alrededor de su cuello y garganta con sus afiladas tijeras. Había sido alarmante cuando empezó, pero pronto se dio cuenta de que ella no percibía nada, ni siquiera mientras él repetía en su mente cómo había subido el cadáver de Layla por las escaleras del búnker hasta su coche, antes de conducirlo hasta el bosque y tirarlo en la cuneta. Casi había perdido la noción del tiempo, pero cuando ella terminó, lo llevaron de vuelta al estudio, lo colocaron en posición y dieron un último repaso a su discurso.

—También estará en el teleprónter, por si se te olvida

algo —le explicó la productora. Le dedicó una sonrisa de buena suerte, mientras sonaba una cuenta atrás desde diez. Entonces se apagaron las luces y empezó a sonar el famoso tema musical de *Crimebusters*.

El programa pasó volando y, a juzgar por la cantidad de gente que lo felicitó después, todo fue bien. Al principio estaba demasiado emocionado para responder adecuadamente, pero cuando se calmó, pudo darles las gracias calurosamente y fingir que lo que realmente importaba era lo que venía a continuación.

Y en cierto modo, no estaba fingiendo. Ahora que *Crimebusters* había terminado, empezaba el verdadero trabajo. El personal del locutorio ya estaba ocupado atendiendo llamadas. Clarke se interesó por lo que tenían que decir, pero Starling lo llamó y le dijo, entre toses, que se fuera a casa, que habría mucho que hacer en los próximos días. Clarke obedeció. Al fin y al cabo, había otra cosa que le quedaba por hacer antes de poder descansar.

Clarke no era especialista en delitos informáticos, pero se esperaba de él que tuviera conocimientos prácticos de las intersecciones entre delincuencia y tecnología, y había asistido a varios cursos de formación sobre el tema. Como tal, había recibido formación sobre la web profunda y sobre cómo los delincuentes accedían a ella a través de VPN (redes privadas virtuales) y utilizando programas como el navegador TOR para camuflar aún más el lugar desde el que accedían. También conocía el uso del programa de encriptación PGP, que significa *Pretty Good Privacy* (privacidad bastante buena). Su nombre era poco apropiado, ya que en realidad no era solo bastante buena sino lo suficientemente potente como para mantener mensajes tan bien ocultos que ninguna fuerza policial del planeta sería capaz de descifrar el contenido.

Pero, a diferencia de sus compañeros, el interés de Clarke había sido más que profesional: había tomado notas minuciosamente. Y había practicado en la intimidad de su casa. Todo estaba allí, una vez que sabías dónde buscar. Los sospechosos habituales de drogas, porno e incluso armas, pero también pequeños dispositivos inteligentes como tarjetas SIM virtuales y modificadores de voz, todos los cuales podían comprarse con criptomonedas anónimas y enviarse a direcciones falsas de casas vacías donde podían recogerse fácilmente sin ningún vínculo posible con él. También había practicado con ellos, probando y comprobando que funcionaban.

Así que estaba seguro de que cuando lo preparó todo aquella noche, lo suficientemente tarde para que su propio equipo hubiera terminado, pero quedando los operarios civiles de *Crimebusters* que trabajarían toda la noche, nada podía salir mal. A la vez, estaba nervioso. Un error ahora sería un desastre.

Volvió a comprobar que todas las protecciones estuvieran en su sitio. Luego lo comprobó tres veces más. Y luego repasó la lógica en su mente y la repasó una vez más. Conocía al equipo que examinaría lo que iba a hacer en los próximos minutos, estaba familiarizado con su tecnología de seguridad. Y aunque eran buenos en lo que hacían, conocía los huecos de sus defensas.

Respiró lenta y profundamente. Todo estaba en su sitio. Todo estaba listo. Otra inspiración para conectar con el momento. «Esto es necesario. Tengo que hacerlo». Y aunque había peligro, era capaz de manejarlo. De controlarlo. Ahora era imparable, y esto lo demostraría. Pulsó el botón de llamada.

Se oyó un tono de llamada. Luego, los tonos casi musicales del ordenador que realizaba la llamada. Sonó dos veces antes de que cambiara la nota. Una voz de mujer:

—Buenas tardes. Ha llamado a la línea de contacto

segura de *Crimebusters*, ¿sobre qué investigación llama, por favor?

Clarke habló por el micrófono. Su voz normal estaba distorsionada, pero no tanto como para no entender las palabras.

—Layla Martin.

—¿Layla Martin? Gracias, ¿puedo tomar un nombre antes de continuar?

—Creo que no va a ser posible.

Una pausa.

—Vale. No pasa nada. Podemos continuar la llamada, pero nos ayudaría si fuera capaz de darnos su nombre. ¿Está seguro de que no puede darlo?

—Bastante seguro.

—De acuerdo. Su número aparece como no reconocido, ¿puedo coger un número para que podamos ponernos en contacto con usted en caso de que se corte la llamada?

—De nuevo, no creo que sea necesario.

Clarke sabía que la línea estaba siendo rastreada, y que el programa de ordenador detectaría que la llamada estaba siendo desviada, en primera instancia a través de Bielorrusia y Finlandia, y una docena de países más después. Qué maravilla de tecnología.

—De acuerdo, señor. —La voz al otro lado del teléfono se endureció, la tensión se apoderó de la operadora. Probablemente era la primera llamada que recibía en la que no aparecía una ubicación parpadeando en la pantalla. Su adrenalina se dispararía—. ¿Qué quería decir?

—Me ha gustado.

—Lo siento, señor, ¿he oído bien? ¿Ha dicho que le ha gustado?

—Sí.

Otra pausa. —¿Le gustó qué, señor?

—El programita. Me gustaba la chica que hacía de ella.

Claro que la verdadera Layla era más guapa. Y más lista, creo yo.

Hubo otro momento de silencio. Clarke sabía que habría dos telefonistas en el turno de noche, e imaginó que la otra mujer estaría ahora junto a su colega. Podía oír la ansiedad en las palabras de la que hablaba.

—Señor, ¿tiene alguna información para la policía sobre el secuestro y asesinato de Layla Martin?

—Podría decir que sí. Pero no es nada que vaya a compartir.

—¿Qué quiere decir, señor?

—¿Qué crees que quiero decir?

—No lo sé, señor.

—Creo que sí lo sabes. Creo que empiezas a sospechar.

El jugueteo era divertido, pero existía el peligro de disfrutar demasiado y, sin querer, revelar más de lo que debía. Al fin y al cabo, tendría que enviar la grabación y la transcripción de la llamada a los psicólogos, y a veces le daban explicaciones que se acercaban demasiado a la verdad. Además, en cuanto colgara el teléfono, su otro teléfono no tardaría en sonar. Y necesitaría tiempo para prepararse. Sus ojos volvieron a centrarse en el guion que había preparado.

—Le mordí la oreja.

Esperó. En cuanto se encontró el cadáver de Layla, se descubrió que le faltaba parte de la oreja, pero la información se ocultó a la prensa a propósito. Era una táctica habitual, que permitía a la investigación comprobar con facilidad si las confesiones posteriores eran creíbles. Por supuesto, Clarke no lo había hecho por eso, simplemente se había dejado llevar, pero ahora resultaba útil. Había que probar suerte en estas cosas, aprovechar lo que el destino deparaba.

—Le mordí la oreja. Por eso se la corté.

Ahora podía imaginarse a la mujer, rígida en su silla. Por

su voz había reconocido de quién se trataba: había hablado con ella ese mismo día, cuando le había dado la sesión informativa. Parecía capaz y profesional, pero se había puesto demasiado perfume, de modo que apestaba como una tienda de aeropuerto.

—¿Se está identificando como el individuo que secuestró a Layla Martin?

Clarke la ignoró. —¿Quiere saber qué voy a hacer a continuación?

—Necesito tener claro lo que está diciendo, señor... —La mujer estaba siguiendo el guion que le habían proporcionado en las sesiones de preparación previas al programa. Qué aburrida.

—Cierra tu estúpida boca y escucha. Lo que voy a hacer ahora es matar a otra persona, ¿y sabes a quién? —Se rio. No estaba en el guion, pero no pudo evitarlo—. La persona a la que voy a matar ahora es Gale Martin. El hermano de Layla. Está marcado. Está condenado.

Más silencio. Clarke olvidó todas sus precauciones, entregándose por completo a las oleadas de furia y poder que surgían de sus entrañas.

—Voy a matar a Gale Martin. Voy a arrancarle los ojos. Voy a arrancarle los órganos. Voy a masacrar a Gale Martin.

CAPÍTULO CUARENTA Y CUATRO

CLARKE ESTABA TEMBLANDO cuando desconectó el teléfono, pero se había preparado para la eventualidad de que pudiera sufrir una ligera pérdida de control, y siguió el protocolo que había escrito con anterioridad. Borró los archivos que había utilizado, escribiendo encima para que un equipo informático forense no pudiera recuperar nada. Era demasiado precavido, pero era una buena costumbre y le ayudaba a calmarse.

Le sorprendió un poco lo real que había sido el enfado. Fue como la ruptura de un dique, y estuvo a punto de cometer un error: estuvo a punto de mencionar que la persona con la que había hablado llevaba demasiado perfume. Eso lo habría delatado.

Hecho esto, y dado que su móvil del trabajo aún no había sonado, fue a la cocina y se preparó una infusión. Se la llevó para ver a sus chicas. Eran más activas por la noche. Se sentó con ellas a beber el té y esperar. Su teléfono seguía sin sonar.

Veinticinco minutos después, veinticinco minutos, ¿qué demonios hicieron para tardar tanto tiempo?, por fin sonó su móvil. Lo dejó unos instantes, como si pudiera estar dormido, y luego inyectó una nota somnolienta a su voz. Se alegró de lo fácil que le resultó. Volvía a tener el control.

—Siento haberle despertado, Clarke, pero creo que es mejor que vuelva a la comisaría. —Reconoció el acento del este de Londres del sargento Reynolds.

Retiró el tono adormilado y puso un tono serio—: ¿Por qué, qué ha pasado?

—Hemos recibido una llamada. Creemos que es bastante probable que pueda haber sido del propio asesino.

—¿Del asesino? —Para poner la nota correcta en su voz ahora se visualizó luchando por sentarse en la cama—. ¿En serio? Por favor, dime que han localizado la llamada.

—Pues no. Me temo que no. Quienquiera que haya llamado parece haber hecho todo lo posible para despistarnos. Lo han rastreado hasta Bielorrusia pero...

—No importa, todo quedará registrado, podemos investigarlo —fingió Clarke con impaciencia. Con Reynolds era bastante fácil de hacer—. Dime por qué crees que es una llamada verídica.

—Quienquiera que fuese sabía lo del corte en la oreja.

—Joder. —Clarke dejó un poco de espacio antes de continuar—: ¿Qué más dijo? ¿Algo que nos pueda servir?

—No lo sé... —Reynolds sonaba abatido, o reacio a continuar. Clarke sabía por qué, pero no iba a matar al mensajero.

—Tenemos una grabación, por supuesto... pero hizo una amenaza. Una amenaza muy concreta contra el otro hijo de los Martin. Dijo que ahora iba a matar a Gale.

Clarke empezó a contar en su cabeza.

«Uno, dos, tres, cuatro, cinco...»

—Quiero a un dispositivo allí ahora mismo, en casa de los Martin. Quiero agentes apostados en la puerta. Comprueba que la familia está bien pero que no les digan lo que ha pasado. ¿Entendido? Que digan que es tan solo... —Se llevó una mano a la frente, como si lo estuviera pensando

—, que es una operación rutinaria tras salir en Crimebusters. Mierda...

«Seis, siete, ocho, nueve...»

—Después llama al inspector jefe... no, olvida eso, es tarde y no deberías despertarlo tú. Yo lo llamaré. Pero quiero una reunión de crisis. En media hora.

—Sí, jefe.

Clarke colgó. Estaba de pie en el pasillo y vio su reflejo en el espejo, con los ojos muy abiertos y las pupilas dilatadas. Se puso dos dedos en el pulso de la muñeca, sintió la sangre correr por sus venas.

Esto era vivir. Esto era pura excitación.

Starling estaba realmente resfriado y eso sí que era una ventaja, pensó Clarke cuarenta y cinco minutos más tarde, mientras se paseaba de un lado a otro delante de la sala de reuniones de la tercera planta de la comisaría. El muy idiota tenía un aspecto terrible, sentado allí, soplando en su pañuelo como un niño de guardería, sin la menor idea de lo que realmente estaba pasando delante de sus estúpidas y mocosas narices.

En cuanto a Clarke, seguía sintiéndose excitado, como si estuviera bajo los efectos de algún tipo de droga que le hacía burbujear la sangre mientras recorría su cuerpo. Era el único que no había tocado la cafetera llena de café ridículamente fuerte que alguien había puesto sobre la mesa. A él no le hacía falta, se sentía fantástico. Se tenía que esforzar de veras para mantener la sonrisa maníaca apartada de su rostro.

—¿Hemos comprobado que todo está bien con los Martin?

—Hay un coche patrulla delante de su casa. Les he dicho que no se muevan para nada.

—¿Pero han hablado con ellos?

—Sí. Estaban durmiendo y los hemos despertado. Están todos bien.

—Vale. Dean y Sarah —se dirigió a un par de jóvenes inspectores, demasiado entusiastas, graduados por la vía rápida. Se creían listos, pero en realidad no sabían una mierda—, quiero que pongáis todos los medios que tenemos en rastrear esa llamada. Puede que el muy cabrón piense que está a salvo, pero hay muchas maneras de cagarla en Internet, y si ha cometido un error... —Clarke apretó el bolígrafo que sostenía en un puño— quizá podamos pillarlo.

Ambos inspectores asintieron como si estuvieran de acuerdo con este pensamiento. Técnicamente era cierto, pero en realidad no iban a hacer más que perder los próximos días intentando desentrañar la jerga con la que les bombardearían los expertos en tecnología civil.

—¿Qué crees que deberíamos decirles a los padres? —Starling resopló de repente. Realmente tenía un aspecto horrible. Por un momento, Clarke disfrutó el hecho de que el oficial de investigación más veterano del cuerpo le pidiera consejo sobre cómo llevar el caso. Pero entonces fijó en su rostro su mirada más seria y preocupada.

—Creo que tenemos que contarles lo que ha pasado, no veo que tengamos otra opción. Se lo decimos, pero también les explicamos que vamos a proveer protección veinticuatro horas. Habrá agentes apostados en la puerta de su casa todo el tiempo, también en la escuela del chico.

Starling dudó un momento. Como era de esperar. —Eso va a ser caro.

—Lo sé, jefe, pero Reynolds tiene razón, se trata de una amenaza creíble.

El inspector jefe parecía incómodo. Como si quisiera volver a su acogedora cama. —¿Cómo podemos estar seguros de que la noticia de la oreja no salió a la luz? ¿Podría haberse filtrado?

—Hice una búsqueda en Google de las palabras «Layla Martin» y «oreja» antes de que llegara. No hay resultados.

Starling se lo pensó, con el rostro sombrío. Asintió con la cabeza.

—Esto no es algo que pueda aceptar indefinidamente. Necesito saber qué piensas hacer para atrapar a ese bastardo. —Se volvió hacia Clarke.

—Lo comprendo, jefe. Por eso quiero centrarme en rastrear la llamada —argumentó Clarke—. Aunque no seamos capaces de rastrearla esta vez, cuanto más sepamos sobre la tecnología que utiliza, más posibilidades tendremos si vuelve a llamar. —Hizo una pausa, dándoles un momento para asimilar lo inteligente de su propuesta.

Y entonces llegó el momento de soltar la bomba.

—También creo que esto cambia el rumbo de nuestra investigación.

—¿Cómo es eso? —preguntó Starling.

—A ver —Clarke respiró hondo antes de continuar—, durante los dos últimos años hemos asumido que el asesino no está relacionado con los Martin, que simplemente tuvieron mala suerte de que eligiera a su hija, ¿no? No había pruebas que sugirieran lo contrario, y desde el principio parecía una víctima aleatoria. Pero ahora, si el asesino también va a por su hijo, eso sugiere que se trata de algo más personal.

Los muy cretinos no lo entendían. Estaba claro por las miradas en sus estúpidos rostros.

—¿Algo más personal? —logró Starling.

—Así es, jefe. —Asintió con vigor, alentando con sutileza en los demás miembros del equipo el lenguaje corporal que los arrastraría con él—. Creo que tenemos que echar un buen vistazo a los antecedentes de Jon y Rachel Martin. ¿Qué es él? ¿Director financiero? ¿Qué decisiones financieras ha tomado? ¿A quién han afectado? Y ella es abogada, habrá afectado a mucha gente con sus decisiones

¿Hay alguien a quien hayan cabreado en su pasado? Si es así, ¿a quién? ¿Hay más de Jon y Rachel Martin de lo que estamos viendo? Quiero saberlo.

Starling se quedó pensativo, rascándose con el pulgar y el índice la barba incipiente de la barbilla. No estaba convencido, todavía no.

—Vale, admito que es exagerado imaginar que alguien haría esto solo porque los Martin le afectaron de alguna manera. Pero hay que tener en cuenta que esa persona también tendrá la personalidad adecuada —concedió Clarke—. El hecho es que alguien mató a Layla Martin, y esa misma persona amenaza ahora con matar a Gale. Eso ya no es aleatorio. Tenemos que considerar la posibilidad de que alguien guarde un enorme rencor a la familia. Tenemos que comprobarlo.

Starling se quedó pensativo, pero al final asintió. —De acuerdo.

Aquel consentimiento otorgaba a Clarke la autoridad para hacer lo que quisiera. Además, ataba al resto de su equipo a otra tarea que sabía que no los llevaría a ninguna parte.

—Pero sigamos vigilando también las llamadas —prosiguió el inspector jefe—. Acabamos de hacer un llamamiento a la información pública. Y no ha sido barato. Puede que aún consigamos algo que merezca la pena, así que quiero que alguien haga un seguimiento de todo lo que llegue.

Clarke se obligó a asentir, aunque por dentro ya lo había descartado.

—Claro. Buena idea. Pondré... —Pensó a quién asignar de su equipo, pero ya había planeado sus tareas para las dos semanas siguientes, así que no se le ocurrió ningún nombre —. Pondré a alguien.

Starling asintió de nuevo, luego se puso en pie con cierta dificultad.

—Bien. Bueno, vayan a dormir un poco. Sugiero que Clarke y yo vayamos a ver a los Martin para explicarles lo ocurrido. —Se levantó para salir y se dirigió a la puerta. Pero al extender la mano para abrirla, se detuvo y volvió a darse la vuelta—. Una cosa. No quiero que el chico se entere. Ya ha sufrido bastante sin saber que está en la lista negra de este psicópata.

CAPÍTULO CUARENTA Y CINCO

—¿QUÉ está pasando? ¿Dónde está todo el mundo? —La agente de policía Ellen Cross había llegado a su turno y encontró la comisaría casi vacía, el ambiente extrañamente silencioso. No había nadie en la cocina, donde había preparado una taza de té para el sargento, seleccionando de manera automática su taza favorita.

—¿Viste el gran momento del inspector Clarke anoche en *Crimebusters*? —preguntó el sargento al tiempo que tomaba la taza y la giraba para que el diseño quedara frente a él, una foto de su nieta con las palabras «Gracias al mejor policía del mundo». Bebió un sorbo.

—Sí. Lo vi con Joe.

—Bueno, bueno, y le tocó el premio gordo ¿no? El asesino llamó.

—Qué dices... —Cross sintió que se le abrían mucho los ojos—. ¿Qué dijo? ¿Lo suficiente para que lo cojan?

—No sueltan prenda, al menos a mí. Pero arriba están corriendo como gallinas sin cabeza. —Bebió otro sorbo—. ¿Le has puesto azúcar?

—No, no le he puesto azúcar. Le puse un edulcorante, que es lo que te toca.

—¿Y has mirado en el armario de las galletas? —preguntó el sargento de guardia—. ¿Está tan vacío como el alma del inspector jefe?

—No he mirado, y a menos que te hayas recuperado milagrosamente de la diabetes tú tampoco deberías. —Cross le dirigió una mirada maternal hasta que levantó las manos en señal de derrota.

—De acuerdo, de acuerdo. Me tomaré una de esas insípidas tortitas de maíz. ¿Quieres una? —Cogió un paquete de dos tortitas bajas en sal y azúcar y le ofreció una a Cross.

Ella arrugó la nariz y negó con la cabeza.

—Pues puede que consigas averiguar qué está pasando —continuó el sargento de guardia—. El inspector Clarke me ha pedido que te haga subir cuando llegues.

Aquello pilló de sorpresa a la agente.

—¿Por qué?

—No me lo dijo. Ya sabes cómo son. La información que se da allí es estrictamente confidencial. —Parecía estar debatiendo internamente si debía mojar o no mojar la tortita en el té.

—De acuerdo. —Cross seguía perpleja, pero se encogió de hombros—. Me cambiaré y subiré.

—Vale... —Su jefe asintió y mojó la tortita. Pero luego se detuvo—. Un momento. Me dijo que te hiciera subir en cuanto llegaras. Por lo visto es así de importante. —Puso los ojos en blanco.

—De acuerdo. —Cross sintió un aleteo mientras se dirigía hacia las escaleras—. No olvides el té —gritó el sargento, antes de que pudiera llegar demasiado lejos.

El té acabó frío. Arriba, en la sala de investigación se oía el zumbido de la concentración y el estrés. Varios agentes hablaban por teléfono, pero estaban sentados alerta en sus mesas, no despatarrados como era típico en el trabajo rutinario. Cuando alguien se levantaba, cruzaba la sala rápidamente, con la cabeza gacha. Clarke estaba en su despacho, hablando con otros dos inspectores, pero la puerta estaba abierta. Vio enseguida a Cross y la llamó.

—Necesito que alguien suba al estudio de *Crimebusters* y se siente con las chicas que atienden las llamadas. Normalmente iría un inspector, pero estamos a tope, ¿has oído lo que ha pasado?

Cross asintió, pero luego sacudió la cabeza. —Sí, bueno no. He oído que ha llamado el asesino. ¿De verdad es él?

Asintió a medias, luego se encogió de hombros. —Podría ser. Aún no podemos asegurarlo. —Durante un segundo se quedó en blanco, como si estuviera totalmente agotado. Luego pareció recobrar el sentido—. Si lo es, amenazó al otro hijo de los Martin. El niño, Gale.

Cross se quedó de piedra, con la boca abierta.

—Sí. —Clarke la miró—. Bueno, ¿puedes acercarte hasta el estudio? Está a una hora en coche. Puedes coger uno de los nuestros.

—Vale, pero... ¿por qué yo? No soy parte de la investigación.

Clarke ya había vuelto en parte a la conversación anterior, y dio la impresión de tener que volver a centrarse en esta. Extendió una mano.

—Lo sé. Mira, la verdad es que Starling quiere a alguien ahí, y con todo yéndose a la mierda, he utilizado a todo mi equipo. Hiciste un buen trabajo descubriendo la cinta de las cámaras de seguridad el otro día, así que pensé en ti. ¿Te parece bien?

Cross parpadeó y luego asintió. —Sí. Por supuesto. Pero ¿qué quieres que haga exactamente? —Era consciente de que no era una pregunta muy astuta y se sentía un poco incómoda haciéndola delante de tres inspectores. Pero, al mismo tiempo, necesitaba saberlo.

Clarke se volvió hacia ella por segunda vez. Suspiró.

—Probablemente nada, la verdad. Están recibiendo un gran volumen de llamadas y han dicho que les vendría bien un poco de ayuda para saber si hay que dar prioridad a alguna. Así que vete para allá y lee las transcripciones. Cualquier cosa importante, tráemela lo antes posible. ¿Vale?

—Muy bien. —Cross esperó a que continuara, pero no lo hizo—. Y... —se mordió el labio—, ¿cómo voy a saber si es importante, si no conozco el caso?

Cross no se lo esperaba, pero Clarke esbozó una sonrisa, como si fuera una pregunta justa.

—Si parece importante, entonces quiero verlo.

Una hora más tarde, ella conducía por la autopista hacia los estudios de televisión a las afueras de Londres. No conducía a menudo, no había sitio para aparcar en el piso, y estaba lo bastante céntrico como para poder ir andando al trabajo y al colegio de Joe, así que tuvo que concentrarse sin abandonar el carril lento. Tampoco sabía cómo poner Radio Tres en el equipo de música, lo que podría haber tranquilizado su mente, pero le dio espacio para pensar.

Era todo muy extraño. Casi había renunciado a la idea de unirse a las filas de los inspectores y, de repente, le habían pedido que realizara tareas que normalmente se asignan a la rama de investigación del cuerpo. No entendía por qué.

Cross sabía cómo la veían: fiable y, en cierto modo, valorada, pero sin duda en el extremo inferior. Era la que mandaban a hablar con los borrachos que molestaban en el centro de la ciudad. O si pillaban a un adolescente robando en una tienda. Entonces, ¿por qué la había enviado Clarke? La forma en que lo había dicho tenía sentido. Pero a la vez no lo tenía.

Ahora pensó en él, el inspector Clarke. Lo conocía desde

que era agente de policía, cuando llevaba uniforme, aunque entonces no trabajaba en la misma comisaría. Era bastante agradable, pensó. Sin embargo, también había algo en él, algo que no podía identificar. Estaba claro que era inteligente y apreciado, aunque desde su ascenso a inspector, por los cotilleos de la cantina, ella habría dicho que un poco menos. Pero eso era normal.

Cross casi nunca perdía la oportunidad de tomar algo después del trabajo (a veces se llevaba a Joe y lo aparcaba en un rincón con su consola de juegos). Y hace unos años, Clarke también habría sido un habitual, pero ella no recordaba haber tenido nunca una buena charla con él. Parecía que nunca se soltaba la melena. Pero, a ver, eso no era exactamente algo malo...

Miró el GPS integrado del coche. Había conseguido que alguien se lo programara antes de ponerse en marcha y estaba agradecida por ello, ya que se le daba fatal leer mapas. Ahora el destino aparecía en la pequeña pantalla, a solo unos minutos de distancia. Interrumpió sus pensamientos durante un rato mientras seguía la pequeña línea que mostraba.

Momentos después, aparcó el coche con cierta dificultad frente al estudio de televisión. Era menos impresionante de lo que esperaba, quizás esperaba algo parecido a los estudios de Hollywood que a veces se veían en la televisión.

En la recepción, Cross se presentó a una chica muy guapa que no parecía lo bastante mayor para trabajar allí, y que interrumpió su tarea de pulirse las uñas para indicarle cómo llegar a una pequeña oficina donde había mujeres sentadas detrás de ordenadores con auriculares. Cross llamó a la puerta y una de las mujeres se levantó y fue a abrirle.

—¿Inspectora Cross? Soy Jane Smith, la encargada aquí.

—En realidad, soy solo agente de policía —Cross esbozó una ligera sonrisa de disculpa—. Pero mejor llámame Ellen. —Cross le tendió la mano.

Smith dudó un segundo, pero luego la estrechó. —Lo siento, recibí el mensaje de que enviaban a uno de los inspectores.

—Ya, creo que ha surgido algo y soy yo todo lo que tenían.

Por un segundo la encargada dudó, pero luego asintió, como si aquello tuviera sentido.

—Bueno, pasa, se agradece cualquier ayuda con esto.

Cross entró en la pequeña habitación y miró a su alrededor, no fue capaz de disimular la expresión de ligera decepción en su propio rostro.

—Creía que el locutorio estaba en el estudio de televisión. ¿No se ve en el fondo del programa?

—Todo el mundo dice lo mismo. —Smith asintió y le indicó dónde colgar el abrigo y el bolso. También había una pequeña cocina, y Smith levantó la tetera en tono interrogativo.

—Claro —sonrió Cross.

—Nos trasladan allí para el programa, pero el estudio se utiliza para otros programas, así que una vez que terminamos nos envían de vuelta a nuestra habitación sin ventanas. Glamuroso, ¿no?

—Mucho. —Cross lanzó una mirada cómplice.

—¿Té o café? —preguntó Smith.

—Un té estaría estupendo, gracias Jane.

Con una taza de té instalada en la mano, Cross recibió la visita guiada.

—Estas son Agnes, Susan, y en la llamada está Gemma. —Las dos mujeres que no estaban atendiendo llamadas en ese momento saludaron, mientras Gemma asentía con la cabeza, con las manos volando sobre su teclado.

—Probablemente ya lo sepas —continuó Jane—, pero aquí atendemos todas las llamadas que genera *Crimebusters*, así que esta semana no se trata solo del asesinato de Layla Martin, sino de todas las demás investigaciones destacadas. Además, como somos un punto de contacto de cara al público, solemos recibir bastantes pistas sobre delitos que ni siquiera aparecen en el programa, e intentamos pasarlas también.

Cross asintió y bebió un sorbo de té.

—¿Han recibido muchas sobre Layla hasta ahora?

—Un centenar.

—¡Vaya! —dijo Cross, y luego se quedó pensativa—. ¿Son muchas?

—Bastantes. Pero todo depende de cómo se presente la investigación. A menudo se centra bastante, preguntando a la gente si ha visto a alguien que coincida con una determinada descripción, o lo que sea. Pero en el caso del asesinato de Layla, solo pidieron que llamara cualquiera que hubiera estado allí. Por eso... —extendió las manos—, estamos inundadas.

—Ay madre.

—Sí. Y no podemos dejar ninguna llamada sin contestar, porque podrías acabar perdiendo la llamada crítica.

—Ya lo veo. —Cross bebió otro sorbo—. ¿Qué puedo hacer para ayudar?

—Bueno... Esta pila de aquí —señaló un montón de papeles— son las transcripciones de todas las llamadas que hemos recibido hasta ahora. El inspector Clarke nos ha pedido que enviemos primero las que tengan más probabilidades de ser relevantes. Pero nos resulta difícil saber cuáles son. Si pudieras revisarlas y ver si hay algo que deberíamos priorizar.

—Muy bien —asintió Cross. La encargada prosiguió.

—Como no buscamos nada en concreto, hemos intentado obtener todos los detalles posibles de cada persona que llama, junto con sus datos de contacto, para que alguien pueda hacer un seguimiento si es necesario. —

Cogió el papel de arriba para enseñárselo a Cross. Era un informe de una mujer que decía que ese día estaba sentada en la playa con sus dos hijos. Cross lo leyó hasta que encontró la parte en la que la operadora le preguntaba si había visto algo sospechoso.

La señora indicó que no creía haber visto nada sospechoso, pero que había oído hablar del secuestro en las noticias esa misma semana.

—Si pudieras repasarlos y ver si hay algo a lo que debamos dar prioridad, sería de gran ayuda.

—Claro. —Cross aceptó la pila de papeles, fijando en su rostro una expresión de confianza que en realidad no sentía.

Durante las dos horas siguientes leyó las transcripciones de las llamadas, haciéndose una idea de los tipos de llamadas que entraban. Parecían representar una amplia muestra de las personas que habían estado en la playa ese día. Había gente que alquilaba casetas en la playa; gente que iba a hacer picnics en el aparcamiento situado sobre los acantilados; la madre de un adolescente, que pensaba que su hijo podría haber estado trabajando ese día como socorrista en la playa. Ninguno de ellos dijo haber visto nada sospechoso, pero todos habían llamado porque en *Crimebusters* se decía que todos los que estuvieron allí debían llamar.

A Cross le resultaba imposible saber si alguno de los chivatazos era realmente importante, aunque el comunicante no se hubiera dado cuenta. Leyó algunas más, siempre con la esperanza de encontrar alguna en la que alguien hubiera presenciado el secuestro de la niña, pero por supuesto no había ninguna, porque si eso hubiera ocurrido los operadores de llamadas ya lo habrían pasado a la policía. Empezó a sospechar que lo único que podía hacer era enviar ese montón de papeles a la oficina del inspector

Clarke. Tal vez eso explicara por qué él había parecido sugerir que este no era el más importante de los trabajos.

La distrajo una mano que blandía una taza vacía delante de ella. Una de las otras mujeres le estaba ofreciendo otro té. Recordó su nombre: Gemma. Cross sonrió y asintió con entusiasmo, luego miró a su alrededor. La mesa de Jane estaba vacía, al igual que las otras telefonistas, que debían de haber salido de la habitación. Y entonces el teléfono de la mesa de al lado empezó a sonar. Ya se había dado cuenta de cómo lo hacían y, como no quería dejar una llamada sin contestar, se acercó y descolgó.

—Hola, línea directa de *Crimebusters*, ¿en qué puedo ayudar? —Mientras Cross hablaba, apareció un mensaje en la pantalla del ordenador: las palabras que debía decir.

«Buenos días/tardes - Se ha puesto en contacto con la línea segura de *Crimebusters*, ¿sobre qué investigación está llamando, por favor?»

Hizo una mueca de dolor, pero sonó una voz antes de que pudiera corregirse. Era una mujer. Parecía mayor, pero con una voz franca.

—No soy yo quien necesita ayuda. Se trata de esa pobre chica, Layla Martin.

—Sí, por supuesto —Cross buscó un bolígrafo. No estaba dispuesta a usar teclados. Cuando encontró uno, continuó—. ¿Qué era lo que quería decir?

—Bueno, es un poco... —La mujer se detuvo—. Es un poco extraño, en realidad. Y espero que no piense que soy rara por decirlo.

—Por supuesto que no. —Cross apartó la vista de la pantalla, que ahora le pedía el nombre de la mujer. Se concentró en la voz al otro lado de la línea—. ¿Qué quería decirme?

De repente, la persona que llamaba sonó reticente.

—Señora. ¿Sigue usted allí? ¿Estuvo allí aquel día cuando desapareció?

—Ah, sí.

Cross esperó.

—Sí. Mi marido y yo tenemos una caseta en la playa, un poco más allá del quiosco donde se supone que ella estaba comprando helado. La chica, quiero decir.

—Continúe por favor.

—Bueno debería decir que teníamos una caseta. Henry, mi marido, desgraciadamente falleció el año pasado, y tuvimos que dejarla. —La mujer se detuvo.

—Ay, siento mucho oír eso. De verdad que lo siento.

—Gracias, querida. Gracias.

Gemma había vuelto, con la taza llena de té. Vio que Cross estaba atendiendo una llamada y se inclinó hacia el ordenador, comprobando que estaba grabando. Luego levantó el pulgar, lo que Cross interpretó como que debía continuar.

—Me llamo Ellen. Ellen Cross. Soy agente de policía. Estoy ayudando en la investigación de Layla Martin. ¿Me dice su nombre?

—Sí, claro. Soy la Sra. Rolands. Margaret Rolands.

—Hola Margaret. Gracias por llamar. ¿Puedo preguntarle si vio algo? ¿Algo que le hizo pensar que debía llamar?

—Sí. Sí, lo vi. Pero no le encuentro sentido. Estoy segura de que si Henry estuviera todavía aquí tendría una explicación racional. Le encantaban sus explicaciones racionales.

—¿Qué fue lo que vio, Margaret?

Hubo una larga pausa.

—Bueno, conocía el caso, por supuesto. Ha salido en las noticias lo que le pasó a esa pobre chica, pero no creía haber visto nada importante, excepto anoche, cuando salió ese inspector en la televisión. Inspector Clarke creo que era su nombre.

Cross sintió una extraña sensación en la piel del cuello,

como si de pronto varios insectos se le estuvieran arrastrando.

—¿Qué pasa con él, Margaret?

—Bueno, lo que no entiendo... lo que no dijeron en la televisión... lo que no entiendo es, ¿por qué no dijeron que él estuvo allí, en la playa, el día que sucedió?

CAPÍTULO CUARENTA Y SEIS

—¿PODRÍA repetirlo, Margaret? —Cross estaba sentada en la silla. La sala que la rodeaba parecía haberse desvanecido en un negro casi total, toda su atención se centraba en la voz al otro lado de la línea telefónica—. ¿Ha dicho que el inspector Clarke estuvo allí el día que desapareció Layla?

—Así es. No parecía el mismo porque llevaba ropa de verano. Una gorra de béisbol y unas elegantes gafas de sol plateadas ¿sabe las que le digo? Las que tienen cristales que parecen espejos.

Cross guardó silencio.

—Con esas gafas de sol puestas, no estoy segura de haberlo reconocido, al menos no si no se las hubiera quitado para limpiarlas, como hizo anoche en la tele. Estaba delante de mí cuando lo hizo. Justo delante de la caseta. Y yo, nunca olvido una cara.

Cross tomó todos los detalles que pudo, pero no había mucho más que apuntar. Margaret Rolands estaba sentada en una tumbona frente a su caseta, la número 347, a unos cuatrocientos metros al oeste del quiosco de donde se llevaron a Layla Martin. Estaba leyendo una novela de Jeffrey Archer, pero no era muy aficionada, y en realidad la utilizaba como excusa para observar a la gente que paseaba por el paseo.

No le gustaban los días tan calurosos y ajetreados, pero creía que había que utilizar la cabaña para justificar su coste. Aproximadamente una hora antes de la desaparición de Layla, había visto a un hombre de unos treinta años caminando solo por el paseo marítimo, y no le había dado mucha importancia, hasta la noche anterior, cuando creyó ver al mismo hombre identificado como el inspector Clarke que dirigía la investigación.

Una vez que Cross hubo revisado todo dos veces y comprobado los datos de contacto que el ordenador le había proporcionado automáticamente, dejó marchar a Margaret, prometiéndole que alguien vendría a verla pronto. Luego colgó y se reclinó en su silla.

En el viaje de vuelta por la autopista, la pila de registros de llamadas ocupaba el asiento del copiloto junto a Cross, con destino a la mesa del inspector Clarke. Pero había uno que no llegaría allí, al menos de momento. Cross no creía que Clarke hubiera hecho nada malo. Margaret Rolands podía haberse confundido y, aunque no fuera así, era posible que el equipo de investigación ya supiera que Clarke estaba en la playa ese día. Al fin y al cabo, vivía cerca, miles de personas estaban en la playa y no había nada malo en ello. Sin embargo, era la segunda anomalía extraña que había arrojado el caso. Y en aquellas circunstancias, Cross pensó que era más seguro ponerlo en conocimiento del inspector jefe sin alertar a Clarke del asunto.

Por supuesto, esto no significaba que Clarke estuviera implicado. Eso sería una locura. Solo se trataba de ir sobre seguro.

CAPÍTULO CUARENTA Y SIETE

SONÓ EL TIMBRE. Layla se acercó a la ventana del dormitorio, que daba a la parte delantera de la casa, y vio un Jaguar negro aparcado fuera.

—¿Quién es? —preguntó su hermano.

—No veo nada —respondió ella. Apenas se veían las cabezas de dos hombres, de pie frente al porche.

Era la mañana siguiente a la salida del programa *Crimebusters*, un día de colegio, pero sus padres no habían enviado a Gale. De hecho, la noche se había visto interrumpida por unos golpes en la puerta hacia medianoche, y entonces Layla había visto a su madre entrar sigilosamente en la habitación de Gale en mitad de la noche. Lo había examinado detenidamente, como si quisiera comprobar que respiraba, y cuando se aseguró de que sí lo hacía, se había instalado a dormir en el suelo junto a su cama.

Era evidente que algo iba mal, pero su madre había esperado a que Gale se despertara, a la mañana siguiente, y le preguntara qué pasaba. Y entonces se negó a decírselo. Solo le dijo que tenía que quedarse en casa, y ni ella ni su padre le dijeron por qué. Se habían limitado a repetir una y otra vez que no pasaba nada. Cuando estaba claro que no era cierto.

—¿Sigue ahí el otro coche de policía? ¿Al otro lado de la carretera? —preguntó Gale.

—Sí. Sigue ahí.

Oyeron abrirse la puerta principal y luego la voz grave de su padre. Demasiado baja para que oyeran nada. Layla se dio la vuelta y encontró a Gale a su lado, junto a la ventana.

—¿Quieres intentar escuchar? —preguntó Gale.

Layla se lo pensó un momento. —Sí.

Gale abrió la puerta de su habitación y caminó con sigilo por el rellano, y Layla se puso a su lado, acercándose a lo alto de la escalera, donde podían asomarse al pasillo. Pero llegaron demasiado tarde. Quienquiera que fuese ya había pasado al salón, con su madre y su padre.

—¿Oyes algo? —preguntó Gale.

—No. Están hablando muy bajo.

—Tenemos que bajar. Podemos escuchar desde el pasillo —sugirió Gale—. ¿O podrías entrar tú?

Al cabo de un rato Layla asintió, y empezó a bajar, como el humo, por las escaleras.

—Esto es algo muy difícil de decir... —El hombre que habló llevaba un uniforme de policía con muchos botones y parches. Era corpulento y parecía resfriado. Aun así, Layla intuía que parecía digno de confianza, de no haber sido por su acompañante. El segundo hombre que estaba sentado en el sofá y asentía con seriedad, era el hombre que la había matado.

—Como saben, anoche se emitió el episodio de *Crimebusters* y parece que ha descubierto al hombre que mató a Layla —prosiguió el hombre. La madre de Layla jadeó y se llevó la mano a la cara—. Me temo que no son... no son necesariamente buenas noticias.

—¿Qué quieres decir? —Era su padre—. ¿No era ese el objetivo de hacer el programa? ¿Conseguir que él o alguien que sepa quién es se presentara?

Ambos policías, el asesino y el otro, intercambiaron una mirada.

—¿Qué quieres decir? —preguntó ahora la madre—. ¿Qué está pasando?

El malvado, su asesino, intentó hablar, pero el otro hombre levantó una mano para detenerle. Parecía estar al mando.

—Anoche, a última hora, después de la emisión del programa, recibimos una llamada de un hombre que decía ser el asesino de Layla. Cuando eso ocurre, normalmente pedimos alguna prueba que solo el verdadero asesino conocería, para descartar confesiones falsas; me temo que hay gente que haría cualquier cosa por un poco de notoriedad. En este caso, el hombre parecía saber que a Layla le faltaba una parte de la oreja.

Casi por instinto, Layla se llevó una mano a un lado de la cabeza. No se sentía como antes, y era consciente de que allí faltaba algo.

—En consecuencia, tenemos que tomárnoslo en serio, lo que hace que lo que dijo a continuación sea aún más preocupante.

Hizo una pausa, y Layla miró de su madre a su padre, ambos estaban hablando ahora.

—¿El qué? ¿Qué dijo después?

—Como digo, no es fácil decirlo, pero este hombre afirmó que había identificado a su próxima víctima. Y luego dio el nombre de su hijo.

Hubo un silencio.

—Perdón, no entiendo, ¿qué has dicho? —preguntó

Rachel. Layla miró a su padre, su cara se había vuelto más blanca que la de ella.

—¿Gale? —preguntó su padre—. Quiere... ¿dijo que quería a Gale?

—La amenaza llegó anoche pasada la medianoche, y al cabo de unos minutos ya teníamos una patrulla en la puerta de su casa. Desde entonces, vehículos de incógnito también han circulado la zona, quizá los hayan visto. Por eso queríamos explicarles esto en persona. Pensamos que es muy poco probable que vaya a intentar algo, pero en el caso de que así fuera, sería imposible que consiguiera acercarse a Gale con la protección que hemos puesto.

A continuación, Layla vio cómo su madre parecía encogerse ante sus ojos. Se contrajo en un sollozo silencioso, pero luego encontró voz. Un llanto silencioso y entrecortado. Durante unos instantes fue el único sonido de la habitación, hasta que su padre se acercó para consolarla, pero parecía aturdido.

Por un momento, Layla también perdió el control, se dejó llevar de nuevo por el vacío de la blancura que la rodeaba. Nada de aquello tenía sentido. Todo era demasiado difícil de entender, simplemente demasiado difícil de soportar. Durante mucho tiempo se quedó mirando al hombre que la había asesinado. Que de algún modo estaba sentado en su casa, asintiendo con la cabeza mientras sus padres hablaban de que Gale sería el siguiente, de que ese mismo hombre iba a matar a Gale a continuación.

¿Cómo podía estar ocurriendo esto? ¿Por qué no podía impedirlo?

—¿Por qué querría a Gale? —su padre se las arregló para hablar.

—Esa es una muy buena pregunta —respondió su

asesino. Se inclinó hacia delante en el sofá y juntó las manos. Las mismas manos que habían intentado arrancar la vida de Layla de su cuello—. En algún momento voy a tener que volver a hablar con vosotros dos en detalle. Puede que haya alguien de vuestro pasado que os guarde rencor. Pero eso podría llevar algún tiempo. Por ahora, ¿se te ocurre alguien que pueda tener alguna razón para atacar así a tu familia?

Su padre parecía desconcertado. Su madre también. Y entonces Layla vio una expresión en la cara de su madre que reconoció, una repentina desconfianza en sus ojos. Y Layla supo que esto aún podía empeorar.

—No. No. Eso es... ridículo —contestó su padre a su asesino. Pero ahora se volvió para mirar a su madre, y también había desconfianza en su rostro.

Había un bolígrafo en la mesita, justo delante de donde estaba sentado su asesino, y Layla se quedó mirándolo, deseando poder cogerlo y apuñalarlo con él. Clavárselo en los ojos, detener lo que estaba haciendo, no dejarle destrozar lo que quedaba de su familia, con tanta calma, con tanta falsa preocupación. Se concentró en él, la miseria la llenaba.

Pero en el momento en que alargó la mano para coger el bolígrafo, su mano simplemente fluyó a través de él, como sabía que haría. Por una vez se concentró, deseando poder agarrarlo pero fue imposible. Era como si pudiera tocar las moléculas que componían el plástico del bolígrafo, miles de millones de ellas girando en el espacio. Era como meter la mano en la piscina de bolas del centro de juegos al que había ido de pequeña. Pero aunque podía agitar la mano a través del material, este simplemente no estaba allí para sostenerlo, como si se aferrara al humo. Todo lo que había conocido habitaba ahora en una dimensión distinta a la que se encontraba ella. Tan en vano como si hubiera intentado estirar la mano hacia arriba y bajar una estrella.

Había un jarrón en el aparador. Layla se quedó mirándolo, deseando poder cogerlo y rompérselo en la cabeza a su asesino. Anhelaba poder acercarse a su madre y gritarle la verdad a la cara. Explicarle que un monstruo los estaba engañando.

Pero no podía hacerlo. No podía hacer nada de eso. Porque ella no existía. No era real. Al menos para ellos no lo era. No podían verla, no podían oírla, no podían sentirla. Solo Gale podía hacer cualquiera de esas cosas. Sin Gale ella no era nada. Sin Gale ella no existía.

Y ahora el monstruo iba a matar a Gale.

Cuando Layla no pudo aguantar más, volvió al piso de arriba, ignorando las preguntas que Gale susurraba con urgencia desde fuera de la habitación. En lugar de eso, le llevó de vuelta a su dormitorio.

—¿Qué? ¿Quién era? —Le leyó la cara—. Era él, ¿verdad? Ha vuelto.

Layla asintió, sin confiar en su voz durante unos segundos. —Él y otro policía. No sé cómo se llamaba.

—¿Qué quieren?

Layla no contestó. En su lugar, miró alrededor de la habitación, y luego de nuevo a su hermano. Su cara, pequeña y suave, había cambiado en los dos años que habían pasado desde que ella había muerto. Por fin había perdido algunos dientes de leche y su cara se había alargado. Pero seguía pareciendo tan frágil comparado con el hombre de abajo. El hombre cuyas manos ella sabía que eran tan fuertes, y cuyo corazón tan negro.

—¿Qué? ¿Qué han dicho? ¿Para qué han venido?

Esto no era justo. ¿Cómo era que él tenía tanto poder, cuando ella tenía tan poco? ¿Cómo era posible que no solo se la llevara y la matara, sino que luego fuera a su casa y amenazara con hacer lo mismo con su hermano? ¿Y cómo es que ella no podía hacer nada al respecto? ¿Cómo podía ser justo?

—Layla, ¿qué ha pasado? ¿Qué te han dicho? ¿Por qué no me lo dices?

Era demasiado. Demasiado doloroso para ella. Y, de todos modos, las nieblas blancas de su realidad se estaban cerrando, como lo hacían a veces. Y cuando eso sucedía no había nada que ella pudiera hacer.

—Tengo que irme. Lo siento, Gale.

—¿Qué? ¿Qué han dicho? ¿Qué querían? ¿Qué está pasando?

Layla empezó a escabullirse, hacia la blancura que estaba tan llena de dolor y a la vez era mucho más fácil que el espacio en el que se encontraba ahora mismo. Las súplicas de Gale se hacían cada vez más débiles, y aunque sabía que debía permanecer junto a su hermano, él gritaba tan fuerte que seguramente lo oirían desde abajo, no podía quedarse con él.

—Tengo que irme —repitió Layla.

Y no sabía si consiguió que le salieran las últimas palabras antes de que se desvaneciera en la nada.

CAPÍTULO CUARENTA Y OCHO

—HOLA, Sue. —Cross dirigió una rápida sonrisa a la secretaria de Starling, que ocupaba un escritorio en la zona del vestíbulo, fuera de su despacho—. Necesito hablar con el jefe.

La mujer le devolvió la sonrisa, pero parecía confusa. —Hola, Ellen. —Comprobó su pantalla—. ¿No te tengo en la lista para una reunión? Pensé que había cancelado todo lo que no era urgente, a causa de su resfriado.

—No. No tengo cita. —La mente de Cross seguía acelerada. Había llevado el registro de llamadas al despacho de Clarke, pero por suerte él no estaba. Luego subió en ascensor hasta la cuarta planta—. Necesito verlo. Creo que es muy urgente.

—Vale, puedo intentarlo. —La secretaria cogió el teléfono. Momentos después, empezó a hablar.

—La agente Cross quiere verlo. —Escuchó, y unos segundos después miró a Cross—. ¿De qué se trata?

—Creo que tengo que decírselo a él en persona.

La secretaria emitió un sonido de desaprobación antes de repetirlo por la línea y colgar el teléfono.

—Dice que puedes entrar, pero yo no me acercaría demasiado.

Starling estaba encorvado sobre su escritorio, con el papeleo a un lado y una pila casi igual de pañuelos usados al otro. Delante de él humeaba una taza de algo con aroma a limón. Cuando se irguió, Cross vio que tenía los ojos y la nariz enrojecidos.

—¿Qué pasa?

Por un segundo, Cross se preguntó si de verdad debía estar aquí, molestándole con esto. El pobre hombre estaba enfermo y lo que ella sugería era... una locura. Pero no podía ignorarlo y no tenía sentido ir a Clarke con lo que había descubierto.

—Es solo un resfriado, agente Cross. ¿También ha venido a decirme que me vaya a casa? Sue me lo lleva diciendo toda la mañana y no tengo tiempo para chorradas. —Cogió otro pañuelo de papel de una caja que tenía sobre la mesa y se sonó la nariz sonoramente, después se pasó unos instantes limpiándosela, antes de girar sobre su silla y coger la papelera y echar en ella la pila de pañuelos—. Ya está. ¿Mejor?

—Supongo.

Asintió con la cabeza y le tendió la mano hacia la silla que había frente al escritorio.

—Siéntese, agente. Dígame qué le preocupa. ¿O prefiere un Lemsip? —Cogió su taza y bebió un sorbo.

Cross se sentó y respiró hondo antes de empezar.

—El inspector Clarke me ha enviado para ayudar con los registros de llamadas del programa de televisión de *Crimebusters*.

—Muy bien. Continúa.

—Y me pidió que los trajera todos para hacer un

seguimiento, y que le dijera si había algo que pareciera urgente.

—Vale. —Starling tomó otro sorbo.

—Pero hubo una llamada que pensé que era mejor no enseñarle, que debía dejar que la viera usted primero.

Starling se quedó un momento con cara de enfermo, luego respiró hondo.

—Bien, veámosla.

Cross asintió y sacó del bolsillo la hoja doblada. La desplegó con rapidez y se la entregó. Luego se sentó a esperar mientras él la leía en silencio pero haciendo muchos ruidos. Respiraba fuerte, pero no se molestó en sonarse la nariz.

—Hábleme de esto, por favor, agente. ¿Qué es lo que me está mostrando?

—No estoy muy segura. Puede ser que esta mujer esté un poco loca, o que simplemente se haya confundido. Pero pensé que era una extraña coincidencia. Primero viene la madre de la chica diciendo que cree que el asesino vive en la dirección del inspector Clarke, y ahora nos viene alguien diciendo que lo vio allí el día que Layla desapareció.

La única respuesta de Starling fue leer la transcripción por segunda vez, esta vez en completo silencio.

—De acuerdo —dijo cuando terminó. Su gran mano empezó a dar golpecitos acompasados sobre la madera del escritorio—. ¿Alguien más ha visto esto?

Cross se lo pensó un segundo. —Nadie, señor. Solo yo, y ahora usted.

—¿Y los telefonistas?

—No. Cogí yo la llamada. No la compartí con nadie. Mencionó lo de que la mierda huele y pensé... bueno, no estaba segura de qué pensar. Pensé que debía hablar con usted.

Starling pareció tomarse un largo rato considerando esto, antes de responder.

—La familia Martin estaba muy interesada en que el inspector Clarke continuara en el caso, después del malentendido del niño.

No era una pregunta, así que Cross no contestó.

—Y fue un malentendido, ¿correcto? —continuó—. ¿Las acusaciones que se lanzaron contra Clarke eran infundadas?

—Yo... creo que sí. Me imagino que sí.

Starling se quedó callado.

—No estaba segura de lo que significaba esta llamada —intentó explicar Cross—. Quiero decir... pensé que era posible que hubiera estado allí ese día, pero que ya se sabía... que el equipo de investigación estaba al tanto, quiero decir. Supongo que eso es lo que pasa aquí. Ya saben que Clarke estuvo allí en la playa ese día, y es solo una coincidencia...

—Menuda coincidencia —soltó Starling con brusquedad—. Si Clarke estuvo allí ese día, es la primera noticia que tengo. Y he revisado el caso en detalle varias veces.

Cross se quedó callada. La esperanza de que hubiera una explicación sensata se había desvanecido.

Ninguno de los dos habló durante un rato, hasta que Starling volvió a sonarse la nariz.

—Mire, agente. Va a tener que imaginarse que tengo la cabeza llena de mocos y que no puedo pensar con claridad. Explíqueme exactamente lo que está sugiriendo.

Después de un buen rato, Cross volvió a hablar. —De acuerdo. Supongo que las posibilidades de que esta mujer, la Sra. Rolands, esté en lo cierto deben ser realmente escasas. Probablemente se equivocó y vio a alguien parecido al inspector Clarke. Pero si tiene razón, entonces la implicación es... bueno, es horrible. Por eso he acudido a usted, porque no estoy segura de lo que debería pasar.

Starling la miró sin expresión.

—No. Necesito que me lo aclares. ¿Qué implica exactamente?

Cross se quedó callada esta vez, parpadeando.

—¿Está diciendo que cree que el inspector Clarke, el investigador a cargo del caso de Layla Martin, podría ser realmente la persona responsable de la muerte de Layla Martin?

—Bueno, sí, jefe. Supongo que sí.

Starling volvió a quedarse en silencio. Se volvió hacia la ventana, se quedó un rato mirando por ella y luego sacudió la cabeza. A continuación se levantó, se dirigió a la puerta y la abrió. Miró en ambas direcciones y volvió a cerrarla. Cuando se sentó, habló, pero en voz más baja.

—Si eso es cierto, será el mayor escándalo al que se haya enfrentado jamás esta comisaría. —Se detuvo y se quedó mirándola.

—No lo sé, jefe—dijo Cross al cabo de un rato—. Creo que todo esto es una locura.

De repente, Starling se echó hacia atrás y abrió el cajón de su escritorio. Sacó un blíster de paracetamol y extrajo dos pastillas. Luego se levantó de nuevo y se dirigió a una mesa auxiliar, donde Sue había colocado una jarra de agua y una bandeja con vasos. Llenó un vaso, se lo llevó y se tragó las pastillas. Cross tuvo la impresión de que lo hacía sobre todo por el deseo de ganar tiempo para pensar.

—Ciertamente sería una locura, si fuera verdad. Pero es mucho más probable que no lo sea. Además, si se supiera, sería desastroso. Un rumor así destruiría su carrera, y si la prensa se enterara... —se estremeció ante la idea—. No merece la pena ni pensarlo.

Cross guardó silencio.

—Supongo que tendré que preguntarle si estuvo en la playa ese día o si tiene coartada...

—De hecho, jefe, no sé si esa es la mejor idea — interrumpió Cross y luego se mordió el labio.

—¿Disculpe?

Cross volvió a respirar hondo. —He estado pensando en

esto, mientras conducía de vuelta. Verá, sé que todo esto es muy poco probable, pero si hay algo de verdad, entonces él está muy por delante de nosotros. Ha estado dirigiendo la investigación durante los dos últimos años. Si ha hecho todo eso siendo en realidad el hombre que estamos buscando, entonces... bueno, entonces segura de que habrá planeado qué hacer si surge algo así.

Starling, que ya estaba pálido, ahora parecía más blanco todavía.

—Aprecio su lógica, agente. Las implicaciones, no tanto. Pero me gusta su lógica.

—Gracias, jefe.

Cross esperó a que Starling continuara, pero al final acabó hablando de nuevo. —¿Qué va a hacer?

Starling negó con la cabeza. —Sinceramente, no lo sé. Voy a tener que pensarlo un poco. Mientras tanto, necesito que no se lo cuente a nadie. ¿Me da su palabra?

—Sí, jefe.

Starling pensó de nuevo.

—Ay dios —dijo al final—. Pensé que ya estaba teniendo una mala semana. Gracias por empeorarla tanto.

CAPÍTULO CUARENTA Y NUEVE

LA NOCHE SIGUIENTE, Layla se obligó a volver al dormitorio de su hermano. Ahora le dolía estar allí, era un dolor agudo. Parecía tan cruel que, de todos los sentidos que le habían arrebatado, el único que le quedara fuera esa capacidad de sentir tan intenso dolor. Ahora lo sentía, siempre presente, con un sabor áspero y crudo, como si las nieblas blancas que se arremolinaban a su alrededor estuvieran llenas de ralladores de queso invisibles que raspaban y arañaban su piel en todo momento. Penetraban poco, pero cada vez más. Al final la atravesarían. Y entonces todo ella sería dolor. Nada más. Nada más, nada menos.

Con un gran esfuerzo, apartó el pensamiento y observó a su hermano mientras dormía. Tenía el pijama arrugado y retorcido, y el edredón medio en el suelo y medio en la cama. Su estrecho pecho subía y bajaba con la respiración. Ella sabía que Gale soñaba con su dolor. De ese modo, podía ver su mente mientras dormía. Y ella lo observaba ahora, observándola, observándolo, observándola, observándolo: todo el camino hacia abajo y todo el camino hacia arriba. Deseó que su situación fuera más sencilla, más fácil de entender. Deseó muchas cosas. Deseó que le devolviera la caricia, para poder rozar los mechones de pelo que descansaban sobre los ojos cerrados de él.

Y deseó no tener que hacer lo que estaba a punto de hacer.

Gale se despertó sobresaltado. La confusión parecía abandonarle, pero luego lo invadía de nuevo. Como su sueño acerca de su hermana muerta se desvanecía y lo sustituía una realidad en la que Layla flotaba a su lado, el amor y el dolor escrito en sus ojos.

—¿Qué dijeron mamá y papá? —preguntó Gale, obstinadamente, como si no se hubieran separado desde que los agentes de policía llegaran a la casa.

—Chisss.

Sus padres no le habían contado nada a Gale, Layla había estado allí lo suficiente como para saberlo, apenas presente en segundo plano. No le habían dicho con qué había amenazado el asesino. Y tampoco se lo dirían.

Layla sintió una extraña sequedad en la boca, justo cuando Gale se incorporaba con dificultad y cogía su botella de agua de la mesilla de noche. Al hacerlo, le pareció darse cuenta de la hora: las tres de la madrugada. Miró a su hermana con el ceño fruncido, interrogante.

Layla negó con la cabeza. —Chiss —repitió.

Gale volvió a dejar la botella en el suelo, sentándose de nuevo más erguido. —Cuando me fui a dormir, el coche de policía seguía allí, esperando fuera de casa. Siempre están ahí. Y nadie me dice por qué.

—Calla. Ya lo sé.

—Papá no me lo dice. Mamá no para de abrazarme y llorar. Y ahora tú no me lo dices. Quiero saber qué está pasando.

—Tenemos que hacer algo. —Layla extendió una mano,

aunque él no podía tocarla—. Tenemos que bajar. Trae el edredón.

—¿Por qué?

—Porque hace frío, tontorrón.

Por un momento pareció que Gale iba a negarse. Pero entonces se levantó de la cama, poniéndose de pie con los pies descalzos. Enrolló el edredón en una bola, luego lo cogió mientras Layla salía por la puerta y bajaba las escaleras.

—¿Qué vamos a hacer?

—Vamos abajo.

Layla los condujo al salón, donde había un gran sofá en forma de esquina frente al televisor y la ventana. Gale fue a encender una lámpara, pero Layla le advirtió que no lo hiciera.

—La policía está ahí fuera. Verán la luz.

—Pero ¿por qué está ahí la policía?

—Por favor... —Layla negó con la cabeza.

Se acercó a la ventana, y Layla pensó que iba a abrir las cortinas para mirar, pero en lugar de eso las arrimó mejor al borde de la ventana, y luego colocó la lámpara en el suelo, y la tapó a medias con el edredón. Cuando la encendió, solo se veía un resplandor dentro de las mantas.

—No me gusta la oscuridad —explicó, y Layla asintió.

Durante un buen rato no dijo nada. Se limitó a subir y bajar, el equivalente fantasmal de pasearse. Mientras tanto, Gale esperaba, confiando en que todo aquello tuviera algún sentido, que Layla fuera a darle alguna explicación.

—Tenemos que hacer que mamá nos entienda —dijo por fin Layla—. Tenemos que encontrar la manera.

—Ya lo intentamos con Becky —respondió Gale— y no funcionó. Es imposible que un adulto nos crea.

—Tenemos que hacerlo. No tenemos otra opción.

—¿Por qué?

Layla se quedó callada.

—Layla, ¿por qué está la policía afuera? ¿Qué está pasando?

Layla se acercó a su hermano y levantó los brazos, de modo que flanquearon su cuerpo, sin tocarse, porque no podían tocarse. Pero le sostuvo los ojos con los suyos. Y entonces parpadeó.

Al instante, todo lo que sabía, todo lo que había visto el día anterior en esta misma habitación, cuando el hombre que investigaba su asesinato le había explicado con calma cómo su asesino iba a matar a Gale a continuación, aunque eran de hecho la misma persona, todo se transfirió a Gale. Un paquete de conocimientos que pasaba en un momento. Le golpeó como un golpe físico, empujándole hacia atrás.

Su rostro, ya pálido y tenso, adoptó una expresión que ella nunca había visto antes. Layla entendió por qué; pocas personas llegan a enfrentarse de lleno con la idea de su propia muerte, como Gale acababa de hacerlo. Pero ella sí. Ella lo sabía bien. Tardó un rato en volver a hablar.

—¿Estaré contigo? ¿Cuándo suceda? —preguntó Gale en voz baja, casi con calma. Sus ojos brillaban blancos en la penumbra, fijos en el espacio vacío de los suyos.

—No lo sé —respondió Layla, igual de tranquila.

—¿Pero crees que podría pasar? ¿Crees que podríamos estar juntos?

Layla se mordió el labio, considerando la pregunta. Miró a su alrededor, a la blancura que la rodeaba, llena de nadie, de nada, excepto del dolor que siempre buscaba formas de incrustarse más profundamente en su alma.

—Lo siento Gale, es que no lo sé.

La sorprendió entonces llorando. No sollozos descontrolados, sino lágrimas silenciosas y pesadas que cayeron a la alfombra y golpearon la mesa. Ella deseó poder secarlas.

Permanecieron sentados en silencio durante un largo

rato, antes de que Gale volviera a hablar. Ya había dejado de llorar.

—¿Cómo va a pasar? De ninguna manera voy a entrar en su coche. Ni en un millón de años.

Podría haber habido, entre otras dos personas, un elemento de crítica a Layla en este comentario; después de todo, ambos sabían que ella lo había hecho. Pero no había ninguna intención, y ni por un momento Layla consideró que hubiera alguna implícita.

—No lo sé. Creo que debe de tener un plan. Si no, no lo habría hecho. Debe de haberlo planeado todo, por eso es el mejor inspector del caso. Por eso te lo he contado, tienes que protegerte.

Gale asintió, luego tragó saliva.

—¿Y la policía de fuera? ¿Son buenos o malos?

Ella dudó. —Creo que son buenos. Creo que lo detendrían, si lo supieran. O si te creyeran.

—Pero nadie me creerá jamás. Porque tendría que decirles que me lo dijo un fantasma, y eso es una completa locura.

—Pero puede que crean a mamá. Y creo que quizá podamos convencerla. Si lo intentamos de verdad. Si nos empleamos a fondo. —Layla hizo una pausa, y deseó de nuevo no tener que hacer esto—. ¿Podrías ir a buscarla?

CAPÍTULO CINCUENTA

—¡MAMÁ!

Rachel se despertó de un salto, sacudida por un sueño.

—¿Qué pasa, cariño?

—Tenemos que hablar contigo —susurró Gale.

—¿Estás bien? ¿Has oído algo?

Mientras hablaba, cogió el móvil, que estaba enchufado y cargándose en la mesilla de noche. No había llamadas perdidas ni mensajes. Si había una amenaza, estaba más cerca.

—¿Te ha despertado algo?

—No. Necesitamos hablar contigo.

—¿No has oído nada?

—No.

Cuando el miedo a una posible amenaza se desvaneció, la realidad del momento lo sustituyó.

—Cariño, son las tres de la mañana.

—Tenemos que hablar contigo —dijo Gale por tercera vez—, ahora. Necesitamos que bajes.

Por un momento Rachel pensó en decir que no, en decirle a Gale que fuera lo que fuera tendría que esperar hasta por la mañana, pero aquel insistente «necesitamos» alteró la sinapsi a la vez aletargada por el sueño y estimulada por la constante tensión. Gale había hablado con una intensidad que Rachel encontró muy convincente, como si lo más fácil fuera simplemente obedecer. Se levantó de la cama de manera automática, se puso una bata y siguió a su hijo escaleras abajo.

—¿Qué es esto, Gale? —preguntó Rachel, mientras bajaban, y al ver que él no contestaba, volvió a preguntar, esta vez mirando confundida el edredón que cubría la lámpara de mesa, colocada en el suelo—. ¿Qué necesitas decirme?

Pero él la ignoró. En su lugar, sacó una vela y una caja de cerillas de un cajón. Encendió una cerilla y fundió el fondo de la vela para que se pegara a un plato que debía de haber cogido de la cocina. Cuando estuvo bien sujeto, encendió también la vela y la puso en el centro de la mesa. Luego fue a apagar la lámpara, de modo que la vela era la única fuente de luz que iluminaba la habitación.

—Siéntate —dijo Gale cuando hubo terminado. Él mismo tomó asiento, pero había algo raro en la forma en que lo hizo; el movimiento era incorrecto, no era como se movía Gale.

—Gale, ¿qué te pasa?

—Siéntate —repitió Layla; no, repitió Gale. Rachel parpadeó al ver su error. Sus ojos se centraron en la vela parpadeante. Se estaba volviendo loca. Por un segundo, fue como si hubiera oído la voz de su hija.

—¿Qué pasa, Gale? ¿Qué pasa?

—Siéntate, mamá —llegó su voz. Era más claro que era Gale esta vez. Por supuesto que era Gale—. Siéntate. —Esta tercera vez Rachel hizo lo que le decía, tomando asiento frente a su hijo, la vela iluminando el espacio entre ellos.

—Toma mis manos —dijo Gale. Extendió los brazos a ambos lados de la vela. Con las palmas hacia arriba. Ella hizo lo que él le pedía.

—Abrázame. No me sueltes.

—Ay, cariño...

Gale se quedó en silencio, esperando. Enfrente de él, Rachel vio cómo sus ojos la miraban, luego perdían el enfoque y, durante un instante, casi demasiado rápido para que ella pudiera registrarlo, sus ojos parecieron disolverse en la oscuridad. Era alarmante. Ella intentó retirar las manos, pero él fue demasiado rápido. La detuvo.

—Gale, esto es... de verdad, me estás asustando...

—Hola, mamá.

—¿Gale? Esto es aterrador, ¿qué...?

—Por favor, solo di hola.

Rachel abrió la boca, luego la cerró. —Hola.

Gale sonrió. No, Layla sonrió. Rachel sacudió la cabeza. Era la cara de Gale, pero de alguna manera era la sonrisa de Layla. ¿Qué acababa de pasar? ¿Qué demonios estaba pasando?

—Soy yo. Soy Layla.

—¿Qué?

—Soy yo, mamá.

«¿Qué está pasando?»

—Veo que eres tú, Gale. —Como aire entrando en un vacío, la racionalidad volvió a la mente de Rachel. Una realidad reconfortante y tranquila, aunque su realidad era cualquier cosa menos tranquila—. Lo que me pregunto es por qué me has traído aquí en mitad de la noche.

Gale sonrió. Layla sonrió.

—¿Qué...?

—Necesito que me creas, mamá —dijo Gale. Con la voz de Gale, las palabras salían de los labios de Gale, pero no sonaba como Gale, sino como su hermana muerta—. Sé que el hombre que me mató quiere matar a Gale ahora. Y no quiero que eso ocurra. No puedo permitirlo.

Rachel intentó apartarse de nuevo, negar lo que acababa de oír, pero las manos de su hijo la sujetaban con demasiada fuerza. Se quedó mirándolo, de alguna manera la miraba a ella, era... no era real. No podía serlo.

—Mamá, por favor. Intenta creernos. Permítete creer. Por un momento. Entonces lo entenderás.

Ella no tomó la instrucción, no como él, o ella, lo había pedido, para aceptar lo imposible. Pero aceptó su propia versión, en la que seguiría el juego que Gale quería jugar, o quizá necesitaba jugar.

—¿Cómo...? —Rachel se detuvo. Sintió que el corazón le latía con fuerza. Esto era una locura. Ella, o Gale, o de alguna manera los dos juntos se estaban volviendo locos. Como si las cosas no pudieran empeorar, estaban perdiendo la cabeza. Pero ella siguió su camino—. ¿Cómo supiste que... que el hombre quería tomar... —parecía reacia a someterse por completo, incluso a su versión de lo que fuera, pero finalmente lo hizo—, tomar... a Gale?

—Estaba allí. Ayer —respondió Gale—. Estaba contigo en la habitación cuando vinieron a verte.

Rachel guardó silencio.

—Vi a los dos, al hombre de uniforme, que fue el que más habló, y luego a él. El que me mató.

Era demasiado. Rachel se sacudió de nuevo, soltando una de sus manos y usándola para separar los dedos de Gale de su otra mano.

—Vamos, Gale. —Se frotó los ojos—. Esto es una tontería. Todo lo que me dijiste sobre Kieran resultó estar equivocado. Él está tratando de ayudarnos, y no ayuda...

—Voy a decirte cómo me mató.

Gale parecía haber permanecido en trance. Sus manos no se habían movido, solo habían caído sobre el tablero de la mesa donde las habían dejado las suyas. Ahora, como si tuvieran espíritu propio, cada una de ellas parecía sacudirse y crisparse, buscando el contacto que su madre acababa de quitarle. Rachel las observó un segundo, resemblaban animales heridos, y extendió sus manos. Cuando las de su hijo volvieron a encontrar las suyas y las estrecharon con fuerza, Rachel sintió el poder, la importancia de su contacto. Tragó saliva.

—Por favor, escúchame —imploró Gale. Ahora tenía la cabeza inclinada. Rachel no podía ver su cara en la oscuridad, pero sabía que si pudiera no sería su cara. Sería la de Layla.

Rachel respiró hondo y luego asintió. Apretó las manos de su hijo mientras escuchaba a su hija.

—Vale.

—Una vez que me metió en el coche, me drogó. No sé lo que era, pero olía a cerezas y me dolió la garganta. Luego me abandonó. Durante mucho tiempo. Más de un día. No sabía dónde estaba. Había escalones en las paredes, como un sótano...

—Esa casa no tiene sótano. —De nuevo, la racionalidad obligó a Rachel a interrumpir—. La policía...

—Entonces es otra casa. Está en otro sitio.

Se quedó muda. Él estaba tan firme, tan seguro. Layla estaba tan segura.

—Al principio estaba sola. Pero no podía salir. Solo había una puerta y estaba cerrada. Pero entonces él volvió, y pensé que me dejaría ir. Pero no lo hizo. No quiso. —Rachel se miró las manos, de nuevo fuertemente asidas por su hijo, pero no habló. Era increíble. La voz de Gale, su entonación, el tono que había adoptado, ahora era inconfundible. Inconfundiblemente Layla—. A veces era como si quisiera ser mi amigo. A veces era como si me tuviera miedo. Y a veces era como si quisiera hacerme cosas, tal y como me advertiste una vez. ¿Te acuerdas? —De repente, Gale volvió a levantar la cabeza y la miró.

En un instante, la mente de Rachel estalló en otro momento, como si una fuerza imposible la hubiera hecho retroceder en el tiempo.

Se encontraba sentada en la cama de su hija, algunos

años antes, explicándole la necesidad de tener cuidado con la muy, muy rara posibilidad de que alguien quisiera tocarla de una forma que no fuera apropiada. Recordaba el momento, en cierto modo la torturaba no haber dicho lo suficiente, pero no era un recuerdo, podía ver cuál de las fundas nórdicas de su hija estaba sobre la cama en ese momento, un detalle que no estaba en su memoria, su mochila estaba sobre el escritorio, los libros esparcidos.

La intensidad de los ojos de Gale, que la miraba fijamente desde el otro lado de la mesa, la sacó de sus pensamientos.

—Te acuerdas.

—Claro que me acuerdo, pero tú... —Rachel sintió que se le desencajaba la cara de la confusión. Él no había estado allí. Gale no estaba, por eso había elegido aquella noche para hablar. Y era impensable que ella se lo hubiera contado.

—Tú no estabas... Gale no estaba allí. —Y entonces vio cómo su hija le devolvía el gesto con la cabeza.

—¿Estuvo? ¿Él... te hizo cosas? —Rachel sabía la respuesta a esto, Kieran Clarke los había sentado para contarles esa terrible verdad, que había sido confirmada por el examen del patólogo.

—Un poco —dijo Gale. Dijo Layla.

Rachel sintió que se le hacía un nudo en la garganta. Era tan típico de Layla quitarle importancia al asunto. Nunca le había gustado armar jaleo. Cuando Layla era pequeña, solían bromear diciendo que podía pasarse días enteros sin comer y solo entonces decía que tenía «un poco de hambre».

—Ay cariño. Mi amor.

—Me resistí como pude, como tú me dijiste. Entonces, él no pudo... —Gale se quedó callado un momento. Su boca abierta, su aliento haciendo parpadear la llama—. Pero entonces trajo las serpientes.

Rachel volvió a tragar saliva. —¿Qué pasó con las serpientes?

—Me habló de ellas por primera vez en el coche. Entonces no lo entendí. No creía que tuviera serpientes. Pero luego me lo contó otra vez, en el sótano, donde me tenía cautiva. Y un día me dijo que las había traído para verme. Luego se fue por un tiempo, y cuando regresó, tenía una serpiente de verdad enrollada alrededor del brazo. Le sujetaba la cabeza de forma rara, para que no pudiera retorcerse. Dijo que era muy venenosa y que si me mordía, moriría y nunca volvería a verte.

—Ay mi amor…

—Dijo que si no hacía lo que él quería, dejaría que me mordiera. Así que le dejé hacerlo. Lo que me dijiste que no debía.

—Oh Dios. Layla. Gale. Lo siento mucho. No es tu culpa…

—No necesito que lo sientas, mamá. Es demasiado tarde. —Gale estaba apretando sus manos ahora—. Y no es culpa tuya. Pero tienes que detenerlo. Tienes que creerme. Tienes que creer a Gale. Tenemos que detener a este hombre antes de que le haga lo mismo a Gale. Tenemos que detenerle antes de que lo mate.

Gale apretó con más fuerza y su cabeza volvió a levantarse. Durante un segundo se quedó mirando fijamente a los ojos de Rachel. Implorando, suplicando. Y por un momento fue como ver una de esas fotos en 3D que eran dos imágenes en una, según se cambiaba el ángulo desde el que se veían. En un momento eran los ojos de Layla, al siguiente los de Gale, y luego volvían a cambiar. Entonces Rachel vio cómo su hija se alejaba hacia atrás, como si cayera en un pozo sin fondo, pero sin caer, sin moverse siquiera, sino mirándola fijamente mientras se hacía cada vez más y más pequeña. Hasta que dejó de existir.

Momentos después, una fina línea de baba apareció en la comisura de la boca de Gale, como si una araña estuviera dejando caer un hilo de seda. Rachel se quedó mirándola, un diamante diminuto en la luz reflejada. Al final se dio cuenta de que había aflojado el agarre de sus manos, las soltó y apartó el hilo con el pulgar. Luego volvió a cogerle la mano.

—¿Y sabes quién era, cariño? ¿El hombre que te hizo todo esto? ¿Sabes quién fue?

Gale guardó silencio.

—¿Era el inspector Clarke? ¿El hombre del que hablas? ¿Fue Kieran Clarke?

Pero entonces supo que su hijo no le respondería, no podía hacerlo, a pesar de que seguía sentado a la mesa del comedor, frente a ella.

Porque Gale estaba profundamente dormido.

CAPÍTULO CINCUENTA Y UNO

CUANDO RACHEL se despertó a la mañana siguiente, las aventuras de la noche pasada parecían un sueño demasiado real. Las visiones irrumpieron su mente, demasiado vívidas para ser producto de su imaginación y, sin embargo, demasiado disparatadas para ser ciertas. Se dio la vuelta y vio a su marido sentado en la cama mirando el móvil, como si no pasara nada en el mundo.

Se levantó, se envolvió en la bata y se asomó a la ventana. Fuera, vio el coche de policía aparcado. Apenas se veían las dos figuras que lo ocupaban. Llevaban allí toda la noche.

—¿Has visto a Gale? —preguntó. Jon dejó de hacer lo que estaba haciendo.

—Está dormido. Le eché un vistazo cuando me desperté.

Ella vio sus zapatillas, que no habían estado allí antes, en el suelo, así que supo que estaba diciendo la verdad. Asintió con la cabeza, tranquila, pero se levantó para comprobarlo. Y cuando llegó allí y vio que la cama de su hijo estaba vacía, con el edredón vuelto hacia atrás, gritó aterrada.

—¡No está aquí!

Sintió que el miedo se apoderaba de ella y solo oyó a

medias la respuesta de su marido, que saltó de la cama y vino a comprobarlo. Echó un vistazo al resto de la habitación, pero no había ningún lugar donde esconderse, ninguna razón para que él se escondiera. Entonces bajó corriendo las escaleras. Casi al instante lo vio, untando tostadas en la encimera de la cocina.

—Hijo, ¿estás bien?

Parecía triste, solitario, como solía estarlo últimamente, pero también sorprendido por la intensidad de su madre.

—Sí, estoy bien.

Ella se quedó mirándolo, desconcertada por un momento, mientras los acontecimientos de la noche anterior, el sueño que había tenido, porque seguramente esa era la explicación, se filtraban de nuevo en su mente, como nieve que cae con suavidad. Lo había subido en brazos, los treinta kilos que pesaba, después de que se durmiera en la mesa. Sacudió la cabeza, alejando la imposibilidad de todo aquello, sobre todo la improbabilidad de que su hijo hubiera hablado de tal manera la noche anterior.

Y entonces, en el borde de su visión, vio la mesa del comedor, donde se habían sentado en su sueño. Y lentamente, como si no se atreviera a hacerlo, giró la cabeza. No sabía qué esperaba ver, desde luego no anticipaba ver a Layla flotando allí. Nada, supuso, ya que no debería haber nada que ver. Pero había algo.

La vela casi había desaparecido, quemada, pero el platillo en el que Gale la había colocado seguía allí, con un pequeño charco de cera derretida enfriándose en el fondo. Se acercó. Lo tocó con el dedo, sintiendo la cera blanda, tibia pero no caliente.

—Gale, ¿recuerdas algo de anoche? —le preguntó, girándose hacia su hijo. Él tenía ahora la tostada en la mano, a punto de darle un mordisco.

—¿Qué? —Rachel vio la confusión en su rostro. Gale no

sostuvo la mirada, ¿pero por qué estaba siendo evasivo? ¿Por su miseria?

—¿Recuerdas haber puesto la vela aquí para hablar conmigo?

La miró. Realmente confuso. —¿Cuándo, anoche?

—No —respondió dándose la vuelta. Esto era una locura. Se estaba volviendo loca, pero no era algo que fuera a infligirle a él.

Pobre Gale, ya tiene bastante, pensó para sí misma. Y como si reventara un dique, todo empezó a arremolinarse en sus pensamientos. La muerte de Layla, por supuesto, pero luego las discusiones que ella y Jon estaban teniendo, el programa de televisión. Y ahora la horrible y aterradora amenaza contra el propio Gale. Se detuvo, sintiendo que se acercaba la falta de aliento. El pánico se apoderaba de ella. Se obligó a contar lentamente.

Kieran Clarke. El inspector Kieran Clarke quería matar a Gale. Layla se lo había dicho. Kieran Clarke dirigía la investigación del asesinato de Layla. Pero Kieran Clarke también era el monstruo que la había matado.

No. Se llevó las manos a ambos lados de la cabeza, como si tratara físicamente de mantenerla fija, alineada con la realidad compartida por el resto del mundo. Esto era una locura, una chaladura. Y aunque no lo fuera, no había forma de que nadie la creyera si intentaba explicarlo.

Y sin embargo...

Se acercó de nuevo a la ventana, comprobando que el coche de policía seguía allí, protegiéndolos. Eso era real, ¿no? La amenaza que habían hecho. ¿O no? Quizá no era real. ¿Y si esa era la respuesta? Se estaba volviendo loca, y esto era otra parte del proceso. Otro paso hacia el enloquecimiento total. Tal vez esas ideas que a veces oía, acerca de cómo todos vivíamos en una simulación de la realidad, y no en la vida real, tal vez estuvieran en lo cierto.

Si así fuera, ¿habría un límite a lo locas que pueden llegar a ser las cosas?

Aterrorizada por los pensamientos que le rondaban la cabeza, fue a hacer café, casi esperando que a la máquina le salieran alas y empezara a dar vueltas por la cocina.

Pero no fue así. La cafetera se comportó. Rachel intentó volver a concentrarse.

¿Qué podía hacer? ¿Qué debería hacer? Su mente se desplazó por las opciones, como hacía cuando miraba las historias de Facebook. Descartó cada una de ellas según aparecían. Contarle a Jon lo que había pasado. Era imposible que la creyera. Contarle a Gale, intentar que recordara. Era horriblemente cruel, tendría que contarle la amenaza del asesino de que él sería su próximo objetivo. ¿Y qué sentido tendría? Él ya creía que Clarke era el asesino. Decírselo a la policía, ¿pero a quién? Al propio Clarke desde luego que no. Retrocedió ante la sola idea y se apartó literalmente de la encimera, como si esta la hubiera empujado. Decírselo a alguien de la policía, pero ¿a quién?

Por un momento contempló intentar hablar con el inspector jefe. Se habían visto varias veces, y más de una vez le había dicho que se pusiera en contacto con él si necesitaba algo. Pero nunca habían congeniado. Por un lado, siempre parecía estar intentando reducir el número de agentes que trabajaban en el caso. Ella estaba resentida por eso, y él, a su vez, parecía resentido con ella. Y de todos modos, ¿qué podía decir? ¿Que, después de todo, quería que Clarke dejara el caso? Acababa de confirmar que quería que siguiera. ¿Y lo quería? Nadie había sido más defensor del caso que Kieran Clarke.

¡Él había matado a su hija! Por supuesto que lo quería fuera del maldito caso.

Su mirada se dirigió a Gale, que estaba sentado en el sofá junto a la ventana, con los pies en alto y la vista fija en el jardín. ¿Clarke había matado a Layla? Ella lo había acusado una vez, cuando había ido a la carga con la foto de la casa en la que Gale creía que vivía el asesino, y mira a dónde la había llevado. Y cuando Gale le acusó por segunda vez, cuando le invitaron a comer, él tenía coartada. No podía haberlo hecho. La realidad era esa.

Respiró con dificultad, ignoró el café que había preparado y se tomó un vaso de agua.

Por Dios. Lo habían invitado a comer. El hombre que había matado a su hija. Lo habían invitado a su casa.

De repente, no le importaba si aquello era real o no, bastaba con que Gale creyera tan apasionadamente que era real. Permitir que Clarke siguiera llevando el caso, que tuviera algo que ver con el caso, era una traición a su hijo, aunque lo de anoche no fuera cierto.

Extendió una mano para apoyarse en la encimera, incapaz de creer que no se hubiera dado cuenta antes. Y entonces se le ocurrió una idea.

Tal vez había una persona en la policía con la que sí podía hablar.

CAPÍTULO CINCUENTA Y DOS

—AQUÍ, muchacho. Ven aquí. Ven aquí. —Ellen Cross se agachó y le tendió la mano. El perro, una mezcla de razas pardas, se mantuvo alejado con recelo. No tendría más de seis meses y parecía razonablemente bien cuidado, pero estaba asustado. La llamada procedía de una señora mayor que había visto a unos jóvenes burlándose de un perro en la plaza del barrio. Varios agentes se habían declarado demasiado ocupados antes de enviar a Cross a investigar.

Habían pasado dos días desde que le había dado a Starling la transcripción de la llamada con Margaret Rolands y seguía sin saber nada de él, pero en ese tiempo no había pensado en mucho más. Y la conclusión a la que había llegado, la única que tenía un mínimo de sentido, era que había habido un error. O Margaret Rolands había visto a Clarke en la playa otro día, lo cual era muy posible, o se había equivocado al decir que nunca olvidaba una cara y el hombre que había visto no era Clarke.

—Venga chiquitín, no pasa nada. —Cuando llegó, la anciana seguía allí, los jóvenes ya no estaban (si es que alguna vez habían existido). El animal estaba ahora atrapado en una esquina entre dos edificios, lo que parecía aumentar su ansiedad.

—No lleva collar —dijo la señora desde detrás de Cross—. Quizá se haya perdido o los dueños lo hayan abandonado. Es terrible lo que hace la gente hoy en día.

—¿Verdad que sí? —Cross no miró a su alrededor, sino que siguió hablando con tono tranquilo al animal. Y había algo en su voz que pareció hacer efecto. O tal vez estaba a punto de rendirse, porque cuando se acercó lenta y suavemente, esta vez no retrocedió. Cross no hizo ningún esfuerzo por agarrarlo, sino que dejó que olisqueara su mano—. Ya está. No voy a hacerte daño.

Con calma, Cross rodeó el abdomen del animal con una mano y se lo acercó. El animal pareció pensar en huir de nuevo, pero no lo hizo, e instantes después pudo levantarlo del suelo. Acarició el pelaje a lo largo del lomo. Estaba muy delgado, había más pelo que perro.

—Bien hecho. Le gustas.

Cross consideró sus opciones. Podía llamar a la patrulla canina: el ayuntamiento contaba con un equipo de dos personas que recorrían la ciudad en furgoneta y podían asegurar al perro e iniciar el proceso para intentar realojarle. Pero una vez iniciado el proceso, el tiempo corría en su contra. Si no encontraban un hogar, probablemente sería destruido. Por otro lado, palpó las costillas del animal, perceptibles pero bien rellenas de carne. Estaba segura de que no era un animal abandonado. Así que, en lugar de avisar a la patrulla, lo llevó a una clínica veterinaria. La anciana la siguió, disfrutando del drama en curso.

—Hola, Jane. —Cross sonrió a la recepcionista mientras entraba. Tras años patrullando por el centro de la ciudad, conocía por su nombre de pila a muchas de las personas que trabajaban allí—. Hemos encontrado a este pequeño en la plaza y nos preguntamos si se habrá perdido. No podrían buscarle un chip, ¿verdad? Quizá podamos devolverlo a su familia.

El veterinario, también conocido de Cross, salió de la consulta. En unos instantes, el perro estaba en la mesa de exploración siendo examinado.

—Parece un poco nervioso, pero por lo demás goza de buena salud... —El veterinario cogió un aparato de su mesa, lo encendió y empezó a pasarlo por los hombros del perro. Al cabo de un momento emitió un pitido, y el veterinario mostró el resultado a su recepcionista, un número en el dispositivo de la pantalla.

—Bingo. Hemos tenido suerte.

Había un ordenador en la consulta y la recepcionista tecleó el número del dispositivo. Segundos después, la pantalla mostró una dirección y un número de teléfono. Cross y la anciana esperaron mientras ella telefoneaba.

—Hola, soy de la clínica veterinaria Langham, llamo para ver si han perdido... —No llegó más lejos antes de que la voz del otro lado la interrumpiera. Jane sonrió mientras escuchaba. Unos minutos después colgó el teléfono—. Vienen de camino ahora mismo, se ha escapado del jardín esta mañana. Creo que es caso resuelto para ti.

Cross salió del veterinario con la anciana aun siguiéndola, parecía que esperara que le pidieran una declaración completa. Empezaba a preguntarse qué haría falta para quitársela de encima, cuando apareció la excusa perfecta. Su radio emitió un chasquido de estática y, a continuación, la sala de control preguntó por ella.

—Agente Cross, adelante por favor. Solicito su regreso a la comisaría.

—Disculpe —dijo Cross a la anciana, y contestó—. ¿Qué ocurre? —Estaban hablando en una frecuencia privada, pero era normal mantener los detalles al mínimo.

—Una señora ha venido a verte. No me ha dicho su nombre, pero la he reconocido.

Cross estaba confusa y a punto de contestar por radio cuando la voz continuó.

—Es Rachel Martin, la madre de Layla Martin.

—Vale. Dile que estaré allí en cinco minutos.

CAPÍTULO CINCUENTA Y TRES

CROSS REGRESÓ a toda prisa a la comisaría y se dirigió a la recepción, donde le indicaron que se dirigiera a la sala de interrogatorios número cuatro, una de las menos cómodas. Al principio no reconoció a la mujer delgada y nerviosa que estaba sentada allí, jugueteando con el asa de su bolso. Había adelgazado, parecía enferma.

—¿Señora Martin?

—Hola —Un destello de sonrisa, los dientes salpicados de rojo por un carmín mal aplicado. Cross cerró la puerta e ignoró la silla colocada frente a la mujer. En lugar de eso, se acercó, se agachó y puso una mano en el hombro de la mujer.

—Eres Rachel, ¿verdad? ¿Estás bien? ¿Cómo puedo ayudarte?

Rachel Martin rompió a llorar.

Tardó un rato en calmarla, pero Rachel parecía decidida a hablar.

—Cuando nos conocimos la otra vez me dijiste que si alguna vez necesitaba tu ayuda que te llamara. Espero que no te importe, que lo dijeras en serio.

—Claro que lo decía en serio. ¿Cuál es el problema?

¿Gale está bien? —Cross sabía lo de la guardia que se había colocado en la casa familiar; si la habían traspasado, eso sería un motivo para que la madre viniera a verlos.

—Sí... no. Está con mi marido. Y la policía está fuera, así que por ahora está bien. Pero ¿sabe lo de la amenaza que han hecho?

—Sí. Media comisaría está trabajando para intentar atrapar al que llamó.

—¿Pero tú no?

—No. Yo... no soy inspectora. Solo me han pedido ayuda unas cuantas veces. Lo hice con mucho gusto. —Cross esperó. Era evidente que la mujer se estaba preparando para decir algo, algo que no era fácil de decir.

—Pero tú estabas aquí cuando vine el otro día con la foto de la casa del inspector Clarke. ¿Eras tú verdad?

Cross volvió a asentir. —Sí.

—Y conseguiste la cinta de las cámaras de seguridad de la piscina. Recuerdo que me dijiste que tuvimos suerte de que llegara tarde esa semana porque, si hubiera sido cualquier otra semana, no habrían tenido los dos sistemas funcionando a la vez. ¿Te acuerdas?

—Sí.

—Bueno, pues me he dado cuenta de algo que me preocupa mucho. Me di cuenta de que la fecha que os di estaba equivocada. Llegué tarde aquel día, pero también hubo otro día, un par de semanas después, en el que tuve otra reunión. Y creo que ese era el día del que Gale estaba hablando. Ese fue el momento en que él y Layla fueron abordados por el hombre. Y entonces... ahora no estoy segura de si fue el inspector Clarke o no. El hombre que se les acercó ese día. Creo que podría haber sido Clarke. Y no sé qué hacer.

De algún modo, Cross sabía que mentía. Había oído hablar, en el bar después del trabajo, de cómo se podía saber por la forma en que alguien miraba hacia arriba y a la derecha, si estaba accediendo a la parte creativa de su cerebro, ya que la izquierda era la parte de la memoria, ¿o era al revés? Nunca lo recordaba. Pero también había oído que eran tonterías y que, enfrentados a un experto mentiroso, nunca se podía estar seguro. Cross tenía mucha experiencia con mentirosos, con terribles mentirosos. Alcohólicos callejeros y drogadictos demasiado colgados para mantenerse en pie, pero que le juraban a la cara que no habían tocado ni una gota, ni se habían metido nada. A veces incluso con la aguja aún clavada en el brazo.

Había desarrollado un buen ojo para detectar a mentirosos, aunque no pudiera decir cómo lo hacía. Por eso ahora sabía que Rachel estaba mintiendo.

—Sé que no tiene sótano —Rachel seguía hablando, como si no se hubiera dado cuenta de la reacción de Cross —, pero ¿podría haberla llevado a otra parte? ¿Igual tiene otra casa? ¿A lo mejor hay otro lugar que no hayáis comprobado? ¿Quizá podría haberla llevado allí?

—¿Estás hablando del inspector Clarke? —Cross la detuvo.

—Sí. Kieran Clarke. El hombre que, según Gale, se acercó a él y a Layla en la piscina.

Cross negó con la cabeza. Y sin embargo, combinado con lo que Margaret Rolands le había dicho...

—¿Se lo has contado a alguien más? ¿Al inspector jefe?

Rachel negó con la cabeza. —No. Quería hablar contigo primero. No sé por qué. Quería ver tu reacción... —Cerró los ojos con fuerza. Cuando volvió a abrirlos, miró a Cross de forma suplicante—. Escucha, sé que parece una locura, tan improbable que no puede ser verdad. Pero entonces recordé que tú estabas allí. Viste la cara que puso cuando le enseñé la foto. Cuando hablé de las serpientes. Gale me habló de las serpientes. Esa es la única razón por la que lo sabía. Y viste cómo reaccionó. Yo misma estaba tan sorprendida y confundida con las fechas, que no estaba segura de lo que significaba todo aquello, pero pensándolo bien, creo que Gale tenía razón. Había algo en la cara de Clarke que no me cuadra.

Cross hizo memoria. Le vino a la cabeza la reacción del inspector Clarke cuando Rachel le había dado la foto de su casa. Se le hizo un nudo en el estómago.

—Necesito que esperes aquí un momento. Tengo que ver si el inspector jefe está en su oficina.

Cross salió para llamar a su número y le dijo a Sue que lo necesitaba enseguida. Cinco minutos después estaba abajo y Rachel les estaba contando la misma historia por segunda vez. Lo curioso era que esta vez Cross no estaba tan segura de si la mujer mentía o no.

—¿Estás segura? —Starling comprobaba los hechos—. Hubo una segunda vez en la que llegaste tarde pero no lo recordaste cuando hablamos la otra vez.

—Así es.

—¿Y crees que fue esta segunda vez cuando se acercó a los niños?

—Sí.

Starling se volvió hacia Cross.

—Agente, ¿podría ir a la piscina, ahora mismo. Averigua si tienen alguna grabación de esta otra fecha.

Starling dirigió una mirada sombría hacia la madre. Parecía conmocionado, un hombre cuya peor pesadilla parecía hacerse realidad, pero luego forzó una sonrisa, como asegurándole que en realidad no pasaba nada.

El hombre de seguridad de la piscina tardó menos de veinte minutos en confirmar que el antiguo sistema se había apagado definitivamente en la segunda fecha que la madre había dado, que el nuevo sistema había grabado sobre los datos en los meses transcurridos desde entonces, y que categóricamente no había ninguna posibilidad de que hubiera otras cintas que pudieran mirar, ni ninguna otra cámara que cubriera la zona.

Cross averiguó quién era la persona que atendía la recepción y consiguió hablar con ella. Pero no recordaba nada del incidente que había descrito el chico. Cross volvió a la comisaría y al despacho de Starling para informar de lo que había averiguado. Para su sorpresa, Rachel seguía allí, con la cara blanca y bebiendo café.

Entonces Starling se lo contó todo a Rachel.

—Tengo que darle una noticia inquietante —empezó Starling. Rachel creyó ver cómo se le erizaban los pelos de la nuca, como electrizados—. Es algo que ha surgido muy recientemente, y aún estamos considerando cómo manejarlo.

Rachel esperó, con el rostro desencajado. Parecía destrozada.

—Después de que el caso de su hija apareciera en *Crimebusters*, recibimos otra llamada, que no hemos compartido con el inspector Clarke.

Los ojos de Rachel pasaron del inspector jefe a Cross, y viceversa. —¿Qué llamada?

—Sin ninguna prueba, y dado lo increíblemente improbable que parecía que hubiera algo de verdad en ella, todavía no he actuado. Pero parece que ahora podría estar aportando pruebas que apoyan la hipótesis.

—¿Qué? No lo entiendo.

—Contesté a una llamada —la propia Cross intervino, notando cómo Starling asentía en silencio con la cabeza—. Un miembro del público cree recordar haber visto a Clarke en la playa el día que Layla desapareció.

Se hizo el silencio en la sala.

—Dios mío —dijo Rachel. Se tapó la boca con la mano. Luego, de repente, enterró la cara entre las dos manos. Pasó un rato hasta que volvió a mostrar su rostro—. Dios mío. Es verdad. Gale está en lo cierto.

—Eso no lo sabemos —la voz de Starling sonó sorprendentemente aguda—. No estamos en posición de ni siquiera comenzar a afirmarlo. Y no creo que tengamos el nivel de pruebas que necesitaríamos para iniciar siquiera una investigación. —Se pasó dos dedos grandes y gruesos por la barbilla—. Hasta ahora, solo tenemos la palabra de Gale en su contra, y la declaración de la persona que llamó por teléfono. No hay abogado defensor en el circuito que no consiga que ambos sean desestimados antes de llegar a un jurado. Y hay otro problema.

Ni Cross ni Rachel contestaron, pero Starling no parecía querer que lo hicieran.

—Como razonó anteriormente la agente Cross, si esto es cierto, entonces Clarke ha tenido tiempo de sobra para destruir cualquier prueba de lo que ha hecho, y posiblemente para plantar otras pruebas con las que defenderse en caso de que alguna vez fuera acusado.

—¡Ya lo ha hecho! —jadeó Rachel—. Vino a nuestra casa a cenar —parecía casi arrepentida, pero continuó—. Pensé que podría ayudar a Gale conocerlo, pero Gale lo acusó de nuevo y fue horrible. —Hizo una pausa, pero estaba impaciente por ir al grano—. Clarke dijo que tenía coartada. Dijo que estaba pasando unos días por el Distrito de los Lagos. Nos dio pruebas, un recibo del Airbnb que usó.

Starling consideró esto. —¿Todavía lo tiene?

Se quedó en blanco un momento. —Sí, era solo una impresión de su correo electrónico, con el nombre del lugar donde se alojó y cuándo estuvo allí, pero fue cuando se llevaron a Layla. Las fechas coincidían. Todavía lo tengo en casa... Yo... no pensé...

—No pasa nada. —Starling intercambió una mirada con Cross—. Nos pasaremos a recogerlos y los haremos revisar, sin que él se entere. —Luego cambió de táctica—. ¿Supongo que quiere que lo retiren del caso?

—¿Cómo? ¿Qué clase de pregunta es ésa? Si él mató...

—Lo entiendo. —Levantó una mano para detenerla, y pareció agradecido cuando lo hizo. Pero luego hizo una larga pausa—. Lo siento. Lo comprendo. Al menos, puedo imaginar lo difícil y doloroso que debe ser. Pero tenemos que considerarlo también desde el punto de vista policial. Si lo sacamos del caso en este momento, lo alertaremos del hecho de que tenemos sospechas. Y si está involucrado, eso eliminaría la única ventaja que hemos ganado hasta la fecha. Lo que es más, no sabemos si es él. Y tengo que decir que aparte de estas preocupaciones, ha estado llevando a cabo una investigación ejemplar hasta este punto...

—Salvo que no ha atrapado a nadie —interrumpió Cross.

Starling pareció sorprendido por la intervención de la agente.

—Sí. —Starling se tocó las gafas. Tenían montura de titanio y cristales tan finos que hacían imposible pensar que de verdad necesitara las lentes—. Quizás. En cualquier caso, tras la amenaza que recibimos después de *Crimebusters* hemos puesto protección de veinticuatro horas sobre su hijo. Así que, tanto si la amenaza procede de un desconocido como si viene del inspector Clarke, por improbable que sea, su hijo está a salvo. Usted está a salvo, lo que nos da algo de tiempo para pensar cómo manejar esto.

De nuevo pareció sumirse en sus pensamientos, antes de volver a hablar.

—Señora Martin, voy a pedirle que mantengamos los detalles de esta reunión estrictamente entre nosotros por el momento. Cualquier filtración de lo que se ha discutido en esta sala podría llegar hasta el inspector Clarke y, si es el responsable de este crimen, aumentaría enormemente sus posibilidades de eludir la acción de la justicia. —La miró a los ojos hasta que ella asintió.

—¿Qué vais a hacer?

—De momento voy a revisar el caso yo mismo, con la ayuda de la agente Cross aquí presente, e incluyendo los documentos que mencionaste de su supuesta coartada. Cross la acompañará a casa para recoger los documentos. Es posible que eso aclare esto, de una forma u otra. Mientras tanto, tenga paciencia.

CAPÍTULO CINCUENTA Y CUATRO

CUANDO CROSS REGRESÓ al despacho de Starling, ya había impreso todo el expediente del caso. No había nada raro en que lo hiciera, y no quedaría constancia de ello en el propio expediente, de modo que Clarke no tendría ni idea de que su jefe, junto con la agente Cross, estaban sentados en el despacho de arriba repasando los detalles de sus casi dos años de trabajo.

Para Cross era la primera vez que examinaba detenidamente el contenido de un caso de asesinato y, aunque conocía las líneas generales del caso, casi todo el mundo en la comisaría las conocía, había muchas cosas nuevas para ella.

Clarke, junto con su equipo de inspectores, había entrevistado a más de cuatrocientas personas que se encontraban en la playa aquel día y había seguido decenas de pistas potenciales. Habían identificado a docenas de delincuentes anteriores, tanto locales como de lugares más lejanos, y determinado su paradero cuando se llevaron a Layla. La zona donde habían arrojado el cadáver de Layla, una pequeña zona boscosa a pocos kilómetros de la ciudad, había sido objeto de tres barridos forenses completos, y se habían incluido informes sobre los objetos encontrados allí, ninguno de los cuales parecía relevante.

Se incluyó el informe completo del patólogo, en el que se detallaban las marcas de estrangulamiento, que no se consideraban lo suficientemente fuertes como para causar inconsciencia, y la parte de oreja que faltaba, así como una segunda sección de piel alrededor de la cintura de la chica que había sido cortada. Y luego estaban las peticiones de información, que culminaron con la mayor de todas: el programa de *Crimebusters*.

Durante varias horas, leyeron juntos los documentos y, cuando Starling terminó y Cross no, cogió el teléfono para comprobar la dirección de Airbnb que Rachel había facilitado.

Cuatro horas después de haber empezado, Starling se sentó en su silla. Parecía pensativo.

—Tengo que decir que no veo nada fuera de lugar aquí. Todo parece tan sólido como cabía esperar. Es casi una investigación de manual. —Tamborileó un rato con los dedos sobre el escritorio—. Salvo por el hecho de que no hay ningún arresto ni ningún sospechoso creíble.

Cross no dijo nada. Dejó la hoja que había estado leyendo, las conclusiones del informe del patólogo, y esperó.

—Y, por supuesto, en muchos casos similares a este, las pruebas sencillamente no dan con un sospechoso. Al menos, no hasta que una investigación exhaustiva dé con la piedra adecuada a la que dar la vuelta.

—A menos que él sea la piedra, y la esté dejando a propósito en su sitio.

—Ese es nuestro dilema. —Starling se encogió de hombros. Abrió el cajón de su escritorio y sacó un paquete de pañuelos de papel, luego se sonó ligeramente la nariz, ya casi se le había pasado el resfriado.

—¿Y la coartada? —preguntó Cross. Starling volvió a sentarse y les sirvió más agua a los dos.

—Estaba de vacaciones cuando Layla desapareció y arrojaron su cadáver. Reservó un Airbnb en un pueblo llamado Keswick. —Giró la pantalla de su portátil, que ya mostraba una ruta de Google Maps desde la costa sur hasta el Distrito de los Lagos—. Seis horas y seis minutos. Trescientos cincuenta y cinco kilómetros. La anfitriona cree recordar que apareció un par de días antes del secuestro y que se marchó seis noches después. Pero no está absolutamente segura, ni es capaz de decir si de verdad estuvo allí todo el tiempo. ¿Y por qué iba a estarlo?

Volvió a tamborilear con los dedos.

—¿Habrá algún registro de tráfico? —interrumpió Cross—. Si condujo por la autopista para llegar hasta allí, ¿a lo mejor hay alguna entrada en la base de datos de tráfico?

Starling negó con la cabeza. —¿Más de dos años después del suceso? Ni hablar. —Sus dedos retomaron el ritmo—. Entonces, ¿dónde nos deja eso? —Aspiró aire entre los dientes, y parecía estar preguntando retóricamente, ya que él mismo continuó—: No hay nada en el expediente del caso que parezca fuera de lugar; parece tener al menos una coartada parcial. Por otra parte, tenemos un posible avistamiento de Clarke en la playa el día de la desaparición, y el posible incidente en la puerta de la piscina. —Dejó de tamborilear con los dedos y se dirigió a Cross—: Tu cara mientras la señora Martin explicaba cómo se había confundido de fecha era interesante. ¿Qué te pareció?

Cross intentó responder con la mayor sinceridad posible. —La primera vez que me lo contó, pensé que mentía. Pero la segunda vez, cuando también se lo contó a usted ya no estaba tan segura.

—¿Por qué?

—No lo sé. Solo un presentimiento, supongo.

Starling no contestó y permaneció en silencio. Al cabo de un rato volvió a tamborilear con los dedos. Finalmente, cuando habló parecía haber llegado a una conclusión.

—Tengo que decir que, en conjunto, esto parece pesar considerablemente a favor del inspector Clarke. No tenemos ninguna prueba firme que lo sitúe como sospechoso, y hay pruebas considerables que sugieren que estaba a más de quinientos kilómetros cuando se llevaron a Layla. En conjunto, esto parece una especie de locura...

—¿Qué es lo que no sabemos? —Cross se sorprendió a sí misma interrumpiéndole.

Parecía afrentado. Pero entonces Cross volvió a coger el informe del patólogo.

—Vamos, ¿qué es lo que no sabemos? —insistió—, ¿de todo esto?

Él la miró y luego asintió muy levemente. —Bueno. Lo que no sabemos es quién asesinó a Layla Martin. A lo que me refiero, si me hubiera dejado terminar, es que no creo que tengamos ninguna prueba de que el inspector Clarke tuviera algo que...

—Hay algo más que no sabemos. —Le tendió el papel a su jefe, pero este no lo cogió y Cross negó con la cabeza—. No sabemos cómo murió.

Finalmente, Starling se inclinó hacia delante para volver a mirar el informe.

—Se desconoce la causa de la muerte, ¿no es así? —continuó Cross—. No fueron capaces de decir exactamente por qué murió. Solo que pudo ser por el susto, que se le paró el corazón.

Starling esperó, sin moverse.

—Está claro que fue un asesinato. La secuestraron y tiene marcas en el cuello, donde el asesino intentó estrangularla, y cortes en la oreja y la cintura. Pero nada de eso la mató, así que algo más lo hizo.

—Que se quedara muerta de miedo no es tan raro como pueda sonar.

—Eso es lo que dice aquí. Pero también dice que es solo una posibilidad. Y el hombre que llamó para decir que mató a Layla, dijo que le quitó la oreja porque la mordió. ¿Quizás quería evitar dejar marcas de dientes?

—Sí.

—¿Y la sección alrededor de su cintura? ¿También la mordió?

—No tengo ni idea. Puede que lo hiciera. No lo dijo.

—Pero ¿y si no mordió a la chica? ¿Al menos no en la cintura?

La idea seguía formándose en la mente de Cross, más bien una sensación de que faltaba algo. Calló, necesitaba tiempo. Mientras tanto, Starling hizo un gesto con las manos y volvió a sentarse en su escritorio. Se quedó allí, esperando, hasta que ella estuvo lista.

—De acuerdo —continuó Cross—. Lo único que no entiendo es que en todo este expediente no se mencionan las serpientes. Ni en el informe del patólogo, ni en ningún sitio que yo haya leído.

—Correcto. ¿Pero por qué habría de mencionarlas?

—Porque... —Cross frunció el ceño, necesitaba la pregunta para cristalizar su sentimiento en un pensamiento —. Bueno, si es Clarke a quien buscamos, pues... él tiene serpientes. —Cross apartó la mirada un momento y volvió a inclinarse hacia delante, con los ojos desorbitados.

Por fin lo entendía.

—¿Y si fue así como murió? Quiero decir, si vas a secuestrar y asesinar a un niño, y tienes serpientes venenosas como mascotas, ¿no podrías combinar los dos... intereses? —La idea parecía una locura y, sin embargo, de alguna manera, correcta. O, al menos, posible.

La cara de Starling pasó de una leve irritación a un leve interés. Pero no dijo nada.

—Al menos podríamos ver si es relevante. Ahora que sabemos que Clarke tiene serpientes, ¿quizá puedan explicar cómo murió? —En su cabeza, su voz sonaba más esperanzada que convincente.

Starling no contestó, pero no le quitó ojo de encima mientras cogía el teléfono de su mesa y lo acercaba hacia él. Levantó el auricular, pareció cambiar de idea y volvió a dejarlo caer. En su lugar, pulsó el botón de multiconferencia para que Cross pudiera oír. Luego empezó a desplazarse por la lista de contactos guardados. Segundos después estaba marcando. Starling aprovechó para explicarse.

—Llamo al patólogo que hizo la autopsia. Nos conocemos desde hace mucho tiempo. —No hubo tiempo de decir más antes de que contestaran.

—¡George! Soy Steven Starling. ¿Tienes un minuto?

—Hola, Steven. —La voz que salió por el altavoz era amable—. Solo si de verdad es un minuto. Tengo una autopsia programada para las cuatro y aún no he almorzado.

—Seré rápido. No voy a hacer esperar a los muertos.

Hubo una media risa en la línea. —¿Qué quieres?

—Llevaste a cabo la autopsia de Layla Martin.

Una pausa. —Sí, fui yo.

—¿Y declaraste que la causa de la muerte era imposible de determinar?

—No exactamente. De hecho, la causa de la muerte fue relativamente fácil de establecer. Su corazón se paró, lo que produjo que se cortara el flujo de oxígeno al cerebro. Lo que no pudimos decir con certeza fue por qué se detuvo.

—¿Pero especulaste que podría haber sido simple miedo?

—Yo no lo llamaría simple. No es tanto el miedo en sí, sino la manifestación física del miedo. El corazón es una bomba. Si los músculos que lo rodean se tensan demasiado, pueden aplastarlo o restringir el flujo de sangre que entra y sale. Cualquiera de las dos cosas provocaría un fallo, y no necesita fallar durante mucho tiempo antes de causar daños irreversibles. Es relativamente inusual en los humanos, porque no solemos llevar vidas aterradoras. Pero en otros animales, los capturados para exhibirlos en zoológicos, por ejemplo, es bastante común.

—¿Y eso es lo que ocurrió en este caso?

—Probablemente sí. Hay otras posibilidades, por supuesto. La víctima podría haber tenido una condición genética en el corazón que hizo que se rindiera. No podemos asegurarlo. Lo que pudimos determinar es que el corazón falló, lo que llevó a la hipoxia del cerebro. Disculpa, mi bocadillo me está llamando y voy a darle un mordisco.

Starling le concedió un minuto, mientras unos gruñidos de satisfacción salían por el altavoz.

—¿Comprobaste si el cuerpo presentaba toxinas de una mordedura de serpiente?

Los ruidos cesaron.

—No. No lo hice —volvió al instante la voz. Entonces ambos hombres empezaron a hablar a la vez. Starling se calló, dejando hablar al patólogo.

—Llevamos a cabo una serie de pruebas estándar, dependiendo de cómo se presente la víctima y de las instrucciones del equipo de investigación. Y nadie mencionó veneno de serpientes. De hecho, no creo que sea algo que haya comprobado nunca. —El hombre hizo una pausa—. ¿Hay algo que deba tener en cuenta?

—En este momento, es muy poco probable, pero te agradecería que mantuvieras esta conversación confidencial.

—Por supuesto. Ni que decir tiene.

Starling consideró. —Si a Layla la hubiera mordido una serpiente, ¿podría haber sido eso la causa de que se le detuviera el corazón?

Hubo otro silencio.

—No estoy seguro de estar capacitado para decirlo. Puede que sí. Tal vez no.

—Si la hubiera mordido una serpiente y eso hubiera provocado que se le parara el corazón, ¿lo habrían detectado?

Otra pausa, pero cuando habló sonaba más seguro. —Me cuesta creer que hubiera pasado por alto las heridas punzantes que indicarían una mordedura de serpiente. Excepto...

—¿Sí?

—¿Recuerdas que había dos heridas inusuales en el cuerpo? Le faltaba una parte de la oreja izquierda, y había una pequeña zona en el lado derecho de la cintura donde también le habían arrancado tejido. En aquel momento especulé con que el tamaño, la forma y la ubicación eran compatibles con la extracción con una pequeña cuchilla de algún tipo, posiblemente un cuchillo de cocina, pero que no era posible decir por qué se había extraído. Supongo que es concebible que se hiciera para eliminar heridas punzantes. Aunque insisto, eso es pura especulación.

—Por supuesto. ¿Pero habrías sido capaz de decirlo en el momento de la autopsia? ¿Si te hubieran dicho que existía la posibilidad de que la chica hubiera muerto por la mordedura de una serpiente, habría quedado alguna prueba en el cuerpo?

Al responder a esta pregunta, el patólogo sonó circunspecto.

—¿Puedes darme veinte minutos? Voy a tener que hacer una llamada por mi cuenta en este momento.

Starling colgó y se quedó mirando a Cross. No hablaron mucho mientras esperaban, pero en menos de diez minutos volvió a sonar el teléfono.

—Starling.

—Steven. He hablado con una colega de los Estados Unidos, una patóloga con mucha experiencia. Trabajó muchos años en Australia también, por lo que pensé que podría tener algo que añadir.

—¿Y? ¿Lo tiene?

—Sí, pero no tanto de casos criminales. Parece que el asesino australiano medio sigue prefiriendo un buen apuñalamiento a la antigua. Pero ha trabajado en unas cuantas muertes accidentales por mordeduras de serpiente, es más común de lo que pensamos.

—De acuerdo. Continúa.

—Parece que hay varias maneras en que el veneno de serpiente puede atacar el cuerpo humano. Pero las dos más comunes son provocar el fallo de los riñones y, atento, provocar el fallo del corazón. Y antes de que preguntes, sí, esto último se presentaría de forma casi idéntica a lo que le ocurrió a esta víctima. Sin embargo, eso está lejos de ser concluyente.

—Por supuesto. ¿Pero habrías podido comprobarlo? ¿Hay pruebas?

—Sí. —Ahora sonaba cauteloso—. Pero ayudaría mucho si supiéramos la especie de serpiente.

—Podemos comprobar qué especie de serpiente tiene Clarke —murmuró Cross, más para sí misma que para el inspector jefe. Pero esa no era la pregunta que quería hacer—. Bien. Ahora la pregunta del millón de dólares. ¿Serías capaz de saberlo ahora? ¿Si exhumáramos el cadáver?

Una vacilación. —Tengo que decir que de verdad me has quitado las ganas de almorzar. Una exhumación ahora, ¿cuánto ha pasado? ¿Dos años? —Otra pausa—. De acuerdo. En teoría, sería posible, pero dependería del estado en que se encuentre el cuerpo. A su vez, eso dependería de una serie de factores: a qué profundidad fue enterrado, lo bien sellado que estaba el ataúd y si el cuerpo fue embalsamado. He visto cadáveres cuyos rasgos faciales siguen siendo reconocibles después de tanto tiempo. Y he visto una especie de sopa humana con huesos dentro. No hay forma de saberlo de antemano.

Unos minutos después, Starling pulsó el botón para finalizar la llamada. La sala quedó en silencio.

—¿Una exhumación? —Cross frunció el ceño con desagrado.

—Bueno, ya lo has visto. —Starling agitó una mano sobre los montones de papeles que ahora cubrían su escritorio—. Aquí no hay nada más. Si fue Clarke, y si usó sus malditas serpientes para matar a la chica, no veo otra forma de que podamos probarlo—. Incluso si encontráramos pruebas de... veneno de serpiente. No demostraría que fue la serpiente de Clarke, ¿no? Argumentaría que fue otra persona con otra serpiente, de la misma especie…

—Podría, pero ¿lo creerías si estuvieras en el jurado?

Cross no contestó.

—Otra posibilidad es que reconozca que lo sabemos y confiese. Pero incluso si no, sabríamos con certeza que fue él, y es probable que desbaratara cualquier defensa que haya establecido para protegerse. Podríamos iniciar una investigación a gran escala. En cualquier caso, estaría acabado.

Ella asintió con la cabeza, con la cara todavía retorcida por la idea.

—Pero hay otro problema —continuó Starling.

—¿Cuál?

—Si decimos que vamos a exhumar el cadáver para buscar pruebas de veneno de serpiente, sabrá perfectamente que sospechamos de él. Y eso le dará tiempo de sobra para destruir cualquier prueba que pueda quedar —Starling miró a lo lejos. Su despacho daba al aparcamiento, pero aún se veía un buen trozo de cielo.

—Entonces, ¿qué hacemos?

—No tengo ni la menor idea. Básicamente, necesitamos

una razón falsa para exhumar. Algo con lo que él esté de acuerdo porque sabe que no le implica, pero que nos permita llevar a cabo las pruebas que necesitamos hacer a escondidas.

La miró a los ojos, con la duda en su mirada. Y mientras lo hacía, a Cross se le ocurrió una idea.

—Hay una cosa que podríamos hacer —empezó—. Es un poco inusual pero...

CAPÍTULO CINCUENTA Y CINCO

CLARKE OBSERVÓ SU MUNDO. Su equipo había crecido de nuevo, de modo que ahora tenía quince agentes a sus órdenes. Todos trabajaban duro en tareas que no los llevarían a ninguna parte. Fuera de la comisaría, sabía que había un coche patrulla frente a la casa de Rachel y Jon Martin, donde otros dos agentes perdían el tiempo sin ellos saberlo. O quizá no del todo. Tal vez tranquilizaría a los padres verlo allí. O tal vez los mantendría concentrados en la amenaza contra su hijo.

Gale.

Solo de pensar en él se le erizaba la piel. El chico sería una especie de recompensa, razonaba ahora Clarke. Por los errores que había cometido con la hermana, y la falta de valor que había representado su muerte. Esta vez no habría miedo ni vacilación. Su plan estaba completo. Había evaluado y perfeccionado cada detalle hasta estar seguro de que no podía mejorarse más. Aún había margen para el error, cierto margen para que algo saliera mal, pero confiaba plenamente en su capacidad para improvisar bajo presión: los últimos acontecimientos lo habían demostrado. Ahora solo era cuestión de elegir el momento.

—Jefe. —Las cavilaciones de Clarke se vieron interrumpidas por una de sus subinspectoras que acababa de colgar el teléfono.

—¿Qué pasa?

—Algo un poco extraño. Hemos recibido otra llamada del equipo de *Crimebusters.* —Clarke casi perdió todo interés: aún no había hecho su segunda llamada, así que esto tenía que ser falso o un error. Pero no podía demostrar que lo sabía. Así que se hizo el interesado.

—¿Ha vuelto a llamar?

—No. Al menos, no lo parece. El número correspondía a un móvil de pago, y era la voz de una mujer. No dio ningún nombre.

—Bueno, ¿y qué dijo? —Clarke se esforzó por disimular la irritación de su voz. Fuera lo que fuera, era una distracción para su grandioso plan, y deseaba poder simplemente enviar a esa mujer de vuelta a su escritorio.

—No mucho. Solo dijo que esto nos ayudaría a encontrar al asesino de Layla Martin, y nos dio un montón de letras y números.

Clarke esperó y, al ver que la mujer no seguía, espetó. —¿Letras y números?

—Sí. B09DK4TZ2D. Seis letras, cuatro números. B, cero, nueve, D, K, T...

—Vale, vale. ¿Algo más? ¿O solo dio un código?

—Lo repitió dos veces, y dijo que eso nos daría todo lo que necesitamos saber. Luego colgó. —La joven subinspectora esperó mientras Clarke luchaba por concentrarse.

—Bueno, y ¿qué significa?

—No tengo ni idea, jefe.

—Enséñame todo el código —exigió Clarke, y luego se quedó pensativo mientras ella deslizaba los dígitos manuscritos delante de él. No tenía ni idea de lo que significaban, y apenas le importaba. Se trataba de un loco que intentaba aprovecharse de su brillantez, la de Clarke, y ahora tenía que enfrentarse a ello.

Y entonces, como si el momento no hubiera sido ya irritante, Starling llegó merodeando por el despacho con su uniforme mal ajustado.

—¿Pasa algo? —preguntó Starling, con una sonrisa bobalicona en el rostro. Antes de que Clarke pudiera hacer nada para detenerla, la joven le estaba hablando del misterioso código, como si realmente pudiera ser algo con importancia.

—Seguramente no sea nada —interrumpió Clarke—. Es muy probable que sea un falso aviso, llamamientos como este suelen sacar a los locos de sus madrigueras.

Se arrepintió del comentario cuando Starling volvió los ojos hacia él. —Podría ser algo. ¿Lo has investigado?

—¿Investigado...?

—¿Has intentado averiguar a qué se refiere? No me atrevería a descartarlo sin al menos intentar averiguarlo.

Mientras Starling hablaba, Clarke ya podía ver a otro miembro de su equipo abriendo la pantalla de inicio de Google y tecleando los dígitos uno a uno. Frunció el ceño, ansioso.

¿Qué demonios era esto?

Starling y la joven subinspectora se agruparon alrededor de la pantalla, que ya devolvía una lista de resultados. Pero al cabo de un par de segundos, estaba claro que todos llevaban a lo mismo.

—¿Qué es eso? —preguntó la joven.

El agente que había tecleado la búsqueda respondió, estaba lo bastante cerca como para leer el texto.

—Es una página para un lector de microchips de mascotas.

• • •

Veinte minutos más tarde, los conocimientos combinados de la sala sobre la tecnología y las prácticas de los microchips para animales habían pasado de prácticamente nulos a un nivel casi de experto. Los chips tenían el tamaño aproximado de un grano de arroz y utilizaban tecnología de identificación por radiofrecuencia, conocida como RFID, para almacenar un código de identificación único dentro del cuerpo de un animal. Su inserción era inofensiva y casi indolora, y se utilizaba normalmente en animales de compañía, pero los dispositivos también se empleaban en ganadería. El código que el chivatazo había revelado no era un código real de un microchip para mascotas, sino el número de producto de Amazon que mostraba la página de venta de una máquina que los leía.

Cuando esto se supo, casi todos los presentes en la sala habían dejado de hacer el trabajo que Clarke los había encomendado y se unieron a la conversación, formulando variaciones sobre la misma pregunta.

«¿Por qué alguien enviaría una pista sobre un lector de microchips para mascotas?»

Y el equipo, compuesto por hábiles y experimentados inspectores, no dudó en especular y buscar vínculos con lo que ya sabían del caso. En cuestión de minutos habían identificado que su lista de posibles sospechosos incluía a un hombre, a quien habían descartado hace tiempo, que había hecho la carrera de veterinaria y a otro que trabajaba en una granja.

Clarke escuchó, y su irritación y frustración empezaron a evaporarse al ver las posibles ventajas de este extraño giro del destino. Al cabo de media hora Starling, que había permanecido allí todo el tiempo, señaló el pequeño despacho de Clarke con una inclinación de cabeza.

—Un minuto de tu tiempo si es posible, inspector Clarke. —Starling empezó a caminar hacia la oficina sin esperar.

Clarke volvió a fruncir el ceño, pero le siguió.

—¿Estás pensando lo mismo que yo? —preguntó Starling, una vez hubo cerrado la puerta tras Clarke. Se apoyó en el borde del escritorio de Clarke, sin dejarle a este ningún sitio cómodo donde ponerse, por lo que acabó de pie, incómodo, junto a la puerta.

«Sinceramente lo dudo» pensó Clarke.

—¿En qué está pensando, inspector jefe?

Starling pareció serio por un momento. —Estoy pensando que en cualquier momento me vas a preguntar qué opciones hay de utilizar uno de estos escáneres sobre lo que quede de Layla Martin, pero quiero pedirte la mayor precaución posible.

—No estaba... —Clarke se detuvo. No tenía tiempo para esto. Necesitaba repasar su plan; estaba casi listo para ponerlo en marcha, pero era complicado, y no tenía espacio en su cabeza para nada más. Clarke tenía una opinión muy elevada de su propio intelecto, y de hecho era lo bastante inteligente como para saber que todo tenía un límite. Si tenía que dividir su atención entre demasiados frentes ahí era cuando podían producirse errores. Fijó una mirada neutra en su rostro y trató de pensar.

¿Qué haría un inspector en su posición, si no fuera también el asesino? ¿Cómo debería actuar ahora?

No quería enfrentarse a la respuesta, y no solo porque fuera una enorme pérdida de tiempo. Una patraña inventada por un bicho raro. También había otra razón. El cuerpo de Layla estaba bajo tierra. Cuando devolvieron los restos a la familia, había hecho todo lo posible para convencerlos de que la incineraran. Pero ellos insistieron en el entierro. Resultó que había tenido la mala suerte de elegir a una familia que poseía su propia parcela en un cementerio... ¿Quién demonios tiene todavía una de esas? Pero no importaba, ella estaba bajo tierra y olvidada. Lo último que quería hacer era volver a desenterrarla.

Se quedó mirando a su jefe, allí sentado, esperando una respuesta. Starling no sospechaba nada, pero si a Clarke no le interesaba aquel estúpido microchip, podría llegar a sospechar. Y si querían desenterrarla y escanearla como a un perro rabioso, bueno... ¿qué había de malo en eso?

—¿Qué opciones tenemos, jefe?

Starling negó con la cabeza. —He participado en un par de exhumaciones y no es nada fácil. Necesitaríamos la autorización del Ministerio del Interior y la supervisión de Sanidad Ambiental. Además, es caro. No es solo el coste de un par de palas. —Hizo una pausa—. Y es muy traumático para la familia. Necesitaría que me aseguraras que no hay otras áreas más prometedoras para la investigación. ¿Has encontrado algo durante tu investigación en el historial familiar?

La pregunta directa sacudió a Clarke. La verdad era que no había tenido tiempo de prestarle mucha atención; sus propios planes habían tenido prioridad.

—Todavía nada, jefe. —Dudó, pero sabía que tenía que continuar. Para parecer convincente en su acto de querer encontrar al asesino de Layla, no tenía más remedio que parecer dispuesto a seguir esta nueva pista—. Creo que tenemos que hacerlo. —Se sintió asqueado de sí mismo por decir esas palabras.

—Yo también, Kieran. Yo también lo creo.

Clarke suspiró para sus adentros, sabiendo que una nueva tarea acababa de caer en sus manos. Tendría que rellenar un montón de papeleo para organizar una exhumación, y no encontraría nada. No era más que una costosa y extraña distracción. Y sobre todo era también completamente irrelevante.

Pero no retrasaría sus planes por mucho tiempo.

CAPÍTULO CINCUENTA Y SEIS

TRES DÍAS DESPUÉS, Clarke hizo saber a todo su equipo que no lo molestaran. Aquello le dio la oportunidad de dormitar en su despacho. Lo hizo con facilidad, sabiendo que más tarde necesitaría estar lo más alerta posible. Prefería trabajar de noche: la oscuridad le inspiraba pocos temores y la mayoría de la gente estaría durmiendo, dejando el mundo libre para los cazadores.

El paripé de organizar la exhumación al menos ya había finalizado. Aún quedaba que la autorizaran, pero eso era una formalidad, ya que Starling había dado su aprobación de antemano. Y una vez sellada la notificación, Clarke no tenía nada que hacer. Tal vez ni siquiera asistiría cuando la desenterraran; todo dependía de cómo fueran las cosas después de esta noche. Se humedeció los labios con la lengua, saboreando el aire.

Salió de la oficina temprano y se dirigió en primer lugar al calabozo para hacer allí los últimos preparativos. Había instalado una pequeña nevera en el piso de abajo y la había llenado de comida. Luego comprobó que los grilletes estuvieran bien sujetos. Se sintió extraño al tocarlos, sabiendo que pronto contendrían al niño. Gale. Clarke volvió a casa a esperar, impaciente porque empezara el drama.

No cocinó, sino que pidió comida para llevar del restaurante indio de su barrio. Se tomó el curry en la cocina, con la televisión y la radio apagadas. Dio de comer a sus chicas Se duchó. Se paseó inquieto por su casa.

A medianoche encendió su ordenador portátil y configuró los programas que desviarían la llamada de su segundo teléfono móvil por otra ruta complicada y tortuosa. Mientras lo hacía, pensó en la llamada que habían recibido acerca del microchip, había procedido de un teléfono desechable. Podía haber utilizado la misma técnica, pero había preferido no hacerlo, ya que aún podía rastrearse, aunque el número no figurara en ningún sitio. La llamada procedía de algún lugar del sur de Londres. Se preguntó quién la había hecho y cuál era su intención. Pero se quitó el pensamiento de la cabeza, tenía que concentrarse. Ahora todo dependía de su nivel de concentración.

Debido a la amenaza contra Gale, se habían puesto en marcha ciertos procedimientos y otros se habían adaptado a la situación. Adaptados con la ayuda del investigador jefe, el inspector Clarke. Uno de ellos era que habría dos agentes uniformados apostados en un coche patrulla en el exterior de la casa de los Martin siempre que Gale estuviera allí. Una segunda consistía en que, en caso de que se transmitiera a estos agentes una amenaza renovada o en directo, debían entrar en la casa para aumentar el nivel de protección directa o bien sacar a Gale fuera de la propiedad y llevarlo a un lugar seguro donde estuviera a salvo.

A la una de la madrugada, Clarke hizo la llamada, conectando su segundo teléfono a su ordenador portátil para que se desviara a través de un programa informático. Había grabado con antelación lo que quería que dijera, de modo que, cuando sonara su móvil de policía, pudiera responder con normalidad. Escuchó cómo el archivo empezaba a reproducirse, desde su teléfono secreto a su teléfono normal. Unos segundos después, pulsó el botón de inicio de una aplicación de grabación que había instalado y empezó a hablar, exigiendo saber quién hablaba y dónde estaba. El efecto que quería crear era que la llamada lo había despertado, pero enseguida comprendió su importancia y trató de asegurársela como prueba.

Entonces terminó la llamada en el primer teléfono, pero siguió hablando en el segundo, como si no supiera que el interlocutor había colgado. Después colgó también en su móvil normal.

El corazón le latía con fuerza en el pecho. Ya no había vuelta atrás. Durante los días siguientes, su equipo al completo estudiaría los registros telefónicos y los horarios de las llamadas con sumo cuidado, y tal vez con un poco de recelo. Pero si todo parecía correcto, él estaría fuera de toda sospecha.

Quitó la tarjeta SIM y la batería del teléfono desechable, colocó los tres componentes en la licuadora y la encendió. El ruido fue horrible, un chirrido furioso cuando las cuchillas atacaron el metal y el plástico, pero el aparato quedó destruido en segundos, mucho más allá del estado en que se podía recuperar cualquier información de él. Vació cuidadosamente los restos en una bolsa de plástico, lavó la batidora y la dejó escurrir. Luego hizo una segunda llamada.

—Soy el inspector Clarke, ¿estás en posición frente a la casa de los Martin? —preguntó, en cuanto la línea conectó—. ¿Pasa algo?

Contestó un hombre, el agente Paul Johnson. Clarke lo conocía bien. De hecho, lo había seleccionado específicamente para ese papel.

—Sí, jefe, estamos aquí. No ha pasado nada.

—¿Estás seguro? Acabo de recibir una llamada. Parecía el mismo tipo que amenazó al chico antes.

Hubo una pausa. Clarke podía imaginarse al hombre parpadeando en la oscuridad. Casi podía ver cómo se le hinchaba el pecho mientras la decepción de pasar otro turno aburrido era sustituida por la esperanza de que algo dramático pudiera ocurrir.

«Si supiera la que se avecinaba.»

—Negativo, jefe. Están todos en la cama. Apagaron las luces hace una hora.

—Bien. Necesito que entres en la casa —Clarke esperó un momento—, ahora mismo. Por lo que acaba de decir, es posible que el asesino esté dentro de la casa. —No había necesidad de transmitir exactamente el mensaje que acababa de enviar; no se esperaría que lo hiciera, y tenía que actuar tal y como lo haría un oficial superior, en estas circunstancias. Oyó tartamudear a Johnson, que no le seguía el ritmo.

—Yo... es que...

—¿Sigues ahí?

—Sí.

—¿Por qué? Entrad ahí, ahora, los dos. He recibido información creíble de que el sospechoso puede estar dentro de la casa Martin. Date prisa.

Aun así el muy idiota parecía incapaz de actuar. ¿Había sido la elección correcta, después de todo?

—Pero ¿cómo lo hacemos, jefe? Están todos dormidos.

Joder.

—Pues despiértalos de una puta vez. Ve a la habitación de Gale Martin y llámame en cuanto lo hayas visto. Voy para allá ahora mismo. —Clarke cortó la llamada y cogió las llaves del coche. Se tomó un momento para respirar hondo y disfrutar de la excitación que sentía en la cabeza. Luego se dirigió a la puerta y recogió la bolsa del móvil roto mientras avanzaba.

. . .

Pasó por delante de una papelera pública que había identificado unos días antes, a la entrada de un parque. Los dueños de perros la utilizaban a diario para depositar en ella los residuos de sus animales. Su propia bolsa, cuando la tirara, tendría un aspecto lo bastante parecido como para no levantar sospechas. Y nadie querría rebuscar ahí para investigar su verdadero contenido. Mientras volvía al coche, sonó de nuevo su móvil de trabajo.

—Jefe —era Johnson.

—¿Lo tienes? ¿Has visto al chico?

—Está dormido... bueno, estaba dormido. Lo hemos despertado, y a los padres.

—¿Pero lo has visto? ¿El niño está bien?

—Sí, jefe. Afirmativo, jefe. Estoy en la puerta de su habitación. Está en la cama, con la madre.

—Vale, muy bien. —Clarke fingió sonar aliviado—. Necesito que bajes las escaleras. Comprueba si hay signos de que hayan forzado la entrada. Alguien tiene que quedarse con el niño mientras lo haces.

—Claro. —Johnson sonaba aturdido. Fuera de sí. Bien.

—Quédate al teléfono mientras lo haces. Ya casi estoy allí.

Clarke tenía la casa a la vista ahora. Esto tenía que pasar rápido. Siguió hablando por el sistema manos libres del coche.

—Jefe, he comprobado todas las ventanas y puertas. No hay signos de entrada forzada.

—Muy bien. Gracias, Johnson. —Clarke se quedó callado unos segundos, pero luego continuó—. Hay otra posibilidad para explicar el mensaje que he recibido —dijo, como si pensara en voz alta.

—De acuerdo. ¿Cuál es, jefe?

Clarke vaciló, como si no quisiera expresarlo. —Si alguien en esa casa acaba de enviarme una amenaza contra Gale, y no hay intrusos, entonces podría tratarse de uno de los padres. —Golpeó rápidamente el volante con el pulgar, como si estuviera pensando en el acto—. O quizá, los dos. Hasta que lo sepamos con seguridad, necesito que te lleves a Gale. —Hablaba como si acabara de tomar la decisión, pero ahora que estaba tomada, había que actuar en consecuencia—. Sácalo de ahí. Lo llevaremos de vuelta a la comisaría donde podamos estar seguros, y hasta que averigüemos qué demonios está pasando.

—Pues... —Johnson sonaba ansioso—. Eso no va a ser fácil, jefe. La madre es bastante protectora.

—Necesito que lo consigas, Johnson. Cueste lo que cueste. Si tienes que arrestarla para sacar al chico de ahí, ¿lo haces? ¿Entendido?

—Sí, jefe.

—¿Vas a conseguirlo?

—Sí, jefe.

—Bien hecho.

Clarke había dicho suficiente. Colgó el teléfono.

En el interior de la casa de los Martin había una sensación de conmoción caótica. Jon había bajado en bata a abrir la puerta, pero cuando los agentes subieron encontraron a Rachel despierta en el dormitorio del niño. Se había quedado allí. No parecía dispuesta a perder de vista a su hijo.

Johnson volvió a subir y se colocó en la puerta.

—Señora, me temo que hemos... —Johnson se detuvo al ver la expresión de terror en el rostro del niño—. ¿Podríamos hablar fuera?

Salieron al pasillo y Rachel cerró la puerta, diciéndole de nuevo a su hijo que no había nada que temer. Johnson habló en voz baja.

—Señora, hemos recibido lo que parece ser una amenaza creíble e inminente contra su hijo. Como resultado, necesitamos llevárnoslo a un lugar donde podamos garantizar su seguridad. —Johnson se aclaró la garganta.

La madre respiraba con dificultad, con un evidente terror escrito en el rostro. Pero asintió, como si se esforzara por mantener el control de sí misma. —De acuerdo. Iré con él.

Johnson estuvo a punto de asentir también, pero luego sacudió la cabeza. —No. Eso no va a ser posible.

—¿Cómo que no va a ser posible? —La voz de Rachel subió de tono—. No pienso dejarlo.

Las palabras de Clarke resonaron con fuerza en la cabeza de Johnson. De algún lugar encontró las palabras adecuadas. —Lo siento señora, pero va a tener que hacerlo. La naturaleza de la amenaza... No puedo entrar en detalles por razones de seguridad. Pero si no hace exactamente lo que le digo, puede poner a su hijo en peligro.

—¿Por qué? —Rachel parecía aterrorizada de nuevo—. ¿Qué estás diciendo? Gale está a salvo conmigo. Él solo está a salvo conmigo.

Después de lo que Clarke acababa de decirle, las palabras de la madre sonaron sospechosamente a amenaza, más aún cuando prosiguió.

—No. No voy a dejar que te lo lleves —insistió Rachel.

—Señora, va a tener que hacerlo —La voz de Johnson se endureció.

—No. De ninguna manera. No voy a dejarlo.

Johnson la miró con dureza, preguntándose qué hacer. Le encantaba ser policía. Su papel favorito era el de separar a los borrachos que se peleaban fuera de las discotecas. Podía pegarlos, dentro de lo razonable, ya que hoy en día casi todos los agentes llevaban cámaras corporales y la gente tenía teléfonos móviles. Pero podía ser bastante contundente cuando los metía en la furgoneta y salirse con la suya. Al principio le había entusiasmado que lo enviaran a proteger de un asesino psicópata la casa de los Martin.

Hasta que resultó ser increíblemente aburrido. Pero esto era cualquier cosa menos aburrida. Estaba casi abrumado por el momento, por la intensidad de este.

—Señora, la naturaleza de la amenaza...

—He dicho que no. No pienso dejarlo.

—No tiene elección. —Automáticamente la mano de Johnson buscó sus esposas, que siempre llevaba enganchadas al cinturón.

—¿Qué estás haciendo? —Rachel debió de ver el movimiento—. ¿Vas a arrestarme? —El tono de su voz lo hizo detenerse, y ella continuó—. ¡Esto es una locura!

Johnson se dio cuenta de que ahora hablaba con su marido, que había llegado al final de la escalera. Tragó saliva y miró al padre. Otra amenaza. Dos contra uno. Pero lo habían entrenado para este escenario. Debía tomar el control de la situación y demostrar autoridad.

—Eso es exactamente lo que me han ordenado hacer. Si no acata las órdenes.

—¿Acatar órdenes? ¿Qué está pasando aquí? —interrumpió Jon.

—Este oficial quiere llevarse a Gale.

—¿Llevárselo a dónde? ¿Por qué?

—Quédese donde está, señor. Necesito llevar a su hijo a un lugar seguro. No puedo revelar dónde es en este momento. Tampoco puedo revelar la naturaleza de la amenaza, pero puedo asegurarle que es altamente creíble. —Ahora las palabras fluían como el agua para Johnson. Su entrenamiento se combinaba fácilmente, peligrosamente, con los miles de programas de policías que había visto en la televisión—. Necesito que ambos se aparten y me dejen hacer mi trabajo.

Rachel miró a su marido durante un instante y luego se volvió hacia Johnson. —Ni hablar —dijo al tiempo que se ponía en movimiento.

Casi sin pensarlo, Johnson se había colocado de manera

que bloqueaba el camino de Rachel de vuelta a la puerta de la habitación del niño, y cuando ella trató de empujarlo, él se movió rápido. La agarró del brazo, se lo enrolló en la espalda y lo levantó, con fuerza. Ella gritó de inmediato y él retrocedió un poco. Pero mantuvo su brazo allí, inmovilizándola en su lugar.

—Señora Martin, no voy a dejar que entre ahí. Y si no retrocede, la arrestaré por agresión a un agente de policía.

—¿Agresión?

El otro agente se había unido a ellos, era más joven que Johnson y con menos experiencia. Se había pasado los últimos turnos cautivado por las historias de Johnson sobre cómo era la policía de verdad. Johnson intentó indicar con la mirada lo que necesitaba que hiciera su colega.

—¿Qué pasa, Paul?

—Tengo que poner al chico a salvo —ordenó Johnson. Tenían el mismo rango, pero no había duda de quién era el superior—. Tienes que quedarte con los padres hasta que lleguen los refuerzos. Están en camino.

El agente se acercó, con los ojos muy abiertos, mientras Rachel seguía forcejeando. Pero con el agarre que Johnson utilizaba, le resultaba fácil mantenerla fija en su sitio. Volvió a levantarle el brazo, con la intención de tranquilizarla.

—Suéltame —consiguió decir entre jadeos. Pero Johnson transfirió con destreza el brazo de Rachel a su compañero, soltándolo solo cuando se aseguró de que él también tenía el agarre correcto.

—¿Qué estás haciendo? —preguntó Rachel, pero Johnson la ignoró.

—Llévala al dormitorio —Johnson estaba ahora metido de lleno en su papel. Ladeó la cabeza hacia el dormitorio principal—. Llevaré al niño a un lugar seguro. —Su colega hizo lo que le dijo, los forcejeos de Rachel ahora eran inútiles. Pero su última llamada fue a su marido.

—¡Jon, haz algo!

Dio un paso vacilante hacia el agente. —¿De verdad que esto es necesario? —preguntó Jon.

—Sí, señor. Lo es —respondió Johnson sin más—. Y si no quiere que lo arrestemos, acompañe a mi colega a la habitación.

—¡No! —imploró Rachel—. No lo hagas, Jon. ¡Quédate con Gale!

Jon vaciló y Johnson le ordenó que se moviera. Parecía que el padre estaba en buena forma pero Johnson no dudaba de que podría encargarse de él. Pero eso no dejaría a nadie para mover al niño.

—No lo hagas, Jon. No te atrevas a dejar a Gale.

—Por Dios, Rachel —Jon pareció resquebrajarse bajo la presión. Dio otro paso más cerca de la puerta del niño, pero se detuvo cuando Johnson se tensó. Se volvió hacia su mujer.

—Mira, no sé qué está pasando aquí, pero que nos arresten no va a ayudar. Creo que debemos confiar en el agente.

—Así es, señor —gruñó Johnson.

Rachel forcejeó de nuevo, pero el otro oficial apretó su agarre, diciéndole que se quedara quieta.

—¿Adónde llevan a Gale? —Jon se volvió hacia Johnson. Pero el agente ya no le prestaba atención. Tenía su oportunidad y la iba a aprovechar. Abrió de un golpe la puerta de la habitación del chico y miró a su alrededor. El niño seguía a salvo, tumbado en posición fetal en la cama, temblando de miedo.

—No te preocupes, hijo. Voy a ponerte a salvo. ¿De acuerdo?

Johnson podía levantar el doble de su peso corporal en el gimnasio, y el niño no pesaba nada. O tal vez era por el subidón de adrenalina que le había producido el enfrentamiento con los padres. En cualquier caso, levantó al chico de la cama sin dificultad alguna.

—Lo llevaremos a un lugar seguro. Y los refuerzos están a punto de llegar para mantenerlos informados —asintió al padre mientras lo empujaba con un brazo y con el otro cargaba al niño. Luego bajó rápidamente las escaleras. Y salió de la casa.

Clarke observó desde la calle cómo Johnson salía de la casa con el niño bajo el brazo. Los padres no estaban a la vista. Perfecto. Cerró el puño mientras aceleraba el coche, haciendo derrapar las ruedas al acelerar tan rápido. Luego frenó en seco para detenerse detrás del coche de policía de Johnson, justo cuando este cerraba la puerta trasera con Gale dentro.

Clarke salió de un salto y empezó a hablar de inmediato, sin querer dar tiempo a Johnson para pensar. —¿Los padres siguen dentro?

—Sí, jefe.

—¿Algo sospechoso?

—No. Hemos tenido que sujetar a la madre.

Los ojos de Clarke se abrieron de par en par durante un segundo. No habría importado si Johnson no hubiera estado a la altura de su papel, Clarke tenía un plan de respaldo, que implicaba entrar y coger a Gale él mismo, pero el grandullón se había lucido.

—Buen trabajo. Probablemente sea una falsa alarma, pero lo has hecho bien. Ahora quédate en la puerta hasta que lleguen los refuerzos. Llevaré al chico a la comisaría.

—Jefe... —Johnson dudó. Algo en el cambio de plan le pareció extraño. Dio vueltas a las llaves del coche en la mano, pero no se las pasó.

—Dame las malditas llaves —Clarke le tendió la mano.

Hubo un momento de vacilación y Johnson se las pasó.

—Bien. Ahora vete. Vigila la puerta.

Johnson volvió hacia la puerta principal, mirando la noche con alarma, mientras Clarke subía al coche.

Y Clarke no pudo resistir una sonrisa al ver la mirada aterrorizada de Gale en el asiento trasero, la forma en que el chico intentaba desesperadamente abrir las puertas, pero se trataba de un coche de policía. La parte trasera estaba adaptada para que las puertas no se abrieran desde el interior y una rejilla metálica separaba la parte trasera de la delantera. Encendió el motor.

«No te confíes. Aún no estamos fuera de peligro. Ni siquiera hemos entrado de lleno en él.»

Clarke veía el miedo en los ojos del chico mientras se alejaba calle abajo, pero no le importó. Condujo deprisa, siguiendo una ruta que había estudiado durante largas noches de planificación. La primera parte le llevó a la vista de varias cámaras de videovigilancia. Ayudaría si otros coches fueran captados al mismo tiempo, pero aunque no fuera así, no importaba. En lugar de dirigirse a la comisaría, se desvió por un camino que daba más vueltas. La explicación que daría más tarde fue que estaba evitando tomar una ruta que pudiera ser anticipada.

Por fin, aminoró la marcha según se acercaba a su destino. El lugar que había elegido era tranquilo, no había casas a la vista y casi ninguna posibilidad de que otros coches lo interrumpieran a esas horas de la noche. El niño gritaba y lloraba en la parte trasera del coche. Clarke estaba tan concentrado que casi no se había dado cuenta.

Ahora.

Viró bruscamente a la izquierda, manteniendo el control del vehículo durante el leve derrape al salirse de la carretera, y luego apuntó para atravesar la línea inicial de zarzas tupidas. Golpearon el coche al salirse de la carretera. Un poco más allá había dos árboles pequeños. Apuntó al mayor de ellos, tratando de golpearlo en el lado izquierdo del capó del coche. El impacto produjo un estruendo y el airbag se disparó. Clarke chocó con él, más fuerte de lo que había imaginado, pero no tanto como para sentirse herido. De hecho, no sintió nada. Solo sentía una despiadada concentración. Respirando con dificultad, se detuvo solo unos segundos antes de que el airbag se hubiera desinflado lo suficiente como para poder moverse. Se desabrochó el cinturón de seguridad y empujó la puerta. Estaba preparado para abrirla a golpes si era necesario, pero por suerte no estaba dañada y se abrió con facilidad.

Salió a trompicones y sacó el móvil del bolsillo. Lo arrojó a la maleza, a unos metros del vehículo. Luego se metió la mano en el bolsillo de la chaqueta y cogió otros dos objetos. El primero era un pequeño martillo de emergencia para vehículos, con el que rompió la esquina de la ventanilla del conductor. Se hizo añicos al primer golpe, y al segundo pudo hacer un agujero.

Ignorando al chico, que ahora gemía más que gritaba, cogió el otro objeto, un pequeño bote de gas lacrimógeno. Podría haber cogido uno de la comisaría, pero era fácil de conseguir en la internet profunda. Le quitó el seguro y lo metió al interior del coche, apuntando a la cara del chico. Apretó el gatillo y vertió todo el contenido, sin hacer caso de los gritos. En cuestión de segundos, todo el coche se llenó de nubes de esa sustancia.

Clarke esperó treinta segundos y abrió la puerta trasera. Gale estaba desplomado de lado en el asiento, con los ojos en blanco. Clarke sintió un pálpito de miedo de que aquello pudiera haberlo matado, a pesar de sus investigaciones. Aun así, se inclinó hacia él, ató al chico y le vendó la boca. Luego lo agarró por los pies y tiró de él hacia fuera, sin importarle que la cabeza golpeara el suelo al hacerlo. Después lo cogió en brazos y se puso en marcha.

Había unos cincuenta metros hasta el sitio donde había

aparcado una furgoneta. El chico pesaba mucho, no estaba del todo inconsciente y Clarke había tenido un accidente, pero podría haber corrido diez veces más, tal era el efecto de la adrenalina en su organismo. Llegó, abrió la puerta trasera de un tirón y metió al niño dentro. Cerró la puerta de atrás con llave y corrió hacia la puerta del conductor. Dentro de la cabina, vio por primera vez su propia cara, sus ojos inyectados de sangre.

Desde donde había abandonado el coche de policía hasta el almacén había once minutos de trayecto, era lo más cerca que se había atrevido. Una vez allí, abrió la puerta de atrás de la furgoneta y se echó al chico sobre los hombros, estaba aún más aturdido y lloriqueando. Metió a Gale y bajó los escalones hasta la mazmorra preparada de antemano y, trabajando deprisa, aseguró las ataduras de tobillos y muñecas a los grilletes que había instalado en el suelo.

Clarke notó cómo le temblaban las manos mientras trabajaba, pero en lugar de angustiarlo, lo emocionó. No era una fantasía: lo estaba haciendo. No. Lo había conseguido. Tras dos años de inactividad, volvía a ser el todopoderoso. Tenía un chaval en la mazmorra. Se sacudió el pensamiento. Recuperó la concentración.

«Todavía no. No lo celebres todavía».

Comprobó la habitación, la volvió a comprobar, y se dio por satisfecho. El chico tenía muy mal aspecto, pero en teoría no debería morir por los efectos del gas, y tenía agua. Además, Clarke tenía que volver. Fuera, lo cerró todo, aparcó la furgoneta en la parte de atrás y se marchó en la moto. La aparcó a dos minutos de donde el coche de policía siniestrado seguía escondido entre los arbustos junto a la carretera. Aunque había planeado que fuera casi invisible si pasaba tráfico, sintió un gran alivio al comprobar que estaba exactamente como lo había dejado.

Una vez más, miró rápidamente a su alrededor para asegurarse de que no se le había escapado nada. El tiempo había sido seco y, aunque el suelo estaba arañado y la vegetación pisoteada, no había huellas. Una preocupación menos.

Se metió de nuevo en el coche, se abrochó el cinturón de seguridad y sacó unas esposas del bolsillo. No eran las que llevaba la policía, sino otras que había comprado en una página de compraventa en la internet profunda. Enganchó un extremo alrededor del volante y el otro alrededor de la muñeca derecha y, antes de que tuviera tiempo de pensar en el dolor, sacudió la mano, una, dos, tres veces, como si intentara liberarse. Finalmente, sacó el segundo bote de gas lacrimógeno del bolsillo. Se apuntó a la cara, tomó una última bocanada de aire y tiró de la lengüeta.

Por segunda vez en media hora, el coche se llenó casi de inmediato de los vapores químicos. Al cabo de unos instantes, Clarke estaba gritando de dolor.

CAPÍTULO CINCUENTA Y SIETE

EL CORO del amanecer empezó temprano y con suavidad. Pero pronto ganó en ritmo, de modo que, para los agudos sentidos de Clarke, se volvió increíblemente hermoso. Casi le pareció que los pájaros se habían reunido allí para cantarle un concierto privado en honor a lo bien que lo había hecho. A medida que alcanzaba su crescendo, se bañaba en él, maravillado por su exquisita belleza, su brillo reflejo propio.

Pero había un pequeño problema. En el subidón de adrenalina de la noche anterior, para atrapar al chico y asegurarse de que no recayeran sobre él ni sospechas ni culpas, había descuidado un elemento. Antes de esposarse al volante del coche no había pensado en cuándo volvería a ir al baño. En su fase de planificación, había esperado que le descubrieran mucho antes: se había imaginado helicópteros sobrevolando, equipos de hombres abriéndose paso entre la maleza hasta dar con él. Oír a los pájaros literalmente cantando sus alabanzas fue una ventaja inesperada. Pero, en cualquier caso había subestimado lo ineptos que eran en realidad sus colegas, y ahora se sentía incómodo.

Clarke consideró sus opciones. Quizá pudiera liberarse

lo suficiente, con una sola mano, para abrir la puerta del coche y hacer sus necesidades fuera. Sería incómodo, pero pronto tendría que intentarlo. Pero mientras pensaba en eso, se le ocurrió otra idea. ¿Qué mejor manera de consolidar la impresión de que él era tan víctima de lo que hubiera pasado como el chico, que verse obligado a hacer sus necesidades aquí mismo? En el asiento. Sería embarazoso, pero de eso se trataba. Le gustaba la idea.

Justo entonces, se oyó el sonido de un motor, no pasando por la carretera, como habían hecho otros esa mañana, sino aminorando la marcha y luego deteniéndose. Después, gritos. La presión en su vejiga seguía allí, y de repente la liberó, sintiendo el líquido caliente que se acumulaba en el asiento y corría por su pierna. El olor acre humeaba en el aire fresco de la mañana. Inspiró profundamente. Unos instantes después lanzó un débil grito.

—¡Socorro, estoy aquí!

Entonces se asomó un rostro a la ventana, un agente que no conocía, pálido de miedo. La puerta se abrió de un tirón, Clarke se sacudió y casi se cae de lado. El hombre tuvo que atraparlo, antes de que las esposas en su muñeca lo detuvieran.

—¡Ay Dios...! —El agente retrocedió con un horror que hizo que un pulso de excitación recorriera a Clarke.

—El niño, se han llevado al niño.

—Jefe, está herido. No se mueva, hay una ambulancia en camino.

Clarke obedeció, dejándose llevar por el cansancio que sentía y la resaca de adrenalina de la noche anterior. Primero le quitaron las esposas; había utilizado un juego que tenía la misma llave que sus esposas de serie. Pero no le permitieron salir del coche hasta que los paramédicos se aseguraran de que su cuello estaba intacto. Mientras tanto, respiraba dulcemente el oxígeno embotellado, que sabía a néctar después del gas lacrimógeno.

Luego lo subieron a una camilla y lo llevaron a una ambulancia. Para entonces era uno más de la docena de vehículos de emergencia que abarrotaban el lugar. Allí vio el Jaguar del inspector jefe, justo antes de que el hombre se abriera paso entre los médicos.

—Clarke, ¿qué demonios ha pasado?

Clarke explicó lo mejor que pudo con voz quebrada. El mensaje que había recibido, la voz de un hombre que decía estar vigilando a Gale mientras dormía. Su propia incertidumbre sobre si el autor podía ser uno de los padres, quizá el mismo Jon. Y luego la prisa por llevar a Gale a la comisaría, tal y como establecía el protocolo acordado por el propio Starling. Pero por el camino tuvo la sensación de que lo seguían. Su posterior decisión de no tomar la ruta previsible, sino intentar eludir a quien pudiera estar siguiéndolo. Y entonces, lo sacaron de la carretera, quizá un BMW o un Audi, con las luces apagadas para no ver la matrícula. El impacto del choque y, segundos después, justo cuando Clarke comprobaba si Gale estaba herido, dos hombres con pasamontañas salieron. Uno de ellos empezó a golpear la ventana con una especie de hacha. No tuvo tiempo de reaccionar, antes de que el cristal cediera y el chorro de gas saliera disparado hacia su cara. Consiguió apartar la cabeza lo suficiente para protegerse los ojos, pero aun así, al instante le ardió toda la cara. Luego, cuando volvió en sí, vio la puerta trasera abierta y el chico desaparecido. Clarke estaba esposado al volante e incapaz de reaccionar.

—Mierda. —Starling parecía totalmente conmocionado, lo que hizo que Clarke se preocupara un poco por si había exagerado, pero su siguiente comentario dejó claro que se lo había creído. Se lo había tragado todo—. Has dicho dos, ¿había dos hombres?

—Creo que sí. No estoy seguro, pero debían de ser dos. Uno que me seguía, otro que me sacó de la carretera.

Se dejó jadear, pensando ahora que el muy cabrón lo dejaría volver al oxígeno. Que se dejase ya de putas preguntas. Pero seguían llegando. ¿Les vio la cara? No, llevaban pasamontañas. ¿Edad? ¿Raza? Desconocida. Finalmente, cesaron las preguntas y Clarke intervino con la suya.

—¿Sabemos dónde está? ¿El niño?

Starling respondió con un leve movimiento de cabeza. —No.

Clarke tuvo que imaginarse las escenas de caos en la comisaría, ya que los médicos rechazaron sus reiteradas peticiones de que le dieran el alta. Le dolía la cara. Tenía abrasiones importantes en las mejillas y en el cuello, además de quemaduras por el despliegue del airbag. Seguía con los ojos hinchados, a pesar de que solo se había rociado una pequeña cantidad de *spray* de pimienta en la cara. Además, le dijeron que tenía suerte de no haber sufrido más lesiones ni por el choque ni por el disparo del airbag. La verdad es que no fue así, había investigado cómo los coches modernos varían la velocidad y la fuerza con la que se despliegan las bolsas, y sabía de antemano qué lesiones era probable que sufriría.

Aun así, cuando se vio en el espejo quedó encantado con lo que veía. Nadie hablaba de si había contribuido de algún modo al secuestro del niño, y nadie lo haría: era absurdo imaginar que hubiera podido salir del coche, incluso sin las esposas.

Por el contrario, lo trataban como a un héroe valiente que había hecho todo lo posible por frustrar una operación extraña e inexplicable, pero claramente muy profesional, para llevarse al niño. Se discutirían todas las teorías posibles, hasta la posibilidad de que hubieran participado agencias gubernamentales.

Cuando Clarke tuvo que prestar declaración, su mente estaba totalmente despejada, y el reparto de mentiras, medias verdades y pistas falsas no pudo ir mejor. Cada respuesta era lo suficientemente vaga como para enviar a su equipo a perseguir fantasmas. Y aunque acabaría volviendo para dirigirlos, en la que quizá fuera la investigación de mayor repercusión de la historia policial moderna, aquello tendría que esperar. Lo que también estaba claro era que necesitaría tiempo para recuperarse de lo ocurrido.

Y así, menos de veinticuatro horas después de secuestrar a Gale, recibió el alta hospitalaria y lo enviaron a casa. No se esperaba que volviera al trabajo.

Tenía tiempo de sobra.

CAPÍTULO CINCUENTA Y OCHO

FUE TAN FÁCIL, tan deliciosamente fácil. Siempre que estuvieras dispuesto a dedicarte a una causa, a ponerte a trabajar, a pensar y a prepararte. Si estabas dispuesto a considerar lo que otros consideraban inconcebible, entonces burlar a las filas de zoquetes y matones que componían el personal de la policía británica era un juego de niños. Clarke se preguntó, mientras salía de su casa y se dirigía al almacén, observando por el espejo retrovisor cada pocos instantes la carretera gloriosamente despejada que quedaba a sus espaldas, si podría hacer esto durante toda su vida, sin que nunca lo descubrieran. Desde luego, esta vez se había salido con la suya.

Se detuvo fuera del almacén, alerta y cauteloso como un zorro que sale de su guarida cuando el viento no sopla a su favor. Pero no había señales de advertencia. Nada que indicara que alguien había estado allí desde que había dejado al chico el día anterior. Se acercó a la puerta y escuchó atentamente antes de abrirla. Nada.

Esperaba que eso no significara que el chico ya estaba muerto.

Echó un último vistazo al exterior y entró, cerrando la

puerta tras de sí. Las persianas de la pequeña ventana estaban bajadas, y las levantó para dejar entrar un poco de luz natural. Después encendió el ordenador y sintonizó la señal del monitor de la habitación de abajo. Absorbió con avidez lo que le mostraba.

El niño seguía en la cama, acurrucado como un feto, que no era como lo había dejado. Si estaba muerto, había ocurrido después de que Clarke lo trajera aquí. Lo más probable era que se le hubiera pasado el efecto del *spray* de pimienta y estuviera durmiendo, o simplemente esperando.

Clarke recorrió la habitación con la cámara. El cubo se había apartado de la cama todo lo que permitía la cadena, lo que sugería que lo había usado y añadía más peso a la idea de que el niño estaba bien. Clarke sonrió.

Mientras se vestía para la ocasión, imaginó el miedo que debió de sentir el niño cuando se despertó allí. Los sueños atormentados que podría estar teniendo en ese mismo momento. Dejó que el pensamiento se expandiera dentro de él, disfrutando de la forma en que la emoción se hinchaba en su interior.

Puso música, respiró hondo y abrió la puerta del sótano.

CAPÍTULO CINCUENTA Y NUEVE

NO TUVO miedo exactamente cuando el coche se estrelló. Fue todo una mezcla de sonido, movimiento y consecuencias. El impacto hizo que Gale golpeara la rejilla que dividía la parte trasera del coche de la delantera. Había enganchado un brazo en el cinturón de seguridad, lo que hizo que estuviera de lado en el asiento y que fuera su costado el que se llevara la peor parte durante la colisión. Y en los confusos momentos posteriores, el hombre le había rociado algo en la cara, y sus ojos habían estallado de repente en un dolor tan puro que no se parecía a nada que hubiera sentido antes. Gale se había arañado los ojos con los dedos, que de pronto le parecieron gordas salchichas, y de alguna manera sintió que el hombre lo agarraba, lo arrastraba, le ponía cinta adhesiva en la boca para que le costara respirar, le llevaba las manos a la espalda y se las ataba allí.

Había sido medio arrastrado por un bosque. Gale sabía que se habían caído al menos dos veces, pero quizá lo hicieron muchas más antes de que lo metieran en otro espacio, de repente solo. Había metal frío y estriado en el suelo, paredes de metal. Solo cuando el ruido de un motor retumbó en el espacio y este empezó a moverse, supo que debía de tratarse de una furgoneta. Se arrinconó para evitar golpearse contra los laterales. El dolor en los ojos seguía siendo fuerte, pero iba disminuyendo. No había otra opción, un dolor así no podría mantenerse durante mucho tiempo.

Y entonces el movimiento se detuvo, la puerta se abrió. El hombre estaba allí de nuevo, ordenándole que saliera, metiéndole en una especie de granja, y una vez dentro, bajando unos escalones de piedra. Lo arrojó sobre una cama y le puso grilletes de metal alrededor de los tobillos. Ahora tenía las manos libres. Clarke gruñó algo que Gale no oyó y volvió a subir las escaleras. Cerró y atrancó la puerta. Después, silencio. El comienzo de la espera.

Fue entonces cuando comenzó a sentir terror de verdad.

Al principio había tenido miedo de gritar, por si el hombre volvía, pero el silencio y la quietud a su alrededor le convencieron para intentarlo. Cuando dio el primer grito en aquel espacio su voz sonó débil. No entendía por qué. Se detuvo para mirar a su alrededor e intentar comprender dónde estaba.

Era una habitación grande, con él en el centro. La cama estaba sujeta a un pesado pilar que parecía sostener el techo. Había otros pilares, en diferentes partes de la habitación. Los grilletes de los tobillos estaban sujetos a unos círculos de metal clavados en el suelo.

Cuando intentó levantarse, se dio cuenta de que las cadenas solo le permitían llegar hasta el centro de la habitación. Si se tumbaba, podía tocar la base de los escalones con la punta de los dedos. También estaba a su alcance un pequeño frigorífico, cuyo cable iba a una toma de corriente que no podía alcanzar. Dentro había tres botellas de agua y tres bocadillos de supermercado. Atún con mayonesa, queso con mayonesa, jamón con mayonesa. A Gale no le gustaba la mayonesa. También había un cubo de metal.

No había nada más. Por lo demás, la habitación estaba vacía, salvo que ahora se dio cuenta de que habían instalado una cámara en lo alto de la escalera. Justo al lado de la única puerta.

Volvió a gritar, esta vez más fuerte, luego todo lo fuerte que pudo, un grito en toda regla, pero de nuevo había algo raro, la habitación parecía tragarse el sonido.

Deseó que Layla estuviera con él. Su hermana mayor. No sabía si podía invocarla, sabía que era la única persona a la que podía invocar. ¿Pero debería? Estaba claro que este era el mismo lugar al que Clarke la había traído. El lugar donde la había matado. ¿Podría Gale traerla de vuelta? ¿Era posible que estuviera aquí?

¿Y tendría algún sentido? No había nada que ella pudiera hacer, él iba a matarlo, eso era evidente.

«No voy a traerla aquí. No puedo hacerle eso».

Gale se negó a decir su nombre, a pensar en su nombre, pero su coraje no detuvo las lágrimas.

A medida que pasaban las horas, se dio cuenta de que el llanto le ayudaba a limpiar la sustancia química de sus ojos, y siguió haciéndolo. Entonces sintió sed, o tal vez fue reconociendo poco a poco que parte de la sensación de dolor que sentía en el cuerpo le era familiar. Tenía sed extrema. Se quedó perplejo durante un rato, hasta que se acordó de la nevera. Entonces se levantó de la cama y cogió las dos primeras botellas, acabándoselas de un trago. Dejó los bocadillos.

Al final, ¿cinco horas después, diez horas? Tal vez incluso veinte, no tenía forma de saberlo, se acurrucó en la cama y se dejó dormir.

Cuando despertó, nada había cambiado. La habitación, las cadenas, la cama, todo estaba como antes. Lo único era que el miedo era menor, atenuado no por el aburrimiento sino por cierta ausencia de estímulos que amortiguaba el terror hasta convertirlo en algo menos urgente.

Su mente se volvió hacia lo que Layla había hecho cuando estuvo aquí, qué pensamientos habían pasado por su cabeza. Ella le había dicho que, en ese momento, no sabía que iba a morir. ¿Era eso mejor o peor? Él seguía negándose a pronunciar su nombre, a hacer cualquier cosa que pudiera servir para invocarla.

Se bebió la mitad de la última botella de agua y, tras sentirse cada vez más incómodo, utilizó el cubo y lo apartó todo lo que pudo. No sabía cuánto tiempo llevaba allí, pero pensó que podrían ser ya días. Abrió uno de los bocadillos, quitó la mayonesa como mejor pudo y se lo comió. Luego devoró otro, mayonesa incluida, y de repente se sintió hambriento.

Se preguntó si debería haber racionado mejor la comida que tenía. Pero ¿para qué? Pronto estaría muerto. Eso le devolvió el miedo y las lágrimas. Lloró por sí mismo, por su hermana, por su madre y su padre, que esta vez estarían aún más tristes, porque ahora habían perdido a sus dos hijos. Se preguntó si ahora le creerían. ¿Atraparían a Kieran Clarke? Gale no se planteó ni por un momento que pudieran atraparlo a tiempo, antes de que viniera a matarlo. Solo pensó en lo que podría venir después.

Tuvo que volver a usar el cubo, y entonces, para su horror, se dio cuenta de que no iba a ser solo un pis. Durante mucho tiempo, el olor había permanecido en la habitación.

Deseó tener un reloj, o alguna forma de comprobar cuánto tiempo pasaba. La espera parecía interminable. Apenas quedaba agua, y aunque sentía sed, pensó que ahora debía racionarla. Se preguntó si habría algo que pudiera hacer con las botellas vacías, algún tipo de arma que pudiera fabricar.

Finalmente, pensó que debía de ser tarde otra vez, a lo mejor incluso ya era el día siguiente, o el siguiente. Se acurrucó en la cama. Intentó dormir.

Entonces volvió a oír ruidos. Pasos. Por un segundo pensó que podrían ser la policía que venía a salvarlo. Tal vez. Pero no lo creyó del todo. En el fondo lo sabía. Lo oyó en los silbidos desafinados, en las risas extrañas. Se levantó. Pensó en esconderse, pero no había ningún sitio. No podía hacer otra cosa que esperar a ver qué pasaba.

Y lo que ocurrió a continuación fue extraordinario.

CAPÍTULO SESENTA

GALE NO VEÍA BIEN lo que llevaba puesto el hombre, ni sabía si se suponía que iba en serio o era algún tipo de broma. Primero descendieron unas mallas negras, luego una camiseta negra ajustada de manga larga y, por último, la cabeza del hombre, pero en lugar de una cabeza humana llevaba una especie de enorme sombrero. Era una cabeza de serpiente, hecha de lo que parecía goma blanda. Gale tenía artículos similares en su caja de disfraces, de cuando era más pequeño. Ya no le quedaban bien.

Pero no fue el disfraz que llevaba el hombre lo que más sorprendió a Gale. Sino la repentina aparición de Layla. Se disolvió en los escalones, como si hubiera estado allí todo el tiempo, pero invisible. Corrió hacia él.

—No hables, no le digas que estoy aquí —le advirtió de inmediato—. Te ha estado observando, desde arriba.

Clarke ya casi había bajado las escaleras. Si podía ver bien con su máscara de serpiente en la cabeza Gale no lo sabía, pero le dio la impresión de que caminaba con cautela para no tropezarse por las escaleras. Se irguió cuando llegó abajo.

—Soy el Todopoderoso. Soy el Gran... —Clarke hablaba

con una voz extraña, incluso teniendo en cuenta el disfraz que llevaba, pero Layla lo ignoró. Señaló el cubo.

—Úsalo, Gale. Es un cobarde. Úsalo.

Gale no tuvo tiempo para pensar, solo actuó según las palabras de su hermana, sin saber en realidad lo que significaban. Se levantó de la cama y cogió el cubo, sintiendo el peso de su contenido. Lo levantó y lo arrojó de golpe en dirección a Clarke. Las partes más húmedas cayeron sobre la máscara y el cuello, las sólidas sobre el pecho, donde se aferraron por un momento.

Todo aquello pareció aturdir a Clarke, que se quedó inmóvil. Entonces sus manos subieron hacia su cara, tiró de la máscara de serpiente para quitársela y ver lo que había ocurrido. Se le había quedado el pelo de punta al sacarse la máscara de golpe y la expresión de su cara era de puro asco.

—¡Maldito niñato! —Su voz grave había desaparecido, ahora sonaba chillona y quejumbrosa. Por un segundo, Gale sintió una nueva oleada de miedo de que el hombre pudiera matarlo ahora mismo, como castigo, pero en lugar de eso giró sobre sus talones y corrió escaleras arriba. Layla se rio mientras lo hacía y, sin poder evitarlo, Gale también lo hizo.

—¡Qué asco! —exclamó Gale.

—Él es un asqueroso. —Layla se quedó de repente seria y clavó los ojos en su hermano—. Y además, ¡no puedo olerlo!

Gale se mordió el labio. —Al final has venido. No quería llamarte. No pensé que...

—Lo sé. Gracias.

—¿Pero estabas aquí de todos modos?

Layla se encogió de hombros. —No he estado aquí todo el tiempo. He estado... buscándote.

—Y ¿cómo me has encontrado?

Layla se encogió de hombros, un poco triste. —No puedo... Sabes que no puedo explicarlo. No estoy segura de cómo funciona.

—Quizá lo averigüe pronto. Me va a matar.

Layla no contestó, en su lugar observó la habitación, parecía estar inspeccionando los cambios que Clarke había realizado.

—Lo va a hacer —insistió Gale—. Volverá en cualquier momento. Dime una cosa, ¿me uniré a ti cuando pase? ¿Volveremos a estar juntos?

—No lo sé. De verdad que no lo sé, peque. Yo no...

—¿No qué?

—Es que soy la única aquí. No he visto a nadie más. Así que no sé si... ¿Quizá no te mate? ¿Quizás podamos hacerle cambiar de opinión?

La puerta se abrió, y el hombre volvió a bajar los escalones. Esta vez iba sin el ridículo disfraz de serpiente, y llevaba un cubo y una fregona.

—Limpia eso —dijo el hombre. Con cautela, continuó bajando las escaleras hasta que llegó abajo—. Tienes suerte de que tenga una ducha arriba. Si sabes lo que te conviene, límpialo de una puta vez.

—¿Qué hago? —Gale susurró las palabras a su hermana, en voz lo suficientemente baja como para que el hombre no pudiera oírle desde el otro lado de la habitación.

—Pregúntale si te va a dejar ir.

—Si lo limpio ¿vas a dejarme suelto? —Gale se sentía mucho mejor al tener a Layla con él y su voz sonó casi normal.

La pregunta pareció sorprender al hombre, o tal vez fuera la confianza que Gale mostraba. Parpadeó un par de veces y luego murmuró una respuesta que Gale no oyó.

—¿Qué has dicho?

—Que no. No voy a dejar que te vayas. ¿No lo entiendes? Te he capturado. Voy a hacer lo que me apetezca contigo, y luego voy a matarte. —Las palabras parecieron rellenar en parte la confianza del propio hombre, pero no del todo, como si tratara de tapar con parches las dudas que tenía—. Pero solo al final, el mismísimo final, te mataré de verdad, y para entonces estarás rogándome que te saque de tu miseria.

—Haz como que no te importa —dijo Layla de inmediato. Se colocó entre el hombre y Gale. Gale no respondió, salvo una mirada interrogante—. Tienes que hacer que se enfade. No sé muy bien por qué, pero créeme. Te ayudará.

Gale ajustó su enfoque para mirar a través de su hermana. Vio las heces en el suelo. Para entonces ya tenía una idea clara de qué partes de la habitación eran imposibles de alcanzar con sus cadenas. Pensó en las discusiones que había tenido cuando su madre le pedía que limpiara su habitación.

—No, quiero decir que tienes que soltarme si quieres que limpie. No voy a llegar hasta allí. —Con un enorme esfuerzo, consiguió esbozar una sonrisa, y trató de torcerla irónicamente. Layla aplaudió encantada.

El hombre no respondió, pero bajó los hombros. Dejó el cubo en el suelo. Luego sostuvo la fregona delante de él, como si fuera un arma, y avanzó lentamente hacia Gale. Parecía sospechar que Gale podría tener planeado algún otro ataque; de modo que ahora estaba midiendo hasta dónde podía llegar Gale. Se detuvo en seco. Estaba claro que Gale tenía razón. El contenido del cubo se había extendido más allá del alcance de las cadenas de Gale. El hombre parecía incapaz de decidir qué hacer.

—Ven aquí.

Layla no dio ningún consejo y Gale obedeció la orden. Ya estaba de pie, pero dio un paso adelante, con el corazón martilleándole en el pecho. Ahora estaba lo bastante cerca como para oler el aliento del hombre. Sus cadenas sonaron detrás de él, y sintió el pesado arrastre en sus pies.

—Más cerca.

Gale dio el último paso que pudo, la tensión de las ataduras levantó la cadena del suelo, haciéndole daño en el tobillo. De repente, sin previo aviso, el hombre empujó la fregona con un movimiento punzante hacia el estómago de Gale, sin darle tiempo a reaccionar. A pesar del acolchado de la cabeza de la fregona, el golpe lo dejó sin aire, y entonces el hombre empezó a golpearle en el costado. Gale resbaló y se encontró en el suelo con el hombre de pie sobre él, asestándole una lluvia de golpes con la fregona en la cabeza y el pecho, y rugiendo con una rabia espantosa.

El ataque se prolongó durante minutos, y Gale no tuvo más remedio que quedarse tumbado, con los brazos y las manos protegiéndose la cabeza mientras los golpes se sucedían. Como arma, la fregona era una pésima elección, pero aun así, el palo al que estaba sujeta era duro, y pronto corrió sangre por la cara de Gale. Sintió otros cortes en el costado. Finalmente, el hombre se detuvo, jadeando por el esfuerzo. Gale se quedó quieto, llorando de nuevo, con las lágrimas mezcladas con la sangre.

—No toleraré... ningún tipo de insolencia —jadeó el hombre—. ¿Me entiendes?

Gale no respondió.

—¿ME ENTIENDES?

Sin quererlo, Gale asintió con la cabeza.

—Bien. Ahora limpia esta porquería. —El hombre lanzó la fregona entera, apuntando de nuevo a la cabeza de Gale. Luego se dirigió al cubo y lo cogió. Era metálico y pesado, y por un segundo Gale pensó que también iba a golpearlo con él. Tuvo el tiempo de preguntarse si sería eso lo que le mataría, pero quizá el hombre pensó lo mismo, y en lugar de eso lo colocó a su lado con una sonrisa sarcástica en la cara.

—¿Sabes una cosa? Tu hermana no fue tan valiente.

Eso hizo que Gale levantara la cabeza. Miró a su

alrededor, buscando a Layla, pero por un momento había desaparecido.

—Ya te digo. Suplicó y gritó todo el tiempo. No hubo nada que no hiciera —con estas palabras la sonrisa se convirtió en una mueca desagradable, y se pasó la lengua por los labios. Al mismo tiempo, se pasó las manos por el estómago en dirección a la ingle—. ¿Por eso eres tan jodidamente engreído? ¿Verdad? ¿Por que crees que no me interesas en ese sentido? Bueno, puede que te equivoques. Que lo sepas.

Se dio la vuelta para irse, y esta vez, subió las escaleras sin mirar atrás.

CAPÍTULO SESENTA Y UNO

ARRIBA, Clarke se acercó a la ventana y miró al exterior. Era una acción casi automática, lo hacía tan a menudo, pero esta vez vio cómo le temblaban las manos al acercarse al cristal. No había nadie, ya sabía que no lo habría, pero sus manos seguían temblando. Esto nunca le había ocurrido antes; ni siquiera sabía cómo estaba sucediendo, y temía que pudiera tratarse de algo médico. ¿Cómo iba a seguir trabajando y manteniendo todo bajo control si sus manos le traicionaban? ¿Y si empeoraba? ¿Y si todo su cuerpo comenzaba a temblar a partir de ahora?

Sintió que una oleada de pánico estaba a punto de invadirle y luchó por encontrar soluciones a un problema que ni siquiera era real. ¿Tal vez podría echarle la culpa al accidente? Quizá estaba sufriendo trastorno de estrés postraumático. Estaba de baja por enfermedad al fin y al cabo, seguramente lo creerían. Pero la idea le hizo recordar su móvil, que estaba sobre la encimera. Lo habían encontrado en los arbustos cercanos al lugar del accidente y se lo habían devuelto en el hospital. Y entonces le había pedido a Starling que le mantuviera al corriente de cualquier novedad en la búsqueda del chico, o de cualquier pista sobre quién podría habérselo llevado.

Había una docena de mensajes y un par de llamadas perdidas de gente que no se había dado cuenta de que no estaba trabajando. Ignoró las llamadas, pero leyó los mensajes. No tenían ni idea. Ni siquiera sabían por dónde empezar a buscar, y esa idea lo tranquilizó. Tenía todo el tiempo que necesitara para hacer lo que quisiera con Gale Martin, y nadie lo interrumpiría.

Pero ¿qué quería hacer? Esa era otra cuestión. Ahora que tenía al niño en cautiverio una cosa estaba clara, todo lo que le había hecho a la chica, no sentía ningún deseo de hacerlas con el chico. En cierto modo era decepcionante, pero no había mal que por bien no viniera. A partir de ahora se concentraría en chicas, solo chicas.

A él lo había capturado con un propósito ligeramente distinto, razonó. Necesitaba saber cómo lo había sabido y llevárselo a su guarida era la única forma de averiguarlo. Necesitaba eliminar la amenaza que había supuesto. Así que eso es lo que haría. Lo interrogaría, y si el chico se negaba a contárselo, lo torturaría. Lo obligaría a decirle la verdad. Y luego lo mataría. Y después, cogería a otras chavalas.

El último mensaje en su teléfono era de Starling, informándole de que la exhumación de los restos de Layla Martin iba a tener lugar esa mañana y preguntándole si quería asistir. Clarke estuvo a punto de reírse a carcajadas de las esperanzas que seguían depositando en una teoría tan descabellada. Era buena señal de lo desesperados que estaban. Pero al pensar en ello, se dio cuenta de que era algo que no había planeado adecuadamente. En su cabeza había pensado que pasaría todo el tiempo aquí, con su premio, pero sabía que eso estaba mal. Si Starling de verdad creía que había una posibilidad de que la exhumación pudiera darles una pista, entonces él también debería de mostrar esperanzas. Tal vez debería ir, poner cara de decepción cuando no encontraran un microchip que revelara la identidad del asesino. Tendría que mostrar su gesto más doloroso.

No quería admitirlo ante sí mismo, pero lo sabía. Había otra razón para querer ir a la exhumación. Lo del cubo lo había asustado. Había anticipado que el hermano estuviera destrozado, aterrorizado como lo había estado la hermana, pero había estado preparado, planeando un ataque. Pensó que ahora había vencido al chico, pero no estaba seguro.

Y había algo que no le cuadraba.

CAPÍTULO SESENTA Y DOS

CLARKE PISÓ SUAVEMENTE el freno al acercarse a la media docena de vehículos aparcados en el cementerio. No había estado allí desde el funeral, y estaba casi tan concurrido como aquel día, con la diferencia de que ahora había una carpa forense azul en el lugar donde habían enterrado a Layla. El problema era que estaba bastante lejos, y no le apetecía caminar, sobre todo después de las heridas que había sufrido en acto de servicio. Vio un sitio mejor para aparcar, más arriba, y aunque tuvo que poner dos ruedas sobre la hierba para esquivar a un coche patrulla que tenía delante, se coló y aparcó el coche más cerca.

Luego se bajó, cojeando los últimos metros para que quedara claro su estado, hasta donde Starling hablaba con un hombre vestido con un traje forense. Clarke conocía al hombre, era el patólogo que había realizado la autopsia del cadáver de Layla, pero no recordaba su nombre. No importaba, el hombre era un inútil. Las conclusiones que había sacado del cadáver de Layla la primera vez estaban tan lejos de la realidad que resultaban irrisorias. Había poco peligro de que lo hiciera mejor esta vez.

—Buenas tardes. —Saludó con la cabeza al patólogo,

disimulando que no sabía su nombre, y luego esbozó una sonrisa dolorosa para llamar de nuevo la atención sobre sus heridas.

—Inspector Clarke —Starling le miró un poco ansioso—. ¿Está seguro de que está en condiciones de estar aquí?

—Estoy bien. —Clarke levantó una mano con modestia —. Los analgésicos me están ayudando. —Se volvió hacia el patólogo, deseoso de ponerse manos a la obra—. Entonces, ¿qué hay? ¿Has podido escanear ya el cuerpo?

El patólogo levantó el pequeño aparato que llevaba en la mano enguantada. Clarke lo había visto antes, o algo parecido. Habían comprado varios escáneres de microchips para mascotas en Amazon, que cubrían todas las frecuencias posibles. Ni que pudieran tener la clave del caso. Vaya idea de locos.

—La están sacando ahora. Afortunadamente, la enterraron en un ataúd de buena calidad, lo que debería significar que los restos estarán relativamente intactos. Incluso si no es así, el chip debería haber sobrevivido. Si es que existe. —Se encogió de hombros—. Esperemos tener suerte.

Clarke asintió, de un modo que debía parecer pensativo. —Esperemos que sí.

La conversación pareció quedar en un incómodo silencio y Clarke se maldijo por no haber llegado incluso más tarde. Venir aquí era necesario, pero seguía siendo una pérdida de tiempo monumental, cuando debería estar en su almacén, disfrutando de su premio.

—¿Hay alguna novedad en el caso? —preguntó a Starling. En parte para romper el silencio, en parte para averiguarlo. Su jefe negó con la cabeza.

—Me temo que no. La familia está fuera de sí, como podrás imaginar. Tenemos a un montón de gente investigando cómo se llevaron al chico, pero de momento parece haberse desvanecido en el aire. —Vaciló y volvió a mirar al patólogo—. Me temo que hemos puesto mucha esperanza en que esto pueda revelar algo.

En ese momento sonó el teléfono de Starling, que se excusó para contestarlo. Clarke se quedó a solas con el patólogo. Pero justo cuando Clarke iba a decirle algo, llamaron al hombre, esta vez era una mujer cuya cabeza había salido de la tienda. El patólogo dirigió a Clarke una mirada de disculpa.

—La hora de la verdad. —Agachó la cabeza hasta perderse de vista.

—¡Buena suerte! —Clarke pensó en decir, pero lo dijo demasiado tarde.

Clarke se paseó arriba y abajo durante un rato, sin saber qué hacer, e incluso un poco molesto porque no hubiera más gente aquí, y porque nadie de los que estaba parecía prestarle atención. Incluso dejó de cojear, ya que era difícil hacerlo de una manera que pareciera auténtica. Al cabo de un rato, Starling se unió a él.

—Resumen del informe forense del lugar donde secuestraron al chico. Un documento bastante corto. No hay huellas dactilares ni fibras, al menos no lo que uno esperaría. Terreno demasiado duro para conseguir huellas. Podría haber sido uno, podrían haber sido una docena, simplemente no lo sabemos.

Clarke hizo un gesto de frustración. Luego, cuando parecía que Starling había terminado, replicó: —Creo que voy a esperar en el coche, me siento un poco... —Entornó la cara, para indicar las heridas que había recibido, y se volvió hacia donde había aparcado el Škoda, pero se sorprendió cuando Starling le puso una mano en el hombro.

—Ven y siéntate en el mío, así puedes echar un vistazo al informe. —Y así tuvo que ir a esperar en el Jaguar del inspector jefe, con su cuero color crema y el olor a loción de afeitar, mientras hojeaba el informe en el iPad de Starling. Por suerte, el patólogo no tardó en llamar a la ventanilla.

Starling salió del coche y Clarke se vio obligado a hacer lo mismo.

—¿Y bien? —Starling había mirado a su alrededor, para asegurarse de que nadie pudiera oírlos. Su voz era expectante. Pero el patólogo negó con la cabeza.

—Nada. Los restos están en un estado razonablemente bueno, lo que significa que hemos podido girarlos para tener un buen acceso a ambos lados. Hemos utilizado tres escáneres diferentes, ajustados a todas las frecuencias que se utilizan para este tipo de cosas. Hemos repasado el cuerpo dos docenas de veces. No hay coincidencias. Y estos aparatos son prácticamente indestructibles. Si alguna vez tuvo un chip, ahora ya no lo tiene.

Clarke trató de reflejar el lenguaje corporal de su jefe, dejando que sus hombros se hundieran un poco, pero no pudo igualar lo siguiente que hizo Starling, que fue golpear con violencia el techo de su coche con la palma de la mano. Starling no dijo nada, pero volvió a hacerlo. Finalmente, respiró hondo.

—Maldita sea.

Clarke no sabía qué decir. Estaba alucinado de que el viejo hubiera invertido tanta esperanza en esto, tanto que le resultaba difícil no reírse. Pero entonces miró a su alrededor, a la escena que lo rodeaba, y simplemente deseó que el estúpido bastardo diera la orden de volver a enterrar los restos, antes de que a alguien se le ocurriera otra tontería.

—Muy bien —Starling asintió con lentitud, era evidente que intentaba recuperarse de la decepción—. Bueno, pues ya está. —Miró a Clarke, como si esperara que su inspector estrella tuviera alguna otra idea, pero Clarke se limitó a permanecer de pie, negando lentamente con la cabeza.

Starling se volvió hacia el patólogo. —Supongo que deberías devolverla a su sitio.

CAPÍTULO SESENTA Y TRES

CLARKE HIZO una parada en su casa en el camino de vuelta al almacén. Por lo general, no era buena idea trasladar a sus chicas, sus terrarios tenían la temperatura y la humedad controladas y no era posible mantener esos parámetros en el coche, ni en el almacén. Pero pensó que tenerlas allí con él le daría el impulso que necesitaba para lo que iba a venir después. Además, había una especie de tradición que creía que debía conservar. Así que las metió en sus contenedores de viaje más pequeños y luego metió el Škoda en el garaje de su casa, donde pudo cargarlos cómodamente en el maletero. Por último, los cubrió con una manta para que no se vieran. Luego condujo de vuelta al almacén. Aquí estaba desierto, así que simplemente pudo llevarlos dentro.

Lo primero que hizo fue comprobar en el monitor cómo estaba el niño. Todo iba bien. Seguía encadenado al suelo junto a la cama. Clarke volvió a apagar la pantalla, cogió a su chica, la serpiente rey mexicana, y la acarició un rato.

El animal lo calmó, le tranquilizó su mente tras la irritación de la innecesaria exhumación. Acarició el lomo suave y fresco de la serpiente, dejó que se deslizara sobre sus manos y se enroscara alrededor de sus muñecas. En cierto modo, todo esto también era innecesario, pensó. Este asunto con el chico... tal vez fuera mejor solucionarlo rápido también. La lengua de la serpiente entraba y salía, probando el aire de su nuevo entorno. No era del todo nuevo, ya habían estado aquí antes: la serpiente real y su otra chica, la víbora de foseta mucho más venenosa.

Mucho más tranquilo ahora, contempló la posibilidad de vestirse de nuevo con sus mallas negras y su top ceñido. Los había lavado a mano, por repugnante que fuera, y ahora estaban secos de nuevo. Pero decidió no hacerlo. Sería mejor hacerlo en su papel de inspector. Y sería rápido. Entrar. Averiguar lo que quería saber. Matar al niño y deshacerse del cuerpo. Permaneció quieto durante mucho tiempo, saboreando la calma transmitida a través de la serpiente. Finalmente, tras un largo rato, volvió a meter al animal en su terrario de viaje y cerró la tapa.

Volvió a comprobar en el monitor que podía entrar sin peligro. Y abrió la puerta.

CAPÍTULO SESENTA Y CUATRO

NO HABÍA MUCHO que Gale pudiera hacer con los cortes de la cara, salvo lavarse las heridas con un poco del agua que quedaba. Se bebió el resto. La emoción que había sentido al reencontrarse con Layla se había disipado. Al principio había hecho que su situación fuera un millón de veces mejor, pero ahora era consciente de que ella no podía hacer nada para cambiar la horrible realidad. Iba a ser asesinado por el loco que lo tenía prisionero. Ella estaría allí para verlo, pero impotente para intervenir. Y entonces nunca volvería a verla. Ni a su madre ni a su padre. Le dolían los ojos. Le dolía la cara. Nunca había sentido tanto miedo.

La puerta se abrió y, despacio, con indiferencia, el hombre bajó cargando una silla. La dejó en el suelo de cemento, fuera del alcance de Gale. Gale no se movió, se sentó en la cama y observó. Entonces el hombre levantó una mano para mostrar que llevaba unos alicates.

—Así que vamos a tener una pequeña charla, tú y yo —comenzó el hombre.

Gale no contestó, solo levantó la cabeza y esperó.

—Y si no quieres hablar, o creo que no me estás diciendo la verdad, entonces no me voy a andar por las ramas con preguntitas amables. —Ahora jugaba con los alicates, abriendo y cerrando las mordazas con un chasquido—. Voy a usar este chisme para cortarte las puntas de los dedos. Uno a uno. —No sonrió, pero encajó uno de sus dedos entre las mordazas, como si estuviera calculando lo fácil que sería hacer lo que había dicho—. Así que supongo que podemos hacer esto de la manera agradable, o de la manera no tan agradable. ¿Qué prefieres?

Gale no tenía dónde ir. No había manera de bloquear al hombre de su mente, y por mucho que intentara decirse a sí mismo que ya no le importaba, sintió que sus dedos se enroscaban en sus palmas, tratando de retirarse de la amenaza.

—¿Cómo lo supiste? Cuando viniste a mi casa y le dijiste a la zorra de tu madre que allí vivía el asesino, ¿cómo lo supiste? ¿Cómo sabías que era yo?

Gale no contestó, se limitó a ver cómo su hermana se acercaba al hombre y le metía violentamente los dedos en los ojos. Ni siquiera parpadeó. Ella le gritó, le arañó la cara. Y nada.

Gale observaba, agradecido pero triste. Y deseando no sentirse tan terriblemente asustado. Sus ojos encontraron sus manos y se miró los dedos, con una especie de estupefacción al saber que pronto sabría lo que se sentía cuando te cortaban uno. No parecía real y, sin embargo, lo sentía demasiado real. Estaba cansado, muy cansado. Su hermana seguía atacando al hombre, casi fuera de control por la rabia, y sin embargo él actuaba como si ella no estuviera allí en absoluto. De una manera extraña, eso lo hacía sentir aún peor que la amenaza en sí.

—Dime cómo lo supiste.

—Bastardo, malvado bastardo —chilló Layla.

De repente, Gale no pudo soportarlo más. Tenía que detenerla.

—Lo adiviné.

Las cejas del hombre se alzaron sorprendidas ante la respuesta de Gale, y Layla por fin, afortunadamente, se detuvo. Durante un rato se hizo el silencio.

—¿Lo adivinaste?

Gale asintió.

—Lo adivinaste. Muy bien, estupendo. Excepto que hay siete mil millones de personas en el mundo. Y no es el tipo de cosas que la gente adivina, ¿a que no? Así que ¿quieres intentarlo de nuevo, o te cortamos el primer dedo? Tú eliges, chaval.

Gale no contestó. No tenía otra respuesta. Volvió a mirarse las manos.

El hombre se levantó de repente y fue directo hacia Gale.
—Vale. Esto es tu culpa, no la mía.

Antes de que Gale pudiera reaccionar, el hombre le había agarrado una de las manos e intentaba encajar las mordazas de los alicates alrededor del dedo. Pero Gale se defendió apartando el brazo. Sin ser vista ni oída, Layla volvió a golpearle la cabeza con el puño, gritándole y escupiéndole a la cara, y ahora Gale no quería que parara, pero daba igual. Durante casi un minuto los tres forcejearon, hasta que finalmente el hombre se hizo con el control. Estaba casi sentado sobre el cuerpo de Gale en la cama, inmovilizando una de las manos de Gale por debajo de sus dos cuerpos. El otro brazo estaba libre y las dos manos del hombre lo rodeaban.

Clarke se inclinó hacia el suelo, donde habían caído los alicates, y los cogió con una sola mano. Sujetó uno de los mangos y dejó que la gravedad abriera las mordazas. Luego las ajustó alrededor del dedo más pequeño de Gale. El dedo parecía diminuto contra el metal, y estaba claro que, sin apenas presión, cortarían el tejido y atravesarían el hueso.

Por un segundo, el hombre pareció detenerse. Ejerció la presión justa para mantener las pinzas en su sitio, pero fue suficiente para que Gale gritara.

—¿Te duele? Ni siquiera he empezado. —El hombre apretó un poco más fuerte.

Gale se quedó atónito al ver que le dolía mucho más de lo que había imaginado. Era como si una brillante luz blanca de dolor pulsara directamente al centro de su cabeza—. ¿Lo hacemos? ¿Lo cortamos? ¿O quieres hacer un último intento?

«Hazlo. Cuéntaselo. Háblale de mí. —A través del dolor, Gale fue consciente de repente de Layla, que le gritaba en la cara—: Díselo.»

—Vale. —Gale consiguió asentir a pesar de su posición, y casi lloró de pena cuando el hombre soltó el agarre. No lo soltó del todo, aún mantenía las pinzas en su sitio alrededor del dedo, pero el dolor había vuelto a niveles normales, el tipo de dolor que Gale conocía ahora por tener las costillas rotas y por el gas lacrimógeno en los ojos. Aún le dolía la mano, pero podía respirar.

—Lo supe porque... porque... Layla me lo dijo.

El hombre se quedó perplejo ante las palabras. Pasaron varios instantes antes de que respondiera. —¿Cómo dices?

Gale repitió—: Layla me lo dijo.

—Layla te lo dijo... ¿Cómo leches te lo va a decir Layla? Está muerta, joder.

—Lo sé.

Gale estaba llorando con fuerza y deseaba poder tener su mano de vuelta para secarse las lágrimas, bueno en realidad deseaba tener su mano de vuelta y punto.

—Así que si está muerta, ¿cómo coño te lo va a decir? ¿Eh? —El hombre volvió a apretar con las tenazas, lo que envió una nueva ola creciente de dolor que se estrelló contra el cerebro de Gale, pero rápidamente volvió a soltarlas.

—No sé cómo funciona. Simplemente me lo dijo.

El hombre puso cara de incredulidad. —¿Te lo dijo Layla? —volvió a preguntar—. ¿Quieres decir antes de que muriera? ¿La viste?

—No.

—Pero yo no la había visto nunca. La primera vez que vi a tu hermana fue el día que me la llevé de la playa.

—No. Fue después. —A Gale no le quedaba más que la verdad. No parecía haber razón para no decirla—. Después de que ella muriera empecé a verla. Pensé que era solo mi imaginación. Pero entonces empezó a hablar conmigo. Me contó cómo la mantuviste aquí atrapada. Me dijo lo de las serpientes.

El hombre disminuyó aún más la presión sobre el dedo de Gale. Ahora la expresión de su cara era más la de un hombre que pensaba que le estaban gastando una broma, pero no estaba muy seguro.

—Así que... tu hermana te lo contó. ¿Qué es, una fantasma?

Gale asintió, dejando la cabeza caída sobre el pecho.

De repente, el hombre se echó a reír.

—Esa sí que es buena. ¿Sabes una cosa? Esto es genial. Tienes una imaginación del carajo, chaval. ¿Y qué, viene flotando a tu habitación, vestida con una sábana blanca?

La voz de Gale era casi demasiado débil para registrarla. —Ropa normal.

—¿Ropa normal? Pues perdona. Y te susurra al oído, Kieran Clarke, ese es el asesino.

—Layla no sabía tu nombre.

El hombre soltó la mano de Gale y se levantó de la cama. Empezó a pasearse por la habitación. Se detuvo.

—Hablas en serio, ¿verdad? —Observaba atentamente la reacción de Gale—. ¿De verdad te lo crees?

Gale asintió.

—¿Cómo funciona? ¿Puedes conjurarla cuando quieras?

—Esperó. Gale no quería decírselo, pero se sentía derrotado. Ya no quedaba nada. Ya no importaba.

—Solo puede venir a ciertos lugares donde estuvo en la vida real, sobre todo se aparece en casa.

—¿Solo a los lugares donde estuvo en la vida real? —Una idea pareció golpearlo de lleno—. Entonces, podrá venir aquí, ¿no? Porque ella estuvo aquí. Lo sabes, ¿verdad? Aquí es donde murió.

—Lo sé. Me lo dijo.

Por segunda vez, el hombre tenía una expresión de diversión, pero esta vez iba acompañada de algo más. Un toque de ansiedad. —Entonces, ¿está? ¿Aquí, quiero decir? ¿Ahora mismo?

Layla había estado callada desde que Gale había empezado a contárselo y se había limitado a observarlos a los dos. Pero ahora reaccionó. Dio un paso al frente y se le acercó a la cara antes de escupirle.

—Sí, está aquí —dijo Gale. Y luego, como Layla estaba ahora levantando el dedo corazón de ambas manos hacia el hombre, agitando las manos alrededor de su cara, añadió—: No creo que esté muy contenta de verte.

«Dile que es un odioso malvado. Peor que nadie, jamás. Dile que hace que Voldemort parezca bueno. Dile que huele mal. Que es un cobarde, un cobarde que ni siquiera fue lo suficientemente valiente para matarme.»

—Dice que eres un malvado, peor que incluso Voldemort. Es el malo de Harry Potter. —Clarke se rio ante esto. Hizo un gesto de miedo, extendiendo las manos en horizontal y agitando los dedos.

—¡Uuuu! Peor que Voldemort. —Luego volvió a reírse—. Vaya, esto es surrealista. ¿Crees que tu hermana ha vuelto como un fantasma y está en la habitación contigo ahora mismo? Tiene gracia. De hecho, es jodidamente divertido.

Dejó lo que estaba haciendo, y pensó un rato.

—¿Sabes qué? Voy a destruir algunas de tus ilusiones antes de que mueras —dijo al fin, y luego empezó a asentir lentamente—. ¿Todavía crees en Papá Noel? —No esperó respuesta—. Bueno, no deberías, son tus padres. ¿El Ratoncito Pérez? Lo mismo. Y en cuanto a los fantasmas, siento decírtelo, pero no existen. Todo está en tu retorcida cabeza.

—Dijo que eras un cobarde que tuviste demasiado miedo para matarla.

El humor que Clarke había sentido se esfumó.

—¿Qué has dicho?

—No lo he dicho yo, lo ha dicho ella.

De repente Clarke se agarró a la garganta de Gale, intentando acallar a la fuerza lo que el chico decía. —¿Qué coño has dicho?

—Dijo que tenías demasiado miedo de matarla, por eso usaste las serpientes.

—¿Cómo...? —Clarke retrocedió, alejándose de nuevo de Gale—. No puedes... ¿cómo coño sabes tú eso? —Pero ahora se acercó de nuevo, acercando su cara a la de Gale—. No puedes saberlo. Es imposible...

Se apartó bruscamente y se acercó a la pared. Se quedó mirándola largo rato y luego se dio la vuelta.

—Me lo vas a decir. —Se acercó de nuevo a Gale, con sorprendente rapidez, y volvió a agarrarle la mano. Obligó a Gale a introducir el pulgar en el filo de las tenazas y las apretó, ejerciendo ya una presión considerable, de modo que Gale gritó de nuevo de dolor.

La primera vez que había metido el diminuto dedo del niño en las tenazas había sentido miedo, asco de lo frágil que era, de lo fácil que sería cortárselo. Ahora quería hacerlo.

—Lo haré —gritó Clarke, jadeando por el esfuerzo. Nunca había torturado a nadie, aunque había soñado con ello—. Dime cómo supiste que era yo. Esta vez la versión real. —Presionó más fuerte con las tenazas, hasta que la sangre goteó por ambos lados de las cuchillas, y una especie de terror eufórico se apoderó de Clarke. Realmente iba a cortarle los dedos—. ¡DÍMELO!

Pero encontró fuerzas para calmarse un poco. Sabía, en algún nivel animal, que si realmente le cortaba el dedo el niño se desmayaría, y tal vez nunca lo sabría. O eso se decía a sí mismo. Y también era consciente de que el niño gemía algo, intentaba hablar.

—¡Vale! Te vi... te vi antes.

—Lo sabía. —Clarke soltó una sonrisa de maníaco—. Lo sabía. —De nuevo soltó la mano de Gale—. Me viste hablando con Layla en la playa. Llevaba gafas de sol, pero me las quité cuando hablé con ella. Fue uno de mis errores, pero me preocupaba que no confiara en mí si no podía verme los ojos. Es eso, ¿no? ¿Te diste la vuelta y me viste?

Pero Gale negó con la cabeza. —Entonces no. Antes.

—¿Qué? —Clarke lo miró con el ceño fruncido—. Nunca había visto a Layla, así que ¿cómo has podido...? —Sin pensarlo realmente, volvió a agarrar la mano de Gale, para encajarla de nuevo en las pinzas, pero él gritó y consiguió apartarla.

—En la playa no. Te vi en la tienda de animales.

—¿La tienda de animales?

—Un año antes de lo de Layla. Tenía que hacer un trabajo para el colegio sobre serpientes, y mi padre me llevó a «La tienda de los reptiles», a ver qué tenían. Y tú estabas allí. Estabas comprando la víbora de foseta, y te pregunté por ella. Hablaste conmigo.

Clarke tuvo que alejarse de nuevo, para procesar esto. Intentó rebuscar en su mente; recordaba haber comprado la víbora al gordo de la tienda, que había actuado como si fueran amigos, pero había habido... ¡Sí! Aquel día había hablado con un niñato, fanfarroneó de su serpiente antes de llevársela a casa. ¿Y él era aquel niñato? —Se dio la vuelta.

—Así que me viste en La Tienda de los Reptiles, pero ¿cómo sabías que me había llevado a Layla? —Volvió a agitar las pinzas con gesto amenazante.

—No lo sé. La verdad es que no lo sé. He intentado averiguarlo, pero no puedo. Por favor... —Gale acunó la mano en el otro brazo. Miró suplicante al hombre.

Entonces, de repente, Clarke soltó una carcajada. Empezó más bien como un ladrido, pero luego continuó como un largo rugido. Cuando por fin se detuvo, se volvió hacia el chico con una mirada malévola. —Ya lo pillo. Ahora lo entiendo. Tal vez me viste hablando con Layla, tal vez no, ni siquiera importa. Pero cuando viste mi cara en la tele, o en los periódicos, como el inspector que dirigía la investigación, y recordaste que yo tenía las serpientes, te inventaste el resto. Todo estaba en tu cabeza. —. Se rio y continuó—. Sumaste dos más dos…

Se detuvo, respirando con dificultad.

—O mejor dicho, sumaste dos más dos y te dio cinco mil, con tu puta historia de mierda de que ves al fantasma de tu hermana.

Ahora se sentía más tranquilo, la energía nerviosa había desaparecido. Se sentó en la silla y apoyó la cabeza en una mano. —Vaya. Es tan sencillo. Una vez que lo ves. —Esbozó una gran sonrisa de alivio—. ¿Pero sabes qué? Demuestra que tenía razón. Tenía que capturarte. Y tengo que matarte. Eres peligroso.

Levantó los alicates, disfrutando por un momento de la renovada expresión de miedo en el rostro del chico, pero luego los dejó caer al suelo, donde aterrizaron con un ruido sordo.

—Supongo que ya no las necesitaremos. —Los apartó de un puntapié para que el chico no pudiera alcanzarlos—. Lo cual es bueno, porque la sangre es una lata para limpiar. —

Se detuvo y estudió la cara de Gale—. ¿Sabes cómo lo sé? Por toda la que tuve que limpiar después de matar a tu hermana.

Clarke se subió las mangas y avanzó hacia Gale.

—Y ahora voy a matarte.

CAPÍTULO SESENTA Y CINCO

LA ESPERA se estaba haciendo eterna, las manecillas del reloj de pared del despacho de Starling se arrastraban hacia la una de la tarde y, finalmente, pasaban de la hora. La una y cuarto. La una y media. El teléfono seguía sin sonar.

—¿Se ha movido el coche? —preguntó Cross.

—¿Hmmm? —Starling se había quedado pensativo. Entonces empujó el portátil, dejando ver el mapa en la pantalla. Un punto rojo parpadeante se centraba en lo que Cross sabía ahora que era la dirección del inspector Clarke. Se había desplazado hasta allí directamente desde el cementerio, donde ese mismo día había tenido lugar la exhumación de Layla. Cross observaba ahora el punto del rastreador, reviviendo el prolongado trauma de encajarlo.

Hasta el secuestro de Gale Martin, no había sido necesario rastrear a Clarke. Trabajaba muchas horas y normalmente se le podía encontrar en la sala de investigación, dos plantas más abajo de la oficina de Starling. Si no estaba allí, sabían dónde vivía. Además, no había personal disponible para poner un equipo a vigilarlo, especialmente mientras la casa de los Martin también necesitaba estar vigilada las veinticuatro horas del día, y desde luego no sería posible sin que el propio Clarke se diera cuenta de que lo estaban observando. Eso cambió con el dramático secuestro de Gale, pero no cambió rápidamente.

Starling mencionó por primera vez la idea de colocar un rastreador electrónico en el Škoda de Clarke mientras estaba en el hospital, pero antes de poder hacerlo necesitaba conseguir una orden judicial. Finalmente la obtuvo unas horas antes de la exhumación, que fue cuando Cross recibió el encargo de instalarlo.

Y puesto que Starling, Cross y el patólogo eran los únicos que conocían el verdadero motivo de la exhumación y el verdadero sospechoso que se pretendía descubrir, tuvo que colocarlo sin que la viera Clarke ni el resto del personal policial presente. Y eso fue mucho más difícil cuando Clarke no dejó su coche donde habían planeado, sino que condujo mucho más cerca de la tumba. Pero lo había conseguido, arrastrándose casi todo el trayecto desde un coche aparcado al siguiente, con las rodillas en el barro y el corazón martilleándole en el pecho. Luego había llegado el miedo de no haberlo hecho bien, hasta que volvieron a la oficina de Starling para comprobar si el chisme funcionaba de verdad.

Y ahora la espera. Las dos versiones posibles de la realidad que estaba viviendo parecían alternarse en la mente de Cross. En la primera, su idea era tan descabellada como parecía. El inspector Clarke era, por supuesto, totalmente inocente y habían organizado aquella ridícula exhumación para nada, mientras sustraían recursos vitales a la investigación, que bien podría acabar con la muerte del chico. Si eso ocurría, sus acciones, tanto las de ella como las de Starling, saldrían a la luz, y aunque él sería el único responsable, se preguntaba cómo sería capaz de vivir consigo misma.

En la otra versión, el teléfono de la mesa de Starling sonaría en cualquier momento, confirmando que el investigador principal de una de las mayores pesquisas del cuerpo era también el autor del crimen, una especie de macabro asesino. Ambos pensamientos eran horribles. Cross se sentía como si hubiera envejecido diez años en la última semana.

El teléfono del escritorio de Starling sonó, el sonido perforó el silencio. Su mano salió disparada, cogiéndolo.

—Starling.

Hubo un silencio antes de que volviera a hablar. —Gracias. Te agradezco que me lo hayas pasado tan rápido. —Luego más silencio.

Sin decir una palabra más, Starling colgó el auricular. Se quedó con la boca abierta y respiró con cierta dificultad durante una o dos bocanadas. Luego volvió a cerrar la boca y se la tapó con una mano. Volvió a mirar a Cross. Asintió con la cabeza cuando encontró la voz.

—El informe del laboratorio ha encontrado residuos de ciertas sustancias químicas compatibles con el veneno de una especie específica de serpiente, en concreto una llamada víbora de foseta. —Tragó saliva—. Es la misma especie registrada a Kieran Clarke. Es él. —Cerró los ojos.

Cross se puso en pie, con los pensamientos inundándole la mente más rápido de lo que podía procesarlos. —Tenemos que irnos. Tenemos que atraparlo ya. —Sintió una combinación de euforia y profundo malestar. Por un segundo pensó que podría estar realmente enferma; sus ojos encontraron la papelera de Starling.

El propio Starling parecía inmóvil, incapaz de moverse.

—Jefe, tenemos que ir a por Clarke. La chica se mantuvo con vida durante casi dos semanas. Existe la posibilidad de que Gale también esté vivo, tenemos que conseguir que nos diga dónde está.

Lentamente Starling asintió. —Lo sé. Tenemos la unidad

de respuesta armada a la espera para arrestarlo. Voy a dar el visto bueno. —Cogió su móvil, pero antes de que pudiera hacer la llamada, la pantalla de su portátil cambió. El punto rojo parpadeante, que era la ubicación del rastreador, se volvió naranja, indicando un cambio de estado—. Mierda —murmuró Starling—. Se ha puesto en marcha.

CAPÍTULO SESENTA Y SEIS

CON LA CONFIRMACIÓN de la causa de la muerte de Layla, desapareció la necesidad de mantener el secreto a la hora de investigar a Clarke, pero los problemas del secreto fueron sustituidos por los de la urgencia. El dispositivo de rastreo mostró que el Škoda de Clarke se había trasladado a un conjunto de almacenes en tierras de labranza, no muy lejos de donde vivía. Una búsqueda en el mapa había indicado que el más grande era un búnker subterráneo. El plan para detenerlo se adaptó con rapidez.

En total, pasó poco más de una hora antes de que los tres coches, ocupados cada uno por cuatro agentes, todos ellos con chalecos antibalas y cascos, se precipitaran por la carretera sin asfaltar que conducía al almacén. Algunos llevaban pistolas, otros iban armados con subfusiles Heckler & Koch MP5, que sostenían frente a sus torsos. Los vehículos viajaban tan rápido que las ruedas no tocaban fondo en los baches llenos de lluvia, pero seguían lanzando al aire faldas de agua sucia.

Cross se había hecho de rogar para viajar en el último coche, Starling estaba demasiado ocupado para discutir en contra. El oficial de la Unidad de Respuesta Armada le había prestado un chaleco antibalas y le había enseñado a ponérselo.

¡ZAS! Su cabeza golpeó el techo del coche al caer en un bache especialmente profundo. Cross se preguntó si aquello era real. No podía serlo, pero lo era.

El primer coche derrapó hasta detenerse delante del almacén, el segundo y el tercero tuvieron que cambiar rápidamente de dirección para evitar chocar con él. Los agentes empezaron a salir en tropel.

—Es el coche de Clarke —gritó alguien, pero Cross ya lo sabía. Starling y ella lo habían seguido en la pantalla, habían visto dónde se detenía y luego se habían preguntado qué demonios hacía allí y a qué clase de lugar los estaba llevando Clarke.

El comandante de la unidad armada contempló la escena. Cross apenas entendía lo que estaba pasando y se limitaba a intentar mantenerse a distancia. Uno de los oficiales había sacado de algún sitio un gran ariete rojo. Necesitó ambos brazos para levantarlo y lo llevó hasta la puerta, esperando a que le dieran la orden. Mientras tanto, otros oficiales le cubrían, con las armas preparadas.

Un momento después estaban todos en posición, y el oficial jefe asintió con la cabeza. El ariete retrocedió y chocó con el acero de la puerta. El metal casi se dobló por el impacto, pero la cerradura aguantó, lo que sugería que estaba atornillada desde dentro. El artefacto retrocedió de nuevo y volvió a estrellarse contra la puerta. Esta vez lo atravesó, abriendo la puerta con fuerza.

—¡Alto! ¡Policía! —En cuestión de segundos, ocho agentes estaban dentro del almacén, el resto esperaba fuera porque no había espacio dentro para que más de ellos operaran con seguridad. Cross también tuvo que quedarse fuera hasta que le dieron el visto bueno. Llegó un momento después, la palabra que gritaron desde dentro.

—¡Despejado!

Luego hubo otro grito.

—¡Dios mío, hay una maldita serpiente!

—Voy a entrar —dijo Cross, más para sí misma que para los demás agentes que seguían fuera del almacén. No la detuvieron y, al cruzar la puerta, se encontró con un extraño espectáculo: una pequeña habitación presidida por una gran mesa y una pequeña cocina en una de las paredes. Sobre la mesa había un ordenador y dos pequeños terrarios de cristal. Dos agentes intentaban frenéticamente tapar uno de ellos, mientras otro blandía su arma, como si fuera a disparar a través del cristal. Pero otros tres agentes estaban agrupados en torno a una segunda puerta.

—Hay otra puerta aquí, parece que hay luces al otro lado. Está cerrada.

El ariete tardó pocos segundos en hacer efecto ya que esta puerta era mucho más débil y se abrió al primer golpe. Cuando se abrió, vieron unos escalones hacia abajo. Esta vez con más cautela, los primeros oficiales echaron un vistazo, con las armas preparadas. Luego bajaron los escalones uno tras otro, y el oficial que iba en cabeza gritó mientras descendía.

—¡Al suelo! Aléjese del chico.

Cross era la cuarta persona que bajaba, y el chaleco antibalas se le clavaba en la cintura mientras intentaba mantener el ritmo. Casi no podía creer lo que vio. Clarke retrocedía lentamente desde una cama encadenada en el centro de la habitación. Llevaba una sonrisa malvada y gruñona, y tenía sangre fresca en la cara. Sobre la cama había un bulto, tardó unos instantes en reconocerlo como humano, y cuando se dio cuenta de que los miembros que caían hacia el suelo eran en realidad brazos y una pierna, la forma empezó a cobrar sentido.

Uno de los agentes se acercó al chico y le palpó el pulso carotídeo en el cuello. Ajustó la mano, esperó y volvió a ajustarla. Inclinó la cabeza hacia un lado, cerca del chico, para sentir si respiraba. Luego miró a su alrededor, sacudiendo la cabeza.

—Llegáis demasiado tarde.

La voz de Clarke sonó, cortando el ruido y el caos de la habitación. Parecía regodearse. Se le veían los dientes blancos. Sonreía.

—Habéis llegado todos demasiado tarde.

CAPÍTULO SESENTA Y SIETE

CLARKE OBSERVÓ LA ESCENA. Él era Todopoderoso, y este era su momento. El chico le devolvió la mirada. Parecía asustado otra vez. Miserable, destrozado, aterrorizado. No era un asesinato, era una forma de misericordia. Y por esa razón, no había motivo para retrasarlo, ciertamente ningún motivo para estar asustado. Apartó las pinzas de su camino de una patada; era posible que el chico intentara cogerlas, ya lo había sorprendido con el cubo y las excusas de mierda sobre su hermana. Pero eso era cosa del pasado. Ahora era su momento. El momento con el que había fantaseado.

Avanzó hacia la cama, con los brazos extendidos hacia delante, las manos estiradas, buscando el cuello. Sus manos no temblaban; no sentía miedo. Ya lo había hecho una vez, cuando la chica ya estaba muerta, es cierto, pero aun así, lo había vivido. Y esta vez quería ver cómo se le escapaba la vida. El chico se movió rápidamente, pero solo hasta donde las cadenas le permitían llegar, al otro lado de la cama.

—No quiero jugar, muchacho —dijo Clarke. Agarró la cadena más cercana y tiró violentamente de ella. El pie salió de debajo del chico y lo hizo caer, con la mitad inferior sobre la cama y las parte superior en el suelo—. Levántate.

El chico no obedeció, sino que intentó meterse debajo de la cama, así que Clarke tiró con más fuerza. Arrastrándole fuera, como un caracol de su concha. Sus dedos se movieron de la cadena a la pierna del chico, sintiendo la definición del músculo. Subieron por la rodilla, el muslo. Se detuvo en la ingle, pero su corazón no estaba en ello. Esta vez no. Se agarró a la camiseta del pijama que el chico aún llevaba puesta y la hizo un manojo entre sus manos. Se agarró al pezón del chico, provocando que un gemido escapara de sus labios.

No vio nada de la figura fantasmal de Layla Martin, que le arañaba los ojos, le mordía la cara, le daba puñetazos y escupía repetidamente. No oyó nada de sus gritos desesperados.

Fue agradable la facilidad con la que sus manos encontraron el camino hacia el cuello. Procedía con cuidado, sin embargo. Se aseguró de mantener su peso sobre el cuerpo del chico, para evitar que hubiera alguna posibilidad de que le diera una patada. Empezó a apretar. Pero entonces, se oyó un sonido. Arriba sonó el pitido de una alarma electrónica.

Clarke se quedó inmóvil, incapaz de entender el ruido. ¿Sería una falsa alarma? Debía de serlo. Estuvo a punto de ignorarlo, pero no pudo. Se apartó de un salto del chico, dejándolo jadeante, y subió corriendo los escalones hasta la habitación de arriba. Martilleó las teclas del ordenador para que apareciera en la pantalla el vídeo de la alarma. Había instalado un sensor de velocidad en la carretera de acceso para que, si alguien conducía demasiado rápido, se activara la alarma y se pusiera en marcha la cámara. Observó con horror e incredulidad cómo la pantalla le mostraba dos coches de policía, no, tres, avanzando a toda velocidad hacia el almacén. Parpadeó, no podía ser. Pero era real. No había duda, lo habían pillado.

Actuó por instinto. Golpeó el terrario de las serpientes

con la intención de romperlo, pero solo consiguió desalojar la parte superior. Respiró, viendo a su chica emerger inmediatamente de su nido, con la lengua moviéndose con interés. Luego se apresuró a volver a la habitación de abajo. El niño seguía allí, mirándole, sin comprender. Sin saber que estaban a punto de rescatarlo, sin saber que lo había derrotado. Pues no, aún no había ganado. Clarke se dio la vuelta, cogió la llave del exterior de la puerta y la encajó, tan rápido como se lo permitieron sus temblorosos dedos, en el interior. Luego la cerró y bajó corriendo las escaleras.

Esta vez hubo mucha menos cautela. Saltó sobre el chico, ignorando y sofocando sus forcejeos con facilidad. Sus manos volvieron a rodearle el cuello, y una mirada despiadada apareció en su rostro mientras apretaba, más y más fuerte. Era como apretar un caramelo, como aplastar una fruta, y era increíble lo instantáneo que fue el efecto en la cara del chico.

El niño abrió y cerró la boca, como un pez fuera del agua, y el color también cambió, la cara pasó del rojo al blanco, y luego claramente al azul. Todo el tiempo el cuerpo del chico se agitaba y retorcía debajo de él, sometido por el propio peso de Clarke. Motas de saliva blanca se formaron en la boca y la nariz del chico, luego los sacudidas pasaron de ser constantes a solo de vez en cuando y finalmente, mientras Clarke seguía apretando con cada gramo de su fuerza y retorcía y hundía los pulgares en la garganta del chico, sintió que su cabeza se quedaba inmóvil, sintió que la lucha se le iba en un momento. El chico se quedó sin fuerzas.

Y entonces la puerta se abrió de golpe.

CAPÍTULO SESENTA Y OCHO

LAYLA SABÍA que se acercaba el momento y sabía que no podía hacer nada para evitarlo. Cada vez que intentaba gritar al hombre, o pegarle, o sacarle los ojos, él no sentía nada, y sus esfuerzos no hacían más que agotarla. Pero no había nada más que pudiera hacer.

Cuando llegó el ataque, la rapidez con la que Clarke se lanzó sobre su hermano la cogió por sorpresa. Cuando él había intentado hacer lo mismo con ella, había dudado, había luchado, había derramado lágrimas, había pasado tanto tiempo reprendiéndose a sí mismo como intentando asfixiarla. Finalmente se había dado por vencido, y la última noche, cuando ella estaba dormida, o lo más cerca que podía estarlo estando allí encerrada, él había vuelto y le había metido la serpiente en la cama.

Aun así, estaba preparada. No tenía ni idea de cómo era capaz de hacerlo, solo que en momentos como aquel, de tensión extrema, era capaz de meterse en el cuerpo de su hermano, cambiando de lugar, de alguna manera, para que él estuviera en el lugar donde ella estaba atrapada, y ella fuera la que estaba dentro de él.

No sabía nada de las consecuencias. Solo que le quitaría el dolor en el momento en que el hombre le quitara la vida.

Ahora, con todo su poder, fluyó hacia Gale, mientras el hombre se sentaba a horcajadas sobre él. Se sorprendió de lo mucho que luchaba su hermano, dirigiendo su furia tanto hacia el hombre como hacia ella, como si supiera lo que estaba haciendo y quisiera rechazarla; eso no había ocurrido cuando ella se había apoderado de su cuerpo antes, la noche que habló con su madre. Y entonces sonó la alarma. El hombre dio un salto, como escaldado, y subió corriendo los escalones, donde lo habían oído gritar como un animal herido y luego estrellar algo contra el suelo.

—¿Qué estás haciendo? —preguntó Gale, que parecía no haber oído los ruidos de arriba.

—Déjame que lo haga, Gale.

—No.

—Déjame. A mí ya no puede hacerme daño.

En los ojos de Gale se formaron nuevas lágrimas, y Layla se inclinó hacia delante para secárselas. Y sucedió algo asombroso, en lugar de que sus dedos empujaran a través del líquido de la lágrima, a través de la superficie física de la cara de Gale, sucedió otra cosa, el agua se transfirió a sus dedos. Los apartó, llevándose la lágrima con ella, y ambos se quedaron mirando lo que había ocurrido.

—Cuando vuelva, no te resistas. Deja que yo me encargue.

—¿Te encontraré, cuando todo esto termine?

—No lo sé. Simplemente no lo sé.

Él estaba de vuelta en la habitación ahora, cerrando la puerta y corriendo por los escalones. Layla no tenía ni idea de lo que había pasado, ni de lo que estaba pasando, pero sabía lo que estaba a punto de pasar y que esta vez no lo interrumpiría. Se obligó a fluir hacia el cuerpo de Gale, mientras el hombre lo inmovilizaba contra la cama y se colocaba a horcajadas sobre él, esas manos yendo a su cuello... Sintió la constricción, sintió la respiración forzada, la imposibilidad de asimilar más. Vio sus ojos, la locura salvaje de sus ojos. Y Layla sonrió mientras se desvanecía.

CAPÍTULO SESENTA Y NUEVE

—ESTÁ MUERTO. —El agente que había llegado primero al cuerpo de Gale bajó la cabeza. Aún tenía una mano junto al cuello del muchacho, como si de pronto pudiera reaparecer el pulso, pero todos sabían que no sería así. Cross percibió el cambio en la atmósfera del equipo: de la máxima tensión, impregnada de la esperanza de poder salvar al chico, a este, el peor desenlace posible.

Llegaron demasiado tarde.

Se llevaron a Clarke con los brazos esposados. Las armas seguían apuntándole, como si siguiera siendo un peligro.

—Hora de la muerte, mil quinientas horas —dijo el jefe de la unidad armada. Entonces habló otra persona. Cross se dio cuenta de que era ella.

—Lo estaba estrangulando. Tenemos que reiniciar su corazón.

Alguien le puso una mano encima, presumiblemente para calmarla, pero ella se resistió con rabia y se precipitó hacia la cama.

El chico iba vestido solo con los calzoncillos y la camiseta del pijama, y su cuerpo inerte estaba retorcido y dañado. Tenía cortes en la cara y los brazos. Como parte

412

de su formación como agente de policía, de la que se esperaba que patrullara por la ciudad, había recibido formación en primeros auxilios de emergencia, y la información le vino a la mente con perfecta claridad. Sin siquiera pensarlo, lo colocó en la posición correcta y empezó a darle golpes en el pecho con las manos. Era frágil, apenas un niño, y tuvo cuidado con la presión: había practicado tanto con maniquíes de tamaño natural como con muñecos más pequeños, para representar a los niños.

«Empuja hacia abajo cinco centímetros, aproximadamente un tercio del diámetro del pecho. Suelta la presión y repite la operación rápidamente, a un ritmo de unas cien compresiones por minuto.»

Una vez durante un curso la profesora le había dicho que trabajara al ritmo de la canción *'Stayin' Alive*, de los Bee Gees. Se le quedó grabada, y ahora la canción le llenaba la cabeza, en el horror del calabozo del sótano.

«Treinta compresiones -concéntrate para no perder la cuenta-, inclina la cabeza, levanta la barbilla, da dos respiraciones efectivas. Continúa con las compresiones y las respiraciones en una proporción de dos respiraciones por cada treinta compresiones.»

En algún momento, no supo cuándo, alguien trató de detenerla, de decirle que era inútil, pero ella volvió a apartarles la mano, arremetiendo con su propio brazo y gritándoles que la dejaran en paz. No le importaba. Su mundo se había reducido a un único objetivo. No rendirse.

No importaba que no estuviera funcionando. No importaba que el chico estuviera muerto. En el curso habían sido muy claros. Continuar hasta que el paciente diera señales de vida, o hasta que llegara ayuda más cualificada. O hasta que se agotara.

Las dos últimas cosas llegaron a la vez, cuando una nueva mano la alcanzó, con más suavidad que antes. Pero esta no llevaba el uniforme azul oscuro de la policía, sino el mono verde de un paramédico. Y la voz era más suave.

—Deja que nos encarguemos nosotros.

Cross se detuvo por fin y rodó sentada en el duro suelo. Se quedó allí, sentada en ese espacio horroroso, donde uno de sus colegas, un hombre con el que había trabajado, con el que había tomado copas después del trabajo, del que se suponía que era un buen oficial, había secuestrado a niños para asesinarlos. Apenas oyó el grito de aviso del paramédico, ni vio cómo el cuerpo inerte del niño se sacudía bajo la descarga del desfibrilador portátil. Solo las sacudidas de cabeza de los demás agentes que ahora permanecían paralizados ante el drama final del día.

CAPÍTULO SETENTA

—SIÉNTATE AQUÍ, Joe, no tardaré mucho.

Geoff, el ex de Ellen, la había decepcionado de nuevo, un concierto de última hora en Manchester, por lo que no pudo cuidar de su hijo como habían acordado. Eso significaba que estaba atrapada entre sus dos mundos, aunque uno había sido sacudido hasta la médula.

—Mira, hay revistas si quieres. —Cogió una de la mesa auxiliar. Un viejo ejemplar de *Top Gear* con un coche deportivo en la portada, parcialmente oculto por una pegatina que decía «Propiedad del Hospital». Pero Joe lo ignoró, sacando en su lugar su consola de videojuegos del bolsillo. Cross lo observó un segundo, incapaz de mirarle a la cara sin ver la de Gale.

Tuvo que apartar la mirada.

Más adelante, en el pasillo, ya había visto al inspector jefe, en plena conversación con Jon Martin y un médico, a juzgar por su bata blanca.

—Cuando acabe, ¿podríamos ir a por una pizza? ¿O algo así?

Su hijo dejó de hacer lo que estaba haciendo y levantó la

vista. Durante unos brevísimos segundos, una sonrisa se dibujó en sus labios. —Vale.

—De acuerdo. Espera aquí un rato. No tardaré.

Ella lo dejó, una vez más absorto en su juego, antes de reunirse con Starling a mitad de camino por el pasillo, donde había llegado a grandes zancadas a su encuentro.

—Lo siento, no pude conseguir a nadie que lo cuidara en tan poco tiempo.

Él pareció confundido por un segundo, pero luego se dio cuenta de que se refería a su hijo. Miró al niño, pero no dijo nada.

—¿Cómo estás? Con un incidente así, hay que cuidarse, el shock puede golpear en cualquier momento.

—Sí. Supongo que aún no lo he asimilado.

—Bueno, tómate tu tiempo. Hay apoyo y deberías usarlo. Tómate el tiempo que necesites.

—Gracias, jefe. —Cross dudó. Había algo más en su mente.

—¿De qué se trata?

—Es que... quería saberlo. ¿Está definitivamente muerto? ¿El inspector Clarke?

—Sin ninguna duda. Parece que llevaba un cuchillo oculto en el tobillo. Fue a por él cuando lo metían en el coche, y probablemente habría matado al agente que lo sujetaba si no le hubieran disparado. El cabrón tomó la salida del cobarde, lo que va a dejar muchas preguntas sin respuesta, por desgracia.

Starling vaciló ahora, como si no estuviera seguro de que fuera el momento o el lugar para hablar de esto, pero tal vez sintió que se lo debía. —Sin embargo, hay algunas cosas que hemos podido entender. —La miró, como si quisiera saber si decírselo ahora o esperar.

—¿Qué cosas?

—Parece que Clarke grabó todo lo que ocurrió allí abajo, al menos el secuestro de Gale. No hemos encontrado nada de ningún evento anterior. Pero revisando la grabación, se le ve torturando a Gale Martin, al parecer intentaba entender cómo Gale sabía lo de Layla. Lo cual creo que también nos hemos estado preguntando. Parece que el chico se encontró con él en una tienda de animales, donde Clarke compraba sus serpientes. Mantuvieron una conversación, que Gale recordó, pero Clarke no.

Starling calló un instante antes de seguir.

—Hay algo más. Algo raro. Muestra a Gale hablando con alguien aunque la habitación estaba vacía. Es como si fingiera ver a su hermana con él, mientras estaba retenido en el búnker. Tuvo conversaciones completas y unilaterales. Me han dicho que es casi más difícil de ver que la escena de la tortura.

Sacudió la cabeza.

—No sé. No estoy seguro de cómo encaja todo esto. No sé si lo sabremos algún día. Pero probablemente tenías razón en que Rachel mintió sobre la segunda vez que llegó tarde a la piscina. Probablemente Gale solo vio a Clarke en la tienda de mascotas, y luego en la playa ese día. Y a partir de eso construyó... No estoy seguro de qué construyó. Quizá sea lo que pasa cuando sometes a un niño de diez años a una presión insoportable.

Cross no contestó.

—Escucha. No es el momento, pero quiero decirlo de todos modos. Has hecho un trabajo extraordinario en este caso. Has tomado algunas decisiones excelentes y has demostrado que tus instintos son impecables. También sé que el trabajo que haces como agente es valorado, muy valorado. Por eso quiero decirte que si alguna vez quisieras pasarte a la rama de investigación, estaría más que encantado de apadrinarte personalmente. Te daría todo mi apoyo. —Le puso una mano en el hombro—. No tienes que responder ahora. Piénsatelo. Tómate el tiempo que necesites.

. . .

En el extremo opuesto del pasillo, Jon estaba de pie junto a Rachel. Parecían estar esperando.

—A los padres de Gale también les gustaría hablar contigo, ¿te parece bien?

—Sí, jefe. Claro. —Cross tomó aire para serenarse y esperaba que Starling se moviera, pero vaciló, mirando hacia el otro lado del pasillo, no hacia los Martin, sino hacia Joe. Starling volvió a hablar.

—Ese es Joe, ¿verdad? ¿Tu hijo?

Sorprendida, respondió.

—Así es.

—¿Por qué no lo llamas? Creo que debería oír esto. —Starling esperó hasta que Cross asintió una sola vez, la preocupación por la idea clara en su rostro, y luego llamó en voz alta al muchacho—. Joe, ¿te importaría venir un momento? Hay algo que creo que deberías oír.

Joe parecía asustado de que se dirigiera a él uno de los colegas de su madre, y alguien que parecía un alto rango también, pero se puso de pie y se acercó a ellos. Cuando lo hizo, Starling se dio la vuelta y se dirigió hacia donde esperaban los padres de Gale.

—Jon, esta es la agente Ellen Cross, creo que no la conoces... Fue la primera persona que sospechó de las actividades de Kieran Clarke, y ha estado trabajando muy estrechamente conmigo, en secreto, para investigarlo. Y, por supuesto, también fue la agente Cross quien salvó la vida de Gale esta tarde administrándole la reanimación cardiopulmonar. —Se detuvo y miró al chico—. Y este es su hijo, Joe. Quería que lo oyera.

Jon empezó a intentar decir algo en respuesta, pero su mujer lo detuvo. En lugar de hablar, se adelantó y rodeó a Cross con los brazos. Permaneció allí mucho tiempo, sin hablar, hasta que por fin la soltó. Tenía la voz ronca.

—Muchas gracias. Muchísimas gracias. Gracias por todo lo que has hecho.

Cross se dio cuenta de que las lágrimas eran contagiosas y durante unos instantes se dejó llevar, igualando a Rachel en silencio, sollozo a sollozo. Luego pasó el momento y ambas se secaron los ojos. Jon aprovechó la oportunidad para darle las gracias también, su voz mucho más tranquila.

—¿Cómo está Gale? —preguntó Cross—. No lo he visto desde la ambulancia.

El médico respondió a su pregunta—: Está muy conmocionado, como pueden imaginar, pero no hay lesiones físicas graves. Es sorprendente. —Hizo una pausa—. De hecho estaba muerto, clínicamente muerto; es muy raro que alguien se recupere de eso. No es inaudito, pero es muy raro...

—Pidió verte —interrumpió Rachel—. ¿Quieres ir a verlo?

Todos los ojos se volvieron hacia el médico, como pidiendo permiso.

—Siempre que sea una visita rápida.

Los ojos de Rachel se abrieron de par en par mientras se volvía hacia Cross esperando su respuesta.

—Por supuesto. Me encantaría verlo.

—Y tu hijo también. Puede entrar, si no le importa, claro. Estoy segura de que a Gale le gustaría. Después de tanto adulto le encantará ver a alguien de su edad.

De nuevo, todos miraron al doctor, que asintió que no tenía inconveniente.

Rachel abrió el camino, llamó suavemente a la puerta, pero sin esperar respuesta antes de empujarla.

—Hola, cariño, hay alguien que quiere verte.

CAPÍTULO SETENTA Y UNO

GALE ESTABA TUMBADO en la cama, con dos pequeños vendajes en la cabeza que hacían que el pelo estuviera de punta. Miró a su alrededor cuando entró el séquito, alineándose contra la pared de la pequeña habitación.

—Cariño, aquí está, esta es la agente que te salvó.

Gale no contestó, pero Cross sonrió de todos modos. —¿Cómo te encuentras?

En el cuello de Gale habían aparecido moratones de un azul intenso entrelazados con marcas de un rojo furioso. Esbozó una débil sonrisa.

—Estoy bien. Gracias por salvarme.

—De nada. Fueron los paramédicos en realidad, ellos te trajeron de vuelta, pero estoy tan, tan contenta de que hayan podido hacerlo.

Gale parecía incapaz de responder, y Cross no lo forzó. Continuó.

—Y siento mucho todo lo que ha pasado. Siento que no te creyeran antes.

Gale miró alrededor de la habitación, por un segundo sus ojos se posaron en el otro chico, Joe. Luego volvieron a la agente.

—No pasa nada. —Sus ojos volvieron al hijo de Cross—. Hola, Joe.

Cross se volvió para mirarlos del uno al otro.

—¿Os conocéis?

—Su escuela y la mía tienen el mismo club de Lego —dijo Gale—. Tuve que dejar de ir cuando murió Layla.

—Hola Gale —dijo Joe. Luego continuó—. Siento todo lo que te ha pasado. Y a tu hermana.

—Gracias.

Hubo un silencio, y al cabo de un rato Rachel lo rompió.

—Bueno, el médico ha dicho que tenemos que ser breves, así que te dejaremos descansar, cariño.

Gale asintió y Jon abrió la puerta para que salieran. Pero mientras lo hacían, Joe volvió a hablar. Vacilante al principio, extendió la mano.

—No sé si lo quieres, ni cuánto tiempo estarás aquí, pero si quieres... —Extendió la mano, y en ella estaba el aparato con el que había estado jugando fuera—. Es una Nintendo Switch, y tengo Mario Kart, y también... —se metió la mano en el bolsillo y sacó otro cartucho—. También tengo Animal Crossing, si lo prefieres...

Gale sonrió, esta vez más profundamente. Miró a su madre, que asintió mordiéndose el labio.

—Gracias.

—¿Me lo devuelves cuando te mejores?

Cross volvió a sentir el cosquilleo de las lágrimas en los ojos mientras su hijo dejaba el aparato sobre la cama, un aparato del que no se desprendía jamás, y luego asintió, dispuesta a marcharse. Puso la mano sobre la cabeza de su hijo, despeinando su cabello.

CAPÍTULO SETENTA Y DOS

LLAMARON A LA PUERTA DE GALE, su nueva puerta.

—¿Quién es? —Miró a su hermana, que estaba sentada en la cama, inspeccionándose las uñas.

—Soy yo —dijo su padre, desde fuera—. ¿Puedo pasar?

Layla esbozó una sonrisa y Gale contestó.

—Vale.

La puerta se abrió y entró Jon. Miró a su alrededor, evaluando el espacio.

—¿Cómo estás?

—Estoy bien —respondió Gale. Sus labios se formaron en una rápida sonrisa, luego esperó, mirando expectante a su padre.

—Solo quería comprobar cómo te estabas adaptando —Jon soltó una ligera risita—. Ya sabes, en tu nueva habitación y todo eso. —Puso un poco los ojos en blanco, como si estuvieran compartiendo una especie de broma. Gale se lo pensó unos instantes y luego sonrió un poco.

—Está bien, supongo.

Sus padres habían trabajado juntos para vaciar de cosas la antigua habitación de Layla y luego redecorarla. Algunos de sus juguetes habían ido a parar a manos de Gale, pero la mayoría habían sido empaquetados y llevados a una tienda de caridad, junto con la mayor parte de su ropa. Sin embargo, Rachel había conservado algunas, cuidadosamente dobladas y guardadas en la parte superior de su armario. Después fueron a una enorme tienda de bricolaje, donde Gale pudo elegir un nuevo papel pintado. No fue fácil decidirse: había algunos con aviones y coches, que le habían gustado, pero después de discutirlo con sus padres y Layla, al fin y al cabo era su antigua habitación, los había rechazado en favor de algo un poco más sutil y adulto.

Gale lo miró ahora, en la pared junto a la ventana. El papel hacía que pareciera de verdad que había una grieta gigante en la pared, y que unos cuarenta Minions distintos de la película «Mi villano favorito» estaban trepando por ella, algunos con cuerdas y arneses, otros con monopatines, y había uno que había llegado demasiado alto y estaba saltando en paracaídas.

Su padre se lo pensó ahora. —¿Te siguen gustando las paredes?

—¡Sí! —contestó Gale sin esperar a oír lo que decía Layla. Pero entonces la miró y ella se encogió de hombros.

«Ahora es tu habitación» —le dijo Layla.

De repente, Gale se volvió hacia su padre. —¿Sabes ya qué va a pasar con mi antigua habitación?

La verdad era que se lo había estado preguntando, y posiblemente le había preocupado un poco ya que esa pregunta había sido una vez fuente de considerable tensión en la familia.

—De hecho, sí, creo que sí.

Gale enarcó las cejas. Esto era nuevo.

—Tendré que dejar que tu madre te cuente los detalles, pero va a convertirlo en un pequeño despacho.

—Ella ya tiene una oficina. En el trabajo.

—Sí. Pero esta será una oficina en casa.

—¿Por qué necesita una oficina en casa?

Jon sonrió como si estuviera a punto de compartir un secreto. —Bueno, ha tenido una idea, de algo que quiere hacer, y creo que es muy buena idea.

—¿Qué es?

Jon se sentó en la cama y Layla tuvo que apartarse rápidamente para evitar que el trasero de su padre la atravesara. Gale lo observó, un poco divertido.

—Ha decidido crear una asociación benéfica en memoria de Layla.

La sonrisa de Gale se tornó en perplejidad, y cuando miró a Layla, ella pareció sentir lo mismo. —¿Qué tipo de obra benéfica?

—La idea de tu madre es que sirva para ayudar a gente que ha perdido hijos en circunstancias difíciles. Como hicimos con Layla. Es una forma de mantener vivo su recuerdo, aunque ella no pueda estar con nosotros. —Jon sonrió con tristeza a su hijo.

Gale intercambió una mirada con su hermana, que inclinaba la cabeza de un lado a otro, como si lo estuviera sopesando. Volvió a mirar a su padre.

—¿Cómo va a ayudar a la gente? Si han perdido a alguien, ¿cómo va a apoyarlos?

—Bueno, con dinero. —La voz de Jon se volvió más seria—. Nosotros somos afortunados porque podemos permitirnos la terapia adecuada y no tenemos que preocuparnos por las facturas del día a día, pero hay gente que no es tan afortunada. La organización puede ayudarlos en ese aspecto. Pero también tenemos otras ideas. Creo que tu madre quiere... —Hizo una pausa, se mordió el labio—. Creo que piensa enviar a la gente a retiros, para que tengan algo de espacio para llorar adecuadamente. Creo que ella misma podría dirigir los retiros. Reunir a la gente y que aprendan unos de otros. —Sonrió de repente—. Yo también tuve una idea, de llevar a gente a vivir experiencias al aire libre, para ayudar a superar el duelo.

Gale lo consideró y pareció satisfecho.

—¿Cómo se va a llamar?

Jon soltó una pequeña carcajada. —En realidad esa es la parte complicada. No lo sé. A tu madre le gustaría que contuviese el nombre de Layla, pero no estamos seguros del todo.

Gale pensó un momento, pero no se le ocurrió ninguna idea, y entonces su padre volvió a hablar.

—Pero hablando de experiencias al aire libre, hay otra razón por la que he venido esta mañana.

—¿Qué razón?

Jon vaciló, y luego se encogió de hombros ligeramente. —Hay una pequeña sorpresa abajo.

—¿Qué sorpresa?

—Ven conmigo y así lo verás.

Los tres bajaron juntos las escaleras, Jon dejó a Gale delante de él, Layla bajó detrás.

—¿Qué pasa? —preguntó Gale de nuevo.

—Espera y lo verás. —Gale sintió que las manos de su padre le cubrían los ojos y lo guiaba hasta el salón.

—Vale, ya puedes abrir los ojos.

Así lo hizo, para ver a su madre sentada en el sofá, con unas hojas de papel sobre la mesita delante de ella. Les echó un vistazo, tratando de averiguar si se trataba de la sorpresa. Alcanzó a leer las palabras «Comisión de Organizaciones Benéficas» antes de que su padre volviera a interrumpirlo.

—Esa es tu madre, la sorpresa está detrás de ti.

Gale se volvió, para ver que Layla ya lo había visto. Sus ojos se abrieron de par en par.

—¡Vaya! —Apoyada en la pared había una bicicleta, con

gruesos neumáticos y una suspensión delantera de aspecto chulo.

—Es una buena. De marca decente y bastante ligera —dijo su padre—. Y para bautizarla, he encontrado una ruta muy buena por el bosque que pasa por una cafetería que hace un chocolate caliente increíble. —Sonrió a Rachel—. Tu madre también viene.

Ella levantó la vista y asintió con firmeza. —Sí, voy. Incluso me he comprado unos pantalones cortos de ciclista. Estoy deseando ponérmelos. —Por la forma en que lo dijo, Gale sabía que quería decir lo contrario. Pero de una manera agradable. Una forma divertida.

—A mí me parece que te sientan muy bien —añadió su padre, inocentemente.

—Además —Rachel ignoró a su marido—, he oído que tomar el aire es bueno cuando necesitas resolver un problema creativo.

—¿Cuál es nuestro problema creativo? —preguntó Gale.

Un gesto de orgullo iluminó la cara de Rachel mientras apartaba los papeles de la mesa con la mano.

—Vamos a formar una organización benéfica, en honor a Layla. Para ayudar a familias que hayan perdido seres queridos a rehacer sus vidas. —Cruzó la habitación y rodeó con el brazo a su hijo. Con el otro brazo atrajo a su marido —. Solo necesitamos un nombre.

Gale siguió las huellas de los neumáticos de su padre, que parecía conocer las mejores rutas, e incluso le guio por algunos pequeños saltos en el campo. Su madre los esquivaba y se quejaba de que le dolían las piernas en las subidas, pero también sonreía. Mientras tanto, Barney corría a su lado, jadeando y con las orejas erguidas. Y justo a su lado volaba Layla, con el pelo al viento, una enorme sonrisa en la cara y una luz amarilla que emanaba de algún lugar de su interior.

—Vamos Gale, hay una pequeña bajada realmente genial por aquí —gritó Jon—. Roza el freno trasero únicamente o podrías destrozar la rueda. Y no uses el delantero.

—Vale.

Una hora más tarde, llegaron a la cafetería. Jon fue a pedir, y luego regresó con una bandeja con tres tazas altas, humeantes en el aire frío, y dos generosas porciones de pastel de chocolate.

—Hemos hecho quince kilómetros. Creo que nos lo hemos ganado —dijo, como si pensara que Rachel podría objetar, pero ella se limitó a sonreír.

—¿El espacio de Layla? —dijo la madre en su lugar, sondeando el nombre que le rondaba la mente. Habían vuelto a hablar de ello en el camino.

—Suena un poco mal —respondió Gale, sabiendo que su hermana estaba de acuerdo, ya que se lo había dicho.

—¿El chocolate caliente de Layla? —Jon se deslizó en su asiento y repartió las bebidas. La mesa tenía cuatro espacios y uno quedó vacío, salvo que Layla estaba allí, aún resplandeciente por el esfuerzo de seguir el ritmo de las bicis.

Rachel se rio, mientras cogía un tenedor y lo clavaba en el pastel. —El chocolate caliente de Layla es un nombre estúpido.

—He tenido una idea de verdad —continuó Jon, poniéndose serio ahora—. ¿Qué pensáis de «Los amigos de Layla»?

Rachel se quedó callada un momento.

—Me gusta bastante —empezó Rachel, pero luego frunció el ceño al continuar—. El problema es que la gente a la que ayudará la asociación no son sus amigos. Nunca llegó a conocerlos... —Gale se mordió el labio al notar que el humor de su madre cambiaba.

—Vale. Y ¿qué tal Layla y sus amigos? —Jon lo intentó de nuevo, pero vio que ella ya lo había rechazado. Se encogió de hombros—. ¿Tan difícil puede ser inventar un nombre?

Nadie contestó, y entonces por encima de ellos ocurrió algo especial. La tarde había estado nublada, pero de repente apareció una brecha en el grisáceo cielo, permitiendo que un rayo de luz del sol se abriera paso, iluminando un pozo de aire en un profundo haz de luz blanca y dorada. Era algo tan cotidiano que ninguno de ellos lo mencionó, pero a la vez un espectáculo tan hermoso que los dejó a todos absortos durante unos instantes. Gale sintió que sus ojos se dirigían hacia él y notó cómo sus padres respiraban un poco más hondo al contemplarlo. Y entonces miró también a Layla, para ver si lo había visto, y observó en cambio cómo el color del rayo de sol coincidía exactamente con el resplandor que seguía irradiando desde algún lugar profundo la presencia de Layla. Por un momento, la coincidencia lo sorprendió. Y entonces lo supo. Inclinó la cabeza hacia un lado, preguntándose cómo decirlo, y luego se volvió hacia su madre.

—Todos los niños a los que va a ayudar la ONG van a ir por Layla, ¿verdad? Quiero decir que van a morir después que ella. —Sintió más que vio la expresión de su cara, alarma, preocupación. Continuó rápidamente—. Lo que quiero decir es que Layla siempre será la primera de ellas. Como mostrando el camino.

Rachel seguía frunciendo el ceño, con las manos alrededor del chocolate caliente.

—Supongo que sí. ¿Tienes alguna idea?

Gale respiró hondo. Miró a su hermana, era curioso, ella no parecía saber lo que iba a decir, y sin embargo seguía radiante.

—Sí. —Respiró hondo—. ¿Qué tal si lo llamamos «La Luz de Layla»?

Rachel se quedó quieta durante un largo rato, pero luego se reclinó de nuevo en su silla, finalmente asintió. —La Luz de Layla. —Miró a Jon, pensativa.

Gale se volvió hacia su hermana, que asintió entusiasmada, con la luz amarilla brotando de ella.

CAPÍTULO SETENTA Y TRES

EL DÍA SIGUIENTE ERA DOMINGO, así que Gale tenía permiso para quedarse despierto hasta tarde, pero cuando dieron las nueve no le importó subir, y sabía que sus padres le dejarían la luz encendida un ratito. Se lavó los dientes y se puso el pijama. Luego se tumbó en el suelo, sobre su alfombra nueva, y jugueteó distraídamente con su Lego.

—¿Te importa? —preguntó Gale al cabo de un rato.

—¿Importarme qué? —Layla estaba flotando horizontalmente, frente a él, al otro lado de la habitación.

—¿Que ahora tenga tu habitación?

Parecía desconcertada. —No. ¿Por qué iba a importarme?

—Porque es tu habitación. Y ahora no puedes tenerla. —Pensó un momento—. Y ni siquiera puedes tener mi habitación. Porque mamá va a ocuparla con su organización.

Sacudió la cabeza. —No. No necesito una habitación.

—Porque eres un fantasma. —Gale la miró con complicidad—. Y los fantasmas no necesitan habitaciones. Pueden estar en cualquier sitio. —Pero su expresión cambió cuando ella continuó.

—No. No es porque sea un fantasma. Es porque...

Sintió algo en su voz. —¿Porque qué?

Layla apartó la mirada. —Porque no creo que me quede mucho tiempo.

—¿Qué quieres decir? —Gale levantó la vista y la miró al tiempo que sentía que se le aceleraba el corazón—. No sé a qué te refieres. —Pero sí lo sabía.

—Sí que lo sabes. Sabes lo que tiene que pasar ahora.

La miró a los ojos y respondió—: No, no lo sé. No sé de qué me estás hablando.

—Quiero que ayudes a mamá con mi obra benéfica. Creo que va a ser bueno para ella. Pero también será duro, y tienes que recordarle que merece la pena.

Gale guardó silencio.

—¿Lo harás? ¿Me lo prometes? Para cuando yo...

—¿Para cuando qué?

Layla negó con la cabeza. —Por favor, Gale. ¿Me lo prometes? Prométeme que la ayudarás.

—Yo no...

—Prométemelo.

—Vale. Te lo prometo.

Layla sonrió. —Gracias.

—¿Ya está? —Gale parecía ansioso, y Layla soltó una ligera carcajada.

—Sabes que no es eso, Gale. Ambos lo sabemos. —Se detuvo y observó con cara de resignación. Luego continuó —. Ya sabes, que el asesino estuviera por ahí libre, antes de que lo atraparan... —ambos sabían a quién se refería—, fue duro. Era como una bañera con el tapón puesto, cuando el agua tenía que salir. Me impidió ir a donde... a donde sea que necesito ir.

Gale estaba enfadado ahora. Las lágrimas corrían por sus mejillas. —Pero ahora lo han cogido. La policía lo tiene y tú no te has ido a ninguna parte. ¿No significa eso que puedes quedarte? ¿Después de todo?

Layla no contestó.

—O quizá... quizá signifique que tengas que ir, pero que puedes volver. Venir a verme. No todos los días, pero a veces. ¿Para que no tenga que estar solo? —Gale estaba sacudiendo la cabeza ahora, suplicándole.

—No estás solo, Gale. Tienes a mamá y papá, a tus amigos del colegio. Gente como Joe. Y a toda la gente que vas a conocer. Hay mucha gente que te ayudará. Mucha gente que es buena y amable.

—Pero no te tendré a ti. No entiendo por qué no puedo tenerte.

—Es porque morí, Gale. Morí. Lo sabes.

—Sí, pero... —Gale negaba con la cabeza, las lágrimas corrían libremente por sus mejillas, demasiado alterado incluso para secárselas—. Es que no lo entiendo.

—Yo tampoco. En realidad no, pero es como el baño. No sale toda el agua a la vez, pero sabes que está saliendo. Estas últimas semanas han sido así. El agua se ha ido vaciando. Desde que lo atraparon. El agua ha estado bajando, y ambos lo sabíamos. Y ahora casi se ha ido. Gale, casi está vacío del todo.

Gale se dio la vuelta, pero Layla siguió hablando.

—¿Te acuerdas de cómo nos bañábamos juntos? ¿Tú y yo? Ocupábamos todo el espacio y mamá nos gritaba por toda el agua que había en el suelo.

Gale se volvió para mirarla, con la cara desencajada por la pena. —¿No puedes volver a poner el tapón?

—Lo quitamos juntos, Gale. Entre los dos, cuando cogimos a ese hombre.

De repente, Gale se dio cuenta de que la Nintendo estaba en el suelo y alargó la mano para cogerla. Por un momento jugó con los botones, encendiéndola y apagándola de nuevo, como si quisiera empezar a jugar una vez más. Pero enseguida la dejó caer de nuevo sobre la cama. Ahora se enjugó los ojos, utilizando una mano para cada uno de ellos, y no paró hasta que hubo aclarado la vista. Finalmente, asintió.

—¿Te duele ahora? ¿Estar aquí? ¿Por eso quieres irte?

Layla respondió con una extraña sonrisa. —Siempre me ha dolido. Pero ahora menos. Porque sé que estás a salvo. ¿Quizá esa es la verdadera razón por la que antes no podía irme? Porque no estabas a salvo. —Extendió la mano para tocarlo, pero por supuesto no pudo—. Pero ahora sé que vas a estar bien. Así que quizá por eso ahora soy libre de irme.

Gale volvió a restregarse las lágrimas de los ojos. No quiso mirarla.

—Hay algo más que necesito decirte, Gale. Algo importante. No sé si podré decirlo de forma que tenga sentido, pero lo intentaré.

Gale asintió. Se volvió hacia ella, esperando.

—A dónde voy, a dónde vamos todos, lo he visto. He estado allí. Al principio, cuando morí por primera vez, en cierto modo lo vi, pero no llegué a ir allí. Pero más tarde, cuando estábamos juntos en ese horrible lugar, y él te estaba estrangulando, fui allí de nuevo. Y yo no quería decir nada, porque da un poco de miedo. Pero también es el lugar más increíble. Está lleno de energía, luz y amor. Y hay tanta paz y compasión, y... no sé, no puedo describirlo. Pero es perfecto, y es hermoso. No hay necesidad de tener miedo por mí, Gale. Y no hay necesidad de que tú tengas miedo, cuando sea tu turno. Te lo prometo. Lo juro, por la vida de mamá, y la vida de papá. Y por la mía. El lugar al que vas cuando mueres es un buen lugar. Y te veré de nuevo allí. Estaremos juntos otra vez.

Mientras ella hablaba, Gale se pasaba las manos por el pelo y seguía enjugándose los ojos, pero hacía todo lo posible por escuchar. Intentaba comprender.

—¡Oye! —dijo de repente, mirándola alarmado—. Estás cambiando.

Y lo estaba.

Layla bajó la mirada hacia sus propias manos, y debió de ver cómo eran más translúcidas que antes, y cómo las mismas puntas de sus dedos casi habían desaparecido. Ambos las observaron, y a medida que pasaban los segundos se encogían, como si el mismo aire las estuviera disolviendo. Ella se mordió el labio.

—Gale, debemos darnos prisa. El agua se está yendo. Ya casi se ha vaciado...

Para Gale las lágrimas volvieron a fluir, nublando su visión, robándole los últimos destellos de su hermana.

—No. Todavía no. Por favor, todavía no. —Furiosamente se secó, mientras sus ojos las dejaban caer una vez más.

—Está bien, Gale. De verdad que lo está. Ya me voy. Pero estarás bien. Y volveré a verte. No puedo esperar a verte de nuevo.

—No... no puedes irte. No quiero que te vayas.

No eran solo las manos de Layla las que estaban extrañas ahora, toda su aparición entraba y salía de foco, y parpadeaba. Durante segundos enteros casi no estaba allí, y cada vez que reaparecía, era más débil, su voz más lejana.

—¿Qué vas a hacer mañana? ¿Tienes planes?

—¿Qué? ¿Qué importa eso?

—Quiero saberlo, Gale. Por favor, dímelo. Por favor, dime qué vas a hacer.

—¡No lo sé! —Gale tuvo que buscar la respuesta en su memoria—. Papá dijo que quería llevarme a nadar. Y luego Becky y la tía Erica van a venir a comer. Y vamos a jugar a un juego de mesa.

Layla sonrió.

—¿Qué juego de mesa?

—¿Qué? No me importa. Eso no importa...

—Me gusta el Catán. ¿Sabes jugar a ese? —Layla levantó

la mano delante de su cara. Pero no había ninguna mano allí, solo la manga de su top.

—Tengo que irme, Gale. Te quiero y siempre te querré.

—No...

—Me están llamando, Gale. Es mi hora. Me están llamando. Te quiero, hermanito. Enorgulléceme, ¿sí? Y a mamá y papá también. Diles que los quiero, y diles que volveré a veros.

Gale negó con la cabeza. Se quedó mirando el espacio que ocupaba su hermana. Lo había ocupado, de vez en cuando, en los dos años transcurridos desde su muerte. Se secó una última lágrima. Luego asintió. Y entonces su rostro se hundió en la pena una vez más.

La habitación cambió.

El aire cambió.

Y Layla se fue para siempre.

MUCHAS GRACIAS POR LEER
ENTRE SOMBRAS

Si te ha gustado, te agradecería que escribieses una reseña en Amazon. Así ayudarás a otros lectores a descubrir esta novela.

Valora la novela en Amazon

Tu opinión es muy importante para mí.

También te invito a que me sigas en Facebook, ¡anímate!

UN LIBRO GRATIS

Únete a mi lista de lectores para conocerme un poco mejor y recibir todas las novedades que lanzo. Además llévate Instinto Asesino totalmente GRATIS.

https://greggdunnett.co.uk/spain/

Un asesino está dejando notas en los bancos de varios parques en Londres, en las que confiesa los asesinatos que ha cometido a lo largo de su vida.

Una agente de policía tiene la oportunidad de resolver los casos que sus compañeros no han sido capaces de resolver durante años.

Pero solo lo conseguirá si averigua quién es el asesino, antes de que el asesino la encuentre.

Porque en una historia en la cual nada es lo que parece, ni siquiera los asesinatos son tan claros.

Llévate este libro totalmente GRATIS.

https://greggdunnett.co.uk/spain/

Un asesinato sin resolver. Una remota isla.
Un oscuro pasado.
La isla de los ausentes

La infancia de Billy Wheatley se ve interrumpida por la desaparición de una joven turista. Billy sabe que no debería involucrarse pero no puede resistirse. Después de todo, nadie conoce mejor que él las playas, los acantilados y las cuevas de su isla. Además, Billy fue la última persona que vio a la joven viva.

Sin temor al peligro que vaya a encontrar, Billy comienza a destapar pistas que le cambiarán la vida. Pronto, lo que comienza como una inocente investigación se convierte en un peligroso asunto de mentiras y secretos familiares ya que el culpable no es solo alguien a quien conoce, sino una de las pocas personas en quien creía poder confiar.

Billy cree que puede resolver el caso, pero ¿escapará con vida de su enfrentamiento con un despiadado psicópata?

La isla de los ausentes es un thriller de suspense y misterio psicológico con más de 100.000 copias vendidas y miles de reseñas internacionales de cinco estrellas. Es la primera entrega de una serie de cuatro novelas de suspense por fin disponibles en español.

Estas son algunas de las reseñas de lectores internacionales:

«Muy agradable. Un nivel por encima de un thriller habitual y te mantendrá adivinando hasta el final».
«¡Billy se acaba de convertir en mi personaje favorito!».
«Le daría 6 estrellas si pudiera».
«¡Sin duda mi mejor lectura del año!».
«Un fantástico thriller de misterio ambientado en una isla evocadora y solitaria, y con el personaje más agradable que he leído en mucho tiempo».
«No me decepcionó. ¡Una lectura fabulosa!».
«Una historia y un protagonista inusuales. ¡Me encantó!».

LA ISLA DE LOS AUSENTES -
CAPÍTULO UNO

Veo el cuerpo desde la ventana de mi habitación. Yace en mitad de la playa, probablemente lo arrastró la marea durante la noche. Es lo único que interrumpe la plateada arena de la orilla y no tengo duda alguna de lo que es, incluso desde aquí lo tengo claro. Es curioso, siempre he sabido que, viviendo donde vivo, algún día vería algo así. Lo ponen a menudo en las noticias de la televisión: «Aparece un cadáver en la orilla de tal playa, todo indica que ha sido arrastrado por la marea». Y por fin hoy he encontrado el mío.

Agarro los prismáticos. Son grandes, capaces de aumentar la imagen hasta 10 veces y pesan tanto que me resulta difícil mantenerlos firmes. Por eso, aunque los aprieto con fuerza contra el cristal de la ventana, lo único que logro ver son fragmentos desiguales de piel, una fantasmagórica mancha blanca en el vientre y un color rojo intenso donde una herida le corta el dorso. Es una joven. Eso sí alcanzo a verlo. Tendida en un charco de sangre y agua salada. Yace muerta en medio de la playa, de mi playa.

De repente soy consciente de mi respiración por las pequeñas nubes de vaho que se forman cada vez que expulso aire por la boca. ¿Podría ser mi imaginación? Tal vez estoy dormido y esto no es más que un sueño. Pero el resto de la habitación parece real. El armario está abierto y veo mi uniforme escolar colgado dentro. Los pósteres de mi habitación son los correctos: la tabla periódica y mi lista de «Peces de mar» con todos los nombres en latín. Me fijo en este último, no estarían escritos correctamente si estuviera soñando porque no me los sé todos de memoria. Escojo uno al azar: Lubina estriada «*Morone saxatilis*». Definitivamente, no estoy soñando.

Miro de nuevo por los prismáticos. Esta vez noto las gaviotas. Algunas revolotean sobre el cuerpo; otras se posan con tranquilidad, como si fuera una roca nueva que brotó durante la noche. Entonces noto que no solo están de pie, sino que se inclinan, picoteando. Desgarrando trozos de carne. Veo a una moviendo el pico directamente en el ojo. Suelto los prismáticos y pienso.

Debería decírselo a papá. Sé que debería hacerlo. Pero algo me hace dudar. Últimamente está de un humor bastante raro. Se enfada por tonterías. La playa va a estar llena de policías y de periodistas, y papá odia a esa gente. Si se lo cuento igual le da por insistir que no nos metamos en esto. Incluso igual dice que pasemos la mañana en casa y entonces no podré examinarla. ¿Y con qué frecuencia tengo una oportunidad así? Para alguien como yo esta es una ocasión increíble. Quiero decir, también es triste, por supuesto, pero no sirve de nada ponerse sentimental con estas cosas. Por encima de todo, es una oportunidad que no se debe desperdiciar.

Así que, aunque me siento un poco culpable, concluyo que no se lo voy a contar a papá.

Me llamo Billy, por cierto. Tengo once años, pero soy un poco más interesante que la mayoría de los chicos de once años. Bueno, eso juzgando por los que van a mi instituto. Estoy seguro de que estarías de acuerdo si los conocieras.

Afortunadamente, hoy es sábado y no hay clases. Tenemos una rutina bastante establecida para los fines de semana. Lo primero, papá va a hacer surf por la mañana temprano ya que luego se llena y no le gusta mezclarse con la gente. Yo voy con él pero nunca hago surf. Eso requeriría meterse en el agua y yo no me meto al agua. No obstante, no me quedo en el coche esperándolo. Eso sería bastante aburrido. Siempre tengo muchos proyectos en marcha. Como mi proyecto de la cabaña, por ejemplo. La construí el año pasado, con materiales que a papá le habían sobrado del trabajo. Está en el bosque detrás de las dunas pero estoy seguro de que no la encontrarás porque pinté las paredes de camuflaje. Tardé un siglo en terminarla. Resulta que no se puede comprar pintura de camuflaje; en realidad tiene sentido cuando lo piensas, ya que los colores se mezclarían en la lata. Bueno, de todos modos, ese fue mi proyecto del año pasado. Ahora tengo otros que son aún mejores.

Pero, obviamente, hoy no estoy pensando en mis proyectos. Hoy hay un cadáver en la playa. Decido que tengo que despertar a papá y salir de casa lo más rápido posible. Así puedo ser el primero en llegar. Tal vez sea yo quien la descubra.

Papá suele levantarse después que yo. Baja y se hace un café. Si no llueve o hace demasiado viento, se lo toma afuera. Se coloca en nuestro pequeño jardín en la cima del acantilado y mira hacia la playa para decidir dónde hacer surf. Si hay un buen oleaje vamos a nuestro extremo de la playa, cerca del acantilado, porque las olas aquí son más pequeñas y menos potentes. Pero si no hay mucho oleaje vamos a Silverlea, el pueblo que está en medio de la bahía. Allí, la playa está más expuesta al océano. Y claro, si no hay nada de olas o si el viento sopla demasiado fuerte, entonces no vamos a hacer surf. Y eso sí que es un rollo porque significa que papá se pasará todo el día de mal humor.

En casa vivimos solos papá y yo. No tengo hermanos ni

hermanas. Ni madre o, al menos, ya no. Y, después de lo que pasó con los pollitos de gaviota, papá no me deja tener mascotas. Así que estamos solos los dos. Y hemos vivido aquí, en nuestra casa en lo alto de un acantilado desde que tengo uso de razón.

Decido que esta mañana haré yo el café. Y lo hago de una manera realmente ruidosa para despertar a papá, cerrando los armarios con portazos y revolviendo los cubiertos para coger la cuchara. Necesito que se dé prisa si quiero ser yo quien descubra el cuerpo.

Tenemos una de esas cafeteras plateadas donde pones el café en el medio y con dos partes que se enroscan. No estoy seguro de cuánto café poner pero sé que a papá le gusta fuerte, así que lo lleno hasta arriba. Al poco tiempo, la cafetera empieza a silbar y a echar espuma y la cocina empieza a oler a café. Cojo una taza para papá y cierro la puerta del armario con otro portazo. Oigo a papá arriba en el cuarto de baño, echando un chorro largo como todas las mañanas. Cuando finalmente termina, grito hacia arriba.

—¡Papá, café!

Luego salgo al jardín para echar otro vistazo. Todavía está allí, nadie la ha descubierto. Pero me doy cuenta de que hay otro problema, las olas. Hoy son pequeñas. Eso significa que papá querrá ir a Silverlea donde las olas serán más grandes. Normalmente no me molestaría porque mis proyectos están bien distribuidos por toda la zona por lo que no me importa ir a donde quiera papá. Pero el cuerpo está aquí, en nuestra playa. Si vamos a Silverlea, tendré que caminar todo el camino de regreso y corro el riesgo de que alguien la descubra mientras voy de camino. No quiero que eso suceda. Quiero ser yo el que la descubra.

Así que cuando papá sale a reunirse conmigo, café en mano, ya estoy pensando en una forma de resolver el problema. Lo miro con cautela. Anoche llegó tarde y creo que debió beber bastante porque tiene cara de resacoso.

—¿Por qué has hecho tanto ruido esta mañana, Billy? —papá se frota los ojos—. Pensé que te estaban matando en la cocina o algo así. —Se ríe y toma un sorbo de café—. ¡Dios! Esto es gasolina pura —exclama. Frunzo el ceño porque no estoy seguro de si eso es bueno o malo.

Papá pone la taza en la tapia del jardín. Luego bosteza y estira los brazos. Lleva unos vaqueros viejos y una camiseta que se le levanta un poco, lo suficiente para que se le vean los músculos de la tripa. Todavía se le nota el moreno del verano incluso ahora al final de la temporada. A pesar de que la hierba está mojada por el rocío, va descalzo. Él no nota el frío.

Nos quedamos en silencio un rato observando las vistas. Justo delante de nuestra tapia está el viejo camino del acantilado. Lo cerraron hace un tiempo porque se volvió demasiado peligroso, pero yo todavía sé de un camino hacia abajo. Pasado el viejo camino hay un gran acantilado sobre la playa, que tiene siete millas de largo y se extiende más allá de la ciudad de Silverlea, hasta Northend. Hacia la derecha se ve el bosque. A la izquierda es solo océano. La verdad es que tenemos una vista increíble desde nuestro jardín.

—Tiene buena pinta, ¿no? —dice papá, cogiendo su café de nuevo.

Quiere decir que las olas parecen buenas. Desde aquí arriba puedes verlo todo pero papá solo se fija en las olas. Por eso creo que mi plan funcionará. Espero unos instantes antes de hablar; le dejo que estudie lo que pasa bajo nosotros. Observa cómo las olas entran en la playa.

Las olas que ves cuando vas a la playa no son siempre del mismo tamaño. Vienen en grupos o conjuntos. Por eso en un momento determinado puede parecer que las olas son realmente grandes pero luego, al rato, parecen ser mucho más pequeñas. En este preciso momento, mientras dejo que papá mire, son bastante grandes. De hecho tengo suerte, es probable que sea la ola más grande que he visto en toda la mañana. Perfecto para mi plan.

—Son grandes —digo con la mayor naturalidad posible —. Parecen pequeñas ahora, pero justo antes de que salieras eran bastante grandes. Yo voto por que vayamos a Littlelea.

Si papá lo hubiera observado tanto tiempo como yo le habría sido obvio que estoy mintiendo. Está claro que el surf será mejor en Silverlea, donde la playa está menos protegida. Littlelea es donde está el cuerpo, así que necesito que decida ir allí. Y para eso tengo que convencerle de que las olas son más grandes de lo que realmente son.

Papá no responde de inmediato. Estamos de pie, juntos, mirando hacia el océano. El cuerpo es lo suficientemente visible para cualquiera que lo estuviera buscando, pero él no está mirando hacia la playa. Sus ojos escanean el horizonte, observando cómo los pequeños bultos que asoman por el horizonte se transforman en olas según se acercan. Espera, sorbiendo su café. Y es paciente. A medida que pasan los minutos las olas que habían entrado desaparecen y el mar vuelve a estar llano. Hago lo posible por parecer sorprendido.

—Me parecen pequeñas —dice papá finalmente con una nota graciosa en su voz—. ¿Te encuentras bien, Billy? —Se vuelve hacia mí y, por un momento, me preocupa que se vaya a poner de uno de sus extraños estados de ánimo. Pero está sonriendo—. Venga, nos vamos a la ciudad. Y ya de paso desayunamos después.

La ciudad es lo que llamamos Silverlea. Así que vamos a tener que conducir más de dos kilómetros hacia el norte, más allá del cuerpo y luego tendré que caminar todo el camino de vuelta hasta Littlelea para regresar hacia él. Obviamente estoy decepcionado. Aunque por lo menos, ir a desayunar después será un consuelo. Y no voy a hacer que cambie de opinión ahora, así que mejor asumirlo.

Papá se termina el café, hace una mueca y me mira.

—Salimos en cinco minutos —dice mientras entra en casa para terminar de vestirse.

Le sigo y una vez en la cocina me apresuro a apagar el ordenador portátil. Cojo los prismáticos, un cuaderno de notas por estrenar, mi cámara de fotos y lo meto todo en la mochila. Papá pasa junto a mí mientras me estoy poniendo las botas de caminar y me mete prisa. Mientras salgo, papá echa su traje de neopreno en la parte trasera de la camioneta. Aterriza con un golpe en la base metálica. Su tabla ya está allí; prácticamente permanece ahí todo el tiempo. Entonces dudo. Cuando está de buen humor me deja viajar en la parte de atrás a pesar de que sea técnicamente ilegal. Pero cuando está de mal humor tengo que ir delante con él, con el cinturón de seguridad abrochado y todo. Me arriesgo y subo por la parte de atrás sin mirarlo a los ojos. Al principio no dice nada, simplemente abre la puerta de la cabina. Antes de entrar me dice: —Si nos cruzamos con la policía te agachas de inmediato.

Papá entra en la camioneta, al instante oigo el rugir del motor y la camioneta empieza a renquear. El olor a gasolina llena el aire. Bajamos por nuestro camino hacia la carretera principal y entonces papá comienza a bajar la colina, conduciendo rápido, invadiendo el carril contrario para suavizar las curvas.

La playa casi no se ve desde la carretera, solo se vislumbra entre los árboles. Luego, una vez que se cruza el río está bastante baja y las dunas la bloquean. Pero solo tardamos diez minutos en llegar y no nos cruzamos con nadie durante el camino. Me parece buena señal.

Llegamos a la ciudad por la parte de atrás y nos detenemos en la parte delantera del aparcamiento de la playa. La cafetería *Sunrise* está aquí al lado, allí es donde vamos a desayunar, pero todavía no ha abierto.

Aun así, no somos los primeros en llegar. Hay otros

cuatro coches. Reconozco dos de ellos, son amigos de papá que también van a hacer surf. Supongo que los otros dos serán probablemente gente que ha ido a pasear a los perros. Espero que hayan caminado hacia el norte, hacia Northend y no hacia el sur hasta Littlelea donde está el cuerpo. Probablemente no se pueda ver el cuerpo desde aquí así que tengo esperanzas, pero no lo sabré hasta que baje a la playa.

—A las diez de vuelta —dice papá. Antes intentaba que fuera a hacer surf con él pero ahora ya ha desistido. Por fin ha entendido que yo no me meto en el agua.

—Vale —le contesto—. Hasta luego. —Me pongo en camino mientras se sienta en la plataforma de la camioneta para ponerse el traje de neopreno. No se molesta en taparse con una toalla ya que no hay nadie alrededor.

Camino rápidamente por el pequeño sendero hacia la playa. Al principio es fácil porque hay un paseo de madera pero luego se acaba y se me hunden los pies en la suave arena. Finalmente llego a las piedras. Hay una barra de rocas planas y grandes como platos. Cuando llego allí, me detengo y saco los prismáticos de la mochila. Incluso antes de enfocarlos del todo veo que algo va mal.

Hay gente en la playa. Justo al lado de donde está el cuerpo. Desde donde estoy no llego a ver quiénes son o qué están haciendo, pero es obvio que están allí parados.

Siento como la desilusión me invade. Es gente sacando a los perros. ¿Por qué no podían haber caminado hacia el otro lado? Fui yo el primero en ver el cuerpo hace más de una hora y quería ser yo el primero en llegar. Ahora ni siquiera sé si voy a poder verlo. Espero que la Guardia Costera llegue pronto para acordonar la zona. O la policía. Estos días hay un montón de policía por toda la ciudad.

Me quedo allí un rato, esperando a que se me pase el disgusto; en realidad no me dura mucho. Después de todo, quien sea que esté allí no va a poder mover el cuerpo, es un poco grande para eso. Supongo que podrían tratar de acordonarlo, pero tampoco hay señales de eso, al menos de momento. Si me doy prisa igual todavía pueda examinarlo. Solo necesito darme prisa en llegar.

Me pongo de nuevo en marcha, caminando justo al lado de la marca de la marea alta. Es el mejor lugar para andar porque la arena está dura y plana. Además, a veces, encuentras cosas que ha traído la marea, lo cual es una ventaja. Pero hoy no estoy mirando hacia abajo. Mantengo los ojos enfocados hacia adelante, tratando de distinguir los detalles a medida que me voy acercando. Al rato, cuando ya estoy a mitad de camino, veo un coche de policía conduciendo lentamente por la playa hacia donde yace el cuerpo. Resoplo y suspiro.

Sé lo que estarás pensando, no es normal que un niño de once años quiera examinar un cadáver en la playa. Pero como ya dije, no soy como la mayoría de los niños de once años. Quiero decir, probablemente, algunos de los chicos del instituto querrían hacerse un selfi o alguna estupidez parecida. Pero yo no quiero hacer nada de eso. Estoy interesado porque quiero estudiarlo, como buen científico que soy.

Si sabes algo acerca de Silverlea, si has estado de vacaciones aquí o algo así, puede que también te sorprenda que un coche de policía llegue tan rápido y tan temprano por la mañana. Pero así están las cosas ahora. Este otoño están por todas partes. Se debe a la chica. La que sale en las noticias. Y si tienes en cuenta que no se trata solo de las noticias locales de la isla, sino de las noticias nacionales, junto con las historias sobre el presidente y los terremotos y demás, ya te puedes imaginar cómo lo estamos viviendo aquí. Está toda la isla obsesionada con el tema. ¿Cómo puede ser que una adolescente desaparezca así sin más? No parece posible.

Yo conocí a la chica que desapareció: Olivia Curran. Mira, igual te lo cuento ahora y todo, ya que incluso a paso ligero me llevará un tiempo llegar hasta allí. Estaba alojada en uno de los chalés de los que se encarga papá. Había venido de vacaciones con su familia: su madre, su padre y su hermano. Estaban en uno de los chalés de *Seafield*. Son los más caros, a pie de playa y con vistas al mar desde todas las habitaciones. De hecho, están justo al lado del aparcamiento donde dejamos el coche esta mañana.

En realidad no tenía que haberla conocido. Yo estaba en el chalé de al lado cuando llegaron. Estaba arreglando la wifi porque los huéspedes de la semana anterior se habían quejado de que se caía mucho. Esa es otra cosa que hago, configuro la wifi para todas las casas de vacaciones que administra papá. El Sr. Matthews, el jefe de papá, sabe que se me dan bien los ordenadores y por eso me deja.

Total, que acababa de terminar de arreglar el problema cuando llegaron. Tenían un todoterreno, o un cuatro por cuatro o algo así, con bicicletas en la parte trasera y varias maletas en la baca. No hablé con ellos, por supuesto. Todos los chalés de *Seafield* son independientes y cuando llegan los invitados obtienen la llave de una caja de metal atornillada a la pared y con una cerradura de combinación. Así que simplemente les ignoré como de costumbre. Al rato decidí coger un aperitivo del almacén. Hay una pequeña caseta de piedra en el patio de los chalés donde guardamos la ropa de cama de repuesto, los recambios de toallas y también hay pequeños paquetes de galletas para las bandejas de bienvenida que ponemos. Total, que ahí iba yo con mi portátil, de camino al almacén para coger galletas. Y ahí fue cuando me debió haber visto. Porque según salía del almacén, todavía con el portátil abierto, la chica venía caminando hacia mí desde su chalé.

—Perdona —me dijo, sonaba un poco insegura—. ¿Te alojas aquí al lado o algo así? Acabamos de llegar y no conseguimos que funcione la wifi.

No le contesté. No podía, tenía una galleta en la boca.

—Es que te he visto con el portátil. Me preguntaba si tal vez habías conseguido que funcionara. —Tenía el pelo rubio recogido en una cola de caballo, pero algunos mechones se habían escapado y movió la mano para apartarlos de sus ojos.

—Bueno, no te molestes, olvida que te he preguntado —dijo y comenzó a darse la vuelta. Aproveché para sacarme la galleta de la boca.

—Vivo aquí. No necesito alojarme aquí. Configuro la wifi para los chalés del Sr. Matthews.

La chica se volvió y me miró de arriba abajo un poco dudosa.

—Ah, genial. Pues me vas a venir bien, creo. Ya que no parece funcionar. —Se detuvo y sonrió. Tenía una sonrisa bonita.

—Sí que funciona. Lo acabo de arreglar —le dije.

—Pues... bueno, acabo de intentarlo y a mí no me funciona.

—¿Has puesto la contraseña? —le pregunté. Los turistas son bastante inútiles, por lo que ponemos instrucciones para todo en las carpetas de bienvenida, incluso cosas tan sencillas como cómo encender la cocina eléctrica—. Está en la carpeta de bienvenida que encontrarás en ...

—Sí, ya la he encontrado. Se conecta bien, pero enseguida se cae.

Aquello me molestó porque acababa de tener el mismo problema en el otro chalé y pensaba que lo había solucionado.

—¿Has cambiado las configuraciones? —pregunté, un poco esperanzado.

— No. Por supuesto que no. —Me echó una mirada graciosa—. Acabamos de llegar.

Fruncí el ceño. Si no hubiera ido a buscar una galleta no me habría atrapado. Pensé en ir al chalé número dos e intentar conectarme desde allí, pero probablemente trataría de venir conmigo. Y sería más rápido si pudiera conectarme directamente a su rúter.

—Tengo que entrar y conectarme al rúter. ¿Te parece bien? —Una parte de mí esperaba que dijera que no, pero no lo hizo. La chica, en aquel momento aún no sabía que se llamaba Olivia, movió el brazo de una manera muy elaborada, como si estuviera haciendo teatro o algo así.

—Estás en tu casa.

De verdad que tenía una sonrisa preciosa.

El rúter en el chalé número uno está en el aparador junto a la mesa de la cocina. Vi de inmediato que la luz parpadeaba en naranja cuando debería haber estado brillando en verde. Los chalés de *Seafield* tienen el salón y la cocina juntos y el padre de la chica estaba allí, guardando comida en la nevera.

—¡Hola! —me dijo según entraba, pero no tuve que decir nada porque la chica respondió por mí.

—No pasa nada, solo está aquí para arreglar la wifi.

Puse mi portátil sobre la mesa y busqué en la mochila el cable de red.

El padre siguió guardando más cosas en la nevera pero noté que quería decir algo. Finalmente lo hizo.

—Eres un poco joven para arreglar ordenadores —soltó. Tenía esa voz que los mayores utilizan cuando quieren ser condescendientes hacia los niños. Me giré un poco para darle la espalda y no le contesté.

—Sabes, no importa si no consigues que funcione —continuó—. De todos modos, vamos a estar en la playa todo el día, ¿verdad, Olivia?

—¿Cómo? Sí, sí que importa —interrumpió la chica—. Puede que para ti no sea importante pero este lugar se anunció como que tenía wifi. ¿Qué pasaría si en el anuncio hubiera puesto que tenía bañera y llegas aquí y no hay bañera? Te molestaría, ¿verdad?

—Vale —le dije. No quería oírlos discutir—. Esto pasa a

veces, pero si reinicio desde el panel de control se resuelve el problema. —Creo que sonaba más seguro de lo que en realidad me sentía ya que no entendía por qué seguía fallando así.

—Vaya, me vas a dejar de piedra si tienes razón. Y Olivia te estará muy agradecida. —Hizo una pausa y esperé a que se fuera, pero siguió llenando la nevera—. Entonces ¿eres el experto en informática de Silverlea? —lo dijo insinuando que era el nombre de un trabajo real o algo así—. ¿Lo oyes, Will? —levantó la voz, tratando de llamar la atención de un chaval de unos catorce años que estaba en el otro extremo de la sala, toqueteando la televisión. El padre se volvió hacia mí—. Difícilmente podemos sacar a William de la cama por las mañanas, ¡mucho menos que tenga un trabajo responsable! —El padre se rio y aproveché la oportunidad para ignorarlo.

Abrí el panel de control en la pantalla de mi portátil y vi que tenía razón, una de las configuraciones no funcionaba. Tenía fácil solución, pero no sabía por qué seguía sucediendo. Lo arreglé y me dije que tendría que mirar el problema en Google más tarde. A continuación, reinicié el rúter. Quería salir de allí de inmediato, pero sabía que debería esperar hasta que se conectase de nuevo, solo para asegurarme de que por fin funcionaba.

—Entonces, ¿qué hace la juventud aquí para divertirse? —me preguntó el padre con su voz de «simpático».

No me gusta cuando los turistas me hacen preguntas como esta. Como ya dije, soy bastante diferente, por eso me resulta difícil saber qué le gusta hacer a «la juventud». Me acuerdo aquella vez que un turista me preguntó y comencé a contarle sobre mi proyecto de contar huevos de gaviotas de lomo negro en los acantilados. Me miró como si estuviera loco. Traté de decirle que son las gaviotas más grandes del mundo, con una envergadura del tamaño de un águila, pero vi por la cara que puso que pensaba que era un raro. Así que no iba a contarle al Sr. Curran mi proyecto de cangrejos. Pero tuve un momento de inspiración. Me acordé de los carteles que había visto por la ciudad.

—Está la discoteca del Club de salvamento y socorrismo, es el sábado que viene —dije—. Hacen un baile por el final del verano todos los años.

—Ah. La discoteca del Club de salvamento y socorrismo —dijo el padre, como si ese fuera el tipo de evento que esperaba que tuviera lugar en un pueblo pequeño—. Lo ves, Olivia, te dije que habría cosas que hacer.

Ella puso los ojos en blanco, pero se volvió hacia mí.

—¿Hay que comprar entradas? —me preguntó y me sorprendió que sonase tan interesada.

—No lo sé. —Sabía que yo no necesitaba entrada, ya que vivo aquí. Pero no tenía ni idea de lo que tenían que hacer los turistas. Sin embargo, me libré de tener que responder porque en ese momento se encendió la luz verde del rúter.

—Míralo en Internet —le dije a la chica. Tenía el móvil en la mano. Lo había tenido sujeto todo el tiempo, como si no pudiera esperar para conectarse. De inmediato, comenzó a tocar la pantalla.

—Oye, funciona —dijo, sin levantar la vista. Durante un minuto, continuó, escribiendo algo en la pantalla con los pulgares. Luego levantó la vista de repente.

—Aquí lo tienes. Discoteca de fin de verano del Club de salvamento y socorrismo de Silverlea. Entradas disponibles por adelantado o en la puerta.

Luego me miró con una gran sonrisa en su rostro.

—Genial, gracias.

Era realmente guapa cuando sonreía.

Le conté todo esto a la policía, excluyendo la parte de que era guapa claro, eso por supuesto me lo callé. Aun así, me preocupaba que me hubiera metido en problemas. Después de todo, si no hubiera ido a la fiesta esa noche no habría desaparecido de la discoteca. Pero la inspectora que me tomó declaración no pareció pensar que fuera importante. Dijo que Olivia probablemente se habría enterado de lo de la discoteca de todas maneras, por todos los carteles que había por la ciudad. Pero no era muy buena. No debía serlo ya que no se dio cuenta de que le mentí.

Supongo que eso explica por qué desde el principio me he sentido algo involucrado en todo el asunto de Olivia Curran.

* * *

Ya estoy bastante cerca del grupo en la playa. Ha aumentado durante el rato que me ha llevado caminar hasta aquí. Hay un coche de policía y un 4x4 de la Guardia Costera estacionados a cada lado del cuerpo. Y así de cerca, las heridas son bastante impactantes ya que atraviesan la piel dejando ver una gruesa capa de grasa. Me acerco para observar mejor las heridas. Quiero ver qué pudo haber causado su muerte.

—Hola, Billy —grita una voz y alguien se para frente a mí tratando de pararme el paso.

Consigue tu copia en Amazon

AGRADECIMIENTOS

He dedicado este libro a mis hijos, Alba y Rafa. Realmente no tenía otra opción, ya que ellos, y la relación que tienen entre sí, inspiraron la idea inicial, y luego le dieron la energía vital que necesitaba para convertirse en un libro real. Os quiero a los dos, y os quiero por igual. Gracias por todo lo que hacéis y gracias por inspirarme.

También me gustaría dar las gracias a todos mis lectores que me han apoyado hasta ahora en mis esfuerzos por convertirme en un escritor. No sé qué he hecho para merecerlo, pero tengo una base leal de fans que me han seguido durante años, ayudándome a elegir portadas, trabajando sin cobrar como lectores cero y riéndose de los chistes terribles de mis correos electrónicos. Es como tener una familia que me apoya en todo el mundo, y eso me ha ayudado a hacer del mundo un lugar mucho más ameno. Estoy seguro de que me ha ayudado a armarme de valor para emprender nuestra gran aventura de trasladar a la familia a la costa norte de España. Os estaré eternamente agradecido.

En especial debo agradecer a mis lectores cero por la ardua tarea que hacen leyendo la novela con atención para pillar esos errores que se me cuelan al escribir. Los que quedan son solo míos. En esta novela han colaborado Resu de Sevilla, Julio Turell de Uruguay, Carmen Losada González de Madrid, José Pérez de Málaga, Alejandro Albite y Jimena

Cernich de Argentina, José Lagartos de Gran Canaria y Sabina González de Asturias.

Y por último a María, mi pareja y mi mejor amiga, y ahora también mi traductora al español. Prometo que la próxima novela será más corta.

OTRAS OBRAS DE GREGG DUNNETT

Serie Isla de Lornea

La isla de los ausentes

El club de detectives

Misterio en las cuevas

La playa de los dragones

Novelas

La torre de sangre y cristal

El secreto de las olas

www.ingramcontent.com/pod-product-compliance
Lightning Source LLC
Chambersburg PA
CBHW050949210726
48287CB00004B/1199